耕读世家

郭万新 著

人民日报出版社

图书在版编目（CIP）数据

耕读世家 / 郭万新著 . — 北京：人民日报出版社，2015.8
ISBN 978-7-5115-3377-7

Ⅰ. ①耕… Ⅱ. ①郭… Ⅲ. ①纪实文学 – 中国 – 当代 Ⅳ. ① I25

中国版本图书馆 CIP 数据核字（2015）第 227870 号

书　　名：	耕读世家
作　　者：	郭万新
出 版 人：	董　伟
责任编辑：	陈　红
封面设计：	李默凡
出版发行：	人民日报出版社
社　　址：	北京金台西路2号
邮政编码：	100733
发行热线：	（010）65369509　65369527　65369846　65363528
邮购热线：	（010）65369530　65363527
编辑热线：	（010）65369844
网　　址：	www.peopledailypress.com
经　　销：	新华书店
印　　刷：	大厂回族自治县彩虹印刷有限公司
开　　本：	710mm×1000mm　1/16
字　　数：	283千字
印　　张：	23.75
印　　次：	2015年12月第1版　2015年12月第1次印刷
书　　号：	ISBN 978-7-5115-3377-7
定　　价：	48.00元

最厚重的，是土地和人
——长篇纪实文学《耕读世家》代序

邱华栋

拿到郭万新的这部沉甸甸的《耕读世家》，我首先就为郭万新的雄心感到了钦佩。一个作家，一辈子写来写去，总要写本厚重的书吧？就像陈忠实当年说的，写一本给自己当枕头的书。所以，从郭万新写这本书的立意来看，他是有雄心的，这一点就让我折服了。我一边读，一边想，郭万新写这本书，想的一定是要写一本能够留得下来的书，能够与时间对抗的书，能够对得起家乡父老，和自己作为作家的荣誉的书，能够告慰亲朋好友的书。我看，这些目标，这本书都实现了。

就在不久前，2015年度的诺贝尔文学奖揭晓，获奖者是白俄罗斯的纪实文学作家斯维特兰娜·阿列克谢耶维奇。这是一位持续关注俄罗斯历史和现实的作家，我在前年就预言她会获奖，因为她的非虚构文体在当代俄语文学中首屈一指。她得奖之后，一时之间，非虚构写作和纪实文学，受到包括中国在内的全世界文学界的高度关注，这也是继丘吉尔因自传类非虚构获奖之后的第二位非虚构作家获奖，必将推动非虚构、纪实报告文学的发展。

实际上，非虚构、纪实文学或说报告文学，已经成为中国当代文学一支不容忽视的主要文学门类，不管如何称呼和界定这一文体，这一文体的发展确实空间很大。作协相关部门也很重视，比如，我就职多年的《人民文学》，从2010年起，就一直在推动非虚构文学的写作，开设了专门的栏目，推出了《中国在梁庄》等一批好作品，以及阿来、慕容雪村、李娟等一批非虚构作家。后来，我调到了鲁迅文学院,我记得,鲁院曾于去年的九月份,还专门开办过一期中青年作家报告文学高级研讨班,这也是为报告文学、纪实文学把脉、鼓劲,推动这种活泼的、接地气的文体大力发展,相信将会收到预期的成效。

我的印象里,山西一直是非虚构文学、纪实、报告文学的传统文学重镇,尤其是在最近的二三十年来,出了著名的写非虚构文学、纪实报告文学的作家赵瑜。他已经出版的十多部作品,包括他还没有出版的大著《牺牲者》,都是很重要的作品,无论是深度还是广度,无论是写作技巧,还是情怀境界,都使得非虚构类纪实文学得到了很大的提升,是当代中国最重要的非虚构作家。因此,我感觉到,在赵瑜的感召和影响下,山西一批从事非虚构写作的中青年作家纷纷脱颖而出,这其中,就包括了郭万新这样的作家,不断受到文学界的充分肯定。比如,在2013年赵树理文学奖评选之际,首次设立报告文学奖项,获奖名单中就有作家郭万新的名字,可以说,这标志着郭万新从此跻身备受瞩目的、山西实力派报告文学作家的行列。

我知道郭万新从小生活在山西农村,他曾经挥汗如雨务农数年,三晋大地的苦与乐,他体会很深。后来,好不容易才进入城镇,一步步地写作,一步步地发展。这是一个典型的草根出身、却不断顽强超越自己的人。虽然有学历的局限,但并不影响他本人的努力和追求以及理想的实现。一时的困顿,也从来没有让他灰心丧气,可能有时候,挫折感会使他在文学道路上走得坎坷和无助,但他很顽强。我记得,他曾在一篇文章中介绍说,在2004年他参加过山西省青创会,当时,一些作家的新潮写法很受热捧、风头正劲,以至于他怀疑自己是不是太笨太土,写得太保守,使他怀疑自己的创作手法十分落后,因而感到了迷茫悲观,几欲搁笔。好在他后来终于回过味儿来了,文学最重要的,不是外在的花哨的形式,而是内在的精神气度,而是找到自己的根。这一点开悟,对他很重要,他从此更加执着,不管境遇如何改变,最终都没有放弃文学,而是踏踏实实、默默无闻地一路走来了。他除了获取赵树理文学奖,他的另一部长篇纪实文学《吉庄纪事》还获得山西省第五届五个一工程奖。这些鼓励都很重要,就像戴在他身上的小红花一样,鼓励着一个内心里对自己有要求的作家奋力前行。从更高的层面考量，他获得的这些奖项，或许算不上最重量级的，但作为一位半生置身基层的作家，那就难能可贵了。

那时，我对他有所注意。我看到，郭万新获得赵树理文学奖的篇目是《2012：吉庄的三户人家》，他把一个名不见经传的塞北小村庄展示给人们，折射了改革开放三十余年农村社会所受到的巨大冲击；《吉庄纪事》则更是把吉庄近百年的历史，以文化编年和小史记的方法，将文学、民俗学、地理志、人类文化学结合起来，再现于读者面前，被有的评论家称为"一部农民中国的非虚构力作"，另一部《草根吉庄》则入选2015年全国农家书屋重点推荐书目，成为十分耀眼的作品。

由此可见，在郭万新的灵魂深处，他一直没有离开过养育他的那片沉厚的黄土地，有多么厚重的土地，就会有多么厚重的人。在雁门关外桑干河畔那一座著名的古城——朔州，他的视线一直盯着他的父老乡亲，他脚下的大地，山川，河流，以及煤和煤的燃烧。以至于赵瑜欣慰地评价说："郭万新成了吉庄人。"实践也证明，只要扎根生活、扎根底层，将视野投放到大地之上的人群里，走进他们的内心，文学之树就能结出该结的果实，郭万新拿出来的作品，也总是叫人感觉沉甸甸的。

山西作家早有自己的文脉和传统，开创了有名的"山药蛋派"，老一辈作家赵树理的《小二黑结婚》让人耳熟能详。很多山西作家写得很接地气的，都是脍炙人口的作品。后来，陕西的陈忠实的《白鹿原》、路遥的《平凡的世界》，也给从事农村题材的作家很大启发和影响。近年来，非虚构、纪实类作品《中国农民调查》《中国在梁庄》等作品，都很有影响，这类题材比较多，不胜枚举，几乎作家和喜欢文学的都知道。

中国本来就是一个数千年的农业社会，千千万万的农民可谓创造历史的主角，近当代文学选择农村为载体，顺理成章。我们这些作家，即使自己不是农民出身，祖辈、父辈也绝对出身农家，我们的骨子里流淌着乡愁的血脉，绵延不绝。

不过，一个不容忽视的现象是，有时候，农民形象在一些文学作品中，成了愚昧、贫穷和守旧的代名词，比如，有些文学作品中的农民形象很不立体，他们的姓名，动辄是狗剩、石头、王大、李二之类，全无一点文化蕴含。因此，如何还原一个真实的中国乡村，就需要作家抛却偏见，去深刻了解中国乡村的历史，才能客观地看待乡村的现在，才能对乡村的认识不至于失之偏颇。古代的中国文学，尤其是明清小说，不少是帝王将相、才子佳人的形象居多，乡村社会史、生活史、人物史，几乎是一片空白，无疑算是文学史的缺憾所在。早在1961年，著名历史学家翦伯赞一路踏访了内蒙古大草原后，曾经感慨万千地写下这样一段文字："……这个历史学宝库，直到现在，还没有完全打开，至少没有引起史学家足够的注意。"引起他震撼的，就是沉淀在乡间民间厚重的历史文化资源。作家梁晓声先生曾经出版过一本著作《真历史在民间》，深刻表达了作家的满腔忧思，正如书中传达出的观点：一个社会好不好，或有没有希望，有多大希望，不仅看官员是怎样的官员，富人是怎样的富人，精英是怎样的精英，也还要看到民间，是怎样的民间。民间是万民所在，民间是万物生长，我想，郭万新一定从大地深处，从芸芸众生中，看到了某种契机，他寻找着自己写作的方向，他果然从这一路径，找到了自己通达成功顶峰的方法。

因此，阅读这本郭万新的呕心沥血之作，这本让我惊艳的《耕读世家》，我感觉，这本书凝缩了中国北方农村六百余年的历史。这本书以山西清代翰林张炜家族的兴衰离合为素材背景，讲述了二十余代，一代代地接续下来，不断地耕读传家的命运传奇，从时间的深处，见证了朔州的一个小村庄，如何从明初移民开始，一直穿越了清代的烟云，再到民国的纷扰世事，再到新中国成立，及改革开放年代的不同历史时期的沧桑变迁，其六百年大历史、大事业，和小细节、小人物结合起来，全书始终贯穿了其"以儒起家、守道存诚"的传统文化内涵，既是一部恢弘厚重的北方乡村史，又是一卷浩瀚繁复的民俗风情画。通过书中描述的一张张似曾相似却又迥然不同的面孔，我真切地感受到，中国农民的伟大，中国传统文化有着不断再生的力量。的确，这本书写的正是传统农民生生不息的坚韧图存、家国梦想和文化内涵。

因此，郭万新的这本大书，情节真实生动，资料详尽珍贵，突破了"老题材、老人物、老语言、老情节、老结局"的"五老"窠臼，读来让我耳目一新，也赋予了鲜活的、新的、当下的时代价值。郭万新以一种"中国味道的中国故事，中国情感的中国叙事，中国乡土的中国时间"，对六百年历史进行了个性化的触摸，可以说，他的《耕读世家》正是一部具有中华文化底色和弘扬中国精神的非虚构文学作品，一部无法忽视的作品。

《耕读世家》作为一部呈现历史内涵和时间魅力的纪实文学，将一个极具人类学、中国文化符号的典型意义的山西小村落的乡风、乡情，逐渐积淀成难舍难割、挥之不去的绵长的北中国的乡愁，这是郭万新超越了他自己，也超越了别人的地方。

我期待更多的读者喜欢《耕读世家》，希望郭万新在文学道路上走得更远，走出属于他的一片新的天地。在此也盼望当代文学中的非虚构、纪实文学厚积薄发，走出来更多像郭万新这样优秀的作家。因为，郭万新告诉我们，最厚重的，始终是土地和人。

2015年11月10日
（作者系著名作家、诗人、评论家，鲁迅文学院副院长）

目 录

第一章　朔州小堡 / 001

中华上下五千年，张姓名人灿若星辰，随便举几个例子都是如雷贯耳，比如张良、张飞、张三丰、张道陵、张旭、张居正、张之洞、张学良、张大千、张闻天、张自忠等等。虽然张姓还不能与曾经君临天下的大汉刘姓、盛唐李姓和两宋赵姓相比，但是"佐国宰相64、文武状元62、大清翰林300整"，令其他姓氏望尘莫及。

一、小堡 / 001

二、张姓 / 005

三、翰林 / 010

第二章　以儒起家 / 017

小堡村张姓鼻祖叫张伏受，洪武初年从东胜州迁来朔州，军卫出身，再解甲落户。根据小堡村老者口传，叙及张家的老辈原有三字的口诀，现在只剩下互不连贯的两则："宓让谦""善禧庆"。前一则指二世，后一则指四世；三世和五世的名讳失传了，直到六世玉冈先生才续上。所以出现在新编宗谱上，张伏受育有三个儿子，分别是张宓、张让和张谦。

一、伏阁受读 / 017

二、其人可表 / 030

第三章　光前裕后 / 047

俗话说："好闺女不在钗环，好秀才不在蓝衫。"出身秀才的张声达，绝非仅仅说他父以子贵，因为他本人就做到了"生则不愧，死有余荣"。这样的赞誉，虽与"生的伟大、死的光荣"相差还远，但张声达起码得到郡守的欣赏，送上一块门匾表彰："守道存诚。"简单的四个字，从此成为小堡张姓最具标志性的家训。

一、翁德守道存诚 / 047

二、笃实不求人知 / 055

第四章　聚散离合 / 067

据后辈张占真回忆，在当年气派的大书房院，他看到过保存的一幅张书绅留给孙子张耀祖的戒谕："谕耀祖：凡今往后，独尊儒家，不与外道往来。"还有东厢房供奉的家谱雕版，祖训都要展示首页，赫然是八个大字——"孝悌忠信礼义廉耻"，就如恪守的治家格言。由此可以证明，张书绅是一位坚定的儒家文化捍卫者，在他心目中，孔孟之道高于一切。

一、吉壤：落雪即融 / 067

二、积善：但为多子 / 076

第五章　翰林春秋 / 093

从咸丰三年秋天起,张炜赴任太常寺少卿,朝廷若有大型典祀活动,文字材料都由他亲自动笔,不用秘书之类替代。就此也算相对清闲,正如他自己所说:"癸丑秋由刑科迁太常,除春秋祀典及每月堂期而外,公事颇简。"不过,张炜并没有闲着,他用一年多的时间,为关心下一代笔耕不辍,写完了一本《增补三字经》并留之后世。

一、泉壤荣三代 / 093

二、金榜题名时 / 096

三、宦路有坦途 / 102

四、增补《三字经》/ 110

五、悲剧起萧墙 / 115

六、唏嘘后来人 / 120

第六章　以本守末 / 127

翻看宗谱,张玺的儿子们及"丕"字一辈,一共25人,都是张耀台、张耀躔哥俩的五世后裔,排在小堡村始迁老祖张伏受之后的十九世,不算多么兴旺,却还齐齐楚楚。其中张耀台次子张富存的孙子张丕峰很有出息,习武扬名大有成就,2008年曾担任北京奥运会火炬手,好像电视明星一样,使得中钟牌村的张家父老们脸上有光,津津乐道。

一、河东河西 / 127

二、关南关北 / 138

第七章　从戎从医 / 159

张士杰兄弟，固然家中不缺医学书籍可读，但毕竟是书本知识，没有师傅传授，自学成才遇到的困难可想而知。但他们超越了自我，渐渐双双闯出名头，成为小堡村及周边的名医。有人记得，张士俊到老年时，虽说眼睛不好，却仍旧保持长期养成的习惯，早上五点起床，潜心钻研医学，晚间十一点不睡，仍在等候病人，也是他们兄弟刻苦努力的缩影。

一、妻离子散 / 159

二、退求其次 / 173

第八章　自食其力 / 187

张俊举的放羊生涯一共5年，年纪已经14岁。其时村里有了公办学校，整天听着书声琅琅，张俊举羡慕得两眼放光，走着坐着睡着只想上学。没事就去学校门口徘徊，有时还跟为学校老师做饭的郭如老人闲聊几句。他找到校长，毛遂自荐说："郭如老人做饭，我能不能来挑水？"校长答应了他的请求，月薪3元。张俊举上班挣钱不说，整天和小学生套近乎，翻翻人家的书本，爱不释手。

一、预定媳妇一岁半 / 187

二、供着自个上小学 / 198

第九章　同而不同 / 211

年轻时的张存儒曾有两大理想，其一周游世界，其二成为作家，随着年逾古稀，他调侃自己说很遗憾全都没能实现。不过，他始终心怀一种可嘉的文化自觉，家中的藏书不少，可能全村第一，而单以一座门楼而言，不仅完好地保护了老旧建筑，更为小堡村保留下一块近代历史的活化石，百年之遥仿佛一瞬，积淀着沧桑却清晰的年轮。

一、"我不知道，我都忘了。" / 211

二、"志德志德，光景至了。" / 222

第十章　乡关何处 / 237

近些年来，随着进城的时间渐久，张军感觉跟西什庄那边慢慢有些疏远，相反与小堡张家一天比一天走得近了。他积极参与过编撰仪善堂宗谱，见了族亲总会一起坐坐，诉说爷爷和父亲的往昔，特别是2015年跟张忠明共商为曾祖立碑一事后，一种心灵回归的乡愁越发强烈。他想，根祖烙印确实是人世间任何砥砺都消磨不去的啊。

一、归去来兮 / 237

二、去留徜徉 / 252

第十一章　天道无为 / 267

张元业将不同性别、反差极大的角色转换自如，他突破陈规窠臼，借鉴电影门类的先进视觉手段，发明了类似川剧变脸的几种独门绝技，比如"喷彩""嵌刀"等，特别渲染了戏剧表演的逼真效果。一次张元业扮演《翠屏山》的潘巧云，被石秀杀死时喷彩如血，他的长子张福还小，在台下看见吓得大哭不止，说："爸爸被杀死了！"足够以假乱真的。

一、空没梨园有遗声 / 267

二、少年子弟江湖老 / 283

第十二章　被褐怀珠 / 299

1972年2月，张铎告别了赤脚医生的青葱岁月，前往北京中医学院中医专业求学深造。回首塞外苍茫，耳畔总会响起一首电影插曲："赤脚医生向阳花，贫下中农人人夸，一根银针治百病，一颗红心暖千家……"在以后的人生旅途中,他从不讳言自己的赤脚医生出身,是那块社会底层卑微的基石,垫起他良医之路的跳板,也造化了他可以飞出多高、走出多远。

一、博导,从赤脚医生起步 / 299
二、优高,曾经是民办教师 / 311

第十三章　往哉生生 / 327

2005年张平参加北京交大研究生面试时,导师们用英文向他提问,他听得不很清楚,想请重复一次,但人家根本不再理睬。在座的查建中教授却当场表态说:"这个小孩我收下了。"查教授是美国纽约州立大学博士,他抑或洞察出张平血脉里沿袭未泯的"守道存诚"吧。2007年,张平完成比利时鲁汶大学机械电子专业的硕士修读,给家族带来引以为豪的谈资,人们都称誉翰林后继有人。

一、乃祖乃孙 / 327
二、享帚自珍 / 341

尾　声 / 357

小堡的张氏后人,在鼻祖张伏受选定的土地上洒下汗滴,付出辛劳,雨雪风霜无悔无怨,生儿育女传宗接代。他们或长寿或早卒,或富足或赤贫,或发奋有为或庸庸碌碌,却无不前赴后继地憧憬过全新的梦想,迎候过不同的明天,留下了属于自己的或清晰或模糊的生存履痕,谱写出小堡村六百余年的沧桑之歌,勾画出仪善堂家族二十多代的命运长卷。

后　记 / 361

一、小堡

中国山西,表里山河。

在中国辽阔的版图上,山西的地理位置非常特殊。唐代山西老乡柳宗元在《晋问》中这样写道:"晋之山河,表里而险固。"比柳宗元更早五百余年,西晋军事家兼学者杜预注解《左传》,其中一句越发言简意赅:"晋国外河而内山。"

第一章
朔州小堡

具体说来,八百里太行山雄立踞东,深堑的晋陕大峡谷鬼斧西裂,南有黄河奔腾,北则长城蜿蜒,山西果然是地势险要,易守难攻,不愧于历史上的全国第一战略要地。清人顾祖禹的《读史方舆纪要》总结说:"天下形势,必有取于山西。"最典型要数唐太宗李世民的名言:"山西乃王业所基,国之根本。"说白了,得山西者得天下。

引用普遍认可的比喻,山西本身就像一座军事意义上的大堡。

仿佛对应似的,在表里山河的北大门朔州市,恰有一个村庄名叫"小堡"。

内长城

内长城雁门关

先来研读朔州,可谓万里长城沿线的一座不容忽视的古城。朔州最初的地名叫作马邑,源自大秦帝国的一代名将蒙恬筑城养马北击匈奴的故事。到了朱明王朝,永乐大帝迁都北京后,为了有效对抗北元,除了加固原有长城,又沿太行山在山西、河北一段加建了全长1600公里的第二道防线,这就有了内外长城之别,《明实录》中也称大边和二边。外长城自西向东从偏关的老营堡进入山西,途经朔州的西北一线直往天镇新平堡进入河北;内长城也从偏关老营堡走起,再经朔州的西南一线出灵丘平型关通向河北,最终两段长城交汇于北京延庆。直观而言,朔州处于内外长城的西夹角间,"遥控长城,外连大漠,虽僻在一隅,实边陲要害",平添了鲜明的战争色彩。

而且,朔州还处于地理学的那条400毫米降水线上。400毫米降水线,大体从东北大兴安岭而起,沿途经过张家口、兰州直趋拉萨方向。这条线就是我国半湿润区和半干旱区的分界线,也分开了森林植被区域和草原植被区域,其中段正与外长城一线吻合,自古以来朔州就见证了农耕文明和游牧文明在这条线上不断地碰撞,不断地融合,并最终铸剑为犁,书写了历史的必然。这就像一部跌宕起伏的史诗,多少年余音不散铮鸣如故,留下了不可磨灭不可再生的文化结晶,其中就包括小堡这样一个引人遐想的村名,一个小小的却不可或缺的音符。

杀虎口

驻足朔州望长城，之南 25 公里有阳方口，之北将近 150 公里有杀虎口，均属战史有云的长城要隘。殊不知在这两口间南北连线的平阳公路上，还有一个默默无闻的小口，名为刘家口，现在是朔城区刘家口村所在地。北出朔州市区不远，洪涛山脉东来，黑驼山脉北去，正好在刘家口扼作咽喉，是山西通往内蒙古的必经之路。左右土山不高，东边的人称口子梁，西边的人称沙涧梁，而小堡村就坐落在沙涧梁之南，土地平坦，不算山区，往东与刘家口村隔沟比邻，距离市区中心稍偏西北方向大约 10 公里。

就以刘家口辐射，类似于小堡其名的，不乏上团堡、下团堡、安太堡、向阳堡等村子，还有一个全武营、一个马营堡，似乎已然形成互为配套的防御体系。当然还得追溯回六百余年前的明代。朔州民间流传着一句俚语："朱修圐圙唐修庙。"说的就是唐代修庙多，而明代朱皇上则下令夯土筑堡，"圐圙"的土语意思，特指四面围起高墙之处。正史记载，明朝初年，朝廷重点在长城沿线广置关塞和堡寨等相关的附属拱卫设施，同时派驻军队驻守边防，就是独具明代特征的卫所制度：5600 人为一卫，1120 人为千户所，112 人为百户所，归相当于军区首脑的都指挥使司或行都指挥使司调派指挥，每都司形成一个边防重镇，每镇配以重兵，所有北部边地各都司兵力约有全国的二分之一以上。那时

仅存的朔州明代南城门

的朝廷将长城分开为九段,也称九边或九镇,其中山西境内两镇,一是山西镇,镇守的总部驻宁武,一是大同镇,镇守的总部驻大同。有资料显示,光是大同镇所属,共有卫8、所7、堡583,而仅朔州卫的土堡就有大小42座,无疑包括小堡在内。

"子在川上曰,逝者如斯夫。"好像一瞬间,漫长的六百多年已经过去了。狼烟散尽,换了人间。在小堡村再寻当年的土堡,早已几无痕迹,即使80岁以上的老者,问起来都不知曾经有没有过土堡,更别说是什么模样。若是勉强去发现一点蛛丝马迹,唯有村北留下一截高出地面的土埂,名叫小围儿,考证是土堡北墙坍塌的旧痕;再就是村南有一处老坟,名为南垣坟,可能与土堡的南墙有关。

如今的小堡村,隶属朔州市朔城区下团堡乡,全村现有土地面积2500亩,产业基本以农为主。村里常住人口980多,95%以上为张姓,其余也是上门的

西口路上的二道边

朔州北城门的门额拓本

亲家、女婿、外甥。而张家居然还有堂号，叫作"仪善堂"；翻阅方志，以前的村名又叫张家小堡。

二、张姓

是的，小堡村张姓聚居，人口构成应该相对纯粹，而且朔州市尤其朔城区境内或城或村，凡是姓张的人们问祖寻根，多说从小堡村出来。

大约从20世纪90年代起，全国各地为了扩大知名度，纷纷在历史文化名人故里上大做文章。朔州也不甘落后，依次把东汉才女班婕妤、三国猛将张辽、大唐凌烟阁功臣尉迟恭等人从史籍中搬出，进行形式多样的大力宣传，直至家喻户晓。其中刘家口通往阳方口的一条城市主干道被命名为"张辽路"，开发区的一条主干道被命名为"文远路"。遥想当年横枪立马威震逍遥津、让江东小儿不敢夜啼的张辽张文远，毫无疑问在他逝去两千多年之后，重新成为当之无愧的一张朔州名片，所有张姓先人无出其右。

根据《三国志·魏书》记载，"张辽字文远，雁门马邑人也。本聂壹之后，以避怨变姓。"很明显，张辽并不姓张，他是聂壹的后人。那么聂壹又是谁呢？就是汉武帝时代想把匈奴大军诱入汉军伏击圈的那位边境大贾、双面间谍，那一事件史称"马邑之谋"。由于伏击未成，聂壹两面不是人，连累子孙后人只好

张氏图腾

跟他改了张姓。

所以很遗憾,声名显赫的张辽竟与小堡村没啥关系。

那么小堡的张姓又是源自何处、根在何方?这里就需要从头说起。

一份国家统计局的最新统计数据表明,中国百家姓排行榜前三位分别是王、李、张三大姓氏,其中张姓有8550万,占全国人口总数6.42%,可见其族群的庞大。实际在唐高宗时,曾经排选全国十大姓氏国柱,依次有清河张、广平程、武阳李、荥阳郑、京兆郭,等等,张氏居于首。所以张姓被公认是中国最有影响力、历史最为悠久的姓氏之一。中华上下五千年,张姓名人灿若星辰,随便举几个例子都是如雷贯耳,比如张良、张飞、张三丰、张道陵、张旭、张居正、张之洞、张自忠、张大千等等。虽然张姓还不能与曾经君临天下的大汉刘姓、盛唐李姓和两宋赵姓相比,但是"佐国宰相64、文武状元62、大清翰林300整",令其他姓氏望尘莫及。总而言之,张姓树大根深盘根错节,却又总体上裔支

明代大学士费宏撰《张氏统宗世谱》序

明了，宗源清晰，一脉传承，从古至今。

"弓力千钧东风劲，长空万里北斗明。"这是一副有名的张氏宗祠对联，提到张姓的由来。权威的史料认定，张姓传自黄帝之孙张挥，属于以官职而得姓。明代嘉靖年间，张姓集全国支谱之大成，纠误去谬，编撰了较为翔实的《张氏统宗世谱》，其中一句这样说："张氏之先，黄帝第三妃彤鱼氏生子曰挥，观弧制矢，赐姓张氏，官弓正，国封青阳。"意思是说，黄帝的五儿子名挥，因为受到流星划破夜空的启发，发明了弓箭，然后担任了弓正，被黄帝赐姓为张，封地青阳。弓正，就是专管制造弓箭的长官——弓长张，典型不过的会意字；青阳，在今天的河北省清河县境内，地处清河之北，也即清阳，过去的清河郡。"天下张氏出清河"，应该特指张挥后人，而类似聂壹后人改姓的、少数民族取姓而来的，应该另当别论吧。

传统提法，某一姓氏大户在某个地方发源繁盛，该地就称为该姓的"郡望"，郡指郡县，望是卓有声望。郡望在中国姓氏文化中作为特有标识，代表着这一姓氏的身份地位。其次，某一郡望发展繁衍下来，进一步分化不同的房支和系派，则要再取堂号。通俗来说，堂号是郡望的分支。具体到张姓郡望，公认全国有24处，包括清河郡、范阳郡、太原郡、京兆郡、南阳郡、敦煌郡、安定郡、襄阳郡、洛阳郡、河东郡、始兴郡、冯翊郡、吴郡、平原郡、河间郡、中山郡、魏郡、蜀郡、武威郡、犍为郡、沛郡、梁郡、汲郡、上谷郡。而堂号，那就更多了，著名的包括百忍堂、金鉴堂、京兆堂、孝友堂、燕贻堂、精忠堂等等。说起来最数山东寿张的张家厉害，老祖张公艺曾经救过唐王李世民，得到李世民亲笔书写的金匾"义和广堂"，后人编了《百忍歌》传家；能忍人所不忍，试看天下谁能敌？

百忍堂就说远了，话题还得回到朔州小堡的仪善堂。

宗谱溯源，仪善堂传自燕贻堂，先祖为大唐开元盛世时代的燕国公张说。张说生于公元667年，卒于公元730年，字道济，又字说之，墓志铭表明他是范阳方城也即河北固安人。张说去世后被朝廷追赠太师，谥号文贞。唐玄宗李隆基对他的评价很高，亲自撰文表彰："兵部尚书同中书门下三品燕国公张说，

清河张姓祖庭张挥塑像　　　　　　　张说画像

道合忠孝，文成典礼，当朝师表，一代词宗。有公辅之才，怀大臣之节。"还有张说的族侄、另一位更有名的一代名相张九龄为张说撰写了《唐故尚书左丞相燕国公赠太师张公墓志铭并序》。《旧唐书·张说传》给予了他特别肯定："前后三秉大政，掌文学之任凡三十年。为文俊丽，用思精密，朝廷大手笔，皆特承中旨撰述，天下词人，咸讽诵之。尤长于碑文、墓志，当代无能及者。喜延纳后进，善用己长，引文儒之士，佐佑王化，当承平岁久，志在粉饰盛时。其封泰山，祠睢上，谒五陵，开集贤，修太宗之政，皆说为倡首。"《新唐书》说他"为人敦气义，重然诺，喜延纳后进，朝廷大述作，多出其手。与苏颋号燕许大手笔"。

当朝师表，一代词宗，一生前后三次拜相，执掌文坛三十年，仗义重诺，提携后辈，燕许大手笔……如此一系列的溢美高度无以复加，应该其名不虚。张说留在全唐诗中的诗文，一共四卷351首，无不用韵严格、对仗工整，形式内容丰富多样，类似《幽州夜饮》中"凉风吹夜雨，萧瑟动寒林。正有高堂宴，能忘迟暮心"的句子，比之李白杜甫也好像逊色不到哪里去。事实是大诗人李白初出道时，首先就去拜访张说，希望得到张说的认可和引荐，可惜张说已经

张九龄为张说撰写的墓志铭序（局部）

垂暮不起，未能见客。

相传张说的母亲曾经梦到一只玉燕从东南方向飞来投怀，因此怀孕生下张说，这也是形容贵子降生的成语"玉燕投怀"的来历。再者，张说获封燕国公，他的后人以他立祖所供奉的堂号就在燕字上做文章，取名"燕诒堂"。燕诒二字，很有深意，最初出自《诗经·大雅·文王有声》："武王岂不仕，诒厥孙谋，以燕翼子。"原指周武王谋及其孙而安抚其子，后来《宋史·乐志九》则提炼为"燕翼诒谋"，变成一个成语，这里的燕就不是燕子也不指燕国，而是平安、安康之意，翼应该是帮助、遮护，诒与诒一样是留下。把燕翼诒谋翻译过来，大体是说为子孙远虑深谋使他们代代平安顺畅。很明显，堂号燕诒就比百忍堂、孝友堂等更含蓄更具文学意蕴，不辱没张说的一代文宗之名。

按照《张氏源谭》一书，张说的远祖为张皓，而范阳郡的开基始祖为东汉司空张皓之子张宇，张皓是张壮的孙子，张壮则是汉初三杰之一留侯张良的六世孙。这么说来，张说也就是张良的直系传人。张说夫人姓元，竟是鲜卑族的北魏昭成帝拓跋什翼犍的后人，所以张说的后人就像大唐皇族一样，兼具了胡汉血统。史载张说夫妻生有三个儿子：长子张均，曾任刑部尚书、大理卿；次子张垍，任太常卿，娶了唐玄宗的宁亲公主；三子张㙉，翰林学士。

那么，如何认定小堡张姓就是燕贻堂的分支呢？

难得的是，小堡村保存下了先人的墓碑，其中两处出现了"燕贻"的字样。其一，十二世张锵的碑额上四个字"燕翼贻谋"清晰可见。其二，十四世张炜墓前的左右石柱上，镌刻着一副墓联："世德作求龙章锡命荣三代""书香永继燕翼贻谋售万年"，再次出现了"燕翼贻谋"。清代的朔州翘楚张炜曾任翰林院编修，守着个国家图书馆文渊阁藏书楼，其祖源出处，绝没有随意的可能。另据现居内蒙古五原、生于1922年的小堡人张占真回忆，他小时候在张家的大书房院见过古旧的张家宗谱的雕版，可见起码在民国年间，张姓裔支的文字资料非常完整。故而小堡张姓由张说一支的燕贻堂繁衍而来，依据还是很充分的，得到了有关专家的首肯。

三、翰林

在当今朔州市朔城区，虽然官方没有命名，但民间普遍公认，小堡村是首屈一指的文化村。过硬的理由似乎只有一个：出过翰林嘛。

需要先对翰林做一阐述。翰的本意指锦鸡的赤羽，古人提笔写字，犹似挥翰，故而引申为文笔；林，一个古代的会意字，表示树木丛生。单从字面理解，翰林就是文翰之林，摇笔杆子的文化人云集荟萃在一处。大致从唐代起，皇帝身边要配置文学侍从，名为翰林官，他们办公的官署，则叫翰林院，慢慢就演变成了专门起草机密诏制的重要机构，充满浓郁的学术和文化色彩。到了明代，朝廷将修史、著作、图书等事务也归入翰林院，清代又增加了为皇帝记录起居、讲读经史等职能，一把手由从二品大臣担任，康熙后则由殿阁大学士兼任，下属有侍读学士、侍讲学士、侍读、侍讲、修撰、编修、检讨和庶吉士等，统称翰林。

小堡村张氏堂号"仪善堂"

翰林制度和科举制度是封建中国文官制度的基本架构。由科举至翰林，由翰林而朝臣是科举时代士大夫的人生理想，进入翰林院也就等于进入国家的人才储备中心，等于跻身社会地位最高的知识分子群体，朝廷高度重视，精心培植。翰林不难获得近距离接触皇家的机会，相应地升迁不成问题，特别是明代已有"非进士不入翰林，非翰林不入内阁"的传统。翰林的声望很高，明清两朝的科举考试都由翰林官主持。

史书曾经这样总结朔州人的性格特征："士人劲直，率矜名节，犹存忠厚之风。"给人遐想，总感觉粗豪之下有输文采。事实也确实如此。资料显示朔州市朔城区在明清两代543年间，有据可查的仅有稀缺的三位翰林，张翰林张炜就是其中之一，小堡村张姓的十四世传人。在《朔县志》大事记中，道光二十一年唯一一件被记载的大事，就是张炜高中龙启瑞榜进士。应该说朔州能够培养出一个翰林，几率小之又小，不只其光宗耀祖，而且一方水土也跟着相映成辉。所以当之无愧，翰林成为小堡村在人们心目中标志性的一道文化光环，朔州古代曾称"善阳"或"鄯阳"，小堡张姓也就成了朔地的"鄯阳望族"。

至于本乡本土怎样来渲染小堡村的文化，有一个流传很广很有趣的故事。据说旧时与小堡村毗邻的全武营村以边姓为多，全村找不出一个文化人，村民甚至给小孩取不来满意的名字，就会堂而皇之地到小堡村收集甄选，"拿来主义"。比如小堡有一个张某人，全武营就有一个边某人，不仅学你，还要谐音鞭你。实话说这个故事完全有损全武营的形象，但抬高小堡的手法不可谓不高明，反衬又极具调侃。全武营村也不含糊，反唇相讥说：小堡村狗吠的声音都能听出是《三字经》。汉代崔瑗的《座右铭》有云："无道人之短，无说己之长。"是儒家经典的自律格言之一，所以朔州贬低全武营村的故事不可能由小堡村始作其俑，但小堡和全武营存在说不清道不明的隔阂也是不争的事实，好像近代边、张两家通婚的不多，相反全武营跟另外两个邻村——沙涧和峙峪亲密无间，结亲的多不胜数。

顾名思义，全武营村又是武又是营，军事色彩十足，现代形容打斗也说上演了全武行。村子也曾有土堡，村北现在还留存着一座烽火台，也有说村风尚武，清末出来过一位武举人名叫边清，至今村里还存有武举院的门楼。或许文武之道一张一弛，使得全武营与小堡道不同不相为谋？也说不准。不过近代，两村的经济社会又是一种迥然区别。朔州全武营籍的知名女作家边云芳分析，全武营村自新中国成立前就有煤矿，人们生活基本不依靠农业，数十年来个人、集体、煤老板都在以人背、骡驮、车拉等不同的方式卖煤，这种培养土豪式的卖煤属粗放型的交易，缺少真正意义上的晋商文化含量，所以给人们的印象是，全武营人财大气粗出手豪绰，比较张扬开放，相反小堡这类纯农业的村子一般是内敛、安静、守成，两种模式不同的生存文化，势必就近发生碰撞和冲突，双方相互排斥在所难免。

朔州马邑博物馆

西望小堡村

　　那么小堡人怎样为自己村的文化来下定义？当然，文化之说可能无法一言蔽之，不过新编仪善堂宗谱的主撰稿人、张姓二十一世传人张永来还是扼要总结了一句：重视教育，出了成就。据说小堡村立祖以来，一直把办学育人当作头等大事，子子孙孙承前启后，终至把张炜送入最高文化衙门翰林院，使一个小村庄的文化事业达到巅峰。坦白说哪个家族不重视教育？却往往拿不出有说服力的例证来，也就不敢以文化自诩。就是这个道理。

　　另外还有文化熏陶的氛围。张永来讲述，他们村人们的举止言谈比较文明，比较规矩，无论贫富都像谦谦君子。他举例说，老辈里有人骑马进城，回来经过祖坟，立刻下马徒步回村；即使现在小孩骑车子遇到老者，也要下来避让。"路遇长，疾趋揖；长无言，退恭立；骑下马，乘下车，过犹待，百步余。"可不是《弟子规》的谆谆教诲吗？传统文化的浸染不在表面，而是渗透在骨子里啊。

　　局囿在朔州范畴，依然可以发现不容忽略的小堡村文化元素。2012年，朔城区投建了一座气势不凡的马邑博物馆，馆藏自从先秦蒙恬筑城养马起2300年间的各类文物28000件，堪称琳琅满目的地方文化结晶，其中渊源于清代翰林张炜的文物就有28件。博物馆共有七个展厅，总面积达1025平方米，展出的文物精粹780余件，就包括两件来自小堡村翰林门第的珍贵文物，特别引人注目。其一，在陶瓷展厅，摆放着一件道光年间的哥釉洗，正是当年张炜寒窗苦读使用过的笔洗。这件哥釉洗高4厘米，口径14.4厘米，造型端正大方，青白幽幽，釉色肥润，开片精致，而且硬木基座也保存完整，据说1987年由张炜的五世孙张浩以120元价格卖给当时的文管所。其二，在字画展厅，摆开一套印刷雕版，第一块清晰可辨五个字"增补三字经"，介绍文字说每块雕版纵23厘米、横 26 厘米,一共 10 块、19 个印面组成完整的木质印书版,由张炜所撰,其子、贡生张耀奎于光绪乙亥年即 1875 年冬天请了匠人刊刻,一直是翰林后人的传家珍品,1954 年捐赠出来公之于众。

除了张炜,他的儿子张耀奎也在马邑博物馆一展风采。他和画家田畴、光绪二年的殿试榜眼王庚荣一起,合作了一套精美的书画八条屏。八条屏每幅的尺寸纵为 128 厘米,横为 36 厘米,全都分作三段,中段是田畴的花鸟或花卉画作,上段是张耀奎的楷书诗文,下段为王庚荣的行书诗文,"楷书严谨,行书秀隽,诗中有画,画中有诗"。难得的是,三位作者均为同朝代的朔州籍人士。三人联袂合璧,在书画领域不能不谓是罕见的绝品,此为王庚荣后人捐出。这位王庚荣老前辈,是封建时代朔州唯一获得科举最高等级的饱学之儒,曾任翰林院编修和广西浔州知府。要知道整个清代将近 300 年,殿试 112 科,全国出了 114 个状元,山西没出状元,只有一个光绪二年丙子科榜眼,就是朔州王庚荣,全省另有探花 3

张炜用过的哥釉洗

增补《三字经》雕版及内页

人，是闻喜县的乔晋芳、太谷县的温忠翰、稷山县的王文在。所以王庚荣这等身份，还不算山西第一？虽说田畴身平不详，张耀奎的名头也不比乃父，但王庚荣瞧得上眼并相与共臻风雅，谅非等闲之辈。

都说是历史长河淘尽英雄，但能够把名字闪耀在文化的璀璨星空，让后世驻足仰瞻，何尝不是永恒？具体到朔州比如王庚荣，比如张炜。上至一个民族，下至一方种姓，文化乃其灵魂，事关兴衰存亡，唯此为大。朔州的小堡，作为一个小小的不起眼的村庄，将之二十余代文化积淀，融汇进边塞马邑特色文化的博大精深里，总是那么历久而弥新，令人肃然喟叹，感念长思。

2004—2012年前后8年间，小堡村张姓后人数祖据典，倾情聚力新编了《朔州张氏仪善堂宗谱》，弥补了明末清初张翰林先人张敬之呕心沥血编撰的宗谱不幸毁于"文革"一炬的痛惜和遗憾，沿循六百余年一个家族繁衍不息的脉络，记载了张姓一门二十余代耕读传家的曲折历程。新谱洋洋四卷，裔支繁复而世系分明。徜徉其中，张姓族人无论先人、今人，一串串熟悉而又陌生的面孔仿佛跃然纸页，都是那么鲜活生动，在我们眼前音容飞扬，好像谱写了一曲生命的长歌，潺潺徐来，涓涓渐去……

张永来主编的张氏宗谱

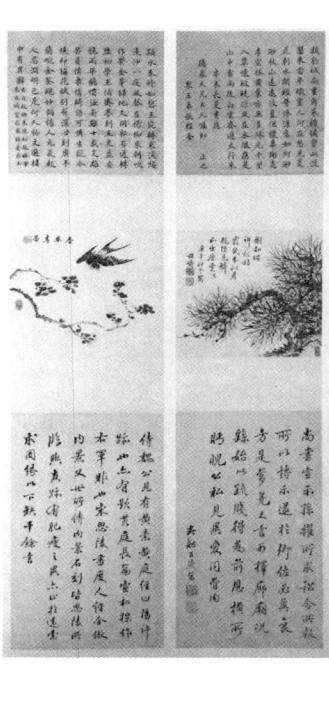
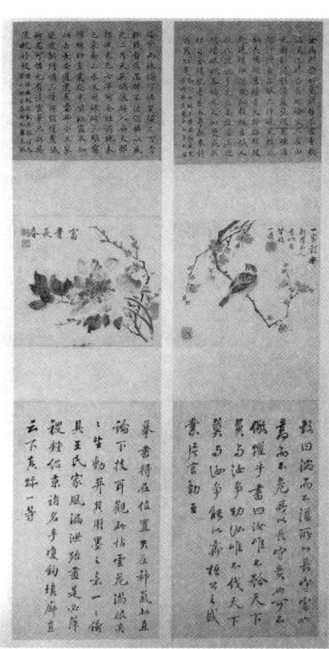
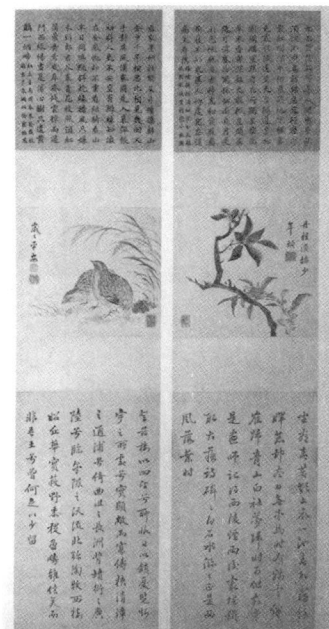

一、伏阁受读

寻找小堡村张姓的源流，最早可溯到清乾隆六年也即1741年三月十一日。这是距今274年的一个时间节点，再前就无从考证。

第二章
以儒起家

当时在平阳府万泉县担任过儒学训导的张凌霄过世有年，子孙是日在墓地为他树碑勒铭，现今碑额毁损无存，碑文却基本完整可辨，其中有一段文字交代了小堡张姓的来历，断句后摘录如下：

> 公上世本东胜州人，鼻祖伏受……（洪）武初年迁朔之北关里，从龙行武，皆隶军卫，而时独系籍郡中。卜世者已知其脱介胄而习礼乐，后

东胜卫

土默特部落首领阿拉坦汗

必以儒起家矣！历传六叶，至玉冈先生，为公之曾祖……

这段碑文虽短，却清楚传递了以下重要信息：小堡村张姓鼻祖叫张伏受；洪武初年从东胜州迁来朔州；军卫出身，再解甲落户。粗略算计，从明代洪武初年张伏受来朔到碑文记录天启二年张凌霄出生，张姓传人共历九世，时间过去250多年，涵盖了几乎整个大明王朝。

再往张凌霄之后，清代咸丰年间张家另一位十三世后人、诰赠通奉大夫张九亭的墓志铭还有一句："始祖伏受公由东胜云内迁朔。"地点又具体了一步。对于寻根问祖的小堡张姓传人来说，东胜云内肯定是其最早的发祥之处。

从历史深处寻找东胜云内，还是颇费一番周折的。

东胜州就是现在的内蒙古自治区托克托县，划归呼和浩特市所辖，位于巍峨的大青山南麓和黄河上中游分界处北岸的土默川平原上。"敕勒川，阴山下。天似穹庐，笼盖四野。天苍苍，野茫茫，风吹草低见牛羊。"一首耳熟能详的《敕勒歌》所吟诵的敕勒川，也即土默川，由黄河及其支流大黑河冲积而成，东西延绵 300 公里，土壤肥沃，水源丰富，又称前套平原或呼和浩特平原。"土默"是蒙语"万"的意思，"特"则是万的复数，合起来，大约可说"万万"，或者理解是几个万户部落的聚居地。

敕勒川应该是魏晋时的称谓，隋唐时改称白道川，辽金元时又改称丰州滩，明代中前期因为蒙古族土默特万户的入居而得名土默川，其首领就是阿拉坦汗，至今他的雕像还矗立在呼和浩特的大召寺广场。历史上，土默川自古以来是匈奴、突厥、契丹、鲜卑、女真以及蒙古等游牧民族心目中的理想牧场，因而在胡汉之间多次易手；至于东胜州这一地名的出现，则早在千余年前契丹崛起的辽代。

辽代之前，隋代将云州的榆林、富昌、金河三县分割出来，另行组置了胜州，州府设在榆林，就是今天内蒙古准格尔旗十二连城乡所在地黄河南岸的台地上，不久再将胜州改名为榆林郡，到唐初又改回为胜州。唐末天下大乱，胜州被割据夏州的党项人占领。公元 916 年，辽太祖亲自率兵攻克胜州，然后将胜州的居民迁移到黄河对岸，在土默川另筑了一座州城安置，因位置在原来胜州的东面，所以名叫"东胜州"，原来的胜州就不复存在。其后契丹人又在东胜州的东北原春秋战国时代赵武灵王所设云中郡故址另筑一座云内州，位于今托克托县古城乡。当时的东胜州和云内州统归西京大同府节制，也有后世人们习惯把两州合称为东胜云内。其时辽实行"以国制治契丹，以汉制待汉人"，汉人并未受到歧视，"多耕稼以食，城郭以居"。到了元代沿袭辽制设立东胜州、云内州，依旧由胡汉多民族混居，这一带相当繁荣，是中原地区通往漠北的交通枢纽。

史料记载，1368 年明朝建立，当年也即洪武元年，徐达、常遇春挥师北伐，一举攻克元大都北平，推翻了元朝的统治，继而平定山西。次年，常遇春率明军攻克元上都开平。洪武三年二月，明军大同指挥金朝兴、都督同知汪兴祖攻取了东胜、云内和丰州三州，残余的蒙元皇族继续北逃到了大漠深处，广阔而肥沃的土默川平原尽入明朝版图，汪兴祖后来还被追封为东胜侯。洪武四年，朝廷在东胜州设东胜卫，隶属大同镇。东胜卫故城在托克托县城西北处，迄今

明代设立朔州卫浮雕 （马邑博物馆）

四面城墙保存完好，俗称"大圜圐"或"大荒城"。在明代嘉靖年间，蒙古族土默特部首领俺答汗的义子脱脱占城驻牧，所以当地百姓也把东胜卫称为脱脱城。脱脱，蒙语的释译是定住、稳定的意思，时间一久汉语化了，转变成托克托，类似呼和浩特意为青色之城。

还需把时间定格在洪武初年。

那时候北元蒙古势力仍很强大，气势也不见衰，比如洪武五年就曾大败明军并夺去云内州城，洪武六年才再度被明军收复。特别是扩廓帖木儿桀骜善战，一生常胜的徐达曾败于其手。扩廓帖木儿汉名王保保，至今民间还有俚语："有本事你把王保保捉住！"总之两军在土默川平原拉锯厮杀，干戈对峙。大明王朝意识到短时间内无法将蒙元残余势力斩草除根，而且继续消耗下去弊大于利、绝非明智之举，所以明军最终选择了放弃东胜云内，退回到 400 毫米降水线的长城沿线，利用有利屏障，广设卫所，固守封疆，就此朱洪武还发布了对敌斗争的最高指示："来则御之，去则勿追，斯为上策。"明军在防线南移时采取的具体措施之一，据说就是在东胜州一带实行无人区政策，"徙其民，空其地"，不给敌方留有南侵屯聚的基地，正如《洪武实录》记载:"六年八月,大将军徐达之师至朔州,徙其边民入居内地。"

有些现代学者经过研究得出结论,东胜以及丰州、云内等地方被放弃的时间是洪武五年。这就可以判断,小堡张姓鼻祖张伏受迁朔时间,应该在洪武五年也即1372年前后一两年区间内,距今600年出头了。

当时的张伏受究竟是什么身份,他的两位二十一世传人张永来和张士权各有不同的理解,形成"永来说"和"士权说"。"永来说"认为,张伏受的故里就在东胜云内,明军南迁时随同迁来,

张伏受画像　孟喜元 作

落户朔州北关里,然后应募入伍,再然后脱去介胄,就地扎根传宗接代。"士权说"则认为,有资料显示,明初从阴山以南、恒山往北,包括土默川在内的大片区域,基本被移民一空,变成无人区了,所以张伏受可能来自南方行伍出身,加入徐达、常遇春麾下一路北伐,直到占据东胜云内就地安扎,短暂居留后才随军退回朔州,直至退伍,就落户北关里;比如今朔城区安庄村元姓始祖元寿就是湖南桃源人,为常遇春军中的武将,以后就携家眷定居朔州。

此外,朔州市三晋文化研究会另有一说,认为洪武三年明军攻克东胜云内后,就地募集新兵,为保证新兵家属人身财产安全,安定新兵的军心,将其家属从东胜云内迁移至朔州。其依据除了张伏受一例,还罗列了其他类似的姓氏祖源,比如平鲁圣佛崖村孟姓的碑文:"世为代北东胜人,高祖讳大芳,国初应募即戎于朔州,遂家焉。"再如朔城区泥河村阎氏:"于洪武三年以军功授指挥司使,自东胜云内徙朔。"曹沙会村牛氏:"其先为东胜云内人,始迁祖洪武三年以军功授千户侯,徙居朔,遂家焉。"等等。

不管哪种说法,总归张伏受从东胜云内来到朔州,并且入编军卫,参与

戍边。

既入军卫,就要回头再来梳理张伏受的"从龙行伍"。

明朝的军卫制,由刘基在朱元璋一当皇帝就提出建议并得到采纳,也称卫所制。根据《明史》,洪武十七年,在全国各处军事要地设立卫所,北部边陲的试点可能早一点。洪武二十三年统计,全国内外卫547,所2563,一般固定驻守。朱元璋曾自豪地说:"吾养兵百万,不费百姓一粒米。"为什么呢?说穿了,依然是以农耕之长与游牧去对抗,也就涉及明代卫所制的实质:"寓兵于农,守屯结合。"简言之就两个字——"屯田"或"军屯",为了就地解决部队的粮草给养,达到"兵饷自给"。军屯的规模很大,就以朔州卫为例,据说屯军1615人,每人种田1顷20亩。

卫所军屯当然要有严格的军事化管理机制。首先现役军人编入军户黄册,可以带养妻小。其次,规定天下卫所军卒十分之七屯种,十分之三守城,按时轮换。其三,屯田来源包括官田、废寺田、牧马场、废田、荒田、空地、绝户田等,朝廷调拨耕牛、农具和种子,收粮后一部分上缴卫仓,一部分留以自用;

朔州的古堡残垣

具体军屯的上缴，有个数字说每亩 1 斗或 1.5 斗，大致可以参考一下，这里不再探讨。

按照明朝的政策，军户都是世袭，要想除籍十分困难，大致上除非丁尽户绝、得到不小的官衔或是皇帝亲自点头等。张伏受作为隶属卫所的军户之一，无疑在他有生之年很顺利地脱去介胄了。丁尽户绝那不可能，皇帝过问也太不现实，所以原因只能一条：在卫所混出一定的名堂。当时卫所的待遇级别不低，比如太原府知府才是正四品，而太原左、右、前三个卫的指挥司使都是正三品。统领朔州卫的明朝开国名将郑遇春，下辖 5 所，职衔是指挥使司副使，也叫指挥同知，从三品；往下率领 1200 人的一个千户所一把手居然是正五品，而朔州知州不过从五品，所以地方上与卫所不可同日而语。所谓官衔大衙役就大，只要表现不错，在卫所随便被提拔一下，职衔低不到哪里去。

反正能够脱离军户，侧面说明张伏受即使没有得到多高的官品，起码也不是庸碌泛泛的普通一卒。

在张凌霄的碑文中，"鼻祖伏受"后面被毁了几个字，根据后面"皆隶军卫"和"独系籍郡"推想，"皆"和"独"很有对应，说明与张伏受同迁朔州、同入行伍的，皆有其他跟他关系密切的人等，可能就是他的嫡亲弟兄，最后只有他一个改获地方户籍，而且显然符合条件、手续齐备，其他人等则不大好说。朔州市朔城区东南乡的南山脚下有个村子叫白庄，也是张姓聚居，自称与小堡张姓一脉相传，呼应了另一个小堡村的传说。据称张伏受当年一共弟兄三人，老大、老二分别定居在小堡和白庄，老三则远走河北。又说张老三更有奇遇，有一天晚上栖身破庙，半夜忽听有人自语："可等来了，不用我管了。"结果翌日老三在庙中挖得一大笔冥冥中属于他的白银，于是暴富，就地安家繁衍成一个"张庄"。到底哪个州县的张庄，说不清楚了，但张老三是不是逃离军卫，暂无稽可考。

还是再说张伏受和小堡村。

碑文说张伏受迁在朔州北关里，最后入籍郡中，军户转为民户。里，也叫闾，明代大约相当于现在的乡。《朔州志》说："朔初官分州、卫，地别民、屯，

南沟湾

州旧有安仁等乡,后并为八里。"其中之一的北关里,原有六村,后来增加到九村,分布在州城的北关及其正西、西北、东北、正南郊,包括照什八庄、高家庄、蔡家庄头、张家小堡、全武营、刘家口、秋子元、宜阳坡、米西马庄。这就表明,张家小堡其实就是北关里的一个村庄。

那么为什么张伏受初来朔州时只说北关里而并未具体到张家小堡?道理很简单,张家小堡诞生在张伏受卸甲转民之后。他最初到了小堡村,土堡好像还没有修筑,而其最初的住处,也已经不复存在。

仔细观察,所谓"山起西北,水聚东南",小堡村的位置选择得应当很有风水。黄土高坡嘛,风水始终来源于水,没水就无从谈什么风水。小堡村南,蜿蜒有一条沟,名叫南沟湾,处在黑驼山麓的冲积扇上,湾内有几眼泉子,一直涓涓不绝,如遇山洪暴发,也会浊浪滔天;村东也有一条沟,名叫东沟湾,从沙涧梁方向流水下来,形成了舒缓的小河,小鱼小虾出没其中。南沟湾和东沟湾的交汇之处,名叫龙王汇,据传北魏时代有过一座龙王庙,后来人们曾经在那儿耕出一尊黑砂石雕成的龙王,请回村里新建了龙王庙,现在庙墟犹存。南

东沟湾

沟湾、东沟湾的水流在龙王汇合并后，进入朔州的母亲河七里河，成为桑干河的源头之一。桑干河的下游就是北京的母亲河——著名的永定河，原名无定河。"可怜无定河边骨，犹是春闺梦里人。"晚唐诗人陈陶的《陇西行》，至今仍算关于无定河的绝唱。谁能想到曾经暴虐无常的永定河，竟与小堡村大有渊源？

距离小堡村东南约3里，另有一道旱泥湾，是村子通往县城的必经之处。从旱泥湾下去进入东沟湾的中间一段是元子湾，河水的西畔土崖壁立，高约三丈多。就在半崖处，张伏受掏开三间土窑，就是俗称的傍崖打窑，下瞰沟底一丈多，再夯出土台阶拾阶而上，可以防止水患。土打土闹，面朝小河，上午向阳，冬暖夏凉，后人因此还把这儿叫作茅庐沟。遗憾的是，三十余年前的一场洪水淘塌崖壁，土窑也就随之消失了，但现今六七十岁的老者们都能清楚地描述那个遗址，记得残存的窑壁上还留着抹上去的白泥。

实现了人生转型，张伏受从军户变为农民。接下来他还得参加屯田劳动，不过已是属于"民屯"。明代所谓"天下卫所州县军民皆事垦辟"，军屯种田，民屯也种田，只是责任和义务要单纯多了。民屯由地方州府管理，其原则上是每人分给"土地 15 亩,蔬菜地 2 亩,免租 3 年,有余力垦种者,则不限顷亩",包括垦荒出来的土地都属官田,大致也算家庭联产承包性质。资料说,3 年之后屯民们如果继续使用官府的耕牛和种子,十税优惠其五;如果是自备耕牛和种子,十税优惠其三,再往后据说一律都按每亩 3 升 3 合 5 勺征税。有的专家做过对比,得出结论说民屯比军屯负担较轻,可能这就是张伏受毅然脱离军户的一个原因。不过,他的风险相应更大,天灾或者兵祸都会导致颗粒无收,都需要独立承担。显然他已做好了充分的心理准备,否则小堡村的历史就将改写。

因为朔州地处边防,随时都得提防亡我之心不死的北元蒙军。众所周知,明朝建立以后,一直没有中断对长城的修筑,包括沿线的附属设施城池、烟墩、烽堠、戍堡、壕堑等。完成这些建筑,绝非一日之功,有个循序渐进的过程,比如史载朔州城砖包完善完毕已到了洪武二十年。这里单说土堡,朔州有关资料详细罗列过辖内所有堡寨,朔城区就有 36 堡,其中小堡及其周边六堡有全武营堡、马营堡、下团堡、上团堡、上泉观堡和小堡,特别注明全武营等四堡为官守,而上团堡和小堡为民守。修筑官堡肯定优先,民堡则得逐一等待条件成熟。至今朔州一地故老相传,都说明代那会儿,整天出工不是修圐圙就是修圐圙,"修圐圙",所指即是筑堡。

据说修筑长城及其防卫建筑,资金来源主要是政府拨款,但也不乏民间自

元子湾的窑洞

发组织的募集。由此判断，小堡的夯筑，一定凝结了张伏受的心血和汗水——出工、出力甚至出钱，否则官府不会让来他守卫，也不会称之为张家小堡。也不能说他就特别崇高和无私，在那个随时都可能被踩踏于北元蒙古铁骑下家破人亡的时代背景和人居环境下，为了自己和家小的安危，守堡不啻最明智的抉择，或者说是不得不为。作为一介匹夫，永远不能把个人的命运和国家的命运分离开来，所谓一损俱损，一荣俱荣，也是封建社会精忠报国的传统思想根源。这么说来，张伏受虽然退出军籍，但还是民兵预备役成员，具备军事素质，一边种田一边守堡，时刻准备坚壁清野，躲入堡内严阵以待。

——这就交代了张家小堡的来历。

至于张家小堡何时竣工，没有具体时间可查，大致在张伏受的儿子们没有成年之前。村里相传，自从筑就土堡，张伏受就丢弃了元子湾土窑，举家搬入堡内居中位置新盖房舍，一朝完成鸟枪换炮的过渡。因为小农经济自给自足的需要，住处首先配置了一盘加工粮食的石碾，故名碾子院。其旧址至今尚存，据说当年还是三进院落，经历六百余年的风风雨雨，现在仅剩下一个来自遥远的碾子院名字和石头雕制的门枢。那盘碾子到20世纪七八十年代依旧有人使用，然后被电磨淘汰，近些年才彻底解体，碾盘被斜立在村中的街道一侧，默默地注视着来来往往的老主人张伏受的后代子孙。

根据小堡村老者口传，叙及张家的老辈原有三字的口诀，现在只剩下互不连贯的两则："宓让谦""善禧庆"。前一则指二世，后一则指四世；三世和五世的名讳失传了，直到六世玉冈先生才续上。所以出现在新编宗谱上，张伏受育有三个儿子，分别是张宓、张让和张谦。哥仨的名字大有讲究，宓是安静，让是忍让，谦是谦虚，不能不佩服他们的老父亲张伏受给儿子们取名时的用心良苦，体现了中国人的处世哲理，和光同尘吧。

再研究张伏受自己这个名字，正好取自一个成语"伏阁受读"。《后汉书·曹世叔妻传》记述了一句话："时《汉书》始出，多未能通者，同郡马融，伏于阁下从昭受读。"这句话的原意是说，当时班昭续写完了《汉书》，大多数人都不大读得懂，同郡的马融趴跪在楼阁下边，拜班昭为师诵读传授。以后传下成语

碾子院遗存的碾盘

"伏阁受读",形容恭敬地接受指教。那时候穷人命贱,取名字没什么讲究,甚至胡乱叫个数字作为代号,比如开国皇爷朱元璋,家里排名老八,就取名"重八",他老子则是朱五四。由此判定,张伏受多着是读书人家出身,或者近朱者赤,有一种儒学氛围,影响着他的人生取向。而"伏受"究竟是张伏受父母为他起的名字,还是他为自己取的号,不得而知,但是都寄托了对读书的期冀和梦想,于是才有了碑文所记的一句对张伏受的介绍:"脱介胄而习礼乐。"

《史记》说:"故君子不可须臾离礼,须臾离礼则暴慢之行穷外;不可须臾离乐,须臾离乐则奸邪之行穷内。"这里的礼乐,本意可能包含中国传统文化孔孟之道所指的礼节和乐舞之类,不过应该属于士大夫们的专利,距离当时张伏受的身份非常遥远;他的礼乐,主要还是"伏阁受读",就是培养孩子们读书,向真正的礼乐之家迈进。宋真宗赵恒曾经写下过一首《劝学诗》,其中有这样的四句令人心驰神往:"书中自有颜如玉""书中自有黄金屋""书中自有千锺粟""书中车马多如簇"。确实,读书是千千万万寒门学子头悬梁锥刺股的精神动力,也是实践证明了的最底层草民获得一定社会地位的仅有的跳板。张伏受虽然十分平凡，对读书的追求却绝不寻常，而且身体力行付诸实施。试想他在提心吊胆、枕戈待旦的日子里，没有得过且过、饱暖自足，相反每天劳作之余坚持不懈致力于营造读书学习的家庭氛围，表现得那么与众不同。或许有人对他持有偏见，以为他好高骛远不识时务，所以才又有了眼光远大的预测家"卜世者"发出由衷的感慨——

东头的老院门

后必以儒起家矣！

张伏受所为，回头再来理解，岂不是为子孙着想的"燕翼贻谋"？好像古时候移山的愚公那样，"虽我之死，有子存焉；子又生孙，孙又生子；子又有子，子又有孙；子子孙孙无穷匮也……"张伏受矢志开辟了一条以儒起家的路子，并且对未来充满信心。

现在小堡村张家最老的坟地，在旱泥湾上去往东南不远的上团堡村地界，名为"张家围子"，占地大约两亩多，高出地表1米多，坟丘都已看不见了。张伏受去世后就归宿在那里，一抔黄土埋下了小堡村张姓终将葳蕤的文化树种。

逝者已矣，教诲不泯。在张伏受身后，他的子孙脚踏实地"伏阁受读"，一代一代书香熏陶。翻阅宗谱，可以看到这样一些读书人的名字：张鸿翱、张书忍、张瀚勋、张昞堂、张耀奎等，多蕴文化的意味深长。

而其中为张姓家族的来龙去脉起到承前启后关键作用的人物，竟是张伏受的九世传人——凌霄公张鸿翱。

二、其人可表

小堡村张姓鼻祖张伏受搬入堡内，建起了碾子院，然后三个儿子张宓、张让和张谦下传了三门后人，村里说法叫“三大门”，排列为长门、次门、三门。根据聚居的方位，三大门分别俗称后村、后街、西头。次门、三门一直沿袭没有再分，唯有长门的人丁较旺，内部继续分支为后村、东头、碾子院。现在已没有那么多主次的讲究，所以给人印象，小堡张姓共有五门：后村、东头、碾子院和后街、西头。

在新编宗谱里，次门和三门从张让、张谦以下，截至十二世前的排辈姓名一概说不清楚，全都标记空缺待考，时间已跨度到三百五六十年后的清代雍正年间。但唯有长门，只有三世和五世空缺，再下就一览无遗，原因是幸运地发现了九世传人张鸿翱的墓碑，使得小堡的带有确凿文字的历史前推了一百余年，一下子上衔到张鸿翱的爷爷、张姓六世张玉冈。

蔚嘉宗字明生，州屬蘇村人。方十六歲，遭兵變，闔家被害，孤身獨存，艱苦萬狀。
伸跪拜，至老不懈。宗族咸稱其孝。於康熙辛酉、庚午等年，歲荒，施粟周濟，蘇村一邨，
有年補還。邑人感之，還鄉之日，兵民隨送三十里外，依依不忍舍去。享年八十七歲，臨終，有鄉人歷年所
義焉。
王人龍字德符，本州人。五歲喪父，賴兄人麟撫育成立。兄歿，悲傷特甚。事嫡母，三十餘年，克盡孝
時河水暴漲，沒人田廬。人龍增堤築壩，殫心竭力，水患頓息，居人皆獲安席，邑人德之。
張鴻翺字凌霄，本州人。由歲貢除平陽府垣曲縣訓導。以內艱歸。服闋，補萬泉縣司訓。縣故僻邑，環
嚴氣正性，不可干以私。至與鄉人處，則謙卑遜順，平易近人，里黨咸欽仰之云。
太史公有言：「古者富貴而名磨滅，不可勝記，惟倜儻非常之人稱焉。」生斯世
旂常，名勒鍾鼎，則亦與草木同腐已耳，烏足貴哉！朔地界邊方，風氣剛勁，多
往往奮不顧身，以殉國家之急。若王霸之中興漢室，張遼之威震江東，賀拔勝
此皆事功之表表者。自時厥後，文德武功，猶爲繼踵。或直言廷杖，或勦賊安
隨分設施。雖小大不同，亦莫非事功也。倬彼芳猷，景行不遠。有志者，可使旗
文行
魏
梁越新興郡人。博通經、傳，性純和。魏初爲《禮經》博士。道武以其謹厚，遷上大夫，令授諸皇子經
元
州人。初爲陝西安察使檢法、太史院主事，皆不就。集賢院奏其賢，除授翰林院修撰、承務郎

清代《朔州志》的“张鸿翱”条

事实上，由于旧谱毁于“文革”一炬，

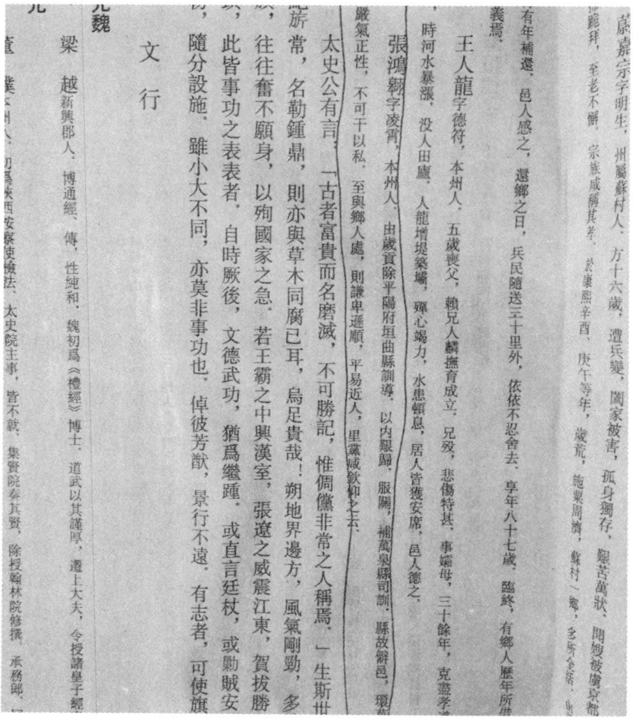

在 2006 年之前，任何小堡人已经不知道张鸿翱是何许人也。

既然张罗宗谱重修，肯定要从鼻祖张伏受往下分支，但是若辈分没有一个坐标点，那么也就无从下手，这一难题也让宗谱主撰张永来颇受困扰。假如从中间半途往下续接，其寻根意义或史学价值势必要大打折扣。平时张永来查阅雍正年间修撰的《朔州志》，在人物志的"事功"一节，早就注意到唯一的张姓人物张鸿翱的条目，是这样记录的：

> 张鸿翱字凌霄，本州人，由岁贡除平阳府垣曲县训导，以内艰归。复关，补万泉县司训。县故僻邑，环万山中，人未知学。翱殚心教育，文风丕变。平生严气正性，不可干以私。至与乡人处，则谦卑逊顺，平易近人，里党咸钦仰之云。

一段文字，言简意赅，人物形象兼具高大全，无怪乎"里党钦仰"，但只说

森严的南垣坟

本州人，范围就大了，无法认定与小堡村关联，而如果真是小堡的先人，意义就非同寻常。

大约在2006年的八月，张永来回村与父母一起过中秋节，到西头买豆腐，遇到一位曾叔祖张光，爷俩寒暄几句谈及正题，张光告诉张永来说："南垣坟以前有一通石碑，'文革'被推倒了，前几天我去割草，无意间看见在荒土里埋着，还露出一点儿。你去看看吧。"张永来急忙赶去寻找，果然在杂草的掩盖下发现了石碑一角。他匆匆清理一番后，碑文居然还可辨认，首先映入张永来眼帘的就是这样一句："平阳府万泉县儒学训导凌霄张翁墓表。"那一刻张永来喜出望外，想不到张凌霄真是被写入《朔州志》的小堡村张姓中的第一人！他忍不住以手加额，惊叹一声："有了！"

真的"有了"。这下找到的不仅"有了"张凌霄本人的生平事迹，而且"有了"对他上辈的简介的一目了然。

墓表也即高一规格的碑文，如果逝者值得表彰，大书特书才叫墓表。张凌霄的墓表，撰文署名"年家眷晚弟寰州霍燝"。霍燝字震生，在朔州大有来头，是朔州另一望族马邑霍姓之后、顺治十五年进士霍之琯的儿子，以廪生出贡，援例担任了教谕，著有文集《雪窗冷啸》，自我介绍身份为"潞安府长子县儒学教谕推升大同府天城卫儒学教授未任丁忧服阕候补"；"年家眷晚弟"，属于文人惯常使用的客套术语，熟人或好朋友的意思吧。

能够请来马邑最知名的文人霍燝执笔撰写墓表，两家的关系肯定不同一般。墓表全篇两千多字，情深意切、文采斐然，由张永来整理出来：

平阳府万泉县儒学训导凌霄张翁墓表

……公侠丈夫也，由岁荐历任垣曲、万泉两庠司训，行年逾耄，以老乞休，归于里。壬午三月考终正寝，距生壬戌八月，大寿盖八十有一云。卒之年，以继出之二子尚孩提，不忍遽诔窀穸事，越春秋为……四十有八年，岁次己丑十月朔六日，其孤长君瑞、次君丹始掘土启攒，葬公于郡北二十里小堡村祖兆之次，而请予为志与铭藏之泉壤已。复请为文，以表其墓夫。

予弗娴于文而窃慨乎文之为墓表……而高官大爵也，乃表之其表之之人，而亦为高官大爵也，乃荣之非是者，何以表为，况其人之实有可表者，其行实每无可指屈，否则其子若孙之拥厚实者，第为观美，苟粉饰于繁文缛节之间，曰吾能不……亲云尔而茫不知志与铭之义，何敢乌知于既葬之后而谋得人焉？以表之表之者，何而顾足为荣哉！今公二子请志铭不已，而恳恳然复以表请已，公可谓有子矣！而无如予之弗娴于文，何也？辱乎！虽然有人以文重者矣文，……中操觚者，亦可藏之拙，惟表勒之贞铭，树之陇邱，行道之人……得见之，倘有曰：此谀词也，阿其所好者为之也。与粉饰繁缛者等类而齐观焉，毋乃不为文公荣及为公辱乎！虽然有人以文而重者矣文……之笔人所难……而其文重其人亦籍以重，有文以人而重者矣。文虽弗工即里巷月旦之评，而其人自重其文亦因之传，则予今日之所用以表公者，此物志也！

按：公上世本东胜州人，鼻祖伏受……武初年迁朔之北关里，从龙行伍，皆隶军卫。而时独系籍郡中，卜世者已知其脱介胄而习礼乐，后必以儒起家矣！历传六叶，至玉冈先生，为公之曾祖，乐道安贫，聿昌厥后。举丈夫子五，其第五郎台……之祖，直躬好义，曾以布衣伏阙上书，陈边民灾伤疾苦状，得旨发帑金三千振恤，事详郡乘中。与其兄四人终身共饮而食不析爨，美哉！其始为（张）公艺氏之苗裔乎？郎台先生举子三，其行一敬之先生，幼攻制举业，中年不乐仕进，惟究心于宗支图牒之考，为能博闻强识，以彰往诏来。居常训饬诸子侄，罔使乖于方者。其族之人莫不爱且畏之。

敬之先生亦举五丈夫子，而公其长也，生有异姿，长而即青其衿，寻以高等食饩积序而成岁进士。得除垣曲司训。时例教职多复设之员，两官气不相下，往往效入官之姤，而操同室之戈，丑态百出其不见笑于诸弟子员也者几希，公独夷然不屑，一以坦……明道士多乐从，未几，丁太孺子之忧，丧葬备极情文，服除，补训万泉，其庠例无复设，公得独行其志，乃益殚心于造育，诸生莫不受教，惟谨惟是。民俗弗训，居万山之中，地巉岩而人执悍，在昔三藩之荒服，蕃族犹然蠢萌，一时军需孔急，檄下如雨，当事督责过严，因激而致变。嗤嗤者氓，蚁聚蜂屯，环公庭而咆哮者，势不啻军之哗于伍也。公闻之，驰诣县门，晓以利害，叱之使退，而徐为之请宽于上官。民……此一难也，籍非公为之解，予恐堂堂令君不知死所，民之首倡阶乱者，究不能免于国法，而蔓引株连，牵累而毙刑狱者且莫知所究竟也。欲以片言靖祸患于仓卒之顷，岂广文先生之力之所能及……乃从容镇定之勿论，其胆其识均堪轶群绝伦，而其阴为之所庇乎？长二保乎黎庶者全活人胜命无算，天地鬼神实降鉴之也。此其守官之大略也。若其畴昔与乡人处，严气正性，屹如山岳撼之不动。

遇蠢……之有若芒刺，或人所畏避而不敢言者，公明目张胆而言之，儒人为之咋舌。噫！如公者岂非奇男子耶！侠丈夫耶！其得之阅历者素耶！其钟之天性者殊耶！予稔公之为人者久，而于今日之役更从……读公所纂张氏家谱一编，其序次世系，昭穆井然。而其阐述先代高曾之贻谟令范，莫不有典有，要可法可传。厥考敬之先生之所有志而未逮者，至公而获辑成书焉！孝思不匮，永言维则。自今以往而……人也，以有传书也，惟君家孝于亲而后服官能其职，处乡峻其望也！世岂有无源之流？夫至性而能善身名者哉！犹忆丙寅之秋，予摄绛州庠录，公自垣曲来相慰藉，时公已丧元耦，谋之予，遂娶……氏。

辛未嘉平予再摄庠录于安邑，公于时补任万泉，适逢岁较，公必送考而至。与予同事者月有余日，每公退则促膝谈心，把酒命醉，磋驹隙之摧残，伤冷局之困腹。直欲拔剑而舞，一泄此中……倒漳干及十有七载，不能一量移而公自度桑榆渐逼，清俸之积，聊可充买山之资，遂决意解……继孺人携两幼子而归，知足不辱，知止不殆，其公之谓欤？迄乙酉三月，予补报迁天城教授……跟跄言旋襄事毕偹询诸故戚知交，而公应召玉楼已三年矣。呜呼，悲哉！回思河东聚首，客床夜话时，恍惚如梦。人生……固如斯乎。

予少于公一十有八岁，齿宜肩随之列，而公不挟长以同……后生小子藐视予，而肝胆与肺腑共如见，向予亦有家谱之修，又尝请于学使者续刊，先银台公之奏议志状于晋省通志中，继而编纂邑志，凡数事剞劂费几数百多金，至于襟肘并露，仍不吝称贷……以酬先中书公未及酬之志也。弗料索解人不得甚有，从而猜忌之媒孽之者，独公闻之许可且不惮逢人说项，曰霍氏世有令德，其冢嗣耻与纨绔伍，而惶惶然惟恐其先绪之或坠也，诸所纂述罔非……启后计但以寒坛冷席为此良难，每叹慕若不啻口而不知予之所勉为者，固公之所先我而为之者也，呜呼！知己之感百世可矣！公虽往矣，而劲骨如在，浩气犹存。予何能表公于万一，亦惟略述公……及予之所见信于公者其概如此，而窃揣夫人之见之者未必不曰此谀词也，阿其所好者为之也。

夫悠悠道路之口果足为人重轻乎哉，所荣愿者奕禋而遥张之子孙祭墦间而拜墓下，仰见冢头片石而读之，庄诵一周，声泪俱下，曰：此吾家八世祖凌霄公之行，实高风壮节，班班可镜，其当年搦管淋漓而乐道人善者，襄州霍伯子父者传闻谓是其家奏豁荒田请帑赈馁银台公之嫡曾孙，而捐资修城出……中书公之嫡长子也，其人亦曾官广文与凌霄同时而同事者，知之悉，故言之切也。霜露凄怆之余宁无感慨流连而为之兴起者乎，则予与公当相访于九原之……而相与笑而绝倒！公讳鸿翱，凌霄……里与生卒年月其书如前。元配吴氏，有妇德，先公卒。生子一，曰瑞。笃信谨守，年及耆，犹殷殷若孺。慕继配周氏，姑射女也。从公未及廿年，而矢志柏舟，凛如秋霜。生子二，曰丹，曰玭。皆能读父书，为郡博士……不禄后公八年而亦即世次君丹刻苦办学，蜚声艺苑。公之葬也与其兄合力同心，情至而理周。夫吾儒惟孝悌之行无亏，然后功名之路可达。将后之光大其门，以丕扬所生者其次君丹乎？次君勉旃……枝骈发绳绳未艾。而今之头角峥嵘以妙龄而登上庠首，则长君瑞配边氏所出之孙永宁也，为书篇末以俟夫后起者！

潞安府长子县儒学教谕推升大同府天城卫儒学教授未任丁忧今服阕候

耕读世家

补年家眷晚弟寰州霍燝顿首拜撰文
　　孝孙永灏时为庠廪生薰沐书石
　　曾孙立德谨篆额
　　不孝张　瑞　玥　珑
　　孙　永定　永宁　永溥　永灏　永清　永洁
　　曾孙　鐄　锦　铨　钦　立功立德立言
　　玄孙　体乾　瀚勳　仝立石
　　　　　　　　　　　　清乾隆六年三月十一日穀旦

　　下文把主要内容逐一解读，去认识一个霍燝眼里"劲骨如在、浩气犹存"的凌霄公张鸿翱。

　　首先从张凌霄的长辈开始。"公上世本东胜州人，鼻祖伏受……武初年迁朔之北关里，从龙行伍，皆隶军卫。而时独系籍郡中，卜世者已知其脱介胄而习礼乐，后必以儒起家矣！"一段碑文很清楚地交代了张伏受的简单情况及以儒起家的由来，他以下的六世是张玉冈，为张凌霄的曾祖。张永来苦苦梳理不出的辈分就此豁然开朗。

　　接着，碑文逐一刻记了张凌霄曾祖张玉冈、祖父张郧台和父亲张敬之，各有特点，个性鲜明：张玉冈安贫乐道，五个男孩读书学习的劲头十足；尤其是老五张郧台耿直仗义，曾经以一介布衣的身份写了材料向朝廷上访，反映朔州一地边民的灾伤疾苦，居然得到圣旨的批复，拨付下来3000两银子振恤；可贵的是郧台五兄弟从未分家，一起和睦生活，大有老张家百忍堂张公艺九代同居的优良传统。张郧台又有三个儿子，老大就是张敬之，从小攻读八股文，中年时再不去参加科举了，而是醉心于考撰宗谱图牒，追记先人鞭策后世；敬之先生对子侄很严格，经常训饬他们规矩做人，族人对他又爱又怕；他有5个儿子，老大就是张鸿翱，字凌霄。

　　鸿翱和凌霄，本意是鸿鹄翱翔、凌越霄汉，听起来气势不小，却也隐蕴着王安石写过的一句名诗："凌霄不屈己，得地本虚心。"按照碑刻所表，张凌霄生于壬戌年八月，卒于壬午年三月，享年81岁。推算壬戌年为明天启二年也即1622年，壬午年为清康熙四十一年也即1702年，在这段不算短暂的岁月里，历史风云变幻，朱明王朝被满清王朝取而代之，曾经的东胜云内变成了脱脱城，朔州也从蒙汉对抗的战争前线变成中原通向塞外的一处重要而繁荣的集贸中心。康熙这样评说长城："守国之道，惟在修德安民。民心悦则邦本得，而边境自固，所谓'众志成城'者是也。"仅此一席话，应该很暖民心。而改朝换代对小堡村来说，很明显土堡的作用不再。清初裁卫归州，朔州共有11里、415村庄，小堡是其之一。对张姓族人而言，战乱的忧虑没必要再去挂怀，可以一门心思伏阁受读了。

结果是张凌霄率先成了一名"岁进士"。岁进士也叫岁贡生或岁贡，不同于殿试进士，实际就是在秀才中成绩优异，被推荐获得了进入国子监学习的资格，意思是贡献给朝廷的人才，相当于举人副榜。张凌霄的碑文这样说："（公）生有异姿，长而（入庠），即青其衿，寻以高等食饩积序而成岁进士，得除垣曲司训。"可见，张凌霄从小相貌不俗，读书后成绩优异，很早就被推荐为贡士，再被任命为垣曲县司训。参阅大清吏制，司训也即郡县的儒学教谕，如果连续三科没有考上举人，吏部就组织再考，由大臣面试，叫"大挑"，能及格的，一等安排担任知县，二等任用为教谕、训导。那时县级政府中被称作官的，仅有知县、巡检、典史、教谕和训导等四五人。所以教谕也是朝廷命官，官衔文职正八品，相当于现在科级的教育局长吧，负责管理官办的县学，手下一般有两个专司教学工作的训导，还可支配相应的经费，来自定额学田的田租。

碑文很简练地回顾了张凌霄在垣曲、万泉担任司训时的两桩典型事迹：

> （垣曲）时例教职多复设之员，两官气不相下，往往效入宫之妒，而操同室之戈，丑态百出，其不见笑于诸弟子员也者几希，公独夷然不屑，一以坦（荡），明道士多乐从。未几，丁太孺子之忧，丧葬备极情文。服除，补训万泉，其庠例无复设，公得独行其志，乃益殚心于造育，诸生莫不受教，惟谨惟是。民俗弗训，居万山之中，地巉岩而人执悍。在昔三藩之荒服，藩族犹然蠢萌，一时军需孔急，檄下如雨，当事督责过严，因激而致

师道尊严

变。嗤嗤者氓，蚁聚蜂屯，环公庭而咆哮者，势不啻军之哗于伍也。公闻之，驰诣县门，晓以利害，叱之使退，而徐为之请宽于上官。

还是用白话复述一回。先说在垣曲时候，县学安排进两位素质低下的训导，互相脾气不合，经常公开闹矛盾，以至于丑态百出风气恶劣，让学生们看笑话。张凌霄十分鄙夷他们的行为，不屑置身是非，始终坦荡磊落，受到开明人士的一致拥护。不久，他的老母亲去世，他回老家守孝丁忧，完了又被任命为万泉县司训。万泉县学只他一人，没了那些个你争我斗的乌烟瘴气，倒使得张凌霄可以充分发挥才智，殚精竭虑教书育人，生员们跟着他无不受教匪浅。

补充一下，万泉县后来与荣河县合并，就是因为笑话有名的万荣县，现在的万泉县变成万荣县万泉乡万泉村。早在洪武二年，明太祖诏谕中书省："宜令郡县皆立学校。"于是，全国各地纷纷建庙兴学，一般是庙学合一，所以文庙大殿也叫"明伦堂"。《孟子》说："夏曰校，殷曰序，周曰庠，学则三代共之，皆所以明人伦也。"如今明代的万泉文庙依旧保存完好，名列全国重点文物保护单位，那里就是张鸿翱曾经办公的地方。

由于万泉县地处深山,文化相对落后,民风执拗莽悍,当时吴三桂等三藩作乱,军需征收火急,当事官员督责过严不近人情,结果引发百姓聚众上访,把县政府围得水泄不通,声势不小,好像军队哗变一样。张凌霄得知,急忙赶到现场,对百姓晓之以理,劝其散去,然后又向上级请求把征收任务宽限一点,终于平息了一场严重事态。

三藩之乱,起于1673年,也即康熙十二年,那时候的张凌霄52岁。

写毕万泉事件,霍燨得出结论说,如果不是张凌霄挺身而出,局面一定失控到不可收拾,从而酿成大乱,那时恐怕县令难辞其咎性命不保,而带头闹事的百姓,更将受到国法的严厉惩处,受牵连坐大牢掉脑袋的也会不少。看当时情况,其余官员都已经束手无策,甚而还在火上浇油,亟须有人站出来做百姓的工作,唯一的前提是说话得有人听,得有相当的威信。这样的角色,非张凌霄莫属。当然,事不

清代官员

八品文官补服

《董卫国纪功图》，清黄壁画，描绘平定三藩时地方官员迎候江西总督董卫国。

明清县学一般设在文庙。图为万泉文庙

关己高高挂起，他完全可以隔岸观火，不排除可以收些渔利，但他选择了大局为重，将自己极可能遇到的风险置之度外。所以碑文赞叹张凌霄："或人所畏避而不敢言者，公明目张胆而言之，儒人为之咋舌。噫！如公者岂非奇男子耶！"也就呼应了墓表开篇的那句导语："公，侠丈夫也！"

霍燥对于张凌霄由衷敬重和深切悼念，不仅于公，而且于私。他特别回忆说，张公虽然比他大18岁，但从不倚老藐小，相反能够肝胆相照，结为知音。又说当年他也着手编撰霍姓宗谱，还编纂《马邑县志》，张凌霄热心帮着查找资料，虽然自己捉襟见肘，仍然借钱资助。县志印出来后，有人索要不得，难免心生猜忌，就去散布流言蜚语，甚至写了文章中伤作者，唯独张凌霄站出来仗义执言说："霍家世代有德，即使择坟也要远离纨绔；霍燥修谱撰志，都是出于提供借鉴启发后人，怎么能罔顾事实信口诋毁呢？"就凭这么一席话，就知道张凌霄的人品人格无得可说，"无可屈指"。所以《朔州志》那一句"平生严气正性"，一点儿没有言过其实。

树碑立传容易，获人口碑那就难了。为了让路过之人看到碑文后理解自己为张凌霄所写的文字绝非"谀辞"，霍燥刻意坦言，一般文化人避讳替别人书写墓表，若有相求多会以"弗娴于文"推辞掉，因为一来给人"文以人重"之嫌，二来也怕粉饰繁缛招致非议，毕竟要刻在石头上再树于垄丘，八辈子也涂改不了。为此霍燨表示说，我之所以不惜笔墨为凌霄公挥毫书表，绝不因为他是什么高官大爵，而是其人可表："表之其表之人，实有可表之表。"把文绉绉的语言换成大白话就是：我发自内心，很值得。

从墓表内容还能看出，张凌霄的家境曾遭变故。时间在丙寅年秋天，即1686年，张凌霄已有65岁，从垣曲到绛州看望霍燨，谈及他的原配吴氏已经先逝，留下一个男孩张瑞，想着再娶一位继室照管家务。到辛未年即1694年12月，恰逢岁考，已到了万泉的张凌霄和霍燨都是考生的带队，两人相见于安邑县，并在一块儿待了月余，工作间暇经常促膝谈心，还"把酒命醉"，无不伤怀于白驹过隙岁月催人、世风冷淡世态炎凉，激动起来恨不能拔剑而舞。张凌霄年已70岁出头，依旧不失所谓"贫则独善其身，达则兼济天下"的文人情怀。其时他刚刚续娶了周氏，霍燨形容很漂亮的"姑射女"，"从公未及廿年"，说明成亲时周氏不到20岁，推算两人年纪相差53岁，很典型的老夫少妻，婚后周氏生下两个男孩张玥和张珫。

就是那一次安邑相聚，张凌霄向霍燨意气萧索地流露说，自己在万泉一干十七年，自知桑榆渐逼，准备申请退休，到时候携继室周氏及又生下的两个男孩回乡，叶落归根。他这样谋算说："清俸之积，聊可充买山之资……知足不辱，知止不殆。"南朝刘义庆在《世说新语·排调》记录："支道林因人就深公买印山，深公答曰：'未闻巢由买山而隐。'"后以"买山"比喻贤士的归隐。

也得说说清代文官俸禄，八品是每年俸银40两、禄米40斛。斛是古代的量词，一斛10斗，后改为5斗；就按5斗计，有说每斗相当于现在的12.5斤，10斛是625斤，40斛为2500斤，一个10口之家够吃。有人研究过清代米价，按最太平盛世的乾隆年间算，大约15文钱/升；一升米据说大于1斤，不到1.25斤，按照最多1.25斤来算，现今超市的米价1.8元/斤，则一升米价格为2.25元；1两银合1000文，1000/15×2.25=150元，所以清乾隆的1两银子相当于现在150元，那么40两银子大体就算6000多元。参考朔州民间还留下的清代地契,每亩土地卖价最低时才1两多银子,所以张凌霄积攒了一笔钱,不能说很多,只因土地太便宜,归隐乡间似不愁生计。

再说霍燝自与张凌霄晋南一别,于康熙四十四年也即1705年补报大同府天镇县儒学教授,回乡借机访寻故交,才知道凌霄公已经不在人间三年了。推算张鸿翱回到小堡村生活了不到8年时间,还留下了"与乡人处,则谦卑逊顺,平易近人"的好名声。他去世后,留下继室周氏,"矢志柏舟,凛如秋霜",照样不入俗流,躬身尽瘁继承了家族的使命。

《朔州志》"列女"一节记录了周氏的事迹,文字如下:

清代画片:还乡图

> 周氏,万泉县训导张鸿翱妻,翱殁,氏方二十八岁,遗子玥、珑,俱幼,氏誓不二夫,抚二子读书成立,皆其青衿,孙永灏亦饩于庠,且抱子矣,见年六十四岁,苦节三十余年,州守汪旌其门曰"敬共遗范"。

毫无疑问,张凌霄的遗孀周氏,不仅没有让九泉下的丈夫失望,而且为张家更添了荣誉和尊重。生于1675年的周氏,从28岁守寡,含辛茹苦抚育两个幼子读书成人,都培养成秀才,孙子也成为秀才中的佼佼者廪生,享受到县学每月补助的廪米。到她64岁抱上曾孙,已经苦节36年,青丝变白发,少妇成老妪,终至朔州太守汪嗣圣亲自书写了牌匾"敬共遗范"送来,张挂在门楣,旌表她的贞德：风范长存，人所共敬。想象迎来门匾的时刻，周氏该有多么百感交集，一生的酸甜苦辣都上心头。

对张凌霄的后事，墓表的记述比较具体，摘录一段：

> （公）卒之年，以继出之二子尚孩提，不忍遽诔窀穸事。越春秋为（康熙）四十有八年，岁次己丑十月朔六日，其孤长君瑞、次君玥始掘土起攒，葬公于郡北二十里小堡村祖兆之次……

就是说，张凌霄去世时，周氏所生的张玥和张珖都在孩提，家里不忍心操办挖墓凿穴殡葬一干事宜，直到康熙四十八年，张瑞、张玥弟兄才在小堡村张家老坟的下首另择坟地，将其父正式下葬。地方就是现在小堡村的南垣坟，丈量占地两亩四分。

从康熙四十一年到康熙四十八年，张凌霄去世七年后才下葬，现在说起来似乎很难理解，实际上在清代不足为奇，比如张凌霄同时代的廉吏于成龙，母亲去世后他在湖北任职无暇顾及，直到十几年后才回家葬母。这样的古俗就叫"浮厝"，特指把灵柩停在宅里上房，暂不入土归葬。据说浮厝处理，需用砖石将棺木四角垫高，离地三寸，有的地方还得把灵柩用土坯和草泥密封起来。之所以浮厝，一种情况与于成龙类似，暂时没条件没时间安葬；再一种与张凌霄类似，要等孩子都长大后家族振兴，再行更风光的"诔窀穸事"，若是子孙不争气，极可能使期待泡汤，到头来或许就草草掩埋了。

还有一类属于个别的情况，如《朔州志·列女》另外提到了张凌霄四弟张鸿翘之妻徐氏。张鸿翘去世时，妻子徐氏才23岁，"子女俱无"，另有土房三间和五十亩土地，她誓以守节，与别人说："吾必随夫棺而葬！"每日"亲拂其柩，寿八十六岁卒，与鸿翘棺同葬"。看看徐氏的事迹越发叫人惊心动魄，把丈夫的棺材摆放家中，每天拂拭厮守。爱情吗？好像不是。礼教吗？好像也不是。二者皆有吗？有可能。总之张鸿翘浮厝竟有六十余年之久；另外又说明，张鸿翘父亲张敬之的田产达250多亩，五个儿子每人分到50亩。

明清县衙

总之周氏和徐氏亲妯娌两个并肩进入《朔州志》，张家在朔州一地，等于创造了一个奇迹。妇人已然如此，何况须眉啊。

在张鸿翱的墓表结尾处，霍燢动情地逐一将凌霄公的子裔做了介绍，并且断言张家必将光大门庭——

张瑞，笃信谨守，上了年纪后还在他的继母面前殷勤相待，好像一个孺子，完全视同亲母；张玥、张珖，都能博览群书，是大有学问的郡博士，而且张珖刻苦办学，蜚声艺苑；张瑞和妻子边氏的儿子永宁，以妙龄而登上庠首，就是县学的头一二名生员，一个"头角峥嵘"的后起之秀。

"以俟夫后起者！"霍燢用这样的叹句，作为墓表全文的收尾。

墓表的落款日期，写明为乾隆六年，就是公元1741年，其时距张鸿翱安息已经过去不短的39年。就在那年三月十一日，好日子"穀旦"，张家再请德高望重的霍燡撰文，孙子张永灏薰沐书石，曾孙张立德碑额图篆，隆重为凌霄公祭奠立碑，伏惟尚飨。其时老爷子的儿孙满堂，人丁兴旺，环跪碑前的，是他的3个儿子、6个孙子、7个曾孙、两个玄孙，大家"仰见冢头片石而读，庄诵一周，声泪俱下"。

张凌霄的孙子之一张永灏，是朔州庚辰岁贡士、候选儒学训导，曾在乾隆四十年为朔州重修林衙寺撰写了碑文，如今石碑完整保存在崇福寺廊下。可想而知，当年的张永灏，在朔州应该是文采拔尖，卓然超群。

另一位孙辈张永宁，村里相传曾在河北某地担任过代理知县，遇有一年大旱，全县庄稼颗粒无收，百姓眼看无以果腹岌岌可危，都去跪求县里放粮赈济。按照官场惯例，这类大事需要逐级请示报告，县里无权做主。张永宁感觉灾情紧急，说："如果等到朝廷的批复同意，灾民早就饿死不知多少了。还是先放粮再上报吧。"同僚生恐擅自而为后果严重，张永宁拍板说："有责任我独力承担，与你们无关。"雷厉风行放粮之后，他估计乌纱不保，干脆把官帽印信挂在县衙大梁，辞官回家。庆幸的是后来上级不仅没有问责，而且还褒奖张永宁处事果敢，对他给予肯定，但他已经弃职为民，再没有出去入仕——大有乃祖凌霄公风格。

张凌霄的玄孙之一张瀚勋，就是平鲁白堂村张姓的始迁鼻祖。

第三章 光前裕后

一、翁德守道存诚

在小堡村东南与南垣坟平行相距三四百米的大圪塄地，另有一处张家老坟，都称大圪塄老坟，应该安葬着张翰林的直系先人，因为其下首即是翰林坟。人们记得，那处老坟立有两块石碑，"文革"伊始都被推倒搭了渠沿。一块较远，在村后大路边，一块还在老坟附近。大约农业学大寨时期，村里开展农田水利基本建设，平田整地大搞千亩方万亩方，结果翰林坟倒留下了，大圪塄老坟却被推平，化腐朽为耕地。"文革"之后，一些有主的坟地允许复原，但老坟已无人问津。

大约是1983年，刚刚改革开放，全社会的文化意识出现了复苏的迹象。当时的朔县文管所工作人员专程跑到小堡村，找到翰林张炜的五世孙张浩，探讨能不能尽量收集相关文物，把翰林的陵园恢复一二，总是一处不可多得的地方历史遗产。

可能那时候的张浩积极性很高，首先去收拾村后的老碑。请几位族人帮着抬出道旁后，已经中午了，大家回家休息，准备下午再想办法运回坟地，谁知被人顺手牵羊。正好那年政府建设刘家口煤炭集运站，全武营村一位勤劳的老边同志连晌到工地卖石头，路过石碑跟前，自忖物尽其用，是些现成的便宜，所以不假思索挥动大锤砸为整齐的几块，扔到车上扬长而去。下午张浩过来一看，发现好端端的石碑只剩下边角的一块，顿时傻眼了。据说事后他愤而上诉，与路边拾遗的老边打了一场官司，却也不了了之，无法改变祖宗的墓碑砌筑进集运站办公大楼地基的既成事实。至于翰林陵园的整理什么的，以后同样没了下文。

锵爷墓碑及其先父张轶伦残碑

幸而残损的碑块上终归留下了只言片语，零零碎碎包括"其先东胜""人性至孝""大节而至""进固世德""十月而葬""诚而为之志志"等。不过，最有价值的信息还是落款："男，钜庠生，锵庠生；孙，大京庠生，玉森庠生，诚明庠生，诚志庠生，书绅庠生，书田庠生，书忍庠生。"子孙两代，全部庠生；一门青衿出入，堪称秀才之家。小堡村历来相传，老辈里出过两位响当当的人物，并称"钜爷、锵爷"，想不到老大老二亲哥俩在这里露面了。

再说另一块老碑，一直在小堡地界，免于类似的被砸被卖，水渠毁弃后仍旧扔在那里，基本完好地保存下来。碑文显示，立碑时间在嘉庆一朝，墓主为张锵，字声达，其先太翁叫轶伦公；张锵三个儿子，分别是张书绅、张书田、张书忍。这样与头一块老碑对应，张锵、张钜亲哥俩，他们的老父亲就是张轶伦。再参照以后即将详述的张书忍墓表，其父张锵，爷爷张永倬，字轶伦；那么张永倬即是轶伦公——原来此翁的碑被换钱了。

那么张永倬之上，又是哪门的直系传人？不妨先讲一个发生在20世纪70年代的传奇故事。

且说小堡村张姓次门有一位十八世的张仲，小名三义娃，一辈子没有成家，也能识文断字，大集体时在村里的卫生所负责抓药，平时隔三差五进城采办药品。这人素有早起的习惯，往往提前到了药铺，人家还没有开门上班，只能在外边等候。没事他就在铺外的阶前来回踱步，久而久之，注意到脚下的一块方砖似乎松动底空，觉得有点蹊跷。有一回他又去进药，看看天色未亮，终于忍不住撬起那块方砖一睹究竟，谁料发现了一小罐白洋，也不知什么人什么时间窨藏下，竟让三义娃发了一笔小财，在村里不算秘密。

总之说明三义娃是个留心人。"文革"之前他

张锵墓碑拓片（局部）

每次路过大圪塄老坟那儿，顺便就凑近老碑瞅读一番碑文，差不多把主要内容谙熟于胸。所以那块老碑被盗卖了，却有幸留在三义娃的记忆里，也算祖宗有灵。后来编撰宗谱，三义娃倾囊传授。据他证实，轶伦公的碑文写明张锵、张钜的父亲张永倬，娶妻姓刘，同胞兄弟二人，另一个名叫张永伟；他们的上辈也是两位兄弟，取名都是王字旁：一个张玠，一个张jian，读四声，王字旁右一个建字，生僻字大全也查不出来；再上一辈，竟是八世祖张敬之的次子、张鸿翱的二弟张鸿翀。显然他们弟兄各自停坟为祖，往后再传世系。

公允来说，对家族本能而朴素的承传自觉，使得三义娃其心可嘉。

一经疏通了张鸿翀一脉，大圪塄老坟也就顿显不俗，褪去草根土气。坟里的先翁张鸿翀，名字与鸿翱意思差不多，曹植有诗："鹍飞举万里，一飞翀昊苍。"老大是鸿鹄翱翔，老二就鸿鹄冲天。而且看来，张鸿翀往后到了张钜张锵，的确冲上了一定的高度。虽说张钜除了父子五秀才外没有更多文字信息，但张锵的墓碑足以反映这一门的青出于蓝胜于蓝——其石碑内容的书丹和篆额的

"贻谋燕翼",正是出自其孙子张炜之手,21年后他参加殿试,金榜题名。

张锵的墓表不长,难得非常完好,由张永来句读后,全文抄录:

皇清例赠修职佐郎声达张翁墓表

古所谓豪杰之士必其德在敦本,能行济物,道堪风世,谊不乖方,是以福寿咸臻,光前烈裕后昆,然后生则不愧而死有余荣。若吾姊丈张翁其克当此无憾焉!

翁讳锵,字声达。鄱阳旧族,世泽绵长,其先太翁轶伦公,孝友纯笃,乐善好施,诚信刚直,早为乡里所推荐。翁则体亲心以为心,成亲志以为志。生事则夙夜无忝,不留余憾;死葬则崇祀忠义,血食无穷。至于子弟之不中不才者,罔不栽培而成就之,诗曰:孝子不匮,永锡尔类。惟翁有焉。他如族党亲戚之际,患难必为振恤,事变必为解纷,遇亲族之才堪造就者,不惮解衣推食必使终归进取。故亲族之假馆课以成器者数人,迄今犹感戴弗置。《鲁论》谓:君子成人之美,翁其近之。

翁读书能通大义,事亲以孝,事兄以恭,待下以宽,遇戚以厚,合族以和,处世以平,尊师养士以为郡人所仰望。生平以诚心为主,耻言刻薄攻讦之事,不形人短,不道己长,不侮善良,不畏豪富,敬有德,周贫困,诚能动物,德足润身。郡守重之,旌以匾额曰:"守道存诚",彰翁德也。

翁以雍正甲寅年二月二十七日生,以嘉庆辛未年八月二十四日考终正寝,寿七十有八,邑人为制锦焉。越乙亥十二月葬于祖茔,原配即苑之姊也,继配杜氏王氏陈氏,皆有妇德,能主中馈,佐翁致富。翁自弱冠游庠,肆志农桑,祖业大振,较前代倍为饶裕。子三,长书绅,屡任司铎。次书田,三书忍,俱入贡成均。其诸孙之森森成立者多大器,他年必为廊庙选。非翁之德行过人,道谊越俗矣,以获福享寿光前裕后若此哉!

苑为翁内弟,少假馆以肄业三年,翁相遇甚厚,亦相得甚欢,知翁之行详且悉,其先太翁之墓亦苑为表,是弗用俚言以志翁实,惟至戚无饰词也,故志而不铭云。

嘉庆己丑岁贡生候铨儒学司训愚内弟蔚惠苑顿首拜撰

孙　炜熏沐谨书丹篆额

男　书绅教谕　书田贡生　书忍贡生

孙　四维巡检　焯　烜贡生　焕增生　炜廪生　灼　立石

曾孙　耀祖监生　韶钧　（　）（　）（　）

大清嘉庆二十五年岁次庚辰孟秋　穀旦

一篇墓表，七百余字，人物的生平、品格等全都交代得有条有理。锵爷名锵，字声达，包含黄钟大吕不同凡响的意思。他生于雍正甲寅年二月二十七，卒于嘉庆辛未年八月二十四日，享寿78岁。雍正甲寅，也即雍正十二年，公元1734年；嘉庆辛未，即是嘉庆十六年，公元1811年；立碑时间嘉庆二十五年，为1820年。

以时间而论，从张鸿翀一辈下传，等张锵降生之际前后沿袭四世，恍然过去百十余年。

锵爷一生最高头衔体现在墓表的题目上，为例赠修职佐郎。大清官制显示，朝廷按照推恩定例要把官爵授予官员去世的祖辈、父辈，属于象征身份的虚衔，大体就像现在的职称，也叫"散阶"，由其子孙的功名决定，就算看子敬父吧。参照那时候官员级别所划定的九品十八级，每品包括正、从两等，修职佐郎是文职从八品。虽然看似级别不高，但在郡县范围内，荣誉度依然不可小觑了，要知道在乡间间即使秀才都凤毛麟角，是乡亲们眼里不折不扣的贵族阶层。

俗话说："好闺女不在钗环，好秀才不在蓝衫。"出身秀才的张声达，绝非仅仅父以子贵，因为他本人就做到了"生则不愧，死有余荣"。这样的赞誉，虽与"生的伟大，死的光荣"相差还远，但张声达起码得到郡守的欣赏，送上一块门匾表彰："守道存诚。"简单的四个字，从此成为小堡张姓最具标志性的家训。

"守道存诚"，字面意思说恪守孔孟之道、道德原则，心存诚信，当然是高度赞誉张锵的为人风范，是乡邻楷模。不过内涵大有哲理，其原话应该取自《河洛理数》岁运六十四卦诀的一句："所求皆有得，居正亦为凶。守道存诚

张炜 12 岁为爷爷张锵书碑手迹

信,惟明可有功。"相应地,也包含明确的警示意义:出人头地,木秀于林,再怎么防范,再怎么走得正,都可能随时招致无妄之灾,所谓"树欲静而风不止"。怎么办呢?唯有光明磊落,"守道存诚",才能逢凶化吉,建功立业。《中庸》说:"诚者天之道也,诚之者人之道也。"在儒家文化中,孔孟之道就代表正义、正道,而诚之一字,则在道中占有十分重要的位置;事君忠诚,待人诚信,数千年来都是封建士大夫不可动摇的人生观、价值观,只不过挂在嘴边标榜容易,但言行一致真正做起来就很难了。

张锵的墓表提到其父张轶伦,就给张锵树立了守道存诚的榜样。轶伦公"孝友纯笃,乐善好施,诚信刚直",得到乡里乡亲的一致推崇,而张锵又将父亲为人处世的一贯准则发扬得无可挑剔。首先还是诚信,处处为别人着想,只要答应过的承诺过的恨不能连夜去办,不让留下半点遗憾。再就是对待亲朋族人,始终慷慨无私,有困难解囊相助,有纠纷一力调解。他只要发现亲族中的可造之才,一定会给衣给食、帮扶上进取得成绩,所谓"君子成人之美";在子弟中纵有天资并不过人的,他更为悉心栽培,直到有了出息。在这里墓表还引用了《诗经》的一句"孝子不匮,永锡尔类",来感慨张锵的善有善报,"惟翁有焉"。锡通"赐"字,全句意思是说,孝顺的子孙层出不穷,老天爷永远会给孝顺的人赐予福报。同一个道理,反过来又被《三字经》论述一番:养不教,父之过,教不严,师之惰……

清代私塾

略举事实后，墓表用一段精彩排比的文辞，骈四俪六总结了张锵践行守道存诚的一生："翁读书能通大义，事亲以孝，事兄以恭，待下以宽，遇戚以厚，合族以和，处世以平，尊师养士以为郡人所仰望。生平以诚心为主，耻言刻薄攻讦之事，不形人短，不道己长，不诲善良，不畏豪富，敬有德，周贫困，诚能动物，德足润身。"其中的耻言刻薄攻讦、不形人短不道己长、不欺负善良不畏强暴、敬有德周贫困等，恰是张锵秉持儒家以仁为本、以诚修德、以德养身宗旨的可贵品格。

至于对家族最大的贡献，张锵又是四个字："光前裕后"——光大前业，遗惠后代，为祖先增光，为后代造福。墓表从两个方面来阐述：其一，发展了经济，"祖业大振"，使得光景又上了台阶。锵爷二十多岁去县学读书，学有所成后回村致力农桑，勤劳耕耘，财产的饶裕程度比父辈时翻了一番。其二，培养了后代，长子张书绅，"屡任司铎"，次子张书田、三子张书忍均为贡生，"诸孙之成立者多大器"，子孙齐齐楚楚都成气候。统计一下：一个教谕、三个贡生、一个监生、一个廪生、一个巡检、一个增生，岂非人才济济？其中教谕就算入仕了，贡生又比秀才高了一格，监生则获得到国子监学习的资格，廪生又是秀才中可以享受县学廪膳的尖子生，增生为替补廪生，巡检是正九品的郡县警务

张书田的西缸房院

巡查官。

因为谁让张声达获赠修职佐郎职衔呢？碑文没说，但只能是源自其长子当了教谕的皇恩所赐，因为三个儿子中，只有张书绅身有功名，进入大清官员序列。

在张锵的墓表中，还可以发现其他信息：

一、张锵曾经办过学馆，实际就是私塾，除子孙外还把亲族中的孩子们招收进来，"假馆课"学习，其中几个成器的，始终对锵爷感恩不忘。清代私塾，有三种形式：一种为坐馆，就是士绅请来教师在自家进行教学；一种为家塾，教师在自己家设馆招生；又一种为义塾，指个人出钱资助办学，培养贫寒子弟读书，慈善性质。张锵办学，明显就是第一种坐馆私塾。

二、张锵卒于嘉庆十六年八月，乙亥也即嘉庆二十年十二月葬于祖坟，中间相隔四年四个月，无疑也曾浮厝在家；其墓碑又刻立于嘉庆二十五年孟秋，其时距他去世过了整整九年时间。

三、张锵曾经有过四次婚姻，原配蔚夫人，接下来分别为杜氏、王氏、陈氏。当然不是纳妾包二奶，而是"继配"，前边夭亡了后面续娶。她们都有妇德，接力辅助丈夫致富功不可没。后边参照了张书忍墓志铭，可知老大书绅为蔚夫人所生，老二书田、老三书忍都是王夫人所生，杜夫人、陈夫人没有生育男孩，有没有女孩则不得而知。女孩一生下来就是外人，似乎只取乳名没有大名，在娘家根本没资格上碑，到婆家即使夫贵妻荣跟着丈夫被刻入碑文，获赠封号，仍旧只显示一个姓氏。这是读取所有碑文后所发现的共同之处，男尊女卑观念根深蒂固。

根据落款和内文的一段，张锵的墓表是他的内弟蔚惠苑撰写。蔚惠苑正是蔚夫人的弟弟，身份同样门当户对，为嘉庆己丑的岁贡生、候补儒学司训。他自我介绍，小时候曾经在姐夫的私塾读书三年，姐夫对他非常厚待，他更与姐夫相处亲密无间，锵父张轶伦的墓表也出自他的手笔。看来蔚夫人早逝，并未影响张锵和蔚惠苑的交往和亲情。下面蔚惠苑还说，虽然他对姐夫的一生知之详尽，姐夫的好处数不胜数，但毕竟属于至亲，所以就不去面面俱到累牍详述，而且所写内容不加辞藻粉饰，"志而不铭"，写了坟头的墓表也不写随葬的墓志铭了。

尽管蔚惠苑对姐夫似乎言犹未尽，但在墓表里，正因为姐夫的光前裕后，他有充足的理由对自己的外甥及曾外甥们满怀信心，这样告慰姐夫：他们将来一定会进一步广大张家门庭，一定是国家的栋梁，"他年必为廊庙选"。

可以提前交代一下。二十余年后，随着张炜考中进士以及职务的升迁，早已入土的锵爷再次被破格提拔，散阶从修职佐郎变成通奉大夫，连升十二级，跃居从二品级别，已经类比巡抚大人。跟他同样推恩获赠通奉大夫的，还有其父张永倬轶伦公。爷俩死则死矣，荣耀可大得不得了。

这才真正体现了墓表所言："死葬则崇祀忠义，血食无穷。"后继有人嘛。

二、笃实不求人知

接下来可说的就是张书忍了。

张书忍为张锵的三儿子，翰林张炜的父亲，张伏受的十三世传人。他能够让一个儿子高中进士，固然离不开祖辈父辈的久久为功，但他本人的作用绝对举足轻重，就像他的墓志铭所说，死去若干年，仍然有人提起他的所作所为，继而赞不绝口。

在张书忍夫妻合葬的墓表和墓志铭上，题头一样赫然注明此老人家的职衔：皇清诰赠通奉大夫。通奉大夫就不用多说，诰赠则又大有讲究，所指清朝对五品以上官员离世的曾祖父母、祖父母、父母及妻室等，以皇帝的诰命追赠封号，故名诰赠。这与前边提及的例赠区别大了。例赠由吏部下设的一个部门验封清吏司办理，诰赠则挂了皇帝的名义。皇恩浩荡，荫沐到一个小村子，小堡张姓传至张书忍一代，完全称得上朔州少有的一门望族了。

张书忍的墓地，其实就是翰林墓园，占地差不多一亩见方，就在大圪塄老坟东南角，"祖茔之左"，也属靠祖停坟，"文革"一来同样命运多舛，令人叹惋。翰林张炜以后详述，这里先从张书忍说起。首先他的墓碑被弃之沟渠，右下角被砸去一块，丢失大约七八十字；碑额更不知去向了，张永来曾经悬赏500元希望找回，但最终没有回音，只好节省了这项开销。至于缺失的碑文，实在庆幸，居然寻找回来，这与一位朔州走出去的学者有关。这人名叫杜成辉，小堡的邻村上团堡村人，现在是河南商丘师院教授、留韩博士，专门研究民族文化并多有建树。大约20世纪70年代，他上初中时就把张书忍的墓表全文抄录，当时可能出于兴趣使然，谁知道竟为张姓保管了无法用金钱衡量的一笔财富。当他得知张永来修谱，当即以电子版形式发回，等于完璧归赵。

还有一件事情，说来气人。就在1992年时，张书忍墓室横遭盗掘，随葬物品被扫荡一空。当时翰林后人张继承发现以后赶紧

张书忍墓碑

报警，朔城区警方不敢轻视，下了功夫迅速破案，将盗墓贼一举抓捕，竟是几个在沙涧煤矿打工的南方人，他们交代盗出一点儿文物，都卖给平朔露天煤矿的一个收藏行家，结果那名小有名气的官员也被拘押，追讨回部分文物。现在朔城区马邑博物馆的藏品中有一件经鉴定属于乾隆时期的紫砂寿字纹盒，标注由公安局捐送，正是当时被盗的张书忍夫妻合葬选用的衣饭钵，高9厘米，

张书忍大宅门

口径11.5厘米，紫砂烧造，胎色土黄，做工非常精细。其余还有什么文物不得而知，好在张书忍夫妻的墓志铭没有丢失，只被扔出地面，直到2004年由张永来找回妥为存放，其面积约有一米见方，铭刻也一字未失，与墓表所记相辅相成，记述和评说了张书忍附带其蔚夫人两位长者值得缅怀的人生。

墓表与墓志铭主要内容差不多，这里只把墓志铭原文抄录如下：

皇清诰赠通奉大夫九亭张公暨德配蔚太夫人墓志铭

自古端人正士类多不求闻达，故虽内行醇备，久为乡里观型，而知其善者亦罕能传之，然听其湮没而弗彰亦关于世道人心者非浅。吾乡九亭张公殁已有年，其遗徽犹啧啧人口，今因其夫人仙逝将合葬焉，嗣君炳堂属为志墓，余虽为公后进，而近在桑梓，得之闻见者最确，故知公最深，亦何敢以不文辞。

公为鄯阳望族，洪武初始，祖伏受公由东胜云内迁朔，诗书继世，代有伟人，十数传而及轶伦公焉，讳永俸，太学生，以孝友崇祀忠义祠，貤赠通奉大夫，德配刘貤赠夫人，子二，声达公乃其次也，讳锵，庠生，克

嗣家声，其尊师养士培植后人者犹为合郡所推重，诰赠通奉大夫，元配蔚，继配杜继配王皆诰赠夫人，及王夫人殁，又继配陈，有丈夫子三，长讳书绅，廪贡生，试用训导，蔚夫人出。仲讳书田，增贡生，貤赠奉直大夫，季即公也，俱王夫人出。

公生而孝友，事父母必得其欢心而后快，而服劳奉养不待言矣，其在伯仲间友恭最笃，值事有难处必委曲求全以叶埙篪之雅，而遇奸邪则斥之，遇仇怨则解之，遇穷困则周之，宽厚而刚方，不特宗族交游，目为广厦，即荡检踰闲之辈蒙其药石者恒多。初，公弱冠游庠即蜚声黉序，乃以家务扰，遂援例贡入成均而竟费举子业，然弓冶箕裘之志望于后嗣者尤殷，易箦时仲子已登乡荐，公终以未博一第惓惓于怀，迄今叠被恩纶用光泉壤，人谓有志者事竟成矣，要之积善余庆，非侥也，理也，然不第公之敦行不怠也。夫人系出儒门，素娴闺训，于归后，一家之政莫不相助为理，虽牲醴苹蘩之大，米薪井臼之微，皆所优为要，其令仪之足式者犹不在是，继姑陈衰年多疾，呻吟于枕席间数年，夫人则奉汤进药洗枕濯污，其竭情而尽慎较所生不及焉。礼所谓：事舅姑如事父母者非夫人之谓与？乃相夫子以事亲犹相夫子以启后，供师馔，课儿功，恳恳焉数十年不倦。及仲子通籍两清捧舆迎养，复谆谆以尔位训之，且恐仲以内顾纷心，故居未久即归。是闺阁之身寄情忠孝，实巾帼中之伟丈夫也。而公之刑于有素者于兹益信。于戏！亦贤矣哉。夫三代之淳风征诸草野，二南之雅化起自闺门。倘举斯德而训行之将见，为孝子，为完人，为贤妇，为慈母，维风成化裕如也。以视世之声名洋溢而其实鲜济者不大相悬绝与。传曰：太上立德是谓不朽则公与夫人者乌可以弗志。

公讳书忍，九亭其字也，贡生，诰赠通奉大夫，卒于道光甲申年二月十八日，距生于乾隆己丑年九月初七日，享寿五十有六岁，夫人氏蔚，诰封太夫人，恩贡生候选教谕貤赠朝仪大夫景苑公女，卒于咸丰丁巳年五月三十日，距生于乾隆戊子年三月二十五日享寿九十岁，子三，长讳焕，增生，貤赠奉政大夫，早卒，娶于王处士培元公女，貤封宜人。次名炜，字炳堂，道光辛丑进士，翰林院编修，丙午云南副考官，历升河南道京畿道监察御史，刑科给事中，太常寺少卿，奉天府府丞提督学政，娶于谢庠生文元公女，诰封恭人；次名灼，增生，议叙光禄寺署正，娶于武庠生纬公女，继娶于田太学生庆时公女，俱例封安人，女一适太学生李公名蘅。孙五（六）人，耀宿，太学生，娶田氏，焕公子。耀辰，廪生，早卒，娶蔚氏，谭氏，王氏。耀奎，优贡生，候选训导，娶宣氏，元氏，例封孺人，俱炜公子。耀台，增生，娶杜氏，高氏。耀躔，业儒，娶高氏，耀枢幼，俱灼公子。曾孙八人，禔、祜、禋、祥、礼、祉、礽、禧俱幼。今以孟冬廿五日夫人与公合葬于小堡村之东南茔铭曰：

雁门之北　桑干之滨　渊凝岳峙

毓此伟人　砥行砺节　孝友宽仁

爰得嘉耦　桓孟其伦　淑身善世

俗美风纯　贻谋裕后　彩凤祥麟

千秋永识　勒彼贞珉

咸丰癸丑科进士浙江试用知县署台州府宁海县事加三级眷晚生牛宜顿首拜撰

道光庚子科举人捡选知县癸丑誊录大挑二等署解州训导愚外孙闫立三顿首拜书

　　　　　　　　　　　　咸丰七年十月二十五日　刊

墓志铭写于1857年（咸丰七年）十二月，其时蔚夫人去世，夫妻合葬；墓碑则立于公元1859年即咸丰九年四月，滞后两年多，在张炜丁忧守孝期间。当时儿子张炜已是正三品的奉天府丞兼提督学政，位高望重，所以墓表和墓志铭的撰文作者，也相应地名头不小，大笔如椽吧。其一是张书忍妻侄姚师锡，"赐同进士出身、敕授文林郎、大同府儒学教授升翰林院典簿加二级"，翰林院典簿是给朝廷当文秘，官职不大却加二级，差不多正六品了；其二也是朔州人牛宜，"咸丰癸丑科进士、浙江试用知县、署台州府宁海县事加三级"，咸丰三

张书忍墓志铭

年进士,后来担任过浙江义乌知县,级别加三级,至少从五品。因此说来,这两篇文章真有文以人重的感觉,但字里行间确实更见高度,所谓一级是一级的水平。

下文就结合墓表及墓志铭的内容,分别对墓主夫妇作一人物小传。

张书忍,字九亭,生于乾隆己丑年九月初七,卒于道光甲申年二月十八,1769年到1824年,享寿56岁。祖籍是城北二十里的小堡村。他的爷爷张永倬,太学生,父亲张锵,庠生,都获得诰赠通奉大夫。张书忍祖辈几代耕读为业,一贯尊师重教,本分厚道,不事张扬。张书忍尤其注重这方面的修养,非常低调,凡是孝友、睦姻、济困、笃家,一概尽心所为,虽然家境已经富甲乡间,却始终保持敛迹匿光,生恐显得高人一筹,所以给人印象,平平常常、平平凡凡,"一生惟务笃实不求人知"。他对父母特别孝顺,平时总要想办法求得父母欢心而后快,服劳奉养任劳任怨。在三个兄弟间,最数他友敬恭悌,遇事再有难处都要委曲求全,宁愿自己吃亏,所以彼此关系和谐亲密,正如《诗经》所说:"伯氏吹埙,仲氏吹篪。"令人羡慕。他为人宽厚,却刚直有方,"遇奸邪而斥之,遇仇怨则解之,遇穷困则周之",周围即使那些浪荡不检、闲散懒汉之辈,都也

清代诰命夫人画像

老照片：清代秀才

受过他的帮助和教诲。所谓正气凛然却又能忍能让，果然不辜负父亲给他取名"书忍"二字，以实际行动把"守道存诚"的精神发扬广大。

在学业方面，张书忍同样优秀。他年及弱冠就考入县学，成绩突出受人瞩目，但因为家业事务缠身，只是循例被选拔入册国子监为贡生，然后没有再去科举，当他下决心改变人生道路时，二儿子张炜已由州县推荐去应试进士。固然"未博一第"使张书忍毕生惓惓遗憾，其志向却始终不渝，所谓"良冶之子，必学为裘；良弓之子，必学为箕"，只不过把殷切的希望寄托给儿子，把父亲的事业交由儿子去完成。"耕可致富，读可荣身"，父父子子，咬定同一目标。当张炜高中道光辛丑进士，张书忍已经去世17年，但他最终在九泉之下仍然接二连三受到朝廷封赏，散阶从六品儒林郎到四品中宪大夫，再到二品通奉大夫，得以光宗耀祖，其实也就等于有志者事竟成了。

再说蔚夫人。她生于乾隆戊子年三月十二，卒于咸丰丁巳年五月三十，1768年到1857年，高寿90岁，按年龄她比丈夫大一岁。她父亲是恩贡生候选

数千年来中国农民的座右铭

教谕貤赠朝议大夫蔚景苑,字友凤。朝议大夫,四品散阶;貤赠,去世后所获赠授,生前获得则叫貤封。这位蔚景苑,无疑是前边提到为姐夫张锵撰写墓表的蔚惠苑的兄弟。那么蔚夫人就是张锵原配夫人的侄女,她又嫁给张锵继室王夫人所生的张书忍,亲上加亲,也能算姑姑作婆、表兄妹婚配。蔚夫人去世后,诰封太夫人。"太夫人""夫人"是指高官母亲、妻子显示身份高贵的专用术语,所谓"诰命夫人"的概念就是由此而来。关于古时候妇女的封号,有资料说,一品是夫人,二品也是夫人,三品是淑人,四品是恭人,五品是宜人,六品是安人,七品是孺人,八品是八品孺人,九品是九品孺人;一品至五品称诰,六品至九品称敕,官员的母亲则加一个"太"。所以那时候并非每一个为人母为人妻者都可以随便称谓夫人的,庶人老婆才叫妻子。

蔚夫人系出儒门,"素娴闺训",当然是大家闺秀了。老人有言:"宁娶大家的奴,也不娶小家的女。"实践证明,素质教育和家风熏陶对女孩的一生成败很是关键。话说回来,有谁不愿意迎娶名门闺女?那要具备前提条件,就是门当户对。否则即使高攀,终归巴望望上、乘云行泥,一辈子抬头无望,难以幸福。

且说蔚夫人嫁入张家后,家里的事务无不辅佐丈夫打理得井然合理、不爽毫发,大到祭祀宴事"牲醴苹蘩",小到柴米油盐"米薪井臼",全都事无巨细不懈不息,"其桐其椅,其实离离,岂弟君子,莫不令仪",因此在家族的威信有目共睹,人人敬服。她姑姑去世后,公公继娶的后婆婆陈夫人老年时多病,卧床不起好几年,她每天奉汤敬药洗洗涮涮端屎端尿,一如既往尽情竭力,就是亲生的闺女都比不了,正是古人云"事姑舅如事父母",一般的妇女做不到。对待丈夫,她不仅情深意重,而且与丈夫志同道合,安排照料私塾先生的起居膳食,辅导儿子功课,勤勤恳恳数十年孜孜不倦,而丈夫的行为素养多也得益于她的影响。

丈夫撒手离去时,蔚夫人57岁,在以后的33年间,二儿子张炜殿试题名、翰林供职,居庙堂之高,她终于等到丈夫未尽的夙愿变为现实。张炜曾把她接到京城,"奉舆迎养",她谆谆地"以靖共尔"教诲儿子,引自《诗经》"嗟尔君子,无恒安处,靖共尔位,正直是与",要求儿子定要恪尽职守,万万不能辜负皇上的圣恩。而且她担心儿子因为照顾她影响工作,所以在京住了不久后返回小堡村。"是闺阁之身,寄情忠孝,实巾帼中之伟丈夫也。"身为女性却心存忠孝,简直是巾帼不让须眉啊。所以说,蔚夫人"为孝子,为贤妇,为慈母",作为一位乡村女性,应该是一个完人。世间声名远扬的贤妇不少,细究没啥可圈可点的事迹,与蔚夫人相比,差距就看出来了。还是老人传下一句话:"男人有福自身带,女人有福带全家。"张家连续数代淳朴厚道,抑或与生活在朔州乡野的民风有关,但把子孙培养得书生意气卓尔不俗,离不开其母亲方面的文化基因。

古人把立德、立功、立言称作"三不朽",第一还在立德做人,"太上立德",道德至上嘛。张书忍夫妻的德行有口皆碑,这也是墓志铭所说"公与夫人者乌可以弗志"的原因,不可以不记入碑铭。墓志铭开明宗义就是这般说:"自古端人正士,类多不求闻达,故虽内行醇备,久为乡里观型,而知其善者亦罕能传之,然听其堙没而弗彰,亦关于世道人心者非浅。"解释一下,就是说自古以来,凡是正派的君子高士,大多不喜欢沽名钓誉,虽然其品行足以表率,在坊间及乡邻令人称道,但很难广为宣传

张书忍夫妇合葬墓中出土的衣饭钵

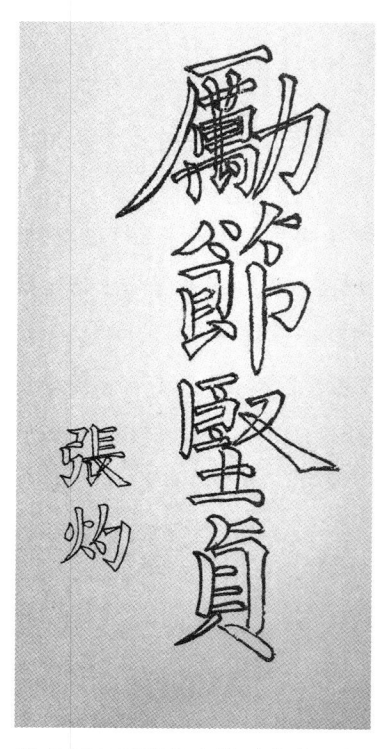

张书忍三子张灼书法（为向阳堡张家书碑拓印）

人尽皆知。如果没有记录下来，任凭时间的推移而慢慢被遗忘，那是很不应该的，事关世道人心，应该引起重视。按照现在的说法，张书忍墓志铭的作者牛宜提出一个超前的命题，那就是涉及怎么样传递正能量。由此看来，古人立碑勒铭，不只纪念了先人，也是一面镜子，潜移默化弘扬正确的价值观，"慎终追远，民德归厚矣"。

古文说，以大义谕众叫诰。与牛宜异口同声为张书忍夫妇撰写墓表的姚师锡同样先就阐述诰赠："国家懋建，彝章有封，赠之典以劝忠广孝，谊至美也，思至明也。"大体意思说，天子勉力实施封赏制度，不吝褒奖逝者、诰赠职衔，是广布圣恩的重要举措，用心非常良苦，用意非常明确，就是要弘扬宣传忠孝理念，激发臣民的忠孝之心，上则尽忠报国，下则孝顺父母，最终以德立身，建功立业，扬名荣亲。

可见在古人或儒家的思想里，以忠孝而立德正是人生的终极境界：抱负远大，忠孝双全，乃人伦天道。比如岳飞曾经这样说过："若内不能克事亲之道，外岂复有爱主之忠？"在家里尚且不能孝顺父母，又能谈何忠君报国？直到现在，忠孝依然被视为中华民族的传统美德，而"厚德载物""取人以德"，仍旧有其值得借鉴的现实意义。至于说"君可以不君，臣不能不臣""无不是的父母"，那就走入极端了，另当别论吧。

综上所述，牛宜和姚师锡发表了一番关于德行的评论，最终还是要对张书忍暨蔚夫人盖棺定论再次给予赞叹：这夫妻二人善自韬晦，看似平凡无可彰表，实则不然，"源之远者流必长，积之厚者光莫掩"；其余可表的姑且不说，仅凭把张炜栽培得功成名就，也足以说明是他父母以及祖上的德行所致，水到渠成，想不发达也不行。

一如文本的惯例，张书忍夫妻的墓表及墓志铭逐一排列了其膝下子孙。

儿子三个：

长子张焕，字天章，增生，貤赠奉政大夫，早卒，娶妻是处士王培元的女儿，貤封宜人。奉政大夫，正五品散阶；处士指没去入仕的高人；宜人，高于安人，低于恭人。

次子就是张炜，字晛堂，道光辛丑进士，翰林院编修、丙午云南副考官，历升河南京畿道监察御史、刑科给事中、太常寺少卿、奉天府府丞提督学政。娶妻庠生谢文元的女儿，诰封恭人。张炜以后详述，这里暂不做注解了。

三子张灼，字华亭，增生，恩叙光禄寺署正。娶妻庠生武纬之女，继娶太学生田庆时之女，都是例封安人，一个女儿嫁给太学生名叫李蘅。恩叙，恩是恩荫、叙为任命，墓表说张灼"由奉天倡捐米石奉旨奖叙"，因为劝捐有功，皇上奖励的官职；光禄寺，是掌管朝廷祭享、筵席及宫中膳馐的机构，下设四署，每署的正职叫署正，属文职从六品京官；太学生，国子监学生，都称监生，但入学的途径不同，选拔上去的是贡监，特许入监的叫荫监，捐资获准的叫例捐，以后不管就读不就读，监生或太学生，就是一辈子身份和荣誉的称号。

孙子六个：

张焕一个儿子，叫张耀宿，太学生，娶妻田氏。

张炜两个儿子：老大张耀辰，廪生，早卒；前后娶妻有三，分别是蔚氏、谭氏、王氏。老二张耀奎，优贡生，候选训导，两任妻子宣氏、元氏，都也例封孺人。优贡生，贡生的一种，贡生分作恩贡、拔贡、副贡、岁贡、优贡和例贡，各有不同，其中每三年各省学政就本省生员择优报送国子监的，称为优贡。

张灼三个儿子：长子张耀台，增生，娶了杜氏、高氏。次子张耀躔，业儒，娶高氏；业儒，以儒学为业，办学或当先生的。三子张耀枢，年幼。

曾孙，墓志铭记有八人：张禔、张祐、张禋、张祥、张礼、张祉、张礽、张禧，都也年幼；两年后立碑时，墓表显示人数变为九人，增加了一个张祚，可能是又生下的。这一应曾孙，没有标记谁是谁的子嗣。

除了子孙，张书忍肯定还有起码一个女儿，因为其墓志铭的书石之人，署名"愚外孙闫立三"。立三其名，取自"立功、立德、立言"，传统伦理思想所说的"三不朽"。闫立三"近在桑梓"，对张书忍"知公最深"，肯定是朔州人；落款处则写清了他的头衔："道光庚子科举人捡选知县癸丑誊录大挑二等署解州训导。"1840年、道光二十年举人，1853年、咸丰三年曾接受吏部从无记名誊录的考卷中挑选，没达到一等的知县，名列二等，就是说中举后13年被择优任命为解州训导。

咸丰七年十月廿五日，孟冬穀旦，张书忍与蔚夫人举行合葬仪式。孝子环列，孝妇嘤嘤，塞外风起，一派肃穆。其时，进士出身的牛宜极具才情诗意，书写了一首骈句的铭辞，被刻在墓志铭上："雁门之北，桑干之滨……"

雁门关外，桑干河畔，钟灵毓秀，地杰人灵，小堡不错，出了翰林……汉代大儒董仲舒说过"诗无达诂"，所以在这里铭辞就不作全文翻译了。

至于往后，张家的荣辱兴衰，张书忍与蔚夫人再也不闻不睹了，已经全都系于张炜兄弟及其子孙。怎么样去继续践行"守道存诚"，实在是任重道远。

一、吉壤：落雪即融

朔州市平鲁区白堂村繁衍生息的，也是小堡张氏一脉所传的裔支之一，按其宗谱，称为"白堂村裔支"。

白堂村在朔州市区西北的黑驼山麓，沿公路平朔线行进正好15公里车程，距离小堡村西北不到10公里，原为平鲁区白堂乡政府所在地，后乡政府迁往靠近公路的安太堡村，仍旧挂着白堂乡的牌子，旧址则遗弃。

根据2014年白堂村张氏后人张俊举掌握的数字，白堂村现有人口580余人，其中张姓裔支大约300人，其余是杂姓小户。全村土地面积有据可查，一共3165

第四章
聚散离合

龙王庙残损的庙门

亩，加上曾经在1969年的植树造林运动中被国营林占去的800多亩，那么新中国成立时的土地总面积不到4000亩的样子。这里虽然地处山区，但田地基本平坦，拖拉机都可以耕作，比较难得。当然亩产不会很高，种植玉米也就300多斤。没有水浇条件，完全靠天吃饭。

毫无疑问，白堂村在全村张氏族人的心目中，是一块引以为豪的风水宝地。

翻阅张氏宗谱的白堂村裔支世系表，白堂一裔的老祖是小堡张氏鼻祖张伏受九世后人凌霄公张鸿翱的玄孙，名叫张瀚勋，字建功，辈分排在十三世，这在张鸿翱的墓碑上也可看到。张瀚勋与道光翰林张炜的父亲张书忍同辈。宗谱所载，张鸿翱三个儿子张瑞、张玥、张珖，下一辈6人、再下一辈7人，这7人谁是张瀚勋的父亲，宗谱没说，碑文也没说，那就不清楚了，可能无以考证。

再把张鸿翱墓表的裔支部分摘一下：儿子张瑞、张玥、张珖，孙子张永定、张永宁、张永溥、张永灏、张永清、张永洁，曾孙张鏼、张锦、张铨、张钦、张立功、张立德、张立言，玄孙张体乾、张瀚勋。据此可以略作猜测：其一，根据取名情况，张瑞的儿子有张永宁，而其亲兄长必是张永定；另外弟兄四人取名都有水字旁：永溥、永灏、永清、永洁，只能是张玥和张珖的儿子，一般情况比之永定、永宁要小；其二，墓表说张永宁还在"妙龄"，其年纪不像是有了儿子，更别说孙子。那么，张鸿翱两个玄孙张体乾和张瀚勋，有可能都是张永定的孙子，也即张瀚勋属于张瑞的直系曾孙。

听张瀚勋的后人相传，他于"清雍乾年间迁白堂村"，想来属于推测，仔细分析雍正年间的可能性不大。因为其爷爷辈张永灏生活在乾隆年间，曾为崇福寺重修撰写碑文，时间是乾隆四十年即1775年，所以张瀚勋起码应该在乾隆年间、要么在嘉庆年间迁离小堡，比较合理。

具体时间跨度，还得从白堂村东阳坡地张家祖坟寻找答案。坟内最老的一块墓碑，是为张瀚勋父亲所立。那块墓碑的姓名之类字迹全部磨损，只勉强可以看清立于乾隆五十年的字样。按乡俗应该是张瀚勋父亲去世时，他将父亲的灵柩迁来立祖。就是说，乾隆五十年也即1785年，张瀚勋肯定已经迁到白堂。

老坟内另一块墓碑，则是张瀚勋的儿子们为张瀚勋所立，内容很简单：

皇清乡饮介宾张公讳瀚勋字建功府君墓志
男 廷俊 廷（ ） 廷（ ） 廷（ ） 廷（ ） 廷（ ）
廷枢 廷楷

道光壬辰年七月二十四日

据宗谱收录，张瀚勋膝下一共九个廷字辈的儿子，其中留下名字的包括张廷俊、张廷枢和张廷楷。九子为张瀚勋在白堂的祖坟立碑留志，时间是道光壬辰年七月二十四日，对应为公元1832年。

关于张瀚勋的生平，其一，马邑县志载有张瀚勋的女儿张氏"节孝且慈"的事迹，提及乃父，只有简单的一句——"朔郡庠生瀚勋公"，那么张瀚勋的第一个头衔就是"郡庠生"。其二，张瀚勋的墓志，也只一笔——"皇清乡饮介宾张公讳瀚勋字建功"，这就获知他的第二个头衔"乡饮介宾"。

两个头衔需要解释一下：

之一，郡庠生，代表学历，也即科举最低一级的秀

清代乡饮酒礼

朔州文庙大成殿，清代举办乡饮酒礼之处

才。古代的学校叫庠序，县政府设立的学校就是县学，也叫郡庠、邑庠，往上例推，最高学府就在国子监了。童生经过县考、府考、院考，都合格了，就成为秀才，然后才可进入县学，具备了参加乡试角逐举人的资格。普通的秀才称为庠生，很优秀的则叫廪生，另有政府的米粮补贴。多数秀才，中举的几率很小，但已经等于有了功名，也享有一定的特权，比如免除徭役、见到知县时不用下跪、知县不可随意对其用刑、有事可以直接对话知县等等。

之二，乡饮介宾，属于荣誉称号。根据周礼沿袭，历代有一项官方仪式，叫作"乡饮酒礼"，官府要代表朝廷宴请众宾，地方上参加乡饮酒礼的嘉宾统称乡饮宾。清代乡饮酒礼于每年正月十五与十月初一各举行一次，由各府、州、县的正印官主持，很隆重的，地点设在各府、州、县儒学所在的明伦堂；作为政府的宴请活动，当时的制度规定其经费必须由官钱中开支，坚决不允许向民间摊派。乡饮宾都有名额限制，人选由当地学官考察，并出具"宾约"，类似现在的先进事迹典型材料，然后由州县一把手复核，再逐级上报，最后经吏部奏请皇帝批准。总之列入乡饮宾名单的，莫不引以为荣，都是本地的退休高官或德高望重的社会贤达，所谓"贤者为宾，次为介，又次为众宾"，分称乡饮大宾、乡饮僎宾、乡饮介宾、乡饮众宾。以乡饮大宾为尊，名额仅为一人；其后是乡饮僎宾，名额也仅一人；再次为乡饮介宾，名额有少数几个；最后为乡饮众宾，名额人数多一些。有人不太恰当比喻说，当年的乡饮宾就像现时的政协委员。所以说张瀚勋先生不仅是秀才，而且跻身为显赫乡间的乡饮介宾，可见身份地位不同于寻常百姓了。

一句话，张瀚勋和他的老祖张鸿翱一样，是朔州一地倍受敬仰的读书人。

那么他是怎么迁来白堂呢？按照比较合乎情理的说法，据称张瀚勋在白堂一带有地，为了耕作方便才来定居。这就没啥故事了，后人则还是宁可认同于传说。

白堂村张氏后人口口相传，老祖张瀚勋当年在平鲁的高家沟村教书。那时候白堂村尚无人烟，与高家沟两地南北毗邻，中间只隔了一道不高的山梁。那道山梁被雨水冲刷的沟壑露出显眼的红土，与周围满目的土黄一色形成对比。

远眺红土梁

每当课余时间，张瀚勋先生喜欢登临山梁极目北眺，送走过无数次的日出和黄昏，难免要吟诵诗文。就是在某个冬天，他又一次在梁顶久久地将漫天雪飘的北国风光尽收眼底，忽然间就愣住了。他发现山梁对面隔沟相望的一处崖畔，白雾蒸腾景色奇幻，别处早被大雪覆盖，唯独那一块地上落雪即化。先生一定研究过周易八卦之类的学问，脑海里立刻判定："那是宝地。"于是，他带着妻小迁移过来，安居扎根。因为是在一片白茫茫的大雪中选定的落脚之地，故而筑庐后叫作"白堂"，直至成了一个村庄的名号。

传说张瀚勋初到白堂，家境并不见得多么厚实，居住的也极有可能是傍崖掏窑。他们夫妻一口气生下九个儿子，至少外加一个写入县志的女儿。儿子次第地逐渐成年，就要娶媳妇成家，其中娶来的某个媳妇带来财运，她扭着小脚走路，忽然在院内那块冬雪都不能覆盖的地方踩陷一处不大的窨窨，里边居然得到一顶王帽。王帽嘛，戏剧里见过，大约低于皇冠一个档次，却高于侯帽，自然金丝银线镶嵌珠宝，委实价值连城。又说张家只折下王帽上其中的一翅，就一口气建起了豪华气派的九处院落。至于缺了一翅的王帽的下落，村民都说还在白堂村，一直无缘再次出世。

站在同时代横向的视角看来，张家大院作为白堂村的标志性建筑，其规模

戏剧道具王帽

叹为可观。如今,大院依旧残留着部分建筑,一律青砖灰瓦,翘檐柱石,可以斑窥全豹。最完整的是东出的门楼及相邻的一座绣楼。绣楼是独间的小二层,玲珑而孤立,居室不会超过10平方米,富家的闺女,真像笼子里的金丝鸟。

九处院落又叫九进院落,前后以过厅相通,各院以坡就势,从南向北逐渐起高,看上去浑然一体,井然有序。不太准确估测一下,每院的东西宽度就按正房三间算,每间的开间3米,三间为9米,院子的入深保守算二十几米,面积差不多200多平方米,加上过厅、下房、南房、绣楼以及其他附加建筑等,九处院落占地起码有3000多平方米——怕是只多不少。山西太谷城内的孔祥熙故居赫赫有名,也不过占地6000多平方米、正院才三进而已。

分析王帽的传说,可能因为张瀚勋家业的积累非常迅速,难免引发别人的无端遐想。假若真有一顶王帽出土,而张家又去变现变卖过帽翅,必然引发街谈巷议,即使在消息闭塞的清代,也不啻为热点新闻,但在平鲁乃至白堂附近的村庄,多少年来民间或官方压根儿没有流传过王帽之类的内容,所以判断张家一夜暴富的好事基本属于天方夜谭。那么,张瀚勋的发家,根本还在其本人。张先生名"瀚勋",本意就是要取得了不起的功名,他的表字"建功"又做了通俗的解读,不言而喻父辈在他身上寄予厚望,他也确实考取了秀才,踏上科举之路的起跑线,但当他意识到凭借自己的资质无法金榜题名的时候,果断地面对现实，没有像范进之流一样把中举取得功名利禄当作唯一的奋斗目标，而是毅然决然舍弃劳心者的舒适生活，孤身离开家人父子，在外置地拓土，选择了另一种劳力者的人生模式，把不泯的希望寄托于子孙。所谓"智者无忧，全在于能审时度势，能进能退"，张瀚勋做到了。

大院东门及绣楼

从张瀚勋之父立碑的乾隆五十年即1785年起，再到张瀚勋去世立碑的道光壬辰年即1832年，中间相距47年，差不多半个世纪；就以张瀚勋30岁左右迁出吧，最后享年该当80岁左右，是高寿了。那么在50余年的寒来暑往中，张瀚勋穷其一生，硬是开辟出一片令人刮目相看的新天地，让朔州的版图上增加了一个张姓名门聚居的白堂村，打个比方，就是小堡

九进院落的其中一处

村的卫星村之一。

在张瀚勋后人中,最值得一提的竟是他的一个女儿,就是前文交代曾经被写入《马邑县志·列女》中的张氏,其事迹感人至深,侧面反映了张瀚勋家道渊源,教育有方。

为张氏女立传的,是嘉庆二十四年担任朔州学官的卫钟元。文章不长,这里抄录如下:

> 张氏,朔邑庠生瀚勋公之女,邑人元沛之妻也。氏年二十于归。其夫时年十七,性敏好学,邑人绅士皆器重之,无何竟遘疾而殁。殁之日,氏年二十二岁,遗孤建中甫八月耳。氏呼天号痛,矢死靡他。尝与家人曰:"吾生为名门女,长为儒者妇,从一而终,敢有二心?吾不难捐生以从夫于地下,顾兹褓襁中物不及见其成立,将何以慰夫子之灵乎?"于是守节抚孤,治家以勤俭,而奉养祖父母,衣食则丰美精洁,不敢稍缺于供。以故,祖父母甚爱怜之,至临终而犹惓惓也。厥后,建中稍长,延师训教,年十七入泮,二十三而食饩,氏心稍慰。嘉庆十年,氏五十八岁,邑之咸里绅士投牒,公举于学,学师申请入奏,奉旨旌其闾也。至二十年,建中由廪入贡,长孙名复亦食饩,次孙循入泮,三孙、四孙延师课读,斯时家世较前颇丰,凡此皆氏之力也。嘉庆二十四年,学官卫钟元述其事而入之于志,且为之赞曰:"贤哉张氏,节孝且慈。表兹令德,闺阃其师。"

简单翻译一下,主要内容就是说,张氏20岁时嫁给一位敏而好学的青年才俊元沛,不想婚后两年丈夫不幸早逝,她从22岁守寡,矢志从一而终,含辛茹苦抚养年仅8个月的幼子,尽心竭力孝敬老人,最终儿子元建中入贡,四个孙子都有出息,"家世较前颇丰",光景过得一片红旺,无不是张氏的心血换来,所以她是节孝且慈的典范,是妇德的楷模。听听她的一席誓语:"吾生于名门女,长为儒者妇,从一而终,敢有二心?吾不难捐生以从夫于地下,顾兹褓襁中物不及见其成立,将何以慰夫子之灵乎?"简直重义轻生,令人唏嘘动容,跟老辈子张鸿翘的妻子守护丈夫棺柩数十年相比，又是一种不同的节烈，古来侠士德者千古贤妇都不过如此。事实证明，闺阁的女儿，又怎能不为父亲光耀门庭、青史留名呢？

时过境迁，从嘉庆二十四年到如今，恍然190多年时光，白堂张家大院的绣楼犹在，从绣楼走出去的张氏女却留在地方历史的书页中，没有人再能追忆她的音容笑貌和慈孝风范了。新中国成立前，张家的十九世后人张俊举小时候，看到绣楼的主人换了面孔，居住的是他的两个堂叔伯的姐姐，一个叫月娥，一个叫玉娥。她们之后，绣楼在中国就完成了历史使命。

再研究张瀚勋的九子，两个儿子在祖坟留有墓碑。其中老大张廷俊的墓碑，碑文仅寥寥十数字：廷俊字世英，皇清乡饮宾，娶妻苏氏；三个儿子，张煜，监生，张勋，庠生，张焯，生员；孙子5人，分别是张九犀、张九皋、张九龄、张九奎、张九州；碑文落款时间不清。再就是九子张廷楷的一块墓碑，立于咸丰八年十月初一，内容更简单：张廷楷，字嗣贤，皇清乡饮介宾，娶妻朱氏。

张瀚勋孙辈留下墓碑的，只有张煜，碑文是："咸丰十年故职佐，皇清例赠节乡饮介宾张公煜、妻苏刘氏墓志。"惜墨如金。职佐，应为"修职佐郎"，例赠的文职从八品散阶；妻苏刘氏，当是前后娶了两任妻子，一位姓苏，一位姓刘。据宗谱人物简介一条，张煜育有二子，取名张九龄、张九奎；下来张九龄的儿子张映蟾，娶妻东驼梁村孙氏，生育三子张达、张立、张其；张映蟾还有两个女儿，其中大女儿嫁给安太堡村的刘懋赏。刘懋赏在山西极其知名，民国年间担任过南京临时政府第一届参议院议员，1918年担任过山西省第二届省议会副议长。

张瀚勋的其余孙辈应该不少，但资料欠缺，后传多模糊。能够说上来的，包括一个张廷俊的次子张勋，娶妻刘氏，迁往平鲁阳虎村；另一个张耀祖，不知是张瀚勋第几子的儿子，过继给了小堡村张书绅的儿子张四维，成为张书绅的孙辈传人。张耀祖的人生道路，与他爷爷恰恰相反，他爷爷离开小堡，他却再一次返迁回去，好像冥冥中早有安排……

二、积善：但为多子

据张锵的碑文记录，他先后有过4位妻子，生下3个儿子，分别取名张书绅、张书田、张书忍，都曾被推举入贡，在朝廷最高学府国子监有过学籍。而其中只有长子张书绅为原配蔚夫人所出，并且唯独他入仕担任过官职，应该在三兄弟中出类拔萃了。

不过，张书绅没有墓碑留下，因此无法得知其字号、生卒，光凭父亲及三弟碑铭中提及他的文字来看，语焉不详，多少有些令人遗憾。

先看张书绅在张锵的墓表中出现了两处"长书绅，屡任司铎"，"男书绅教谕"。司铎和教谕并不冲突，当过教谕的文化人最适合司铎人选。张书绅担任过朝廷命官教谕一职，又特别介绍他"屡任司铎"。司铎的由来，还是从明代起，官府挑选德高望重的人每五天一次到乡村讲说《宣谕》，包括朱元璋亲自制定的"六谕"："孝顺父母，尊敬长上，和睦乡里，教训子孙，各安生理，毋作非为。"宣谕的传统清代沿袭下来，扩展成为十六条，光绪二年丙子科榜眼王庚荣曾经手抄过一份，内容很全面，很有现实意义：

圣谕十六条

敦孝弟而重人伦，笃宗族以昭雍睦，
和乡邻以息争讼，重农桑以足衣食，
尚节俭以惜财用，隆学校以端士习，
黜异端以崇正学，讲法律以儆愚顽，
明礼让以厚风俗，务本业以定民志，
训子弟以禁非为，息诬告以全善良，
诫匿逃以免株连，完钱粮以省催科，
联保甲以弭盗贼，解仇忿以重身命。

且说司铎聚众时需要摇响一个木舌头的铃子，铎即指铃子，所以摇铃宣讲之人就叫司铎，有时候掌管文教的官员也叫司铎。清代孙枝蔚有一首诗《汪舟次赴赣榆教谕任因赋寄怀》："学官繇延聘，事曾闻元季。当时司铎者，往往居大位。"由此可见，冠以司铎似乎在地方上更具号召力和影响力。

"屡任司铎"，有可能是张书绅在朔州本乡的荣誉和使命，但他具体曾在哪里担任教谕却没说。那时候的职衔分明很被看重，比如前边提过的霍燋，罗列不厌其细：

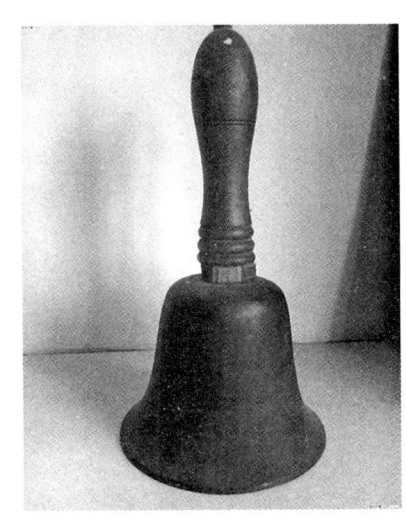

司铎的铃子

"潞安府长子县儒学教谕""推升大同府天城卫儒学教授""未任丁忧服阙候补"，还有张鸿翱"司训垣曲""补训万泉"，蔚惠苑"嘉庆己丑岁贡生""候铨儒学司训"等，而张书绅的教谕任职确实失之含糊。

接下去再从张书忍的墓志铭寻找，却是又一说法："……长讳书绅，廪贡生，试用训导，蔚夫人出。"《清史稿·职官志》说："儒学：府教授、训导，州学正、训导，县教谕、训导，俱各一人。"府州县的训导，一概为文职从八品，低于县学教谕一级。那么张书绅不仅不是教谕，而且还是试用训导，岂不没有转正？张书忍的墓志铭写于咸丰七年，也即1857年，说明那时候张书绅已经不在人世，其生前供职，想必不会选写一个级别低的吧？

究竟张书绅是教谕，还是试用训导，或者由训导做到教谕呢？不好解释，很难说清。不过，2012年档案学类核心期刊《兰台世界》杂志第十三期发表了学者杜成辉的一篇研究文章《张炜与〈增补三字经〉》，提到张炜的大伯张书绅，说他"擅长笔墨"，曾任山西稷山县教谕。相信杜学者绝对有其依据，由此就算一个定论。

再来推测张书绅的年纪。其父张锵墓表则说，张锵生于1734年，卒于1811

清代圣谕十六条，光绪丙子科榜眼王庚荣抄录

年，享寿78岁，假如他20多岁有了长子，张书绅差不多就出生于1754年、乾隆十九年左右；他弟弟张书忍生于1769年、乾隆三十四年，父亲35岁有他；老大老三差距15岁，还在合理的区间。溯前张轶伦那块残碑上，就有"书绅庠生"的字样，说明张书绅在爷爷活着时就是秀才，父亲去世时他57岁上下。再假如他的去世时间在咸丰七年之前，年纪肯定超过57岁，70岁左右、80岁左右都有相当几率。

张书绅生活的年代，大致在乾隆、嘉庆两朝，当时的朔州民间就有"四大乡绅"的说法："一出北门张书绅，一出东门句泽东，一出西门高怀清"，一出南门名号不详，反正都也大有名望。

乡绅属于封建时代一种特有的阶层，多为乡间的"厚德长者"，主要由科举及第未仕或落第士子、当地较有文化的中小地主、退休回乡或赋闲家的中小官吏、宗族元老等一批人物构成，既要协助官府进行乡村治理，又要向上反映民意。有的乡绅身兼族长，总管家族事务，为一族之首，维护和监督着最基层的乡规族约，所以有关学者说过：乡绅是维系古代基层社会运转的主导力量。顾名思义，乡绅肯定绅士风范，公平公正，克己复礼，以理服人。直到民国时期，郡县每一位新来的父母官上任，惯例仍是第一翻阅县志，了解风土人情，第二拜会乡绅，希求多多关照。可见在乡村社会，乡绅很有影响，享有较高的文化地位。——曾几何时，受阶级斗争理论影响，人们都把乡绅作为土豪劣绅的代

名词，随意加上欺男霸女、作威作福、无恶不作等罪名，甚至"积善堂"都成了连环画里地主恶霸的招牌。站在历史唯物主义的角度来看，以偏概全，颇不客观。

相传身为乡绅的张书绅不仅饱读诗书、下笔成章，而且精通律例、雄辩悬河，生性不畏权贵抱打不平，经常替人写状子打官司鸣冤叫屈，也算六扇门虽想敬而远之仍旧免不了不请自来的讼客，所以要比寻常乡绅更有影响力。

既然无碑可考，所以还要从当地流传的民间故事里，寻访张书绅的人生足迹。2012 年，张永来在朔城区《文史荟萃》杂志发表了一篇《教谕张书绅轶闻》，他用收集来的第一手资料，还原了一个确实不同凡响的张书绅。

积善堂唯一留存的柱石

汇总一下，轶事大致两类。一类是张书绅的乡绅本色，为民请命，敢作敢为；第二类则多与诉讼及案件有关，说他倾向弱势，想办法左右一些官司的结局。简述其中的几则，以斑窥豹，都很有意思。

其一，题目是"口袋无底"。说是百姓缺粮，张书绅想跟州官申请赈恤，州官不体察民间疾苦，推诿不敢做主。张书绅说："大人不必担心，只需装满我的一口袋就够了。"州官一听这么容易满足，随口就答应了。谁知张书绅拿了一个没底子的布口袋，上边装下边用别的口袋只管接，一连装去几马车。州官闻讯，也不能食言，只好认了。

其二，名叫"寡妇无儿"。有个寡妇无力抚养两个儿子，只好把老二送入寺院当了一休哥，但后来老

清代审案图

大死了,寡妇年老无依,想叫小儿子还俗回家,但寺院的方丈坚持原则,拒绝办理放行手续,寡妇告官都解决不了,因为理在寺院。寡妇无奈慕名请张书绅帮助。张书绅同情老妪,提笔写了两句:"和尚无徒遍地寻,寡妇无儿断了根。"寡妇再上公堂,呈上张书绅的状纸,县太爷琢磨,不孝有三无后为大确实比和尚无徒更悖伦理,可能受了启发,当堂判定寡妇领回儿子,量力补偿寺院一点钱物。也算法外变通了。

第三个是"甥舅释怨"。话说一个舅舅带外甥做手艺,外甥不听舅舅教诲,老是跑出去打牌,一次舅舅忍不住狠揍了外甥一顿,外甥则还手打掉舅舅的两颗门牙。舅舅气不过,告官要讨个公道,官府接案,立即布置抓捕。以下犯上忤逆不道,外甥眼看着难逃身陷囹圄。毕竟是骨肉情深,舅舅事到临头后悔了,想撤诉又怕追责,只好带着外甥一起前来央求张书绅想想办法。张书绅对外甥说:"你靠近过来,听我安排。"外甥附耳来听,不防被张书绅一口咬破耳朵,然后指点说如此这般。第二天外甥就去官府自首了,鸣冤说:"当时是舅舅咬住我耳朵,我吃痛不过想跑,扯掉了舅舅的门牙。"县太爷一看果然不假,官司也就不了了之。

此外的一则故事，与张书绅家产有关。据说大同的两户人家结下仇怨，一家的主妇在一个风雨交加的夜晚跑到另一家煤老板门口，吊死在门框上。煤老板发现后手足无措，自忖人命关天麻烦大了。他和张书绅熟识，急忙向张书绅问计，张书绅问了一下现场情况，指点说："给她换一双鞋子吧。"完了报官，死者家属不依不饶，煤老板说："雨夜泥泞，死者鞋子那么干净，显然是在家中自尽，家属将尸身抬来我家，恶意敲诈。"官府采信了这一说辞，使煤老板顺利逃过一劫，他自然对张书绅感激不尽，慨然重谢，以鸦儿崖一座煤窑相赠，而张书绅推诿不过，也就接手了。这个故事，未免让人感觉张老先生还曾罔顾事实，但可能实有其事。

后辈所传，张书绅确实拥有两座煤窑，一座为祖业，位于北山安家岭，一座就在大同的鸦儿崖。据称他的家业，在父亲张锵"倍为饶裕"的基础上又有拓展，甚而达到一个顶峰。当然还要广置田地，仅村东龙王汇一片就有整整3顷，换算为300亩。那儿从大圪塄地往南，远至南沟湾，东毗东沟湾，公认属于全村最好的良田，其中间一段百十余亩尤其肥沃，种瓜种菜挑水方便。所谓种粮卖炭、农商结合，不富才怪。

反正手里有钱，张书绅即行扩建豪宅，其规模在方圆附近无与伦比。当时弟兄三个各自继承了锵爷留下的一处四合院，张书田、张书忍的两处，大概曾有酿酒酿醋的作坊，所以俗称西缸房院、东缸房院，一样的三间门面，普通的瓦房。两院并排，中间隔一条小街，沿街往北百十米，就是张伏受老宅碾子院。而张书绅的宅院稍远，座落在村子的北端，号称大书房院，正面一共7间，其中3间上房，左右各配两间耳房；东西各

老井犹在

有 3 间厢房，向南是飞檐翘角、彩梁画柱的大门，柱石至今还在，估计门柱粗细至少 1.5 尺。

听得小堡村上年纪的老者回忆，新中国成立前大书房院依然完好，远瞰状如乌纱帽，其中最引人注目的就是上房居中的三间厅堂，前梁迎面高悬一块牌匾，上书"积善堂"三字。厅堂有多高呢？说是一个大人站在厅内的炕上，高举连枷挥舞，仍旧触不到顶梁。连枷是拍打谷物之类的农具，柄长差不多两米，上端还有 1 米多的敲扇，甩直了可有两米五左右。一个大人就按 1.7 米，炕高按 1 米吧，总共加起来超过 5 米，这样的厅堂规模，现在只能去想象，因为大约七十多年之前整个院子就由张书绅的后人陆续拆毁，炮换鸟枪了。如今物是人非，唯有当年大书房院的一口水井还在，架着辘轳，已被圈出街面，1983 年还有人重新清淤继续使用。

张书绅的墓地，人们信口都叫"老坟上"，距离大圪塄老坟正南 300 多米，属于"祖茔之次"，在小堡所有老坟中面积最大，约有三四亩的样子，想来当时家大业大，往自家田里停坟时占地，用不着束手束脚。因为民间的阴阳学说讲究"坟停五代"，认为五代后风水就轮流转走了，而张书绅的墓地已经埋到其后的七代，还有空余位置，比较少见。

自从张书绅停坟立祖，后辈间就有传言，都说他老婆随葬了一款半斤重的大金镯。空穴来风散播了许多年，竟好像成了真有其事，最终难免引起盗墓贼的觊觎。就在 2001 年，张书绅的墓室果然遭到盗掘，坟头留下一个很不专业的垂直盗洞，现场狼藉触目。张书绅的直系后人张月明、张有顺、张召宗、张孝宗等人闻讯，急忙跑到墓地，虽然悲愤交集，却也无可奈何，只能重新封填墓坑，并由张月明和张有顺二人下去将老祖宗散乱的棺柩整理一番。事后张月明描述说，墓室共有四副棺柩，棺盖都被凿破，棺帮却基本未损；四具遗骸一男三女，只剩骨殖须发杂混在黄土中；男的肯定是张书绅，三位女性当然是他妻室，其中张书绅和两位妻子的头发萧然全白，另一位女性显然年纪很轻，因为牙齿非常洁白整齐；至于陪葬品，传说中的金镯子不管原来有没有，值此完全不见踪迹；发现一只女性挽发的银簪，依旧放归原处；张书绅身边，放着三支毛笔，笔头风化只剩笔杆。仅此而已。

张月明本身已是1.83米的大个，但他说目测张书绅的身高绝对超他一截，足够1.90米，双手的指骨之长异于常人。实际上这也印证了家族口传的张书绅形象：身材高大，体貌雄伟，声如洪钟，极具气度，"典型的北方儒家士子"。为此其八世孙辈张永来这样不吝辞色形容老祖宗："丰姿奇伟，魁然玉立。"由小堡村张姓长门老者考证，结合老表亲往来不绝的事实存在，认定张书绅曾娶两妻，姓王姓蔚，原配为王氏。从墓中情形看来，两位女性与之白头偕老，不大可能先娶白头后娶又到白头，应该是正室偏室两位妻子，那么蔚氏只能做妾了。清代婚姻制度，允许一

张书绅老坟

夫多妻，但正确的说法是"一夫一妻多妾"，只有原配去世，才能替补转正，叫作继室，小老婆或如夫人就是侧室。所以张书绅在经济状况宽裕的前提下纳妾也属正常。而墓中第三位年轻女性，无疑是王、蔚去世后张书绅再娶的少妻，姓什么不得而知，但没活多大寿数。

说到所谓三妻四妾，如今需要正确看待。实际上古人纳妾，很少出于纵情的动机，与当今的二奶、三奶情况截然不同。过去医疗条件很差，有的原配不育无可就医，有的生下小孩成活率不高，因此正经家庭的老人往往鼓励儿孙

纳妾，纯粹为了生育需求，广种薄收。而上年纪的老者纳妾，则是《礼记》的"八十非人不暖"，老婆死了娶个小妾暖被窝，也属儒家礼教；还有特殊情况，就像曾国藩老年时娶了个丑妾，只因身患皮肤病，为了晚上给他挠痒痒。

具体到张书绅，他的一块心病恰是后继乏人，"不孝有三无后为大"的忧虑，使他耿耿于怀，纳妾可能就是采取的补救措施之一。

回头再看张锵墓表，孙辈一共6人。张书田两个儿子张焯、张烜，张书忍三个儿子张焕、张炜、张灼，只张书绅仅有一子，名叫张四维。《管子·牧民》有一句："国有四维，一维绝则倾，二维绝则危，三维绝则覆，四维绝则灭。倾可正也，危可安也，覆可起也，灭不可复错也。何谓四维，一曰礼，二曰义，三曰廉，四曰耻。"也就是以后的名言："礼义廉耻，国之四维；四维不张，国乃灭亡。"张书绅把他的独苗儿子取名"四维"，当然寄予厚望，用心良苦；看其职衔，已是巡检，好歹九品官了，相当于现在的公安局巡警队长吧，又有一点家庭经济背景，"他年必为廊庙选"也未可知。

但是很不幸，张四维"早卒"，老辈相传他没能活过弱冠。

张永来在《教谕张书绅轶事》中，再现了张四维罹祸身亡的场景。

那是张四维18岁的一天，他乘坐自家往城里送麦糠的马车进城，也许是上

清代马车

班应卯，也许是无事闲逛。总之也算人货混载，存在安全隐患。也是命中注定，偏偏马就惊了，狂奔不停，最终车子翻入路旁沟里，将张四维深埋在麦糠下。车夫自己救不出来，仓皇向路人喊援："这是小堡村张书绅的马车！"情急之下打出张乡绅的旗号，以为更起作用，哪料适得其反。路人不听便罢，一听张乡绅的名字，顿时顾虑重重，心想危难之际伸出援手理所应当，但人家一贯出入官府呈状善讼，万一遭致反咬一口倒打一耙，那就跳进黄河也洗不清了，还是多一事不如少一事。结果大家踌躇不前，眼睁睁耽搁了时间，最终张四维被弄出来时已被麦糠活活闷死。可叹张书绅名头虽大，竟然难辞其咎地间接导致了儿子殒命。

也属巧合，后世竟能奇迹般地揭秘那场车祸的具体时间。2007年2月，张姓后人齐聚老坟上拜祭祖先，将张轶伦、张锵的墓碑一起安放在张书绅坟前，并为张书绅树碑勒铭，居然在看好的石碑基槽处挖下大约一尺多深时发现两块牌位，大概是"文革"非常时期哪位后人匆忙所埋。牌位由珍贵的红木制成，高约40公分，宽约10公分，厚有两公分，上面的毛笔字迹非常清晰，其中一块却被掘土的齿耙没注意蹭去几个字。两块牌位的内容如下：

清故显州右堂乡谥孝端张公讳四维，字文斗，号仲言神主，生于嘉庆（　），卒于嘉庆壬申七月廿九日巳时，男耀祖、迈祖奉祀。

清故显婉，九品孺人，张门李氏神主，生于嘉庆丁巳年五月十六日，卒于嘉庆壬申年八月廿五日巳时。

一时之间，张四维和妻子李婉的生平，大白于后人眼中。故显，是抬头格式，尊敬的逝者吧；州右堂，也就是堂堂的巡检，办公室在县衙大堂的右侧；乡谥，地方上追谥名号；孝端，克尽孝道品行端正。嘉庆壬申年，就是嘉庆十七年，1812年；嘉庆丁巳年，即嘉庆二年，1797年。巳时，上午9点到11点。这样张四维的去世时间就是1812年七月廿九日临近中午时分。如果按他十八岁算来，当生于1794年，退入乾隆年间了，但牌位显示其出生之年为嘉庆字样，而嘉庆元年就是 1796 年，那么张四维勉强才 17 岁！张四维这么小就有九品官职，想来不会来自科举，只能凭借张书绅的关系和人脉资源。

相比之下，张四维的妻子李婉，是自从张伏受老祖往下第一次出现的张家媳妇的名字，年龄更小，满打满算 15 岁，放在现在顶多一个初中生，稚气未脱而已。不可思议的是，她已经和丈夫生了一个男孩，就是牌位所写的张迈祖，而且，李婉竟于丈夫死后的 26 天头上也相随离世。后辈留下一点儿有关她的传闻，含糊其辞，好像隐约说什么剪刀之类的。实际上真相已经明白，她没有选择"矢志不嫁"，而是受不了丈夫横死噩耗的打击，断然向自己花季的生命举起剪刀自杀了，把所有哀伤和想念结束为一片烂漫的血光。千古绝唱《化蝶》，祝英台是出嫁之日飞身跃入梁山伯裂开的墓缝，然后飞出两只彩蝶，但神话总经不起推敲，而李婉的糊涂而又壮烈的铁的事实，想九泉的梁祝有知，怕也自愧弗如。

随后，张迈祖也夭折了，在嘉庆二十五年他的曾祖父张声达的墓碑上，已经没有了他的名字。当 15 岁的小小母亲狠心丢下他时，他可能刚过满月，可能刚由爷爷取了名字，没能迈过人生的第一道坎。一场不期而至的马车的车祸，让曾经倜傥有志的张书绅经历了人生中接二连三的致命重创，他怎么办呢？

依旧按照前边的估计，到嘉庆十七年，张书绅不到 60 岁。40 多岁出头好不容易有了儿子，刚刚又盼来了孙子，谁知转瞬之间，儿子没了孙子也没了，好像竹篮打水一场空。白头送黑发，"见不可及，思不可望"。三国才子曹植的《金瓠哀辞》这样哀悼他的小女儿："天地长久，人生几时，先后无觉，从尔有期。"一般人去想象张书绅的绝望，大概只有一条路可走，"从尔有期"。但张书绅毕竟是张书绅，他硬是走出悲痛，开始直面现实，为免于"不孝有三"的困局再作不屈不挠的图谋。他唯有的选择，那就是过继侄子，顶门立户。

过继谁呢？张书绅一眼相中三弟的次子、也即后来的翰林张炜，尝试着和弟弟张书忍夫妇探讨。那时候张炜才 3 岁多，聪明过人，招人喜爱，后来的事实也证明他大伯独具慧眼。据说张书忍倒没说什么，但他的蔚夫人同样看重张炜，一口回绝说："老大、老三都可过继，唯独老二张炜不行，实在舍不得。"张书绅大失所望，不知出于负气，还是除了张炜实在挑不出一个合心的人选，当即前往白堂村向同辈弟兄张瀚勋求助。张瀚勋九个儿子，孙子众多，慨然答应任由张书绅挑选。最后张书绅干脆一步到位，选定了张瀚勋一个拖家带口的嫡孙，作为自己的孙子，原名不详，过继后改名张耀祖，寓意光宗耀祖。张耀祖其时人到中年，儿子众多，或者已有孙辈，白堂村和小堡村都传说他搬回小堡的时候，浩浩荡荡来了两大马车13口人，大书房院顿时一改寂寥，变得生气勃勃，好不热闹。张耀祖也是监生，荫监不大可能，大约属于捐来的，据说清代获取监生的名额需要捐粮43石，合银47两，所以不管是张瀚勋还是张书绅，其中一家为张耀祖的功名付出过不小的成本。关于张耀祖的年龄，没有确切记载，肯定要比张四维年纪小才对，起码应该生于1812年之后；后人留有他给儿子们分家的契约，那是1859年，如果中年回返小堡，只能在1842年之后吧，所以张书绅完全可能活到将近90岁垂暮之际才完成过继孙子。

又说，张书绅对张耀祖视同亲出，还给他娶了一房小老婆，只为继续生育后代，多多益善。据宗谱记录，张耀祖原配蔚氏，侧室陶氏，齐心合力无比争气地一共生下7个儿子，分别是鸣科、鸣丘、鸣岐、鸣纲、鸣金、鸣（　）、鸣誉；女儿一个，嫁给了崞县神山堡村的贾策。

这就又有疑团。既然张书绅的墓地排场，后世子孙也终于人丁兴旺了，可是为什么死后坟前不见墓碑？丢失或损毁都没听说过，那么肯定是子孙未立。还有在张书忍墓志铭中，张书田去世后都跟着侄儿张炜被貤赠文职从五品的荣誉职衔奉直大夫，而身为其兄长的张书绅竟没获貤赠，显然有悖常理。

这其中定然另有隐情。

依旧参阅《教谕张书绅轶事》，发现张书绅同样因为善讼，遭遇了接踵而至的又一出命运悲剧。俗话说"久在河边走，哪有不湿鞋"，张书绅亦然。他久经讼事，身不由己，难免也有底线失守的时候，特别是最后的一次失策，真的误人害己，付出了惨重代价。

应该在张耀祖过继之后，有位远房亲戚跑来向张书绅哭诉，说是他在家惹了官司，希望看在亲戚一场，无论如何代写一纸状子，好歹赢得诉讼，免于受罪受难。张书绅询问之下，知道亲戚理亏，绝对没有胜算，所以坚决拒绝去强词夺理。但正如清代一份官方资料所说："愚民无知，信若神明，甘心健讼，往往倾家破产而不悔。"张家的这位亲戚就是如此顽固，迷信张书绅有本事颠倒黑白，"一张嘴可以草菅人命，同一张嘴也可以力挽狂澜"，所以怎么劝解都没用。他采取了死缠烂打的迂回手段，赖在张家打杂，居然整整三年，硬把偌大的院子捡来卵石铺设出来，不得不佩服其耐性。最后连张夫人都感动了，生出恻隐之心，一再唠叨丈夫说："你对别人都能仗义，对亲戚袖手旁观叫人笑话。"张书绅心想如此下去不是办法，不得已只好答应，写就写吧，但也刻意留了一手以备自保。

当时正值酷暑时节，张书绅却厚厚穿戴了裘衣棉帽，在打麦场的碌碡上铺纸磨墨，面前还燃起一个炭块垒成的大旺火，然后才挥汗如雨下笔无神写好状子，交由亲戚拿去。别人看着纳闷，猜不透怎么回事。不久传来消息，亲戚的官司输了，果如张书绅所料，他的状子于事无补。这还不算，官府随即以窝藏案犯和教唆诬告而把他传唤，对簿公堂。张书绅这才揭开当时荒唐之举的谜底，说："状子不是我写的。"县太爷就把那位亲戚带上来当面审问，亲戚如实交代说何时何地张书绅如何写状等，张书绅申辩说："看看，你们刑讯逼供让这人信口胡言，哪有五黄六月趴着碌碡烤着旺火穿着冬衣写状子的？分明想诬陷我。"县太爷也觉不可理喻，按说迁就也行，追究也行，黑脸包公一个结果，葫芦僧判葫芦案又一结果。显然县太爷不想放过张书绅，白纸黑字总是物证，最终的结果是张书绅获罪，被判流放湖南。

民间故事往往具体地点含糊，说不准张书绅犯案在不在朔州。不过实际上这里反映了一个不争的事实，就是清代官府对讼师的极度厌憎，视为麻烦制造者，找借口都要无情打击。"儒以文乱法，侠以武犯禁"，说得简明扼要。一份清代的官员奏疏这样说："……原告受反坐之条，被告受拖累之苦，而讼棍犹安然无事，饱食无祸也……此等讼棍，务严行重究。"所以说纵然张书绅老先生智者千虑，到底失算了，况且授人以柄，在劫难逃。为了那位坚忍不拔的亲戚，他几乎断送了一条老命。

流放湖南，不远三千里。按照《大清律例》，主刑为五刑：笞、杖、徒、流、死；流刑又分二千里、二千五百里、三千里三个等次。可见张书绅受到了从重的处罚，仅次于杀头了。清代的湖南，不同于现代是鱼米之乡，当时还属于未开化的烟瘴之地，生存环境相当恶劣，谈之令人生畏，据说去了以后能够生还的几率极小，"至其地者九死一生"，一旦被判流刑，需要做好视死如归的思想准备。

其实说起流放，谁都首先会联想到"野猪林"、联想到如狼似虎的董超薛霸们。清代刑律还规定："限日行五十里，若三千里限二月；二千五百里限五十日；余准是。"中途无故拖沓，将要受到惩罚；每天的食物，由沿路官府提供，伙食标准参照牢里的人犯；再就是担任押解任务的衙役，打打骂骂是家常便饭。试想年过花甲的张书绅，每天跋山涉水徒步 50 里，而且还得忍受家人离散和一世英名扫地的心灵痛苦，处境险恶之极。

> 人生千里与万里，
> 黯然销魂别而已。
> 君独何为至于此，
> 山非山兮水非水，
> 生非生兮死非死。

这是清代诗人吴梅村送别被流放的朋友吴兆骞时的诗作《悲歌赠吴季子》，读起来好像是为张书绅写的，被流放出去，谁不是生非生、死非死呢？

难以想象的是，张书绅竟能顺利到达湖南。他与所有流人一样，在那里日常劳役繁重，也要被严加管制，人身自由受到限制，身份极为低贱，也不知流期几年，史料见过这么一句："如安插十年后，果能改恶迁善，有情愿回原籍者，查明咨部，准予回籍。"假定就算十年吧，怎能熬到尽头？免于客死他乡，是流人们朝朝暮暮的梦想，不过这一梦想绝大多数化作泡影。

但是绝不向命运低头的张书绅始终没有放弃梦想，而且深知脱离苦海唯有凭借腹中的学问，也是每一个读书人身处困境的本能，所谓"书生报国无长物，唯有手中笔如刀"。然而当年的乡绅出入官府畅通无阻，此时的流徒老远看到官员就得垂头回避，纵使才高八斗，一试牛刀无门。即使如此，他也一直努力寻找任何哪怕微茫的机会。据说有一次路过一所学堂，张书绅发现放学的学童们愁眉不展，一问得知先生布置了一篇令他们短绠汲深的作文，严厉要求限时完成。他心念一动，上前拦住一个小孩，说："要不我来帮你写这篇作文，行不行？"小孩非常高兴。当下张书绅领了题目，回去一蹴而就，也算"文穷而后工"，更见功力。第二天拿去悄悄交给那个小孩，然后就把个先生看得拍案叫绝。他叫来学生询问背后捉刀的高人是谁，学生只好讷讷坦白，先生不由得暗叹一声："铁笔圣手，天助我也！"

原来，先生正好碰上棘手的难题。一位当地高官是他的好朋友，受人举报遭到监察部门的弹劾，如果申辩不力，乌纱性命都难保。那位高官对比周围数先生才高，所以请先生万勿推辞书写辩状，但先生自忖水平有限，恐怕有负重托反而害了朋友，左右为难关头读到了张书绅的文章。他急忙让学生带他找到张书绅，见他虽然饱经磨难，依旧气度不俗，当即请回书房殷勤相待，又问何故落魄至此，张书绅就把来龙去脉说了，先生得知张书绅精通律例，越发大喜过望，嘴里连称"贵人"，向朋友推荐张书绅来写辩状。张书绅跟高官了解一番，很快就书写完毕，文章有理有据，切中要害，精辟而又中肯，官员和先生看了，都佩服得五体投地。辩状送了上去，官员不仅如愿讨回清白，而且受到朝廷嘉奖。他对张书绅感激万分，只愁不知如何厚报，就推心置腹问张书绅有什么要求。张书绅道出他的一腔心酸："我年事已高，别无所求，只想在有生之年回归故里，那就心满意足。"

事情说难就难，说容易就那么容易。对于那位官员来说，给一位流人减刑远到不了赴汤蹈火的难度。很快，他办完了相关手续，即行备好银两和车辆，专程派人把张书绅恭恭敬敬送回朔州。毕生功名尘与土，三千里路云和月。张书绅踏上故乡的土地，怎能不百感交集，恍如一梦？

换作别人，或许早已归心如箭，一口气跑回家赶紧团聚。张书绅却另有思

清代年画：时来运转

索，不愿就这样作为一个刑满释放人员瘸狼渴疾地面见乡亲，走麦城回来怎么也不光彩。无论如何，他务必为自己赎回失去的尊严，否则行走乡间只能苟且余生，再也挺不起乡绅的腰杆。想出的法子简直匪夷所思。在城里他用剩余的盘缠买了若干大柜，一一装满泥坯，加锁密封，然后雇车浩浩荡荡拉回小堡村。家人父子们惊喜交加，纷纷赶来探望，大家七手八脚帮着卸车，感觉无比沉重，猜测非金即银。消息传开，引发一片惊叹，人们都说张乡绅尽管被流放了，不仅安然无恙，还能财源滚滚满载而归，谁有这么大的本事？

于是乡绅还是乡绅，只不过名声更响亮了。大概由此往后，张书绅总算走出生命的阴霾，得以安然地走向垂暮，终老小堡。而直到许多年后，在朔州的草莽野史和口头文学作品中，他仍然占有相当的位置，作为一方乡间的杰出人物，堪称首屈一指。

纵观张书绅一生，可以说传奇跌宕，可书可碑。既然墓地无碑，大概仍旧与他曾经身为刑徒有关，立碑是否犯禁很难说，却极有可能也是翰林家族一直以来讳莫如深的短板。应当承认，张书绅的立身处世有时候确实显得高调，他的修养修为，也确实不如其三弟张书忍那样"敛抑弥深"，但是不能否认，他为了广大张姓门庭，为了后代的烟火连延，始终不遗余力。

据后辈张占真回忆，在当年气派的大书房院，他看到过保存的一幅张书绅留给孙子张耀祖的戒谕："谕耀祖：凡今往后，独尊儒家，不与外道往来。"还有东厢房供奉的家谱雕版，祖训都要展示首页，赫然是八个大字——"孝悌忠信礼义廉耻"，就如恪守的治家格言。由此可以证明，张书绅是一位坚定的儒家文化捍卫者，在他心目中，孔孟之道高于一切。

他不愧老祖张伏受的德垂后裔，以儒养家一脉传承。

第五章 翰林春秋

一、泉壤荣三代

翰林张炜的墓园,立祖的就是他父亲张书忍。

张炜的坟前,也没有立碑。但在墓园的南端,一对石雕的墓道望柱坐北而立,古朴凝重,蔚为气派。望柱高度为 3.5 米,0.3 米见方,四角打磨后呈八棱形状,底部饰刻有垂莲相接,花萼细致,上部则是云纹环绕,飘然轻灵。同样在"文革"期间,望柱也被推倒在道旁的杂草尘埃中,原本柱端各自蹲的一尊石狮不翼而飞,如今见到的,已是 2008 年后人恢复墓园时重新复制的。两边柱身镌刻一副墓联,由标准的欧体书就,为清代光绪年间官至工部尚书的祁世长所撰,上下联一共 22 字:

世德作求龙章锡命荣三代
书香永继燕翼诒谋寿万年

翰林墓地

望柱

墓联大体意思是说，累世有德修来皇恩诰赐，得以三代荣耀；翰林之家书香永继、燕翼诒谋，子孙后代安康长寿。龙章，指皇上的诏书；锡，通赐；诒与贻同。所谓荣三代，则从张书忍暨夫人墓志铭找到依据：一代张轶伦虵赠通奉大夫，二代张声达诰赠通奉大夫，三代张书忍也是诰赠通奉大夫，全都追赠从二品散阶，果真在泉壤之下荣耀之极，引用张书忍墓志铭之言："圣天子褒宠之至。"

从口气判断，祁世长的文字是为了追悼翰林张炜的。工部尚书嘛，清代从一品大臣，掌管全国屯田、水利、土木、工程、交通运输、官办工业等项，职权范围大致相当于现在的国务院副总理了。如此显赫的朝廷高官肯来高度概括地褒赞张家，与所说的"龙章锡命荣三代"无异，全都源自翰林张炜。就张家来说，从始迁老祖张伏受到十三世传人张书忍，一代一代燕翼贻谋不懈接力，终于厚积薄发，将一位才优学博的翰林送上庙堂之高，此前名不见经传的朔州小堡村由此也载入史籍，一时凌绝朔州。

张炜在家族留下的文字资料，就是张书忍夫妇的碑铭所记：张炜，字晒堂，道光辛丑进士，翰林院编修、丙午云南副考官，历升河南京畿道监察御史、刑科给事中，太常寺少卿、奉天府府丞提督学政；娶妻庠生谢文元的女儿；育有两子：老大张耀辰，廪生，早卒，老二张耀奎，优贡生，候选训导。

把张炜为母亲守孝立碑的咸丰九年也即1859年作为一个重要的时间节点，他的最高官职为奉天府府丞兼提督学政。

清代的地方行政管理实行的是督抚制，总督巡抚都属封疆大吏，前者一般兼管数省，后者则是一省的最高长官，相当于省长。督抚之下，分辖三台，即布政使"藩台"专管行政、按察使"臬台"专管司法，再一个就是学台，也即学政，正三品，一般由翰林院或进士出身的官员担任。一般的省以下设府，府尹为其长官，但奉天府地位重

翰林张炜。孟喜元　作

要，称作"盛京"，为皇室的龙兴之地，与北京所在的顺天府一样，分别作为京城和陪都，大约相当于直辖市了。那么张炜不仅主管全省的教育、科举，专为朝廷培养和选拔人才，而且兼任奉天知府的副职，参与行政事务，成为清代边疆大臣中唯一由汉人担任的重要官员。他在奉天府工作了三年，《奉天通志》简短记载了一句："张炜，朔州人，咸丰五年任府丞兼提督学政，八年丁忧免。"

在《山西通志》及《清代职官年表》等权威资料中，关于张炜的生平履历，记录更为详实：张炜，字晌堂，别字切斋，号赤侯，生于嘉庆十四年、1809年，卒于咸丰九年、1859年，1841年道光辛丑科进士，被选为庶吉士，后任翰林院编修；道光二十六年出任丙午科云南省乡试考官，后任河南道、京畿道监察御史；咸丰二年、1852年任壬子科顺天府乡试同考，后任太常寺少卿，咸丰五年任奉天府府丞兼提督学政。

总而言之，张炜从道光辛丑即1841年考取进士，往后16年间已经官居三品，仕途可谓腾达。但是，他的生命竟然戛然终止在为母亲丁忧的咸丰九年四月到年底之间，终年才五十一岁，不能不令人痛惜。

回顾他的一生，真是一言难尽。

二、金榜题名时

听闻后辈所传,张炜天生不同凡俗,否则不可能让眼高的大伯张书绅看好,一门心思只想过继。若非他的母亲蔚夫人坚持,或许翰林的荣耀早从小堡村的东缸房院转移到大书房院了。

据说襁褓中时,张炜已有异相,一般的小孩动不动大哭大闹,唯独他非常沉静,从不缠累母亲。及至稚童,早早就显出天资过人,记忆超群。相传他11岁那年,大人带他到祖业安家岭煤窑玩儿,看见账房先生算盘精湛,随口就让辅导他学些简单技法,谁知只用了区区一个下午,账房先生竟然江淹才尽,嚷嚷说:"这孩子的算盘运算全部掌握了,我再也没得可教。"

回头再看张声达墓碑,其墓表就由孙子张炜书丹篆额。书丹,蘸了朱砂把文字抄写在碑面,再由匠人凿刻;篆额,用篆书在碑额题字。时值嘉庆二十五年即1820年,推算张炜才12岁,显然已经受到家族的格外器重。碑额图篆四字"贻谋燕翼",书以九叠篆,古朴典雅;墓表楷书,分明有了一定的造诣,师自欧体,笔法结构无不初具意蕴,特别是其中"守道存诚"四个字,气势隐隐萌动,绝非同龄小孩刚从馆阁体的描仿起步可比。更为令人啧舌的是,碑文显示他小小年龄已是廪生,不折不扣典型的童生。翻阅清代科举史,左宗棠14岁中秀才、

独占鳌头
(朔州城内文昌阁魁星雕塑)

李鸿章中秀才时17岁，仅见过号称神童的梁启超在11岁就中了秀才，应为凤毛麟角了。

不过，道光甲申年父亲去世，16岁的张炜经历了少年丧父的人生一大不幸。张书忍早丧了长子张焕，年逾不惑才有了张炜。当张炜从县学廪生再被推荐获准参加乡试，眼看崭露头角即将实现祖辈父辈的"弓冶箕裘之志"，父亲却只能在九泉之下被赞叹"有志者事竟成"了。好在母亲蔚夫人系出名门，"犹相夫子以启后"，肩负起栽培儿子的重任，直到张炜娶妻生子、功成名就，当然也不可能离开张书绅、张书田的鼎力眷顾，家族的氛围无疑也是成就翰林的关键因素，正如张书忍墓表所说，栽培和无负栽培，缺一不可。

张炜何时中举，时间无法考证，现在只知道他在33岁之前，一直是一边开办私塾教书，用以养家糊口，一边参加科考拼搏闱战，志在远大理想。他在《增补三字经》自序所说："壮时役志科名，频年设馆授徒，以八股试贴为急务。"当务之急在于钻研八股，始终手不释卷心无旁骛，可谓寒窗苦读铁砚磨穿，一个"役"字，包含了太多的劳累和勤苦。要知道张炜即使12岁就是廪生，但通向进士之路，绝非想象那么简单，顶多等于万里长征迈出的第一步，下来首先要通过预选式的岁试、科试，才有资格参加乡试。

清朝时候，以子午卯酉之岁为大比之年，各省举行乡试，考中了称举人，榜首叫解元；而以丑未辰戌之年，由礼部组织举人参加会试，考中的称贡士，榜首叫会元；随即才能获得参加殿试的资格，及第的就是进士，顾名思义，得到进授爵位的资格。因为会试的考场设在京城的顺天府贡院，故有"进京赶考"的说法。

就按清朝中后期全国约有4万万人口，全国每三年一次录取的举人不超过5000人，而每三年一次的举人考取进士的平均百分比也仅有5%左右。资料显示，清朝一共267年间，殿试开科112次，考上的进士26000人，若想平步青云谈何容易！大浪淘沙，不知多少学子蹉跎了岁月，一辈子连举人都考不上，更别说迈过赴京前深沟高垒的门槛，一篇《范进中举》就把科举的艰难写透了。

再举个例子，同时代的洪秀全，也出身于广东一个耕读世家，比张炜小5岁，

放榜图

一直考到 30 岁，乡试连续四次不第。

但张炜毕竟才高学富，一路踏平坎坷斗罢艰险，中举之后参加会试。第几次就不得而知了，反正在 1841 年也即道光二十一年三月的会试中，他一举被录取贡士，也叫"中式进士"，名列八十七名。当时主考官为王鼎、祁隽藻、文蔚、杜受田，考题是《约我以礼》《君子依乎能之》《诗云王赫天下》《师直为壮》得"平"字。入贡后的下月二十一日，他再接再厉，步入北京紫禁城的保和殿辛丑科殿试考场。之前的乡试、会试都考三场，包括四书五经、策问、诗赋，每场三天，殿试则只有一天，只考策题，也就是说一题定乾坤。

说到殿试，还有由来。据悉宋太祖开宝六年，翰林学士李昉主持省试，录取了 38 名考生，赵匡胤召见这些考生时，发现其中两位实在名不副实，偏偏一个叫武济川的刚好是李昉同乡，引人怀疑。而当时一些落第的考生又正好击鼓控告李昉营私舞弊。于是太祖命令再选 195 人，和已录取的 38 人一起到金殿复试，由他亲自出题并监考，结果那 38 人中有 10 人落选。李昉为此受到了降职的处分，而殿试则由此成了科举最后、也是最高级别的考试，一直延续到了清朝。

顺天贡院的明远楼及左右两边的号房，是顺天府乡试及全国会试的地方。可惜毁于八国联军破坏

保和殿

当然，能够参加殿试，绝对高手如云。道光辛丑科的第一名状元是广西桂林27岁的才子龙启瑞，康有为曾经见过他的考卷，没提考题或卷面内容，只评价其书法说："昔尝阅桂林龙殿撰启瑞大卷，专法鲁公，笔笔清劲。"那次考完之后，五月十九日发榜，就以状元取名，叫"龙启瑞榜"，下来榜眼是顺天龚宝莲，探花为南昌胡家玉，高中进士的一共202人。所谓"洞房花烛夜，金榜题名时"啊，谁不幸福？龙启瑞就曾赋诗一首《辛丑夺魁示黔阳诸君》："随侍棠阴信宿缘，归来路隔五溪烟。璇题忆向高堂焕，花韵曾分彩笔妍。天巧定知非偶合，地灵端欲藉人传。殷勤寄语龙标彦，事业科名励后先。"踌躇满志，真是"春风得意马蹄疾，一日看遍长安花"。

不言而喻，山西张炜殿试后榜上有名，名列二甲第九十五名。皇榜有云：

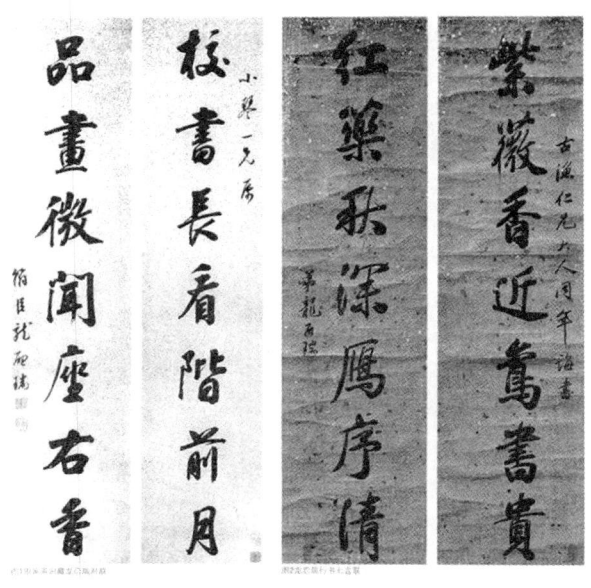

龙启瑞书法

奉天承运，皇帝制曰：

道光二十一年四月二十一日策试天下贡士，龙启瑞等二百又二名，第一甲赐进士及第，第二甲赐进士出身，第三甲赐同进士出身。故兹诰示……

根据进士的排名及安排规则，钦定御批一甲第一、二、三名即为状元、榜眼、探花，称为"进士及第"；二甲96人，称"进士出身"；三甲103人，就是"同进士出身"。状元享有特殊政策，成绩揭晓即授予翰林院修撰，从六品京官；榜眼、探花授编修，正七品。其余二、三甲进士也要授职入官，不过还得在保和殿再考一次，叫作"朝考"，综合前后考试成绩，择优录入翰林院为庶吉士，俗称"点翰林"，剩余进士分发各部担任主事或者到外地任职，一般为八品、九品，名为"榜下即用"。张炜的朝考成绩依旧不俗，排名第四十七，而且他才33岁，年富力强，再加上仪表堂堂"风姿卓异"，因此顺利被钦点翰林院

进士匾

庶吉士，成为朝廷的重点培养对象，绝对是进士的最佳选择。

很快，一块报喜的匾额以主考官的名义送到朔州的小堡村张书忍府上，当时的欢庆气氛完全可以想象得出，免不了张灯结彩、爆竹燃放，蔚夫人肯定激动地抹着眼泪，一族之人跟着为之自豪。那块匾额长约1.5米，高约0.8米，题写着醒目的两个大字："进士"。后人一直挂到"文革"开始，才从厅堂正面摘下，不知为了保护还是再利用一下，反正被锯去左右两端，充当了耳房的门扉，丢失了前后题匾人名和落款的部分小字。题匾剩下两位主考大人的名讳职务：其一，大总裁文蔚，经筵讲官、户部左侍郎、总管内务府大臣、镶黄旗蒙古副都统加三级；其二，大总裁杜受田，户部左侍郎、上书房行走加三级。

另外排序在前的两位主考当然为王鼎、祁寯藻。王鼎，嘉庆和道光皇帝的老师，最高任职军机大臣、东阁大学士，就在次年的1842年，因力保鸦片战争主战一派的林则徐、邓廷桢，坚决反对签署《南京条约》及割让香港，不惜以死相谏，被誉为一代爱国名相，谥曰文恪；祁寯藻，张炜的山西老乡，寿阳人氏，世称道光、咸丰、同治的"三代帝师"，嘉庆、道光、咸丰、同治的"四朝文臣"，历任军机大臣、左都御史、兵户工礼诸部尚书、体仁阁大学士、太子太保，也即为张书忍墓地题写望柱墓联的祁世长的父亲。

至于匾额落款，年月日没了，只有张炜的成绩："会试中式第八十七名，殿试第二甲第九十五名，朝考入选第四十七名。"

一旦金榜题名，果如古人所说"朝为田舍郎，暮登天子堂"。赴京之时，张

王鼎

祁寯藻

炜仅是山西朔州一位寻常举子，一位私塾先生；待到皇榜公布，他顿时成为朝廷新贵，受到朝中肱股的超级大员王鼎、文蔚、祁寯藻、杜受田四名主考官的联名祝贺。可见地位的变化，何止天壤呢？依照官场惯例，张炜就算四位主考大人的门生了，当然，他跟祁寯藻结下的师生关系可能更为亲切，人不亲土亲啊。祁寯藻22岁就中进士，到道光辛丑年刚刚44岁，已经担任了户部尚书、军机大臣，次年又任经筵讲官，辅导皇帝研读经史。世人对祁寯藻的评价很高，说他忠君、勤政、爱民、崇俭，后来的同治皇帝也评价他："学粹品端，忠清亮直。"

简而言之，祁寯藻堪称士大夫的楷模，也是张炜学习的榜样。

三、宦路有坦途

当张炜高中进士、钦点翰林后，身在朔州小堡村的蔚夫人忙得小脚颠颠，接连喜迎荣耀。就在道光二十一年季冬穀旦，腊月的一天吧，另一块门匾从京师经由府州转送而来，赫然书写了三个大字"太史第"，就此标志着张府名正言顺成为不折不扣的翰林之家、翰林门第。与此同时，张书忍被貤赠儒林郎。

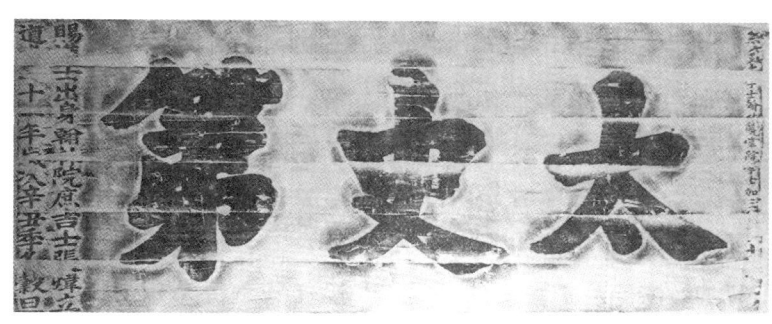

太史第匾

张家的"太史第"门匾,大小尺寸与进士匾额差不多,题匾之人是张炜的上司,同样来头显耀,头衔叫人炫目。第一位为穆彰阿,经筵日讲、起居注官、太子太保、文华殿大学士、翰林院掌院学士加三级;第二位为潘世恩,经筵日讲、起居注官、太子太保、武英殿大学士、翰林院掌院学士加三级。且不说太子太保、大学士等,光是翰林院掌院学士,满汉各一人,本为从二品级别,加三级不就是正一品?做官再高不到哪去了。穆彰阿,全名郭佳·穆彰阿,满族镶蓝旗人,鸦片战争期间因为消极主和,名声不好,但在道光一朝,深受皇帝宠信,权倾朝野,罕出其右;潘世恩,江苏吴县人,乾隆五十八年状元,在朝为官五十余年,历事乾隆、嘉庆、道光、咸丰四朝,被称为"四朝元老"。就是这二位超级大人,以"太史第"之匾,为"赐进士出身、翰林院庶吉士张炜"立。120多年后,这块牌匾竟被搭了房栈,直到2000年左右才重新让张炜后人珍藏起来,再不露面。

且说两位中堂大人礼贤下士,高规格抬举张炜,一则可能循惯例,二则张炜的工作出色,前程看好。

这就需要对庶吉士做一详述。前边已经说过,清代翰林院主要掌修国史、记载皇帝起居言行、与皇帝研读经史,以及草拟诏书文件之类,掌院学士所属职官包括侍读学士、侍讲学士、侍读、侍讲、修撰、编修、检讨以及庶吉士,统称翰林。庶吉士与侍讲检讨等不同,还没有官品,大约可称为见习翰林,需在类似人才中心的"庶常馆"进修三年再说,授课老师都是翰林出身的官员。

北京　翰林院旧址

不过，庶吉士仕途起点很高，作为朝廷重臣的后备梯队，身份备受看重，一般每科进士只选 50 多人，朝廷供养，待遇优厚，每月除了衣食全包，另有廪饩的银两和日用物品发放。三年期满结业，叫作散馆，又要考试，成绩优异才能被翰林院正式留用，剩余安排到各部为官或去地方担任知县等。

张炜的散馆之期，应该在道光二十四年，没出意外他留馆了，就此正式进入大清朝的京官序列，授职为翰林院编修，正七品。不知具体时间，家属也到了京城，寓所在宣武门城南，所谓皇城根天子脚下，其父母也相应得到晋封晋赠，现存的一道圣旨，再现了当时的"龙章锡命"。圣旨为赭红黄白粉五色绫锦，高约 35cm，展开长度为 275cm，满汉两种文字合璧，前边几行用金粉书写，时间是张炜供职翰林院编修期间的道光三十年、1850 年。资料珍贵，见证历史，不妨全文记下：

奉天诰命　翰林院编修加三级张炜之父母

奉天承运，皇帝制曰：宣献服采，中朝抒报最之忱，锡类殊恩，休命示酬庸之典。尔贡生前赠儒林郎张书忍，乃翰林院编修加三级张炜之父，令德践修，义方夙著。诗书启后，用彰式穀之风，弓冶传家，克作教忠之则。兹以覃恩，晋赠尔为奉直大夫、翰林院编修加三级。锡之诰命，于戏！笃生杞梓之材，功归庭训，丕焕丝纶之色，光耀泉台。

制曰：壸教凝祥，懋嘉猷于朝宁，国常布惠，播休命于庭闱。尔前封太安人蔚氏，乃翰林院编修加三级张炜之母，勤慎治家，贤明训后；相夫以顺，含内美于珩璜，鞠子有成，树良材于桢干。兹以覃恩，晋封尔为太宜人。于戏！昭兹令善之声，荣施勿替，食尔勤劳之报，庆典攸隆。

道光三十年正月二十六日

这道圣旨，由张书忍的二哥张书田的后人张如玺提供。据说张家太史第所有接到的圣旨一共十几道，由张炜母亲供奉在堂，最后均由张书田保管并一直传到曾孙张如玺手中，可惜"文革"中张如玺胆小，将圣旨烧毁得仅剩一道，不过也足够功德无量了。宗谱所载，张书田两子张焯、张烜，为十四世，往下一直人丁不旺，到十七世仍是弟兄二人张富荣、张富贵，其中张富荣娶妻郭氏，夫妻无嗣，张富贵娶妻上窑村王氏，生子张如玺，张如玺两子张青春、张青松，兄弟二人现在各有一子。所以张书田后世总是两两相传，好像形成规律似的，令人捉摸不透。——张书田一脉后面不作详述，在此算一交代。

翻看圣旨，内容表明张炜在授职6年头上，级别已是翰林院编修加三级，也即从五品了。按照明清的定制，五品以上官员的圣旨颜色就比较丰富了，有三色、五色和七色的，五品以下的颜色一般为单一的纯白绫，所以说张炜虽然

圣旨原件

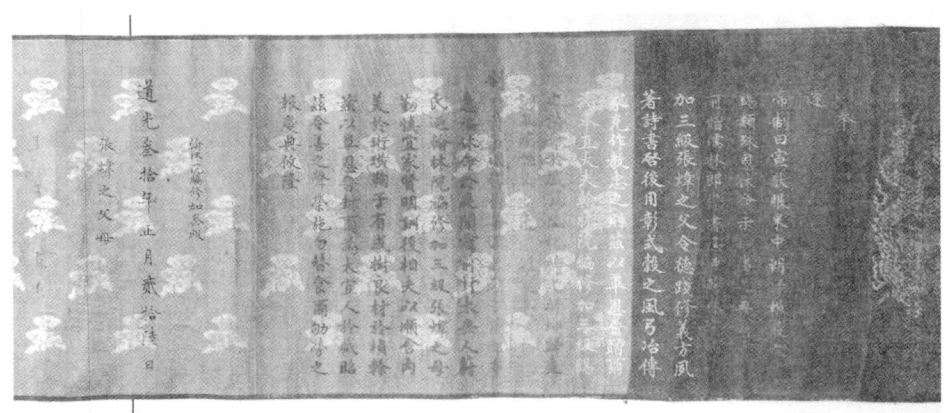

圣旨的汉文部分（脱色处为蘸金书写）

刚刚从五品，规格却按五品以上待遇了。而他的父亲，也追赠和儿子一样的官职，并有荣誉虚衔奉直大夫，五品散阶。蔚夫人则从太安人晋封太宜人。圣旨特别表彰张书忍令德践修、诗书启后等，表彰蔚夫人贤明训后、鞠子有成，"树良材于桢干"，桢干，比喻国家的骨干。总之还是那句话：培养了翰林张炜，劳苦功高。

试想在小堡村的乡间小路，张伏受、张书忍的墓地之侧，报送圣旨的马蹄哒哒，官员俯伏，布衣翘首，朔州肯定要轰动一时的。

2012年，杜成辉博士在《兰台世界》发表的《张炜与〈增补三字经〉》，引经据考，史料详实，在此参照引用部分内容，记述张炜的升迁之路。

实际上道光三十年，张炜基本上已经不在翰林院上班。道光二十六年、1846年，他顶着翰林院编修的头衔，同潘曾莹一起担任丙午科乡试云南考官。张书忍墓志铭说，张炜为副考官，那么主考官就是潘曾莹。这位潘曾莹同为道光二十一年进士，他的父亲正是为张炜送过太史第门匾的翰林院掌院学士潘世恩。

道光二十七年，张炜与翰林院侍讲学士曾国藩等著记名遇缺提奏。近代著名政治家曾国藩，为道光十八年殿试第三甲第四十二名赐同进士出身，想不到他竟与张炜在一个单位任职。他比张炜小两岁，其时的官品为从四品。著记名

第五章 翰林春秋

主考仪仗

遇缺提奏，就算翰林院上报申请该提拔了。先是曾国藩当年升任内阁学士加礼部侍郎衔，正四品，相当于副部级了；张炜等了两年，到道光二十九年五月由翰林院保送御史，并引见给道光皇帝。据说清代可以上朝的官员不多，大学士、尚书、侍郎、御史、给事中等，每天不过三四十人而已，因此张炜虽在翰林院，能够觐见皇上并不容易，或许这次才是第一回面圣。他没有留下文字表达心情，肯定百感交集，就像曾国藩新任侍讲学士时得到朝见道光的机会，马上作为喜讯写信告诉家人，激动万分说了一句："圣躬老而弥康！"

随后，张炜调任纪检委性质的都察院，先当了河南道监察御史，再转京畿道监察御史。监察御史，专门监督中央及地方官吏，"弹举官邪，敷陈治道，审核刑名，纠察典礼"，不仅可对发现的违法行为进行弹劾，也可由皇帝赋予直接审判行政官员的权力，就是小说、戏文中所谓的八府巡按，动不动会拿出尚方宝剑，官位虽然还是从五品，但"品秩不高而权限极广"，一般也要从翰林院选拔。

在御史任上，张炜尽职尽责，多有建言。比如咸丰元年六月，他发现已革职的直隶巡检罗世瑶被控征税弊混一案迟迟没有结果，就上奏疑有保护伞"挟制回护"，结果直隶总督讷尔经额都遭到问责。再如《大清文宗显皇帝实录》记载了这么一段：

壬子谕内阁：御史张炜奏，请严禁奢靡积习等语。京师五城，向有戏园戏庄，歌舞升平，岁时宴集，原为例所不禁。惟相延日久，竟尚奢华，如该御史所奏，或添夜唱，或列女座，宴会饭馔，日侈一日，殊非崇俭黜奢之道。至所演各剧，原为劝善惩恶，俾知观感。若靡曼之音，斗狠之技，长奸诲盗，流弊滋多，于风俗人心，更有关系。现在国服将除，必应及早严禁。著步军统领衙门、五城御史先期刊示晓谕，届时认真查办。如任蹈前项弊端，即将开设园庄之人，严拿惩办，以振靡俗而除积习。

确实，当时第一次鸦片战争后国家内忧外患，壬子年为咸丰二年，即1852年，道光皇帝刚刚驾崩两年多，京城权贵依然歌舞升平，奢靡成风，听戏夜宴，竞相攀比，怎么得了？正因为张炜奏请严禁演戏奢靡积习，咸丰才出台了严禁开设唱戏园庄的条令，只是害得许多表演艺术家、歌唱家怕要在北京混不下去，不骂死张炜才怪。不过，张炜的奏请，很得新皇帝心意，因为咸丰和他父亲道光皇帝一样躬行节俭，据说有一次他的一条杭纱套裤不小心烧了个小窟窿，太监说丢了吧，咸丰再三惋惜，说："物力艰难，弃之可惜，尽量给补补吧。"后来

英国画家托马斯·阿罗姆《官场宴饮图》

才知道，补完了下面报销了数百两银子。咸丰叹气说："做皇帝想勤俭都不容易啊。"

就在咸丰二年，张炜担任壬子科顺天乡试同考官，也是副主考，后改任刑科给事中。清代都察院设有六科给事中，分别稽核户、刑、礼、工、兵、吏六部，级别正五品，地位高于御史，为御史的升转之途。咸丰三年，太平天国军队汹汹北上，五月渡过黄河进入河南，北京气氛骤然紧张。为了加强戒备，朝廷分派大臣巡视中、东、西、南、北五城，张炜负责西城，严防疏漏。其间他接连上奏，献计献策，六月的一份奏折称："……温县、武涉，皆与山西泽州、潞安等府仅隔太行一山。太行迤东，为山西河南交界，由东转北，为山西直隶交界。现在贼匪被困司马集，唯有聚而歼旃。并扼据险要，遏其窜逸。"咸丰觉得有理，立即布置围剿，还把张炜的奏文抄送五百里内各地州府。

咸丰

咸丰三年、1853年秋天，张炜再次升迁，担任了太常寺少卿。清朝中央官制，朝廷实际分作三大部，比如内阁、六部等属中枢部，都察院、翰林院等属佐理部，宗人府、太常寺等属帝室部。太常寺专管礼乐之类，与大理寺、光禄寺、太仆寺、鸿胪寺并称五寺，少卿为副职，正四品。相对而言，太常寺于国计民生方面不算重要，主要为皇室服务。再看他曾经的同事曾国藩，咸丰三年本在家乡湖南为母丁忧，却逢太平天国席卷江南，他获准组建湘军，并经多年出生入死最终力挽狂澜，与左宗棠、李鸿章、张之洞并称大清王朝"同光中兴"四大名臣。可见，张炜走了一条坦途，未能成为叱咤风云的一代人杰。不过，因为他"才优学博"，顶着翰林院编修加三级的金字招牌，又深得皇帝赏识,"圣眷特隆",担任太常寺少卿也才45岁,正常情况下,继续升迁的空间不可限量。

果然仅仅两年过去,他再次调动,担任奉天府府丞兼提督学政,正三品。他的老师祁寯藻就曾在44岁时担任过江苏学政。可以说,这一职务距离位极人臣,应该一步之遥了。

四、增补《三字经》

从咸丰三年秋天起,张炜赴任太常寺少卿,"凡有肇修盛举,靡不躬膺其选",朝廷若有大型典祀活动,文字材料都由他亲自动笔,不用秘书之类替代。就此也算相对清闲,正如他自己所说:"癸丑秋由刑科迁太常,除春秋祀典及每月堂期而外,公事颇简。"不过,张炜并没有闲着,他用一年多的时间,为关心下一代笔耕不辍,写完了一本《增补三字经》并留之后世。

在《增补三字经》的木制印刷雕版首页,录有张炜的一篇自序,也是迄今唯一能看到的他的文章,十分难得,原文摘抄如下:

> 《三字经》一书,为发蒙之准的,俗曰"小纲鉴"。惜其中有略而不详之处,余心焉憾之。壮时役志科名,频年设馆授徒,以八股试贴为急务;通籍后供职史馆,笔墨辄无暇日。癸丑秋由刑科迁太常,除春秋祀典及每月堂期而外,公事颇简。爰忆受书时呻吟《三字经》,犹能熟读,遂于太极、推原、起义、三才、四时类中,各增数条,冀广幼学之知识。以下由干支而阐天数循环之蕴,复于经、子、史略加论断,详明时代之接续,俾学者童而习之,读史时已晓然于历代起末之由,并叙出学人趋向,以端始基而原本。亦间有酌易字句,释其心所未安,题曰《增补三字经》,聊揭数十年心事,未知有当于大雅之意否也!

咸丰甲寅上巳日　鄱阳张炜晙堂甫识于宣武城南寓所闲存书屋

这篇序文,写于咸丰四年,上巳日为三月初三。张炜的寓所,就在京城宣武门城南,书房起名"闲存书屋"。闲存二字,取自《周易》一词:"闲存其诚。"也作"闲邪存诚",闲是防止,邪指奸邪,整体意思是防止邪恶,保存真诚。张炜把书屋取名"闲存",正是"守道存诚"的引深。诚之一字,他已烙印心扉耿耿萦怀,毕生践行。

谈及《三字经》,与《百家姓》《千字文》《千家诗》合称"三百千千",为历代启蒙教育的必备读本,也是中华民族珍贵的文化遗产,全文精炼上口,言简意赅,其独特的思想价值和文化魅力为世人所公认,被奉为久盛不衰的经典而家喻户晓,"发蒙之准的"。众所周知,《三字经》作者是南宋的王应麟,但数百年的时过境迁,有些内容肯定不可能与时俱进,所以张炜才说"其中有略而不详之处",以致心有惜憾,早想增补完善,使之更适应时下的基础教育需要。正好太常寺工作不忙,他得以静下心来,

《增补三字经·自序》雕版

一字一顿、字斟句酌写完了《增补三字经》，了却了自己数十年来的一桩心愿。

对于《三字经》所包罗的传统教育、历史、天文、地理、伦理道德以及一些民间传说等，堪比大部头的纲目、通鉴，所以才有张炜所说的俗称"小纲鉴"。以小见大，能把《三字经》讲出门道，绝对需要一番功夫。2009年从春节直到5月，中央电视台黄金栏目百家讲坛播出了《钱文忠解读三字经》系列节目，复旦大学教授钱文忠一口气讲了四十多集，口若悬河，收视率奇高。传说张炜也讲过一次，还是他到云南当考官时，当地一些读书人知道他来自文化相对落后的山西，难免心存小觑，窃窃议论说："晋人学识浅薄，最多念熟《三字经》罢。"张炜听到了，当即站出来说："我这个山西人确实学识差点，别的不敢高谈阔论，唯独对《三字经》不太陌生，略知大概，就把第一句'人之初'浅谈一二。"登堂开讲，竟然一发不可收拾，娓娓道来，滴水不漏，引经据典，妙语连珠，夸张的说法是三昼夜不倦。云南的读书人惊叹不已，才知道张考官不虚其名，不仅学问精深，而且谦逊有节，大家无不心悦诚服，深表敬重。

所以说，张炜敢于挑战经典，心有余还得力有余。

《三字经》原文1200字，经过张炜的增补，字数增加到1800字。虽然他在《自序》中说明"各增数条""略加论断"，实则除了篇首从"人之初"到"识某文"和结尾从"犬守夜"到"宜勉力"保持原文外，中间包括太极、推原、起义、三才、四时及经、子、史等大部分地方都有改动补充，尽量做到详尽、准确，内容更加丰富，层次更加分明，涉及面更为广泛。简单举例，比如原文"一而十，十而百。百而千，千而万"，变为"一而十，百千万，相倍蓰，至无算"，就数学原理的阐述相对扩展开来；再比如"君则敬，臣则忠"，改为"君则仁，臣则忠"，仁字就比敬字的内涵深长。这类不胜枚举吧，杜成辉博士以专家之言评论说："张炜不仅擅长文墨，精通史学，在天文地理和音乐术数方面也有相当造诣。《增补三字经》教育理念新颖，在今天仍有较高的学术价值，是张炜留给后人的珍贵财富。"

身为翰林，张炜生平的诗文著述颇多，如他儿子张耀奎所说："著作文诗盈箧。"整整一大箱子，但大多没能印刷成卷流传，只有《增补三字经》后来由张耀奎刊刻而成。张耀奎为《增补三字经》书跋时，叙述说他父亲写完这一文稿，京城的老乡、朋友、门生一致给予好评，希望付梓成书，但父亲摇头一笑，说："此吾授儿孙本耳，何足问世？"是他身在官场出于隐介藏形考虑，还是等着老年才立言？只有他自己知道。不过，他在奉天府学台任上，就把理论与实践结合，曾于视学之际亲编教材，并撰勒石上，供生员抄阅，身体力行师者之责，治学严谨有口皆碑。

在《增补三字经》正文前边，另有"鄱阳张仪善堂本"的字样，由此可知，小堡张家从张炜一代，已经确定了姓氏堂号。理解"仪善"之意，一来包含规矩礼教，知书达理，"温良恭俭让"；二来劝诫扬善，以善待人，"勿以善小而不为"。本来张家还有一块尺寸更大的屏匾，榜书"仪善堂"三个篆字，但也是被后人修旧利废搭了房板，现在不得而终，不过仪善堂循礼向善的处世立身守则深入人心，给后辈儿孙留下无形的精神财富。

当然，其时翰林张府不再是旧日的东缸房院，而另有新居。据说也是张炜从云南返回之后，朝廷按规定给了他3000两养廉银，他用来在东缸房院东侧再建了一处院落，只为了孝顺母亲，显得儿子做官后实实在在让母亲风光一番。这处院子，人称翰林宅。

清代文职官员年薪不算很高，一品岁俸银180两，禄米180斛；二品155两，禄米155斛；三品130两，禄米130斛；四品105两，禄米105斛；五品80两，禄米80斛；六品60两，禄米60斛；七品45两，禄米45斛；八品40两，禄米40斛；正九品33两1.14钱，禄米33斛1.14斗；从九品兼未入流31两5钱，禄米31斛半。这些除了日常生计，还得上下打点，难免捉襟见肘，因此雍正年间出台了养廉银的政策，"因官吏贪赃，时有所闻，特设此名，欲其顾名思义，勉为廉吏也"，就算奖金养廉吧，每年的数额通常为工资的10倍到100倍。光绪《清全典事例》记载：总督为13000至20000两，巡抚为10000至15000两，布政使为5000至9000两，按察使为3000至8000多两，等等，大约寻常也根据工作性质不定期发放，究竟养不养廉，因人而异吧。

翰林老宅

再说小堡翰林宅，布局三进院落，前排厅堂，二排普通瓦房，三排还是土窑。这样的规模与大书房院相比远远不足，但只看前院的规格，绝对要远超，与张炜的级别有关了。村人描述，翰林宅临街的门楼高大，张悬着"太史第"门匾，院内是一排五间正房，开间明三暗二，也即正房三间左右外跨耳房两间，建筑档次为"五脊六兽""云斗二栋"，前者指屋脊及蹲兽，后者指斗拱和横梁。其中正中一间设计为厅堂，进去后迎面以中堂摆设的就是那块"仪善堂"屏匾，前有八仙桌、太师椅；绕过屏匾，二门直通后院。如今这一宅院依旧保存下来，在村中鹤立鸡群，古色古香的文化内涵依稀可找。

咸丰七年五月，翰林宅女主人、诰命太夫人蔚老太太去世，六月张炜回乡奔丧，次年起离职奉天府，开始为期三年的丁忧。他从道光二十一年离开小堡赴京赶考，此次归来为母亲守孝，恍然已过去将近 16 个春秋，乡音未改，清风两袖。虽说他身居高位，但是素来廉洁自好，相传归途曾被一个响马盯梢跟踪，谋算伺机打劫或偷窃，谁知发现张炜实在没啥油水，到了朔州地界，他愧然现身，抱拳对张炜说："你是个好官。"说完转身绝尘而去。

五、悲剧起萧墙

古代对丁忧的解释，不同于现代的字面意思——"儿子忧伤"。《尔雅》说："丁，当也。"也即遭逢、遇到。《尚书》又说："忧，居丧也。"办理丧事。合起来，丁忧就是朝廷官员遭逢父母去世而回家守孝。丁忧的准确时间规定为27个月，到期后朝廷重新启用，名为"起复"。

按说张炜回老家丁忧，一来守护在父母坟前，晓苦枕砖恪尽孝道，二来应该远离了身在官场的功名利禄、世务经纶，暂时也能好好歇歇心身，以后报君报国有的是时间。然而，正如古人所说，"树欲静而风不止"，他万万无法料到，一场致命的危机，正在向他波及而来。

《清代职官年表》记录了张炜的卒年为1859年、咸丰九年。张永来曾经从民国初年由北洋政府设馆编修的《清史稿》中搜寻，这方面的信息却只字未见。杜成辉博士的《张炜与〈增补三字经〉》一文，也没有提及张炜的人生结局。一位朝廷三品大员，在离职丁忧阶段突然间消逝，而且去世原因、具体卒日不详，实在是反常离奇，所有正史都没有给出答案。

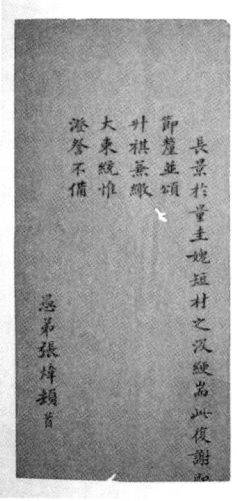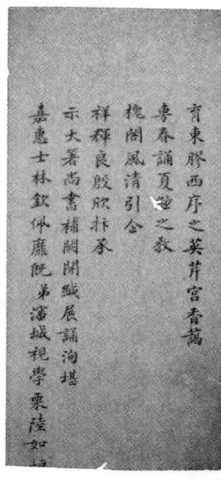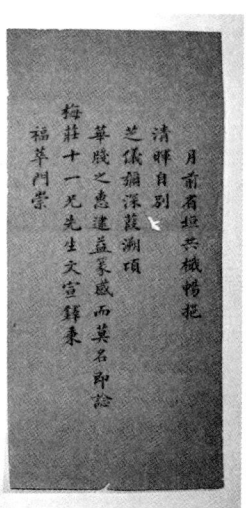

张炜信札
（张士权收藏）

还要通过张炜后人的口传来解开谜团。

背景与一次震惊全国的科考弊案有关。

且说科举发展到清代,其隆重程度可谓登峰造极。"一考定终身"嘛,绝对会诱发歪门邪道不择手段,科场舞弊虽说惩处极严却也防不胜防。有史可查,清朝的科场舞弊大案共有3起,分别是顺治十四年的丁酉弊案、康熙五十年的辛卯弊案和咸丰八年的戊午弊案。其一丁酉顺天乡试弊案,考官勾结权贵、收受贿赂,事先拟好取舍名单,结果发榜后一片大哗,考生集体去找孔夫子哭庙。给事中任克博奏举考生陆其贤送了考官3000两银子就被录取。顺治下旨彻查属实,最终判决主考曹本荣等七名涉案人员立斩,没收家产,家属流放。其二辛卯江南乡试弊案,扬州盐商子弟吴泌、程光奎都是半文盲,居然中举,苏州考生气得把财神抬进孔庙抗议,最终副主考赵晋和房考官王日俞、方名三人被斩头;行贿的吴泌、程光奎和通贿中间人俞继祖被判绞监候;正主考左必蕃虽没有收受贿赂,但他负有领导责任,被处革职。

第三就是戊午顺天乡试弊案。

咸丰八年,又一个大比之年。其时顺天乡试的主考官,是由翰林院掌院学士提拔起来的从一品户部尚书、协办大学士柏葰。两位副主考是兵部尚书朱凤标、都察院左副都御史程庭桂,同考官有一个浦安。那次考试,从八月初九开始到十六日顺利结束,上千人的考生,录取了300名。主考柏葰马上得到提拔,"补授大学士、管理兵部事务",位居正一品的大学士兼军机大臣,时年他63岁。柏葰其人,姓巴鲁特,原名松俊,字静涛,蒙古正蓝旗人,道光六年进士,名声应该不坏,既有真才实学,又"素持正",正直而

举子抗议

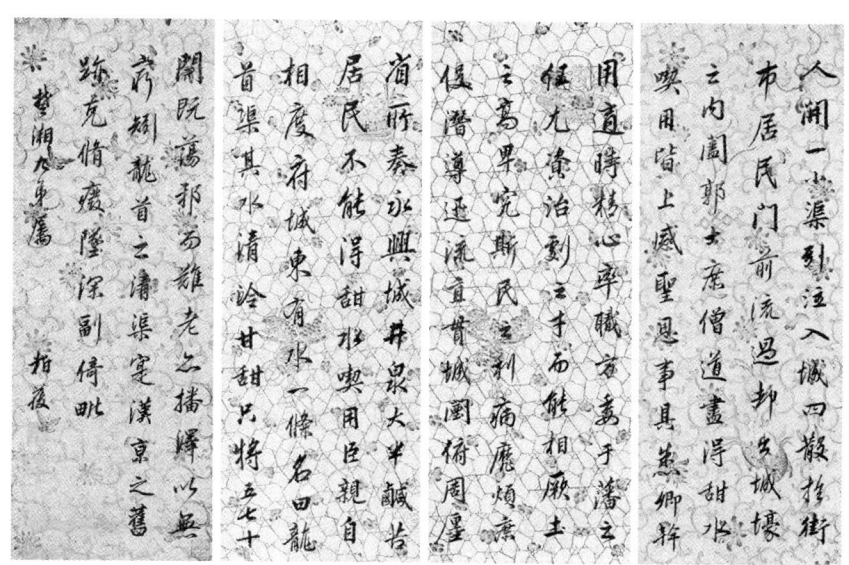

柏葰书法

坚持原则，因此却与皇室的怡亲王载垣，郑亲王端华及其弟弟、时任礼部尚书肃顺等人的关系不大融洽。

究竟是不是遭到政敌举报很难说，总之考完不到一个月，柏葰在新岗位上屁股还没坐热，麻烦就来了。十月初七，御史孟传金奏了一本，指出本次乡试疑似严重舞弊。他举例说，一位名叫平龄的旗人考生，除了会唱两句京戏，一无所长，居然高中第七名，而且他的朱卷和墨卷不符，建议查办。咸丰准奏，立即任命载垣、端华、兵部尚书陈孚恩和后来担任吏部尚书的全庆四人组成专案组严加调查，先来查卷，发现"应讯办查议者竟有五十本之多"，甚至有一试卷"讹字至三百余"竟能中榜，其中平龄的墨卷也有七处错字，誊抄为朱卷却改正了。这还了得？柏葰当下就被革职了。

然后就是抓捕涉案嫌疑人，经过审讯，好像成了个连环套的窝案，特别是牵连出一位特殊考生罗鸿祀，也有说罗鸿绎。此人是广东人，已在刑部捐了个主事，还想拿到正式文凭，因此又参加乡试。案情显示，为了能够考中，罗鸿祀曾托兵部侍郎李鹤龄疏通关系，李侍郎转而给同考官浦安递了条子方便关照，浦安又买通柏葰的家人靳祥，在柏葰跟前讨情，最终柏葰卖了面子，将罗鸿祀以第238名录取。完了李鹤龄又向罗鸿祀索银五百两，其中三百两转交浦安。罗鸿祀事后还找柏葰拜师，递上了见面礼"贽敬"十六两。

除了柏葰卷入其中，另一位副主考程庭桂同样收了条子，是他儿子程炳采出面鼓捣回来的，递条子的不乏朝中高官子弟，居然还有专案组人员陈孚恩的公子陈景彦。程庭桂虽然烧了条子没有纵容舞弊，终归难辞其咎。而"条子"，恰是戊午弊案的关键词，最高明的舞弊手法之一。清人薛福成在《庸庵笔记》里说："条子者，裁纸为条，订明诗文某处所用文字，以为记验。"虽说考完还要一律誊录，不让考官看到原来的笔迹，但拿着条子对照文字上的暗号，"百无一失"。

处理的结果是从严从重惩处无赦。咸丰九年开春，柏葰被押往北京菜市口斩头示众。原本咸丰考虑他一直"勤慎无咎"，而且只收了16两银子罪不至死，所以有意从宽发落，但肃顺力谏"柏葰罪不可宥，非正法不足以儆在位"，最终致使柏葰成为清代因科考弊案被杀的最高级别官员，监斩他的正是老对头肃顺；同时掉脑袋的还有浦安、李鹤龄、罗鸿祀。跟着到了七月，程炳采也判斩刑，他老子则发配黑龙江；京剧票友平龄没做交代前就无端死在狱中，怎么样舞弊死无对证；柏葰的那位捞过好处的奴才靳祥畏罪自杀；另一副主考朱凤标罢职，陈孚恩官降一级，其余罚款、开除、降格的各级官员共91人……

说来说去，言归正传。戊午顺天乡试弊案明显与身在朔州的张炜八竿子打不着边，但偏偏还扯上了关系，也就是所谓"躺枪"。

从咸丰八年的十月起，至少到次年的七月，应该为戊午弊案的侦查追责阶段。因为打击风暴来势猛烈，许多递过条子以及牵扯其他舞弊行为的权贵子弟们，无不心惊肉跳，惶惶不可终日。很遗憾，竟然包括张炜的二公子张耀奎。相传他也曾到弊案的浑水中凑了一趟热闹，消息好像并不虚假，张炜听来，一定是极度震惊，万万没有料到儿子如此不争气，竟然让他面临一场飞来的萧墙之祸。没有其他选择，他只有赶紧起身赴京，想办法了解详情，再作进一步打算。接着分明得知儿子不能保证事不关己，眼下的失望责骂痛斥都没啥作用，张炜又无法判断事态到底有多严重，思来想去，决定先去悄悄拜见老师祁寯藻，看看能不能寻得一线希望。

其时的祁寯藻已经因病致仕四五年，但在朝廷的影响仍然很大，比如山西老乡五台籍的徐继畲就写了《呈寿阳相国二首》，有这样两句："共祝温公无返洛，且看裴公再扶唐。"代表了期盼祁寯藻复出匡扶社稷众望所归的呼声。祁寯藻对张炜素来亲近，眼看门生求来，断无袖手之理，而最直接的途径莫过于当面摸摸皇帝的底牌。好歹他是咸丰的老师，与皇帝见面引以为常，所以当即就起轿动身前往皇宫，并嘱咐张炜等候消息，随口相约：如果按时回来，那就基本上没啥大碍。

传说祁寯藻见了咸丰，师生坐下说话。咸丰一眼看出老师无事不登三宝殿，问有何事而来，祁寯藻也不遮含，试探着问："近期查办柏葰一案，没有牵涉张炜吧？"咸丰的回答倒也干脆："他在丁忧，与他何干？"祁寯藻长吁口气，可以肯定涉案名单上没有张耀奎。因此他急着就想告辞，好去转告张炜放心，谁知皇上却说："我这几日心情不好，咱们下棋解解闷怎样？"祁寯藻怎能回绝，只好打起精神与皇上推枰对弈。据说围棋高手过招，一局拖个三五个甚至十几个小时都不奇怪，也不知咸丰和祁寯藻下了一局还是几局，反正耗时很久，拖得竟误了张炜性命。

那边张炜左等右等，总也不见老师回来，最终超出了耐心极限，以至心急如焚，感觉凶多吉少。家门不幸，回天乏力，他不敢想象后果，而且说不准还会有辱师门，给舍了老脸说情的祁老师带来包庇有罪之嫌。一念之间，在极度的羞愧中他陷入绝望。儿子获罪事小，乃父被亏丧气节那可无以挽回了。想想自己曾经增补《三字经》，大讲"人之初"，到头来怎么不明白"子不教、父之过"，可不是莫大的讽刺？再想想自己一生秉持"守道存诚""闲邪存诚"，到头来免不了落得声名狼藉，道在哪里？诚又在哪里？实事求是分析，也不是张炜沉不住气，那道德的考量和叩问，对他才是致命的一剑封喉。于是乎，他就像儒家思想教诲的那样视死如归，毅然选择了以死殉道、舍生成诚，用生命来承担所有罪过，用牺牲来奋力写完了诚字的最后一笔。

或许祁寯藻正在叠声催促轿夫颠簸在返回的路上，而张炜已经从容吞下官服上特别预备的第二粒金扣，一代翰林，坠金而亡，终年51岁，正是仕途的黄金时期。这就是后人讲述的关于张耀奎坑爹故事的结尾。

据说张炜不幸离开人世，咸丰皇帝非常痛惜，特别追赠他为经筵日讲经起居注官、太子太保、文华殿大学士、武英殿大学士、翰林院掌院学士加三级，荣誉就算至高无上了。其诰命的圣旨内容，也被后人刻版保存，作为对张炜最大的告慰，说不上彪炳青史，起码证明他的清白未损、正大光明。张炜归葬朔州小堡村祖坟后，祁寯藻之子祁世长以世交好友的身份，把那副挽联恭敬地书写在他的墓前："世德作求龙章锡命荣三代，书香永继燕翼诒谋寿万年。"

六、唏嘘后来人

不用说，张耀奎平安无事。没有什么迹象显示他涉嫌了戊午弊案，也没有谁在供词中咬他。他算顺利跳到干岸上，张炜就白死了。

实际上被查实递过作弊条子的，并非不可摆平。比如副主考程庭桂交代的五张条子，一个来自陈孚恩公子，他父亲降一级完事；另外四个按照判决发配新疆，临走却获准捐银赎罪，花钱消灾，原因是太平天国战事紧张，国家急需用钱。犯法犯在时候上，运气挡也挡不住，当大官掏腰包，等于易如反掌，最不费力气了。

况且，柏葰之死，也不是弊案的尘埃落定。

只过了两年多，到1861年七月，咸丰薨于热河，六岁的同治继位，慈禧老佛爷发动辛酉政变，与慈安联袂垂帘亲政，一举拿下肃顺、载垣、端华等八名顾命大臣，其中载垣、端华被赐自尽，肃顺被押往菜市口处斩，步了老对头柏葰的后尘。老佛爷还打算为柏葰平反昭雪，但总有他犯事的小辫子，最终特赐柏葰的儿子钟濂四品顶戴，间接宣告柏葰蒙冤，遭受了肃顺等人的公报私仇——可惜已与张炜没啥相干了。

至此已经可以发现，大清朝的官制两极分化，追赠三代无比慷慨，子孙世袭彻底抠门，除非像皇室一样爵位加身，但封爵对汉人来说非常遥远，张炜同时代得到爵位的好像只有曾国藩、李鸿章、左宗棠几个，屈指可数。这样的优越性在于鼓励个人奋斗考取功名，免得造成对人才的不公。柏葰好歹还以一死给儿子换来四品官职，张炜一死则够不上相应的优惠，他留给张耀奎的，如果真的没有存折，那就只有一点不动产，包括小堡的一处太史第。不过房院放在清代不值几个钱，有人翻阅陈年房契，据说北京的四间瓦房小院才卖80多两银子，相当于一个教谕两年的工资。

那么，失去了父亲的张耀奎，其生活状况如何呢？

1875年，张炜去世16年之后，张耀奎掏钱为父亲雕版刊印了其遗著《增补三字经》，并写了一篇跋文，内容如下：

> 先君《增补三字经》，都人士艳称之，年乡世谊及门人中多怂恿成梓，辄笑应曰："此吾授儿孙本耳，何足问世？"迄今先君见背越十六载，著作文诗盈箧，奎不敏，不克继武科第，笔耕依人，无以刊刻成卷，抚手泽之犹存，辄泫然而泣下。惟此本字数无多，集笔墨赀尚为力所能及，爰抄付剞氏，先君数十年攻苦略见一斑，质诸乡人，冀博雅君子鉴定焉！
>
> 　　　　　　光绪乙亥小春望日　　张耀奎谨跋于朔平府署馆舍

光绪乙亥小春望日，就是光绪元年的农历十月十五。全篇文字简短，字里行间流露着一种心酸。堂堂翰林公子，想为父亲出书，只能挑选一部字数不多的作品刊刻付印，连同序跋才38页，加上印墨、纸张的费用，花不了多少银子，能说出"尚为力所能及"，可见囊中羞涩。据说张家当时在村东的一片田产少说大几十亩，另外在城东的神头一带还买过耕地，所以全家维持小农经济，足以保障衣食无忧，不至于落魄；《增补三字经》雕版首页又有"板存家塾"字样，说明张耀奎仍有条件继续开办私塾。纵使财力有限，张耀奎着手刊印《增补三字经》的雕版，所选木料仍为货真价实的海南黄花梨，绝没有糊弄敷衍，再看两句"抚手泽之犹存，辄泫然而泣下"，其拳拳孝心确实出自肺腑，可嘉可叹。

据张书忍墓表交代，咸丰九年张耀奎已是太学的优贡生和候选训导；到光绪元年，16年过去了，他自己这样写道："奎不敏，不克继武科第。"继武一词，出自《礼记》的"大夫继武"，注释说："继武者，谓两足迹相接继也。"张耀奎惭愧自己脑筋不好，没能接上父亲的脚印前进，无法在科举路上跃过龙门。古人对人生的四大失意这样总结："寡妇携儿泣，将军被敌擒，失恩宫女面，下第举人心。"科考不第，失意消沉，张耀奎到头来只能"笔耕依人"，寄人篱下写写材料，大抵只能是不入流的师爷、文秘之类吧？地位低下，佣金想来不会多高，看他落款标记，大抵在朔平府署有个办公的馆舍。

一句话，张耀奎不算成功人士。换了寻常乡民，出个秀才就算祖宗有灵，但身在翰林家庭，不克科第、事业受挫，肯定与自己和家族的期望相距很远。想想张耀奎曾经涉嫌卷入戊午顺天弊案，不排除与一帮目无法纪之徒同流合污，即使没人愿意把他和"纨绔"两字联系起来，却也难以阻人联想。

不妨再看张耀奎留在朔州马邑博物馆与王庚荣、田畴合作的书画八条屏，其中他的诗文，一共八首，下面摘录第一首：

海棠两株娇可怜，
买须三百青铜钱；
暂应忍醉不沽酒，
换取风光二月天。
无端浪迹入吴天，
弹指风光已七年；
可奈壮游终未已，
东南山水又因缘。
绮户雕窗障绿纱，
笙囊夜半嚼红霞；
不知此去长安道，

> 还有当年小玉家。
> 迢遞关门唱五噫,
> 那能佳丽减乡思;
> 可怜也有凌云笔,
> 只与吴侬较竹枝。

全诗内容基本一目了然,可不就是说二公子到苏杭旅游游历,曾经"忍醉买春",与两个吴侬软语的三陪小姐结缘,还在一起笙歌应和,好像当年的柳永,"十年一觉扬州梦,赢得青楼薄幸名",潇洒得叫人羡慕啊。

再摘另一首的一段,也写游历:

> 意气纵横上国游,
> 岩廊犹有白云求;
> 遭逢便奏甘泉赋,
> 岂但才名动五侯;
> 山桥涧水石粼粼,
> 八节滩头草树春;
> 何处羊裘逢老子,
> 烟波别有钓鳌人……

这一段用典精熟,张弛得当,提到的又是杨雄的《甘泉赋》,又是白居易、黄庭坚写过的八节滩,触景感慨,抒发了钓鳌之志未酬、名动五侯之才不遇的情绪。

综合评价张耀奎的八首诗文,可以说才气恣肆,文辞倜傥,却又不同程度流露出失意之余的颓废和浪荡,即使格调不高,但文学的功底素养不浅,也算诗穷而后工的典型之作。普遍现象是,古板的八股取仕,拒绝文学的个性和灵性,所以科举的大门很难为张耀奎这类有才不羁的文人敞开,或许他自己并没

海棠兩株嬌可憐買須三百青
銅錢暫應忍醉不沾酒換取風
光二月天無端浪跡入吳天彈
指風光已七年可奈壯游終未
已東南山水又因綺戶雕窗
障綠紗笙囊夜半嚼紅霞不知
此去長安道還有當年小玉家
迢遞關門唱五噫邧能佳麗減
鄉思可憐也有凌雲筆只與吳
儂較竹枝　懷君屬秋夜散步詠涼天　空山松子落　畫人應未眠

张耀奎诗文及书法

有意识到罢了。

　　诗文最后的落款写着："辛未长夏书，应德全大兄大人嘱即，正之。聚五弟张耀奎。"辛未，是同治十年、1871 年，说明张耀奎浪迹吴地之时在张炜死后 12 年之际；德全，查不到是谁；聚五弟，可能是张耀奎与五个结义弟兄在一起。参照书画八条屏另外两位作者，田畴落款庚午仲秋，即 1870 年；王庚荣未题时间，他生于 1840 年，光绪二年即 1876 年高中殿试榜眼，1870 年为 31 岁，金榜尚未题名；他和张耀奎走得亲近，完全可能为同龄人，那么张炜当在 30 多岁左右才有了二儿子张耀奎，也合乎逻辑。

　　前边已知，张炜两个儿子，老大耀辰，廪生却早卒，家谱显示没有子嗣传下，剩下张耀奎就变成了独苗，又出身在高干家庭，母亲谢恭人即使不把他当"小皇帝"一样宠惯无度，但给他一些迁就、纵容也属人之常情，说不准就让张耀奎患上官二代养尊处优的通病，贾宝玉式的，不能吃苦耐劳，缺乏斗志。而张家的期望全系于他的一身，因此父亲的望子成龙之心尤为殷切，严厉得容易过头。

小堡村流传着这样一个故事，说是二公子本来有过机会出去当知县，但张炜不同意，他说："小小知县品级低微，没大出息。而且经常把大员迎来送往，都得长跪在路边被黄尘熏荡，受尽卑躬屈膝。还是科考要紧，那才是入仕的正道。"理解其意思，就要金榜题名，做官就做大官。但一个人的前途，很难由自我的意志来掌控，父亲考了进士，儿子非得也考上，期望值未免太高，反而会让张耀奎压力山大，明知不可为而为之，最终势必失去信心走向庸碌，如果现实一点，退求其次，干脆就去做个七品知县，大小都是青天大老爷，何尝不可呢？谁能预料父亲一死，当县官也就时不再来？

由此引出曾国藩对培养后代的观念，《曾文正公家书》多有记述。咸丰四年，他提任湖北巡抚，写了家书说："吾在外既有权势，则家中子侄最易流于骄，流于佚。二字皆败家之道也。"咸丰六年，他又函训三个儿子："凡人多望子孙为大官，余不愿为大官。但愿为读书明理之君子。"同治五年，他给儿子曾纪泽写信说："读书乃寒士本色，切不可有官家风味。"再告诫夫人："居官不过偶然之事，居家乃是长久之计。"等等。与曾国藩的境界相比，可能张炜还是存在一定差距的，结果张耀奎也只能发出叹气："奎不敏，不克继武科第，笔耕依人……"

自忖事业无成，张耀奎一定深感对不起父亲，而且他的后半生始终都要背负父亲因他而死的名声，时刻饱受痛悔和良心谴责的煎熬，以至郁郁忧忧，终老乡间，生卒不详。

张耀奎之后，年代就不算久远了，世系清楚可寻。他有两任妻子，宣氏元氏都封了孺人，下来三个儿子，分别为张禔、张祜、张祊，其中张禔无后，张祜、张祊各传两子，为张显曾、张荣曾、张效曾、张学曾。到了民国期间，翰林老宅住不下四户人家了，先是张效曾由有钱的岳父家赞助了30个银元盘下张学曾的房产，然后张荣曾也出去另建新居；张效曾三个儿子，为张席、张廉、张浩；土改时候，张廉走了西口，落脚内蒙古杭锦后旗，张浩、张席还在一起住着老宅，张席娶妻罗氏，育有一子张继先，再下去张继先三子张铎、张德、张格，到 2000 年左右，张铎要给儿子张贵成娶媳妇，张德、张格哥俩才搬出去到村西头另筑新窑，所以翰林老宅最终为张贵成占居。而张炜的五世孙张浩，一辈子打光棍无所顾忌，张炜的一点翰林文物，就由他屡屡拿出去发点小财，1990 年左右这老头才去世，活了将近八十岁没赶上文物行情暴涨的美好时代，时也运也命也。

如今，对于小堡村张炜的后代而言，祖上曾经的翰林也就只是一个传说。

一、河东河西

《孟子》有一句名言："君子之泽，五世而斩。"意思是说有德君子的福泽，影响五代后定然中断。据此古人进一步诠释："道德传家，十代以上，耕读传家次之，诗书传家又次之，富贵传家，不过三代。"这就是俗话所说"富不过三代"的由来，几乎成了魔咒式的普遍规律。

第六章 以本守末

再提翰林张炜的五世孙张浩，曾经卖些老祖的文物给自己发些福利，应该属于典型的"五世而斩"，好歹强于"富不过三"。不过他还是继承了张炜的基因，长得身姿魁梧，鼻直口方，公认的一表人才。据说此公性格怪异，曾经娶过一房媳妇，却嫌人家肚大能吃，最终一休了事，宁愿自己打光棍度日。张席是他的大哥，可能也琢磨过宿命的命题，相传某年的雨后下地时，路经自家祖坟，发现老祖张书忍被石栅栏围起的墓碑上盘着一条蟒蛇晒太阳，出于本能，他掉转锄柄狠敲了蟒蛇的脑袋一下，蟒蛇吃痛飞快地溜走了。转头张席就暗暗嘀咕：蟒蛇也算祥瑞之物，不该打它，怕把风水赶走了吧？小堡村习惯把蛇类称作"皮条"，就此还留下一句歇后语："张席打皮条，后悔到心里。"

风水一说，肯定带有迷信色彩，但也能够佐证，翰林之家传了三四代时其光景确实江河日下、乏善可陈了。

还有一个事例。大约新中国成立之初吧，张席为老大不小的儿子张继先迎娶了本县照什八庄村的解梅。

解梅比丈夫小9岁，过门后跟婆婆罗氏不合，一个劲闹离婚，本家的张殿义妻子过来劝解一番，回家后愤愤不平，说："五檩四椽云斗二担的大正房，娶回这个黄毛小鬼鬼，还不好好过呢！"可见解梅的模样、出身、脾气、素养等，都不被家族看好，说明张席的家境无论物质生活还是社会地位，已经落入最低谷，娶媳妇也就没有了挑选的资格，只有张炜留下的大正房，残余着一抹微弱的可以炫耀的光环。

或许有人会说，若非张炜当时突然弃世，家道的衰落可能推迟若干时日。实则也不尽然。要知道除了张炜，他的弟弟张灼还在朝中为官，担任光禄寺署正。光禄寺负责朝廷的祭祀、朝会、宴会、膳馐等事务，从三品衙门，下属四署，每署的一把手就是署正，从六品官衔，也不算小，大致类似现在的国务院机关事务局的一个司长。清代同治十一年中秋，张灼为平鲁向阳堡村的迁出本家叔辈张日荣写过碑文，其落款头衔是"诰授儒林郎、军功议叙光禄寺署正、随加一级"，那么在同治十一年即1872年，他仍旧在职，工作岗位没变，但级别提为正六品，其时张炜已经死去13年。

张书忍碑文记载，张灼两任妻子，原配武庠生之女、继配田太学生之女，都封了安人，三个儿子为张耀台、张耀躔、张耀枢，其中张耀台原配杜氏、继配高氏，张耀躔则娶了高氏；一个女儿，嫁给太学生李蘅。这样的家庭，搁之京城或许寻常，但在小堡村乃至朔州，还是显赫无几的，张灼也依旧不失家族翘楚，家谱却显示，自他往后的一门人等，全部迁到平鲁的中钟牌村，似乎与当年张瀚勖之迁的情形有所不同，其中定有曲衷。

中钟牌村在平鲁县城井坪往北偏东10里处，距离小堡村有50多里。老辈子传说，朔县古代铸了一口青阳钟，敲响之后中钟牌村一带还能听到，所以得名。那一块地方，北靠天门山，南临大沙沟，形成东西狭长的冲击盆地，就是传说中所谓穆桂英大战天门山的古战场。在其西端约有30里的一段区间，依次座落着三个自然村，分别是西钟牌、中钟牌和东钟牌，农业社时东钟牌被中钟牌兼并了，合称中钟牌，全村坡地居多却数目不详，平地较少，约3000多亩。村子属于杂姓而居，原住人口3000多，其中张姓有200多口，就是小堡迁来的一支。

说来话长。

往历史深处追溯，最少在明代，好像钟牌还是一个村子，然后韩家、高家两门大户往西往东独立出去，慢慢形成独家村，这才将钟牌一分为三。单说东钟牌的高家，也曾显赫朔州，明代出过嘉靖二十四年己卯科进士高履观，担任过刑部主事，现在马邑博物馆也收藏了他的四幅书法真迹。后人传下四门，其中一门到了高龙岗，为光绪八年武举，其次子高鸿举更加有名，生于1890年，曾经公费留学日本，1914年早稻田大学毕业回国；到了日军入侵，鬼子逼迫他到朔县城出任了翻译官和日伪朔县商会的会长。那时的高家富甲一方，除了在朔县、平鲁开了多家商号，光是土地一项，据其后人高成富提供准确数字，朔、平两县境内共计45000亩之多！其中在中钟牌村占有大多平田，相传一出门往东直到赵庄有25里，中间牛犋不卡；就按宽达沙沟1里，算出来亩数是个天文数字；另外在西山一带还有众多山地，号称"九山十八洼"，就近租给顾北岭村的李姓人家耕种，高鸿举本人当然懒得出面，年年只打发手下人负责收租，遇到天年歉收，竟把佃农的牲畜赶回来相抵，就此与李家结了冤仇。

高鸿举作品

客观来说，高鸿举在村里素有乐善好施的名声，绝非文学作品中一概而论的铁杆汉奸，他既为日军办事，私下也为共产党出力，常给山区的八路军游击队提供纸笔砚墨、布匹食盐药品等，对方进城去取，全亏他亲自送出城门。到了 1945 年日军投降，阎锡山的晋绥军率先占领朔县，随即八路军晋绥军区发动攻势，一举夺回县城，首先要搜捕惩处汉奸，高鸿举见势不好，趁一天黄昏化装成百姓，挑着水桶假装担水，准备从南城门出逃，无奈时运不济，恰好顾北岭李家住在城里的一个人认出他来，当面举报控诉，结果高鸿举被捉拿后立即遭到镇压，时间是 1946 年腊月初八。等到中共方面的有关知情人员闻讯澄清他也属于有功之人，可惜为时已晚。

通过介绍高鸿举，实则为了见识高家这一门曾经的进士后人令人惊奇的财富积累，以一斑而见全豹。仍按"五世而斩"的规律，起码从高鸿举的祖辈、父辈就摆开创业暴发的接力架势。举措之一考虑到子女结亲，好歹不与穷人连理，务必讲究门当户对。其家族中应该是与张书忍同一代的另一位高员外，率先将两个儿子各自的一个女儿先后许配给小堡村翰林家族张灼的两个儿子张耀台、张耀躔，双方先人都有功名，亲叔伯姊妹嫁给了亲兄弟，哥俩成了连襟，姊妹成了妯娌。他们的婚配时间可能在 1860 年的前后。张氏仪善堂宗谱所记，张耀台的二任妻子和张耀躔的妻子都是高氏，原来系出名门，根据辈分推断，她们当属高鸿举的姑奶奶一代。

现居中钟牌村的张玺，是张耀台的曾孙之一，生于 1934 年，2014 年已经 81 岁，依旧耳聪目明。他阅尽了翰林之弟张灼一脉在中钟牌繁衍生息的酸甜苦辣。

据张玺追忆，到了清朝末年，张耀台兄弟陷入度日维艰的泥淖。哥俩自小一直读书不问稼穑，所谓四体不勤五谷不分，结果读成了书呆子。老父亲张灼死后，他们做官没有机会，种田彻底外行，日子只能越过越局促，以至逐渐卖光了祖传的所有土地，饱学之儒竟然恓惶到温饱不保。可能翰林家族比如张耀奎同样自顾不暇，无法伸出援手；或者他们都被翰林一词所累，处世有些自命清高，所以与张书绅、张书田的后人随着血缘的淡去，彼此难免生分，"君子固穷",也没有嗟来之食。

还是高家那边着急。高员外只怪自己走眼,让孙女们跟着孙女婿受了穷困,心疼之下不能坐视不管,干脆来个釜底抽薪,做主将两户人家全部迁来东钟牌定居,给吃给住,方便周济关照。这样使得张家兄弟就像古诗所说的那样,"身似飘蓬逐水流,当此际岂堪回首",某年某月离开了小堡村,人到中年之际搬往岳父门上扎根,形式上不算倒插门,实质没啥两异。好在东钟牌不叫高

不第读书人的写照

老庄,否则哥俩就和天蓬元帅的经历巧合了。至于小弟张耀枢,宗谱说早卒了,也有传闻说流落到耿庄,缺少考证。

再看张书忍墓志铭,提到曾孙八人:张禔、张祜、张禋、张祥、张礼、张祉、张礽、张禧,到了中钟牌村,张耀台之下三子:张德、张礼、张告,张耀躔二子:张政、张新,五个小弟兄与在小堡时的名字对照,只有一个张礼重合,其余没有对应,或许只有一种可能:搬迁之后孩子们都小,趁早通俗化改了名字,去掉佶屈聱牙的因素,表示改头换面的决心,再说还与寄人篱下本就低人一等的身份相符一点。

在十分注重农桑的高家,张耀台兄弟倒是化解了生存危机,却越发以实际行动诠释了什么叫"百无一用是书生",下地做活或参与管家等都无能无力,只能干些拦牛放羊的小儿科营生,完了还得拾起老本行,应聘到高家或附近村子的私塾去教书,多少收入一点,补贴日常花销。因为是由张玺来讲述,就以他的曾祖张耀台说起,基本把张耀躔那边简略带过,总之两人的状况大同小异吧。

张玺在村里听过流传下的一个关于张耀台的故事,说是他家晚上被蟊贼挖开后墙钻进来行窃,妻子听得窸窣,急忙点了油灯喊叫丈夫,张耀台竟然不敢

起身追打，蟊贼反倒公然挑衅说："看那妇人，还是光腚呢！"叫人忍俊不禁，足将张耀台描绘得栩栩如生：胆怯怕事、性格懦弱、身无缚鸡之力，而且他又是深度近视眼，容易引发乡野村夫拿来刻薄取笑，全凭背靠大树，一般没人敢来欺负。不过说起曾祖父，张玺也有自豪。他记得小时候跟着父亲到邻村向阳堡王家大户有事，听得那边有人对父亲说："你爷爷曾给我们家写过文章，不论写字还是语句，都比王庚荣的要好。"这样的评价，让张玺觉得，自己的曾祖父毕竟文化高深，但接下来到他爷爷一代，就都成了文盲。既然切身体会读书无用，想想张耀台还教儿子认字干吗？

值得一提的是，清朝在垂暮之际的1906年，宣告废除存在了1300多年的科举制度。见过一篇理论文章说："从长远来说，废除科举清除了中国向近代社会转变的障碍，但从短期来说，废科举意味着丧失了一个向上流动的合理机制，同时也割断了士绅阶层与清王朝的联系，使清廷陡然失去原有的中坚支持力量，这无疑是一种自废武功的自残行为。"不可否认，科考取士总归是寒门学子公平竞争、改变命运的唯一途径，一旦这条路断了，谁一时也接受不了，好像心中的理想轰然破碎，从而导致数以万计以秀才和童生为主的知识分子迷茫彷徨，找不到人生的方向，社会地位同样急剧下降，逐渐在清末民初走向被边缘化。张耀台兄弟也许就赶上那场变革，也就成为科举活生生的反面教材，其子孙对读书学习抱以消极和失望，可能就是特定时期社会心态的一个缩影，正如后来有人总结说，中国的读书人，"达则与贵族同化，穷则与游民为伍"，一旦被体制抛离，流落到江湖，就会成为最无能的下等阶层了。

总之，私塾先生在当时的社会地位很低，收入也微薄，几乎是文人落魄的同义词，所以才有"家有三斗粮，不当孩儿王"的说法。张耀台不知活了多大岁数，临终给三个儿子没留下什么财产，大家都进入穷人的序列。其中老大张德，就是张玺的爷爷，姥爷家帮他娶过榆林砖井村的媳妇李氏，然后给了30多亩坡地，让他自食其力，独立谋生。这就等于完成了从读书人血统到彻底的贫雇农阶级的改造。

毕竟受人恩惠，有活儿需要先给姥爷家去干，回头才能顾自己的，张德连

张德旧居

打短工的待遇都没有，贫苦只能如影随形。不过此公热心开朗，为人处世名声不错，就凭着混了个好人缘，居然腾挪有术，换了一种活法。每到开春，他把棉衣、皮袄之类拿去村里的高家当铺典当，借钱以度青黄；下种时没有牛犋和种子，都要出去借来，完了将牲口归还，却将犁耧耙耱再去典当，秋后一并清还，好歹保证不至于窘迫到无米下炊。实际上这种挖窟窿补窟窿的做法相当吃亏，无形中背着一笔不菲的利息，但没有法子。他活了六十多岁，传下四个儿子，分别是张富云、张富才、张富雷、张富恒。反正名字都带了富字，富不富各显神通去吧。

下面一个一个来说。

好像老四最不成器，带着老婆走西口当长工，到头连老婆也卖在口外，没有留下一男半女。据说他自己最终死在土默川，倒是魂归老祖先张伏受的故里，了结了一个大的轮回。老二本来过起了光景，娶妻生子克勤克俭，甚至养了下犊的母牛，眼看有了小康迹象，谁知半路上妻子和儿子不幸相继病死，母牛也

张富云旧居

死了,致使家庭返贫衰败,结果他流浪而终。老三没灾没难,穷日子顺利过下来,留有两个儿子:老大张富云,竟然真的跻身为小富人家,他的妻子是南路过来的一位铁匠的女儿赵大女,夫妻有三个儿子,老小为张玺,原本说好准备过继给四叔,但四叔死没回来,只好作罢。

其时大约在20世纪40年代,抗日的烽火燃遍全国,大片国土民生凋敝,张富云却相对幸运,得到了机会。当时中钟牌村距离县城不远,属于敌占区范围,因为高鸿举的关系,基本不受日军及汉奸的扰害。张富云在靠近西钟牌村地界,不知何时有了十亩下湿地,附近泉水涌出,虽说不算沃壤,却能旱涝保收,全村很少有的适合种植鸦片,而日本人也鼓励这一毒品生产,于是张富云硬是一筐头一筐头从别处挑来肥土,满垫一层改善了土质,然后轮换倒茬,一年种萝卜一年种罂粟,日子渐渐滋润了。特别是收取鸦片之年,附近的瘾君子闻风而来,或者现洋购买,或用莜麦谷物兑换,价格还令人满意。张玺说,每到割完洋烟的秋冬,家里那是要什么有什么,黑金子呀!他的父母也吸鸦片,不过掌握尺度，每天控制着只吸一顿，计算好了除留下自我消费的部分，其余折合大洋，全部用于添置田产，一共积累了5垧之数，换算出来是75亩，到农忙季节还雇起了短工，眼看家业扩张势头良好，快当员外了。

但是世事无常，其衰也忽焉。

老照片：割罂粟

到了抗战胜利前夕，张玺十几岁了，他大哥张福娶过媳妇，分家另过，维持自己的小农经济单元，十亩水地归他，而二哥张海却没能置身于时代的大气候之外，他被抽丁加入了日军成立的所谓防共青年团，青年团解散后又编入朔县的伪警察队伍。开始分在西山的杨树坡炮楼，然后抽调到朔县城里，但他不

张富云

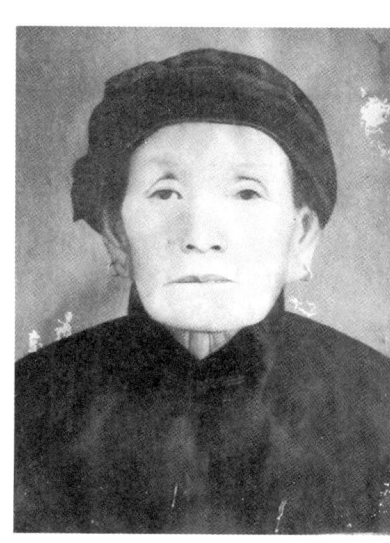

赵大女

甘心披那身黑狗子皮，约络了向阳堡的王二、马家洼的刘家义一起带了枪支弹药逃跑了，各自躲回家里昼伏夜出。不久日本鬼子投降，村里开始"三查"运动，张海唯恐被斗争，急忙独自再逃，先在朔县的贺家河村混了几天，接着一路辗转落脚太原，以捡废品糊口，慢慢琢磨了门道，主要收捡破烂的衣物，缝补拾掇一下转手再卖给穷人，回收再利用性质；新中国成立后就近被东山煤矿招用当了工人，还娶过一个模样不错的媳妇，据说可能窑姐儿出身或什么显贵的弃妾，反正不能生育，所以没有留后，宗谱的说法叫"未嗣"。

且说二儿子跑了，张富云很快也就赶上1947年晋绥土改，村里最穷的几个宋富才、谢录、高富奎等组成农会，上级派了工作组下来指导，轰轰烈烈划分阶级，分田分地真忙。儿子张福有福，土地不多被划为贫农，老子张富云没福，土地不少，确定为富农，和高家的员外们一样，成了贫下中农的敌人，只给他留下三间土窑和几亩人均土地外，其余所有土地、七头牛、两头驴、十几只羊全部没收，再分给穷人。亏他还很识时务，不用批斗自己主动献出积攒下的300大洋，得以在二次确定成分时，改为上中农，免了日后一系列没完没了的麻烦。

推算张富云生于清光绪十一年、1885年，土改完了应该已经60岁出头。他在花甲之年重新回归一贫如洗，将毕生打拼付之东流，一般人承受不了那种打击，为阶级付出的代价也忒大了，所以之后一直默默不欢，关键还有老生子张玺才13岁，尚未养育成人。因此他不顾心力交瘁老迈体衰，仍要下地做活。据说他也一贯热心向善，在村里的威信不低，"干

张玺夫妇年轻时合影

张玺的石窑

部不欺负,群众不小瞧"。在张玺家里,保存下一幅张富云的老照片,就是他老年时被二儿子张海接去太原小住,特地到省城照相馆拍摄的,对襟黑褂,瓜壳小帽,颌下是雪白的山羊胡子,看上去浓眉大耳、气度稳持,不愧翰林家族的后人,但是眼神隐隐地忧郁迷离,额上的三道皱纹深刻,好像写满沧桑。

迫于生计压力,张玺小小年纪,除了帮着父亲给自家种地,又要反过来为原来家中雇过的短工们打短工,早早学会了犁耧耙耱,成了劳动人民一员的农家小把式。再往后到了1954年,合作化运动开始,村里基本上就消灭了贫富差距。那时候张玺已经21岁,也该考虑成家了。

缘分来得颇有意思。女方名叫冯喜珍,跟婆婆一样出自平鲁县城井坪的铁匠家庭,日本人过来时候,全家跑反到了本县的上秤沟村。她在一岁半上父亲病故,四岁时母亲带着她和姐姐嫁给中钟牌村的苏荣,同时姐姐与苏荣的儿子苏有三结婚,母女、父子合起来四喜临门,这样苏有三既是冯喜珍的哥哥又是姐夫,双重亲眷。张富云和苏有三相处不错,经常过来聊天或下棋,张玺也跑得惯了,跟冯喜珍这个邻家女孩并不生分,说是青梅竹马也行。1954年冯喜珍刚刚16岁,9月份母亲不幸去世,打发完了泪痕未干,有一天哥哥兼姐夫苏有三指着张玺郑重其事告诉她说:"从此你去他家吃饭吧。你跟他结婚去吧。"冯喜珍糊里糊涂什么都不懂,只知道必须听话,就算把终身大事定了。那会儿也不兴彩礼一说,迎娶时步走了过去,本应垒个旺火,家中却没炭,只好在当院点了一捆黄芥秆子,渲染喜庆气氛,然后大家吃了一顿豆面压河捞了事。

接下来这个新婚之家,和全国所有农民一样,融入大干快上的社会主义新时代。接二连三地，张玺夫妻一共生育了四个儿子一个女儿，让张富云含饴弄孙了无遗憾，脸上也露出久违的笑容。1962 年他寿终正寝，享年 78 岁，再过 8 年，老伴也安然离世。

　　时光如梦，去也匆匆，不觉间张玺已是 80 高龄、耄耋之年，他和老伴居住的，还是包产到户之后买下的大队的粮仓，一排 14 间石窑看着煞是气派，可惜大多空闲，形同一个留守家庭，因为儿子们都在城里安居，闲时才回来探望探望。其中老大张丕义在木瓜界煤站上班，老二张丕先也去了太原东山煤矿，老三张丕胜是大新站铁路工人，老四张丕文在县城的学校教书，各自一大家子，不用老两口操心。三十多年前，张玺全家承包的土地，按 9 口人分得 10 垧，合 150 多亩，感觉好像把土改分去的又基本上归还回来了，如今自己居然没有劳力去种。刚包下那会儿，张玺也想副业致富，精心栽培了 30 亩的杏子树，倒是蔚然成林，眼下只能和荒草杂混；其余田地，无奈借与别人耕作。许多时候，张玺独自伫立地头，不由得思绪万千，他由衷地感慨说："三十年河东，三十年河西。老古人的话一点没假，真真的！"

　　翻看宗谱，张玺的儿子们及其丕字一辈，一共 25 人，都是张耀台、张耀躔哥俩的五世后裔，排在小堡村始迁老祖张伏受之后的十九世，不算多么兴旺，却还齐齐楚楚。听张玺介绍，其中张耀台次子张富存的孙子张丕峰很有出息，习武扬名大有成就，2008 年曾担任北京奥运会火炬手，好像电视明星一样，使得中钟牌村的张家父老们脸上有光，津津乐道。

二、关南关北

　　同朔州市平鲁区白堂村的张瀚勋后人一样，朔城区下疃村张家也是小堡张姓的主要裔支之一。

　　下疃村位于朔州市区西南 25 公里，归辖朔城区南榆林乡。大约大集体以来，南榆林乡与邻近的滋润乡、福善庄乡以及前些年撤并了的汴子疃乡、神武乡被习惯性地并称朔城区东南乡，好像公认的穷乡僻壤。就经济贡献而言，与县域四郊及北部沿线号称"四大家族"的神头镇、下团堡乡、城关镇、小平易乡相比不可同日而语，一来依靠单纯种田收入并且水利设施薄弱，二来殊少诸如煤矿、采石之类的副业来源。就以农业社时期的收入数字斑窥对照，东南乡一个工分一角左右，而"四大家族"的工分差不多一元钱，几乎形成了以十倍计的剪刀差。

回望历史，状况却大相径庭。

权且以下疃村为中心，向东南乡地界辐射，地处东西横亘的恒山山脉的莲花山冲积扇底端，沃野平坦，视线开阔，是汉代阴馆及隋时神武的县治所在；中间的南北朝时期，又是朔州敕勒族的发祥之地，北齐名将斛律金率部高歌一曲《敕勒歌》苍劲激昂，回荡了千年不衰，所以有的学者还把敕勒川确定在朔州，不无道理。

站在下疃村眺望南山，不过十里，只觉得森严如屏，林海隐隐。东南二十多里，就是雁门雄峙；沿着山脉西行，峰峦叠起形状迥异，排列依次为草垛山、莲花山、翠屏山，互相竞秀，各具胜景，直到阳方口再与吕梁山系衔接。尤其是县城正南的翠屏山，无论晚春或者早秋，飞雪总会反季出现，皑皑耀眼，奇特如幻，列为"朔州八景"之一。

大自然的造化为工，得赐于 7000 万年之前的造山运动。地质学家以北京附近的燕山为标准地区，故而也叫"燕山运动"，其结论说，想当初地壳因为受到强有力的挤压，褶皱隆起，形成纵横的山岳，我国地势起伏的大体轮廓，就是在燕山运动期间初步奠定。而山西境内的恒山崛起之际，其北麓的地质板块碰

村庄如画

撞出一条断裂带，所以南坡舒缓，北坡陡立。由于断裂带的存在，水流往地下渗透存集，继而从偏低之处涌出地面，呈泉群分布。

而下瞳村恰恰处于这样一方地下水源丰富的枢纽地域。瞳的意思，本意单指村庄或禽兽践踏的地方，但朔州本地另有一种外延式的理解，往往联想到沼泽泥淖、水草茂盛。相与下瞳村毗邻的几个村子，更直白地与水有关，比如三泉村、东洼村、泉子沟村、沙洼村及槽村、南磨村等。其中南磨村据说是下瞳人早先上去临水架装过水磨，慢慢才产生了村庄。

相对而言，下瞳村的水系尤为密集，可能在塞外不大常见。村南有一处泉群，名为大沙泉，就近蓄泊了三四个无名的玲珑海子，水流外溢，细涓不绝，缓缓从当村穿行北去，名为小河湾；村西一条河水，从稍南的三泉村流淌下来，名为西河湾；村东又一条河流，由于水势湍急，名为大河湾，源头在南磨村方向的山区峡谷，出村往东到辛寨村的间距两千五百米不到，居然分作五流并进，往北汇聚就是朔州境内著名的黄水河。黄水河古称治水，流经朔城区、山阴县和应县，奔流103公里后，在应县汇入桑干河，曾被认为是桑干河的主要源头，流域面积3630平方公里，河水裹挟泥土颜色浑黄，桀骜不驯，经常季节性地改道，河床蜿蜒无定。

明代有人写诗道："雁门关外野人家，不养桑蚕不种麻。百里并无梨枣树，三春哪得桃杏花。"极致地描述了朔州之川由于历来干旱缺水遭致的满目荒凉。那么下瞳村方圆一隅绝对例外，难得地氤氲于水泽的交织间，不失为点缀在雁门关外的葱茏绿洲。当然水多也有相应的困扰，如果再遇了天涝之年，说不准就有水患发生。比如当地一个耳熟能详的故事，就是典型的反面教材，相传槽村的土豪马君粮不该在神头的桑干神庙出言不逊，结果招惹来一场漫天洪水，村子由此一分为二，被冲作南槽村和北槽村，隔开两村的沟槽底部褐沙闪闪，民间都说那是马君粮的糜黍幻化而成。

过去的人们面对的反复无常的自然灾害，基本上缺少有效的应对手段，一旦处于生存被动的困窘，往往在迷信思想的左右下，都把原由归之于神灵，于是尊神敬神建寺修庙，竭尽虔诚香火供奉。下瞳亦然，小小的自然村却有两座

现存的北庙

南庙杂木丛生

用以镇水的庙宇，都在小河湾东侧的一道土梁上，南北不到 100 米距离。北庙曾做过县里的粮站，神像及壁画之类已经无踪，据说属于观音佛寺；南庙在小学校园南端，竟还保存下一通石碑，还能辨认一些字迹。发现此庙的正式名字叫作"涌泉寺"，正殿为"十王殿"，据说十王的塑像"文革"期间才被推倒，现在保存于朔州崇福寺。古传天上的玉帝册封十殿阎王管理阴曹地府，十殿的主官称为"地府十王"，分别是秦广王、楚江王、宋帝王、忤官王、阎罗王、平等王、泰山王、都市王、卞城王、转轮王，其中第五殿阎罗王总领十殿，据说全国只有山东的济南、泰山和四川的丰都三地建有专门的"十王殿"，想不到下瞳村也有一处。碑文记录说，北庙的住持是僧人真如，涌泉寺的住持为道士荣卿，由此可见两寺的规模不小，而涌泉寺属于道观无疑。村里也有土堡，起码形成于明代，但涌泉寺的始建时间可以再往前追溯到 700 多年之前，因为庙院在 2010 年出土过元代的经幢，可惜遗失了。

涌泉寺石碑，立起于嘉庆十九年，也即公元 1814 年。碑文的题头是"新造文昌阁前乐楼、重修十王殿碑记"，撰文人名叫张映斗，来路不详，而执笔书碑之人为本村张姓后人张燕，大概算全村第一文化人了。新造、重修两项工程同时进行，捐用的银子总额 135 两 4 钱 6 分，有整有零，对于一个村子来说，数目很可以了，而村人掏钱最多的两笔，同样 11 两 5 钱，其中的一位施主姓刘，名字不清；另一位也是张姓后人张炳。曾经见过一张神头吉庄的嘉庆十九年的地契，每亩坡地卖价仅仅白银半两，而 11 两 5 钱差不多是 20 余亩的地价。为了村级公益而出手慷慨，张炳显然与张燕一样跻身全村的头面人物之列了。

对照仪善堂张氏宗谱，张燕和张炳亲哥俩，排在小堡张姓的第十四世及下疃张氏的第四世。

下面就以他们的出现作为标识，按迹循踪地访寻小堡张氏下疃裔支落地扎根的生存印迹。

下疃村是个典型的杂姓村，分张、刘、杨、孙、赵五大姓，现有一共 250 多户、800 多人口。全村耕田面积 7000 亩，人均将近 10 亩，只不过守着充足的水源却不宜灌溉，原因是水质为地下深层的熔岩水，阴冷异常，一年四季都保持 16C° 左右，浇地后庄稼不长，而且还会泛起厚厚的盐碱，那就不好改造了。即使近水楼台不得月，在没有化肥、地膜的落后时期，下疃村的粮食亩产也能保证 200 斤出头，甚至 300 多斤。所以不论人均土地还是农田产量，只与小堡村横向对比，两者都要超出一倍有余。

据传下疃村最早只有亢、赵两家，亢家不知何年何月消失了，只有一个小地名还叫亢家坟；赵家则传袭下来，辈数不得而知；剩余四姓都是后迁而至，其中张姓大约可占总人口的四分之一，始迁老祖名叫张密修。张密修的名字，竟有些佛教色彩。"密修"两字，本是藏传佛教的修行法门的一个术语，特指挑战人体极限，比如断食、憋气、抗冻等，以期进入无欲无求的空灵境界。小堡

张密修老坟

张氏的老辈子一贯独尊孔孟,矢志"以儒起家",所有碑记、口传从未提及佛道,张密修取名涉佛,或者纯属巧合,或者可能是他的父母为他图个保佑而已。仪善堂宗谱十五世出现了修字辈弟兄:张鸿修、张称修、张坤修、张兆修,但与张密修的辈分不符。

有关张密修生平,宗谱记载很简单,只说大约清康熙年间,他从小堡村碾子院举家迁徙到下疃村,妻子是朔州南关的望族之一水氏,而他的传说及故事,几乎就是空白。根据早年下疃张家到小堡上坟时与族人之间的互相称谓,以及人口繁衍的数目曲线之类信息,结合其子孙的传辈取名规律等,可以确定张密修是祖上张伏受的十一世传人,排在张鸿翱一代的孙辈,与张永倬、张永宁等同辈,也是张书绅、张书忍的爷爷一辈。但具体的世系脉络,毫无资料可查。说不定哪天出土一块墓志铭之类的东西,也许能衔接出头绪吧。

分析当时的迁徙现象,明显的原因是人口激增与耕地相对紧张的矛盾。

查阅相关资料,中国从秦末汉初有统计的人口1300多万,到明末徘徊在1亿左右,清初因为战乱,再次下降到8000多万;不过由于从康熙年间开始,朝廷废除了人头税,推行摊丁入亩政策,客观上放松了对最底层农民的人身户籍控制,人口数量也出现了井喷式膨胀,据乾隆六年的普查已经达到1.4亿。纯粹的传统农业社会，面对人口的压力，势必使土地所有权洗牌频繁，有的农民失去田产加剧了贫困，有的却能外向扩张兼并，拓展生存空间。应该是丛林法则或忧患意识促使张密修离开小堡，在下疃地界购置了一处飞地，然后过来经营，为了方便则选择就地安家。小堡张家文化发达，财力相对雄厚，即使张密修初来乍到人地不熟，也不难在下疃站稳脚跟，从其坟地的铺排就能发现其后来居上的乡村豪门气派。

下疃的张家老坟选址在村子东北两公里左右的辛寨道，坟塬面积南北65米，东西50米，占地将近5亩，整体高出地表1米以上，东南角起坟的立祖先人正是张密修，20世纪90年代和2009年、2011年，曾被三次盗墓。后人重新掩埋时发现墓室一律由整齐见方的青石砌筑白灰灌缝，这样的规格在村里非常罕见。所幸墓碑未遭破坏，面北而立，历经风雨。碑高150公分、宽62公分、厚19公分，顶额是楷书镌刻的"碑记"两字。碑文纵向3行，一共31字：

时乾隆九年后日躔析木之次
故显考张公讳密修之墓
　　　　　　　孝男　张瑷　重　翼　瑢　谨立

乾隆九年是公元1744年，表明张密修去世于时年之前；他的祖父辈张鸿翱卒于1702年，对照一下，时间上也靠谱；"后日躔析木之次"，简单解释是小雪后的11月到12月间；张密修四个儿子：张瑷、张重、张翼、张瑢。碑文未提张密修妻子，显然立碑时老太太在世。

老坟的北端，另有张密修次子张重的坟丘，父子的两坟南北相望，据说名叫"顶头葬"，不同于儿孙在父亲下首的"一字排"，这般布局并不常见，大概出于风水的讲究。张重的墓碑也保存完好，圆首方跌，高115公分、宽61公分、厚14公分，碑额刻有二龙戏珠图纹。碑文为4行楷书，共37字，内容如下：

大清道光四年孟秋月吉日

皇清待赠显考张府君讳重之墓

妣冯氏

率孙 炳 燕 曾孙 朝樑 朝聘 朝殿 祀奉

道光四年，即1824年，孟秋月为农历七月。待赠，说明子孙有了功名，张重等候朝廷的追赠；"父曰考，母曰妣"，这里肯定是张重与妻子冯氏合葬。孙子张炳、张燕和曾孙张朝樑、张朝聘、张朝殿为张重夫妻立碑纪念；中间居然没有儿子辈，只能说明先丧而去，而长孙张炳、次孙张燕，就是嘉庆十九年修庙碑记出现的亲哥俩。从1744年到1824年，张密修与儿子张重的立碑时间相隔整整80年，张重究竟几个儿子？分别是谁？老坟再没墓碑了，留下悬念。

居然还有下文。就在村南长征地，张家另有一处祖坟，立祖的是张重的儿子张必远。唯一的墓碑也保存下来，碑文4行楷书，共46个字：

大清道光四年孟秋月上浣吉立

皇清显考张翁讳必远之墓

妣白氏张氏郭氏王氏

承重 孙 朝樑 朝模 曾孙 映 普 奉祀

时间道光四年七月，无疑与张重的墓碑同时所立；上浣吉，上旬的一个吉日；张必远4个老婆：白氏、张氏、郭氏和王氏，原配或继室或侧室不知；承重，承接二世祖张重，他与冯氏膝下有一子张必远；张必远生子张炳、张燕；从排名看来张朝樑、张朝模的父亲是张炳；张朝聘、张朝殿应该是张燕的儿子；张朝樑又两子：张映、张普。分析张朝樑在其同辈中一定拔尖，看情况爷爷张重和父亲张必远的墓碑都由他着手另选新坟时所立，而他亲弟弟张朝模的传人无迹可寻，极可能无嗣。据后人张士权分析，上述两块墓碑均应为张朝樑所立，有些字句明显是隔代人的口气。

依据仅有的三块墓碑所记，张密修子辈中的张重一支能够承前启后：二世

大门院的老房子

养大车记忆

张重,三世张必远;四世张炳、张燕;五世张朝樑等。而张映、张普身为六世传人,生活在清代道光至光绪年间,时间不算久远,现在上年纪的后人都已能把往下的世系续接起来,所以这一门的脉络就很清晰了,村里以住处及方位命名为"东大门院"。其余张姓还有三大门,各自是河东、西头、北头,却由于缺少家谱、碑记之类必要的依据,统统无法捋出向上传承的线索。早年见过北庙的一通修庙的功德石碑,碑文罗列了捐钱的朝字辈名单,除朝樑、朝模、朝聘、朝殿外,还有十五人:朝旺、朝升、朝义、朝弼、朝荣、朝玉、朝阳、朝枢、朝顺、朝元、朝俊、朝安、朝珠、朝库、朝相。同辈弟兄人多势众,现在的朝字辈子孙可以说清楚,向上溯却就疏离不清,有些朝字辈都不知哪去了。好在排辈一直未乱,取名始终严格沿袭上三字下两字的规律,说明下疃张家在这一点上坚持做到了循规蹈矩。还有迁居附近的安子村、神武村、徐村裔支，这里略过不提。

再说下瞳的所谓大门院，是下瞳张氏最早的祖宅，一排五间瓦房，顺理成章一直传给张映、张普兄弟名下。院门临街原有一处铺房，院内宽敞又曾叫作大门院圐圙，这一乡间农家竟因此平添了新鲜的商品经济元素。据说张普在下瞳村公认最有学问，并且广受推崇，被尊称为"张普先生"，家境也还丰裕，其收入来源确实与经商密不可分。

后人口传东大门院养马车跑运输贩卖粮食的传统悠久，祖上张密修极有可能已经首开先河。局限于那种年代的消息闭塞，一般情况下异地置田不外乎两条常见的途径：其一，稍远通过姻亲间牵线介绍；其二，就近往本村及邻村蚕食。反观张密修比较特殊，一则小堡下瞳距离不近，二则排除了姻亲存在，大概因为商旅往来才了解下瞳的地况，并及时掌握售卖信息，从而得以开辟了下瞳基业。总之延续到张普先生，家族送粮到大同，再拉回农资、日用百货，仍是大门院的传统产业，以商补农游刃有余。

古人说"无商不富"，实际上中国的历朝历代，商人一直地位低下，比如秦代就把商人与罪吏、赘婿同样列为贱民，可以随时押往边疆服役或定居。司马迁也把富裕分作三种：本富、末富、奸富。本富靠农田，末富靠工商，奸富涉嫌则是歪门邪道了。"重农轻商"之说，无疑是个复杂的命题，这里只做两点简单归结：一来农耕文明缺乏持续增长的财富让商人"唯利是图"，必须提防商业冲击农业发展，就像汉代晁错说过："商人兼并农人，农人所以流亡。"二来将农民束缚在土地上，使之"无余粟、无余财"，易于保持社会的平衡稳定。因此还是司马迁的一句总结："以末致富，用本守之。"也算中国农民数千年的生存智慧，农业可靠，工商业风险太大，导致自给自足、闭关自守现象积重难返。不过，经商毕竟是一条攫取财富的不二捷径，利润的驱使和社会分工所需，总也抑制不了商业行为的见缝插针。前边说过，清代摊丁入亩，朝廷终于放松了户籍的控制，对活跃商品经济起到一定的推动作用，著名的晋商、徽商大致也在这一背景下应运而生。

至于下疃的商业，没法跟晋中乔家大院一样风生水起的晋商相比，只不过停留在原始积累的初级阶段。其催生的小气候，还是这一带相对地广人稀，耕田产量又不低，出现了粮食的消耗剩余。有资料显示，清末的朔县"已成为远近著名的雁门关外米粮川"，小堡翰林张炜的恩师祁寯藻写过一本《马首农言》，记载说："朔州有粮店，积粮如山。"商业气息扑面。张普他们主要销售自产和收购的小米，但是并不去朔州城，而是长途运往塞外重镇大同府，可能得益于前辈建立的供销关系，业务往来熟门熟路。

张普的曾孙张培仁回忆说，拉运工具就是四套骡子的花轱辘大车，往东横插到雁门关下来的南北官道，然后向北蹚过桑干河，途经山阴县的安荣、怀仁的黄花梁及大路辛庄，直到大同终点，单程100多公里；去时需要两天另加一早起，往返一趟就是四五天，每车载重3000斤上下。返程时好像空车，张培仁没见过捎回其他商品；他肯定说货币全部使用白洋，但利润不详，其扩大再生产的模式，唯有不断地滚雪球式添置耕地。当年全村也就张家、孙家、杨家各养一辆马车，形成三足鼎立，基本上是进行季节性贸易，时间集中在秋后到冬春之交，一伺粮食下场，立刻张罗囤货、起驾。为了预防长途出门可能遭遇的风险，三家组成车队，结伴同行。

自从张普先生往下，他的三个儿子张建云、张建魁、张建吉分家，大门院由此分开小三门：南院、北院和东院。张映无子，过继了次侄张建魁顶门立户，所以后来哥三个去世下葬，老二反而埋在老三下首。祖宅大门院由张建魁居住，改叫东院；张建云与老三分别往南、往北迁建了新居，习惯叫作南院、北院。张建云弟兄的乳名就是后人嘴里所说的大相、二相、三相，其中大相一家老实务农，生活波澜不惊，二相和三相却相继声名鹊起，一先一后各领风骚，为家族留下说不尽的兴衰起落、往事如梦。

先是二相成为周边知名的乡绅。村里有句俗话："刘炳、二相、赵有恒，下疃三个日恶人。"日恶，与厉害意思接近。据说南磨村有人死了儿子，儿媳准备再嫁，与公婆起了纠葛，随口就说："不行咱就找二相说理。"又传村里一户人家穷得过不了年，二相竟把老婆的银镯子送到当铺，拿钱为那户穷人救急，很仗

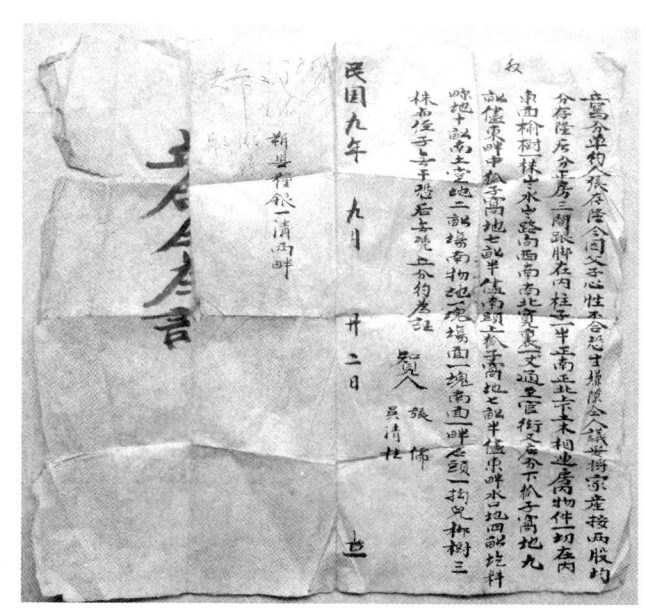

张儒为族人起草的分家协议

义的。村里相传，二相经常帮人写状子打官司，常常骑着个毛驴到县城一住好多日，直到所代理的官司有结果才回村。

同时二相接替了父辈的生意，继续往大同卖米，似乎手头的活钱紧缺，但耕地面积已经积累到两顷，合计200多亩。他老婆娶自邻近的大涂皋村聂氏，生下两个儿子张儒、张宪及三个女儿，张儒娶了邻村北槽村的田氏，生有启仁、志仁、德仁、举仁、尚仁五子；张宪先后娶了两个老婆，前者楼子坝村李氏，后者朱庄村蒋抢先，生有云仁、森仁、雨仁三子。仪善堂宗谱记载，张宪生于光绪三十一年，即公元1905年；张儒在宗谱没记生卒，但他的孙子、现年86岁的张吉能够回忆其四五岁时爷爷五六十岁的样子。大致推算，张儒的出生时间为1860年左右。据现年78岁的张宪次子张雨仁回忆，其父比其兄张儒小20岁左右，张儒下边三个妹妹，然后才是张宪，张宪比侄子张启仁还小5岁。

正是此二位年龄接近的少爷，给家庭带来毁灭性的打击。

这可以归咎于民国期间阎奉大战后奉军占领雁北一带，制造了鸦片之祸的蔓延。

张志仁

金俊桃

那时候二相不一定在世，但一大家子风光不减，马车照跑，耕地照种，似乎还具有家族企业的雏形。张启仁年轻有为崭露头角，担任了全家的掌柜，统筹管理财务收支和人马分工，并且由他和二叔张宪专职买卖上的事宜，往来于朔州和大同两地。大同那是什么地方？所谓"九边如大同，其繁华富庶不下江南，而妇女之美丽，什物之美丽，皆边塞之所无者"，花花世界呀。张宪叔侄年纪不过二十岁上下，手里有钱难免摆谱跟风，居然不知深浅地吸食鸦片成瘾，那玩意儿多少钱都不够，只好变卖资产满足鸦片消费，结果好端端的家业很快走向衰败，导致张儒、张宪兄弟一朝分家，有限责任制的联产经商宣告停歇散摊。"忽喇喇似大厦倾，昏惨惨似灯将尽"，从小农经济土壤中冒尖出来的资本主义萌芽就这么脆弱，经不住区区两杆烟枪的折腾，轻而易举走向枯萎夭亡。

把时间的节点掐在 1928 年。那年张儒 26 岁的次子张志仁成亲，媳妇是青冢村 20 岁的金俊桃。金俊桃嫁来时发现夫家已经开始返贫，马车和骡子都卖掉了，耕地也大幅缩水所剩无多，曾经的老财徒有其名。

也不能说张宪叔侄没出息、意志薄弱，鸦片的毒害好像洪水猛兽，常人实在难以抵挡。再如村里的张建武，与二相同辈，朝字辈张朝弼的孙子，他曾从军傅作义部队，担任了连长一职，在大同、集宁都有产业，居然勾引回团长的老婆、大同美女李春花为妻，好不招摇带回下疃。但是因为他也加入了瘾君子行列，最后沦落得一穷二白，只能寄身在北庙里，冬天煎熬不过，竟把所有的木雕佛像烧个精光用于取暖，最后又把李春花连同儿子喇嘛卖到北槽村。相比而言，张宪、张启仁终归没有一惨到底，穷光景好歹还能维系下去。

且说二相这边被败家了，三相那边却异军突起，取而代之成为全村首富，同样养起一辆四匹骡子的马车参与闯荡大同市场，重新填补了下瞳车队中的空缺，一力保证张家祖传的经商活动免于被断送。而三相的起家，完全依仗娶回了一位精明强干的妻子。

三相的妻子郭氏，是往北二十多里的安子村人，先前嫁到山阴那边，不料丈夫早丧，她才改嫁过来，还带了一个一两岁的小女儿。下瞳村相传郭氏的身价不菲，其叔父为富甲一方、声名显赫的晚清武进士郭明元，因此人们猜测她身揣巨额陪嫁，让三相得了一笔外财，好像有点暴发户之嫌。经过考证，郭明元并没有这样一位亲侄女，大概彼此仅属近门而已，不可能馈赠多少。虽难以排除郭氏继承了前夫的遗产，但她自身的过人素质绝对令人刮目相看，应该是光景振兴的关键所在。

其曾孙张银讲述说，他的曾祖母一贯当家掌权，打里照外统筹兼顾，并且十分节俭，往往一个铜钱一个铜钱地存攒，够一吊就串起来，以伺下一次的出手投资；每到春天青黄不接，她都要往外放粮，秋天时每一斗连本带利回收1.2斗，类似资本运营；家里雇佣了 5 个长工，她能够以善相待，也施以小恩小惠，比如过中秋送几个月饼，过年给一碗炒肉，本来一视同仁，人人有份，不过她仍要神神秘秘单独叫来，并特意叮咛一番："我只关照你，千万别和大家说。"结果每个长工以为独享福利，不能不对女主家感恩戴德，竭诚不二。

不言而喻，郭氏生来具有商业头脑，而且不乏超前的管理理念。她从 1900 年之前 20 多岁时嫁入张家，历经三十多年的胼手胝足、殚精竭虑，等到丈夫 50 多岁去世，才在儿子手里实现了厚积薄发、家财惹羡：资产除了车辆骡子，还有 5 头牛的牛犋两犋半，北院、大南院、小南院三处院落，土地一共 500 多亩。

后人保存过郭氏 50 多岁时的一幅画像，但见脸面宽展容貌肃然，嘴巴稍有歪斜，下巴长个疣子，胸前吊着一串银饰，果真巾帼风范。但就是这位杰出的妇女，最终害苦了子孙。

1947年土改开始，三相的两个儿子张弼、张发当然定为地主，受到暴风骤雨的无情洗礼，虽然没能交出白洋、洋烟，但是所有土地被分走，屯粮一律没收，据说前来运粮的驮队从十几里外的南梁排到家门口。那时候地主婆郭氏已经古稀昏聩，她懵懵懂懂感觉不妙，问："你们干什么？"人家大声忽悠她："你儿子张发槩粮食呢！"她不知道听踏实没有，不久就寿终而逝，彻底地难得糊涂了。

反观二相的子弟们因穷得福，稳稳当当成为地主的敌对阶级贫农。当然，新中国成立前二十几年他们一直力图重新向地主靠拢，一言难尽。

只以二相的曾孙张吉作为代表人物，让他先退回到20世纪30年代。

张吉生于民国十九年也即1930年的1月份，从小他就记得爷爷张儒虽然已经家道惨淡，但养成饭来张口、衣来伸手的纨绔习惯，从来没有出地劳动，每天拿一个长长的乌木烟锅，蹲到街外安享着清闲；仅有的一点土地，也要租种出去，收成与承租方平分。不过，他仍能识文写字，曾于民国九年也即1920年主持为族人张存隆与侄子分家并执笔起草过协议。张儒夫妻除了5个儿子还有两个女儿，其

年过八旬的张吉

中长子张启仁和老二张志仁各自成家,都待在村里度日,老三张德仁成家后却远走内蒙古达茂旗百灵庙,最后客死口外。老四张举仁于1936年加入晋绥军赵承绶的骑兵旅,上过抗日战场,太原解放后被遣返回村,娶的榆次籍老婆因此与他拜拜。这人实在够意思,引回了走投无路的老营长、山东人方进先,两个人磨了一冬豆腐,好容易才给方进先攒齐路费并送离下疃。以后老四没再娶亲,40多岁就病逝了。老五张尚仁在1943年参加了南山的共产党游击队,两年后不幸以身殉职,成为革命烈士,老母亲田氏新中国成立后一直享受烈属待遇。

张德仁一家三口在口外定居

与父亲、大哥一样,张志仁说不上勤劳,身体好像差些。但妻子金俊桃要强而坚韧,不甘心一辈子受穷,决心改变现状。另家独立后,分了不多的一点耕地,她鞭策丈夫自己躬耕,再不许外租。张志仁没法子,只好放下身架拿起农具,总难免吊儿郎当的。一次金俊桃安顿好小孩也去地里帮忙,老远看见丈夫倚着土埂呼呼大睡,气得大喊一声:"看那个狼来了!"张志仁跳起来就跑,虚惊一场,好像有点情调。夫妻两个没有计划生育概念,婚后一口气生下三男三女6个小孩,再努力口粮都不足,所以长子张吉从小被母亲送去姥爷家寄养,赶猪撵羊蹭口饭吃。他姥爷金宝国为老财家庭,哥哥金立国和弟弟金必国分别在宁武和五寨的警察局当巡官,是周边有名的大户人家,不在乎张吉的一吃一喝。

不觉间张吉12岁了,一个叔伯舅舅看他勤快,就花了4个大洋买来一匹乳臭味干的小毛驴送给他,意在授之以渔,叫他回家自谋出路。别看小毛驴寒碜,却是穷人家难得的生产帮手。张吉高高兴兴牵着小毛驴回到自己村里喂养,毛

毛驴对农民贡献很大，曾上过第一套人民币

驴长他也长，两年后他提前投身社会，开始跟人学习赶高脚。

所谓赶高脚，就是赶着牲口从事小本生意。下疃地处山区和平川的交接地带，两边农副产品需要互通有无，中间的纽带必不可少，于是出现了一个小商贩群体。张吉一个小小少年，搭了村里的几个伙伴，一年四季穿梭在雁门关的关南关北，"氓之蚩蚩，抱布贸丝"。秋冬主要驮炭，带些高粱或糜子，远去西南30里外的宁武换炭，用毛驴驮着再去川底各村换取粮食，一升粮食可以交换150斤炭，转手却能换来七八升粮食；到了开春，又要贩盐，从黄水河下游村子用两升粮食换一升土盐，再到关南的山区，一升土盐可换4升莜麦；此外瞅准机会贩辣椒、贩梨果，也不固定。物物倒腾，小打小闹，循环往复，雨雪无阻，利润却最少翻番，余粮补贴家人的伙食。辛苦不必说了，一贯在凌晨鸡叫即走，数年间一人一驴的双脚四蹄量遍了大山两侧的大村小村，什么盘道梁、铁裹门、白草口，附近所有的要隘峡谷山间小道，张吉无不了如指掌。他的位置感和方向感特强，大概潜移默化遗传了祖辈的本能，以至村里有人出门时生怕迷路，张口都说："问问科举吧！没有那后生找不到的地方。"科举是张吉的小名，文化气息还挺浓。可惜自从他爷爷张儒以后，家族已经再没有读书的儒气了。

就凭张吉的早挑大梁，金俊桃慢慢把光景过出了起色，居然添置到50多亩田地。随着年龄增长，张吉又嫌毛驴力弱，看好南岭上的一匹头牌骡子，要价40大洋，远远凑不够数，但也先赊回来鸟枪换炮，完后二姑二花眼嫁到宽草坪村，聘礼为 60 大洋，挪来部分帮着还清了买骡子的欠账。眼看金俊桃母子夯起一点农商并举的基础，谁知世道不稳，1945 年日本投降后，阎锡山的顽固军占领朔县，到乡下抽丁当兵，张吉被列入名单。无奈之下，母亲金俊桃拿出 12 个大洋，雇请本村一位曹白小前去顶替，曹白小如约走了两三个月，竟然开小差跑回来了；接着八路军晋绥军区收复了朔县的大部村庄，准备发起解放县城的晋北战役，同时动员青年踊跃参军，按条件三个弟兄走两个、两个弟兄走一个，张吉又符合要求，这次不兴歪门邪道，况且金俊桃无钱再找枪手。17 岁的张吉哪里懂得国民党共产党，反正于 1946 年 3 月应征入伍，成为八路军绥蒙军区 44 团侦察通讯连六班的一名战士。

刚到部队不久，张吉机灵勇敢，加之从小赶驴喂马、撵牛放羊的经验有了用武之地，他很快当了六班的班长，并负责军区司令员姚喆的"座驾"大青骡的饮食起居，类似现在的司机一职，常常被姚司令派往下属各团传达命令，还配发了战马和日产的九九式短步枪，很像那么回事。据他回忆说，那年姚司令为了争取盘踞应县的土匪乔日成反正，曾派他数次到应县送信，但是乔日成最

金俊桃与孙女合照

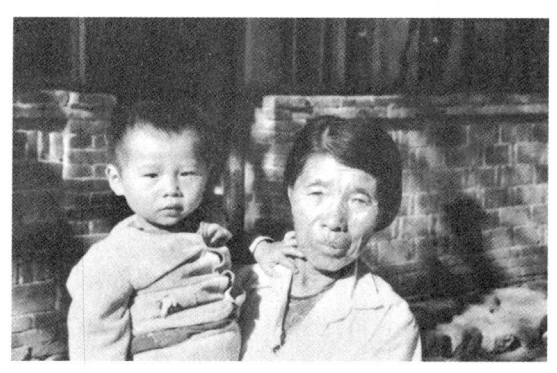

刘二女与孙子张尧合照

终倒向国民党阵营。随即绥蒙军区受命转战内蒙古土默川一带与国民党傅作义麾下鄂友三部打仗，10月份再次返回雁北，张吉所在的44团驻扎怀仁的北辛窑村休整。其时朔县、应县相继解放，乔日成毙命，解放战争也拉开序幕。姚喆是开国中将，追随下去一定前途无量，不料张吉却掉队了。

起因是战况紧急，绥蒙军区有可能西渡黄河保卫延安。44团副团长张德华是偏关县人，40多岁年纪了，需要将随军的妻子送往朔县解放区峙峪统一安置，当即安排张吉护送。张吉顺利完成了任务，往返用时两天，当他赶回驻地，部队却秘密转移，只有留守处人员，收去他的马匹枪支，叫他回家等候消息。张吉只好徒步回到下疃村，就此莫名其妙丢失了军籍，再未与部队取得联系。

每当提及这段经历，张吉总被妻子白上一眼："你是个逃兵！"张吉好生郁闷。

不少文学作品描写过坚定的战士千里追寻部队，张吉无疑不算那种理想主义者。能够平安回来，母亲乐不可支，不可能让他主动再走，赶紧张罗着给他成家。1948年，他迎娶了本村姑娘刘二女，小他两岁。固然青梅竹马，彩礼也必不可少，女方提出不少于30个大洋。金俊桃想方设法再凑，先把一头黄犍牛卖给白庄村，价格12个大洋；一头毛驴让亲家牵去，抵价6个大洋；还有一坛子胡油，大约百十斤，也送过去。媒妁一看没啥潜力可挖，从中撮合迁就了。过了一年，全国解放，贫富差距基本消失，跟着粮食实行统购统销、商品供应国营垄断，小堡的车队及类似张吉的跑单帮商业活动全部终结，然后从1955年起下疃步入大集体时代。总是一技在身，张吉并不吃亏，一直为大队赶马车，重体力劳动不多。那些年朔县东南乡流传一首民谣，表明车夫的实惠程度：

一赶马车二喂牛,
三推豆腐四榨油,
五看田,六看场,
忙忙碌碌小队长;
八保管,九支书……

关于张吉的婚后生活,可以一言概之为日出而作日入而息,总体趋于平淡。先辈的东大门院老宅留给弟弟张金居住,他则在前边的货场遗址上盖起一排新房,哥俩前后院比邻。张吉若有不如意,就在求子的过程。他和妻子刘二女于1950年生下长女开花,接着在12年间连续夭了一男一女,直到1963年才保住长子张士权,生怕再有什么三长两短,急忙提前物色村里儿子众多的苏清认了副爹,俗称"寄挂",所以张士权乳名"寄栓"。满月时给副妈送礼送的是二尺裹脚布,人家回送小孩一顶和尚帽及一条线锁;过生日要在副爹家吃一顿长命河捞,午饭再把副爹副妈请来吃一顿烩菜油糕;如果下边再不生育,礼俗往来需要六年,如果如愿又生了,那就减半。

事实是张士权的寄挂成效显著,之后父母接二连三得到两男一女,全

张士权(左二)高中毕业留念

张士权与元清兰结婚照

都顺利成人。加上张金那边的三子两女,金俊桃的孙辈一共 9 人。老太太一辈子的梦想不外乎人丁兴旺、丰衣足食吧,老来都变成现实,于是乎心宽眉展,乐不可支地抱大了孙子抱曾孙,实在繁忙充实。张志仁去世于 1966 年,享年 64 岁,金俊桃 2007 年去世,享寿将近百岁,创造了张氏家族的一个长寿奇迹。其长孙张士权于 1981 年考中山西林业学校,现在是朔州市林业及园林系统唯一的教授级高工,在学术领域卓有成果,出版过《朔州生态史》《朔州森林史》《雁北森林与生态史》等著作。1988 年他与朔州城内柳家巷元家姑娘元清兰结婚,育有一子张尧一女张颖。出于根祖断代之虞,张士权不遗余力参与了张氏仪善堂宗谱的编撰,将下疃张氏和小堡张氏有机地对接起来,弥补了老辈的缺憾,完善了家族历史。

最后补充一点:进入新世纪以来,下疃村的水系已经接近枯竭,只在村东大河湾仅剩一丝细流。究其原因,说是有关部门在下游的福善庄村进行过地质勘探,钻下两眼 1200 米的深井,福善庄村为了用水方便,阻止按规定封堵,结果井口常年喷涌自流,客观上等于人为破坏了自然环境。——不算个例,眼看着桑干河都快断流了。

张士权著作

一、妻离子散

张氏仪善堂宗谱显示，当年的翰林公子张耀奎下传三子，为张禔、张祜、张礽；未显示的还有个女儿，嫁给宁武的一家富豪。其中张禔无后，而张祜和张礽都教书，在周边一带很有影响，人们尊称"祜先生""礽先生"，就像老辈的锵爷、钜爷那样兄弟齐名。祜礽二字，都是福的意思，用来取名就不俗而且讲究了。礽先生有两个儿子张效曾和张学曾，他们的后人一直在小堡居住，包括前边提及的张浩、张晓之辈；祜先生也有两子，分别是张显曾和张荣曾，哥哥张显曾字镜堂，弟弟张荣曾字华甫，他俩并肩走了一条与祖辈父辈截然不同、也与堂兄弟们大相径庭的人生之路。

那就是以身从戎，进入阎锡山统帅的晋绥军队伍。

那时候已在民国年间，还没有强制拉丁一说。穷

第七章
从戎从医

老照片：晋绥军士兵

老照片：朔县城文昌阁

家子弟当兵，单纯为了吃粮，但名门子弟入伍，可以说是与时俱进。回顾自从辛亥革命之后，天下大乱烽烟四起，军阀割据战事不休，枪杆子比笔杆子热门多了，原来的"书中自有黄金屋"，变成了"宁为百夫长，胜作一书生"。比如山西走出去的徐向前元帅，本想一心一意教书育人，最终却看清世道，才去报考了黄埔军校，校长蒋介石曾经召他谈话，问他在家做过什么，徐向前回答："当过教员。"蒋介石一听就觉得没出息，不予器重，结果痛失良将。可见读书人不被看好，几乎到了鸡肋的程度，真可谓此一时彼一时。

根据小堡村上年纪的老者回忆，当年祐先生有一位学生，跟张显曾、张荣曾同学，是省城太原的督军府高官子弟，经他引荐，张家兄弟先后参军入伍。在部队毕竟是大老粗文盲居多，稍有文化基础，一般都能提拔重用，再加上同学的后台，二张很快出人头地，其中张显曾已经做到晋绥军的营长，张荣曾则担任了朔县军用电报局的局长。实践证明他们的选择没错，且不说乡间敬仰，财富也来得相对迅速，不像操劳农桑需要漫长的存积。有资料显示，抗战前晋绥军规定中校的月薪160大洋，营长还有100大洋的公务津贴，数目不少，同期类比乡下的一亩耕地也就三五个大洋，小堡的张浩善又当长工又自耕，十年多才攒了100多大洋。而军用电报局局长的收入多少查不到具体数字，但应该不会低于带兵的营长吧？总之家族内部都认为祐先生一脉已有家道复兴的苗头。

当然，战争环境下的军人收益良多，却也意味着风险系数极高。尤其张显

与西口杀虎口并称的东口张家口大境门

曾,营长的职位就是最前线的指挥员,时刻要有马革裹尸的思想准备。果然到了 1926 年,国民政府打响北伐战争,次年阎锡山就任北方国民革命军总司令,将自己的部队改编为国民革命军第 3 集团军,配合蒋介石征讨奉系军阀张作霖,当年 10 月份两军在河北宣化一带决战,由名将商震率领的阎军失利,舍弃天镇、大同等地,而张显曾就是那时在阳高战死,然后晋绥军继续退往雁门关才稳住阵脚,依托长城固守,与奉军对峙数月,直到第二年才收复失地。张作霖败回东北途中被日军炸死于皇姑屯,促成张学良易帜服从国民政府,从而宣告北伐成功。

虽说晋奉交兵也属军阀混战,但晋绥军毕竟归属为了完成统一大业的北伐军序列,因此在特定历史时期可以称之为正义之师,青天白日旗帜上,也多少有着小堡村张显曾血染的风采。据说张显曾当时亲自登临阳高的城头督战,他的表弟给他当警卫员,说:"表兄,炮火太猛,下城吧。"张显曾说:"再坚持一下!"话未落地,一发炮弹飞来,将他炸得身首分离,再也没能找到头颅。尸体被抬回来,家人拿了二斤糕面为他做了一个假头,入葬祖坟前还在朔县城内的忠义祠停放,供社会各界缅怀追悼。亲人经历了无上的哀伤和哀荣,家族也跟着自豪了一番。

翻看阳高大事记,奉军高维岳部于 1927 年 10 月 31 日攻下阳高县城,可能为张显曾的殉难之日。后人追忆说，他殁年才36岁，那么是1892年出生。如果他真的战死于高维岳之手，那还不屈，因为高维岳声名素著，当之无愧一员儒将，张家口大境门上"大好河山"四字，即是他的手迹。七七事变后上年纪的高将军留居北平，拒不以身事敌，贫病而逝。

张显曾死后四五天的工夫，雁北各县相继被奉军占领，其中兵临朔县城下的是察区骑兵旅董怀清部。危急关头，地方知名士绅刘懋赏挺身而出，登城与董怀清谈判，要求和平接收，居然受到奉军敬佩而达成共识，使县城免于流血和被洗劫。这位刘懋赏先生，正是白堂村张瀚勋后人张映蟾的女婿，其功德在当地口口传颂。其后奉军改由新编第二师白凤翔率部驻防朔县。白师长吸毒无度，绰号"白三烟王"，朔县人称"三阎王"，纵容手下胡作非为，大肆搜刮勒索，名头很臭，也令老百姓吃尽苦头，尤其还让全县大种鸦片，所以1928年的朔县罂粟遍野，花开烂漫。相传其时曾有一位奉军师长带领随从进入小堡村，路过翰林老宅，闯进去从房梁上搜走一个箱箧，里边装有张炜留下的朝服和朝珠等，致使张浩心有余悸，觉得翰林老宅的大门实在惹眼，干脆拆倒改小了门楼，将原有的翰林印痕从门面上删除殆尽。那位师长是不是白凤翔很难说，不过西安事变捉拿蒋介石的也是此公所部。

顺便记录一下：抗日战争爆发后，白凤翔来到南京向蒋介石请战，被任命为热河省抗日先遣军总司令，在与日军战斗中身受重伤，部下弹尽援绝，又按"曲线救国"的指示，接受了伪蒙军李守信的劝降，日军任命他为东亚同盟军总司令，统领七个骑兵师和一个步兵师。1941年冬太平洋战争后，他准备借机反正，被日本驻包头特务机关长福森利柱侦知，派日本医生以看病为名，暗放毒药将他害死，其部队只有两个师起义成功。

下面再说张荣曾。

据说张荣曾文化水平并不算高，但长得官相俨然，身高足有1.8米。他先期在岢岚军用电报局供职，然后才调回老家担任朔县军用电报局的局长，并且在村里大兴土木建起一处非常阔气的房院，有人回忆院内还有精雕的砖屏，上面大书两字——"贡德"，表达品德至上的意思吧。其时张荣曾又使唤本家张浩善给他当管家，照管家中事务。张浩善的儿子张如亨生于1931年，那会儿他才3岁，参照时间就是1933年，民国二十二年。都说张荣曾在县里的地位不容小觑，凡有官方活动，县长总对他虚席以待，而且出入县城的城门，一报小堡村张华甫名号，不论何时都能开门放行。张荣曾也很关照村里的族人，大伙但凡有事，动辄就去麻烦他一下，即使几个不务正业的小混混跑进城里偷鸡摸狗或者买卖鸦片，一旦败露只要逃进西街的军用电报局院内，衙门人员投鼠忌器，从来不敢擅入抓捕。

大致在抗战爆发之前，城内小堡张家的裔支万隆店有位女孩许配给朔县城内的唐家，不知是未嫁悔婚，还是既嫁离婚，反正张荣曾出面撑腰做主，结果两家对簿公堂。唐家也是老财大户，算不上善茬，官司不占上风，就采取手段大造舆论，宣称张荣曾仗势护短罔顾枉法，一时闹得沸沸扬扬，让张荣曾名声受损，处境有些被动，这才调往还叫作绥远省的内蒙古，改任武川县烟草专卖局局长。直到民国二十六年也即1937年，武川被日伪蒙古军占领，城头变换了膏药旗。皮之不存毛将焉附，往后的两年间张荣曾虽还留在内蒙古，但好像赋闲无着。

1939年腊月底，张荣曾回到小堡村。

那年张如亨9岁，已经可以记事。他讲述说，张荣曾在呼和浩特也即当时的归绥城找了一位瞎眼先生占卜，先生替他摸骨后，问了一句："你有何求？"张荣曾说："看看今年过年，我在哪里是好？"先生掐指一算，说："过年你回家吧。"先生预测张荣曾将会有难，又不得泄露天机，只能如此这般指点他在除夕之夜作一次"勺拨"法事，可望破解。

平时张荣曾根本不信卜卦那一套，可是为什么突然想起算命？推断当时他一定是徘徊在人生的十字路口。当时在日军操纵下，所谓的蒙疆傀儡政府成立，他要么委身敌伪，要么归隐田园，要么投身抗日，必须做出选择。听说最终私下和偏安晋西的山西二战区取得了联系，那边将为他另行安排职务。既然回归二战区，就等于投身抗战、准备浴血沙场，肯定是前程莫测，或许他才想到算命，给自己吃吃定心丸。

翰林老宅后院

既然问卜，就得宁可信其有。到了除夕晚上扇过旺火，基本夜静人定了，张荣曾开始神神秘秘鼓捣"勺拨"，端来半盆水，将一把勺柄雕有龙头的特制木勺浮进去，勺内加些素油，插了油捻点燃，然后转动勺柄，眼看龙头慢慢停下，指向西南。然后要按照这一方向出去倒水，需走一百步，中间绝对忌讳碰上生人。谁知张荣曾端了水盆刚走不远，偏偏撞上侄儿、张学增的大儿子张晓熬年转悠，张晓看得蹊跷，忍不住一个劲大声招呼："二叔，干啥去呀？二叔，干啥去呀？"这下坏了，"勺拨"大法宣告失效，张荣曾那个沮丧可想而知。

勉强过了春节，同院居住的管家张浩善的老婆病倒了，半夜出去上厕所，回来浑身奇冷，叫过村医张士俊诊断，张士俊说："怕是水病，没啥好方子，如果出了斑疹可保无恙，否则就很危险的。"水病是斑疹伤寒的地方俗称，属于急性传染病，在抗生素稀缺的年代，夺人性命易如反掌。张荣曾担心自己被传染，刚好雏儿庄亲家送话请他吃饭，他随即起身出门了，一连几天再未回来。倒是张浩善老婆熬过一劫，烧出一身红疙瘩，病情自动痊愈，但张荣曾到底没能躲开致命的伤寒病毒，而且始终出不来斑疹，仅仅数日就死在县城，成全了呼市算命瞎子的一语成谶。

时年张荣曾39岁，应该生于1901年，比他哥哥张显曾小九岁。1901年，八国联军入侵，强迫清政府签订了丧权辱国的《辛丑条约》，1939年，抗日战争进入最艰苦的时候，可以说张荣曾生于忧患，死于忧患，典型的生不逢时啊。

随着张家二曾先后早逝，一对妯娌相继寡居，却依旧受到应有的敬重，族人习惯把她们分别称为大太太、二太太。其中大太太名叫张淑珍，娘家磨石沟村，父亲开着煤窑，就算小煤老板；她比张显曾年少两岁，过门不久，曾经去临汾随军，直到生下儿子张遥，部队有了战事，这才离开丈夫身边，返回小堡住在翰林老宅，张遥11岁时又有了弟弟张烈；张烈生于1926年，丧父那年仅仅两岁，而张遥比张烈大十一岁，那就生于1915年。而二太太名叫任莲英，出身神武村的大老财家庭，并非张荣曾原配，她的前任李氏早前死去，留下一个长子张森；她续弦过来，再生了一个儿子张淦；张森16岁丧父，应该是1923年生，张淦属兔，1927年生，比哥哥小四岁；任莲英1982年去世，享年75岁，出生时间应该在1908年，算来比丈夫小八岁。

张如亨他们描述说，大太太身高脚小，精明强干，但是脾气不好，甚而出来骂街，无人敢惹；二太太则知书达理，温婉和气，模样十分漂亮，被誉为小堡村第一美女。留给村里的印象，两户人家大约在土改之前步入穷途。

先说大太太这边。本来张显曾殉职后还有2000元现洋的抚恤，听说让张荣曾代领去了，她自己没能拿到，因此上访索要，竟被衙门关押了整整一百天，满嘴牙齿全部掉光；张遥跑到宁武请求表亲去太原向父亲的那位同学反映，同学听了，来朔县专程过问，张荣曾就给嫂子在城东二十里的高升庄村买下几百亩的青苗，等于一年的粮食收割权吧，谁知遇上灾荒，距离又远，反正收成寥寥，但也算做一了结。想想张荣曾素肯舍己为人，不至于侵吞哥哥的命钱，极有可能抚恤金并未到位，他只为息事宁人才掏了腰包，事后也照样照管侄子，比如张遥身体单薄，年近弱冠就被叔父安排进军用电报局当了报务员，练得可以双手写字，可惜遭逢日军入侵丢了饭碗。他曾经娶过西山的一个媳妇，很快跑了，再娶了利民村的李和，没过多久也散伙，原因之一大概是他和母亲都染了鸦片毒瘾，陆续将自家的耕地变卖，化作烟枪喷出的缕缕青烟。

看看面临饥寒交迫，张遥无计可施，单身外出瞎混，留下母亲和张烈娘俩相依为命。张烈从七八岁开始肩上就压了负担，夏天一般去厦阁村的姨姨家打短工，为人家摇辘轳浇罂粟，挣些粮食，冬天则背着箩筐到附近的煤窑捡炭，

张烈（右）参加八路军时留念

再去上团堡村为母亲换些鸦片，有时母亲不给做饭，还伴随一顿臭骂："你奶奶还发瘾呢，你就想吃饭？"等张烈十七八岁时，指望找个出路，于是加入了朔县日本人手下的伪警察队伍，打着黑绑腿，百姓都叫黑腿军，没什么军事素质，也不出去上阵，只在下边的乡公所维持治安。不过很快日本人败了，张烈已经娶了臭沟村的景翠凤为妻，但身不由己随队被国民党晋绥军楚溪春的省防第五军收编，在山阴、怀仁一带与八路军为敌，没几天被俘虏了，就地作为解放战士加入八路军，因为胆子太小，只能在伙房帮厨。短暂的革命生涯，他还留下一张戴着大皮帽子的照片，时间只能是1945年的冬天。

当时小堡村张烈的一位本家哥哥张鹏是大同守军的排长，不知怎么把张遥也纠集过去当兵，张烈哪能判断国共谁胜谁负，只管寻亲便是，鬼遣神使地想起改正归邪，数月后竟然开了小差，再次溜入大同重回顽固军中，与张鹏、张遥编入同一连队，还想办法把老婆带去了。村里的老母亲孤身无依，还是认命了，改嫁到附近的曹沙会村求生，曾经的军官太太，变成了草根婆娘。

1946年6月，八路军晋绥军区及晋察冀军区发动了晋北战役，解放了朔县等地，随即于 8 月发起大同集宁战役，却未能攻克大同，使晋北留下了一座敌占的孤城。就在那场战役中，张鹏在火车站身中十八刀毙命，张烈吓得不轻，立刻换了便衣，趁乱带着老婆开溜，夫妻随身只有四个大洋，好容易赶到集宁，辗转和同样离家出来的张淦一家相聚。张逼依旧留在大同侥幸活命，1949 年 5 月 1 日，大同和平解放，他走投无路，回去找到母亲，一直在曹沙会村务农，还在农业社当过会计，无儿无女，光棍一条。

上述有关张烈的家世遭逢，都由他的孙子张忠明回忆。2014 年，张忠明 62 岁，是内蒙古呼和浩特市郊区建筑公司的退休职工；另一位比他小九天的堂弟张丽忠与他同城而居，从内蒙古自治区供销社下岗自谋职业，他是张淦的长子，见证了奶奶及父亲的颠沛流离。

再说张家二太太这边。

张荣曾病逝后，长子张森与前寨村的刘海娥成亲，但没过几年就离婚，媳妇再嫁西什庄村，还将唯一的男孩带去；第二个才娶了平鲁的李桂梅，已是后话。到日军投降时，张淦也成家了，媳妇杨兰英，生于 1928 年，两人也属娃娃亲，当年正月里张荣曾前去杨家吃请，未来的儿媳才十几岁吧。张淦读过私塾，曾经考上设在峙峪村的贺龙中学，却没去就读。

可能张淦的蜜月刚过，1947 年的土改开始，张森家贫，确定为下中农，平安了也光荣了；张淦夫妇和母亲一起过活，虽说母子都沾鸦片，却没来得及把原有的一百多亩耕地吸光，总还剩下四五十亩，竟被划分为破落地主。风闻要遭致批斗，二太太任莲英断然带着张淦两口子出口逃避，走的是东口张家口，再到集宁落下了脚，然后才与张烈一家会合。既然漂泊异乡，就得随遇而安，四十出头的任莲英不愿意给儿子增加负担，选择了一位兽医赵月红改嫁，总算有个知冷知热的男人；张淦则去就近打工，1949 年全国解放那年，居然在武东县被招收为国家教师，墨水没有白喝。同年，他的大女儿张丽新出世，家庭安定下来。那时候文化人缺少，两年后张淦调到武东县政府，得到时任县长的郝巨斌看重，提拔担任县政府办公室副主任，年纪才 25 岁，本来前途一片光明，怎料随后越来越注重阶级，他因为出身破落地主，如同魔咒缠身，将他高升的

张烈中年照

张淦画像。孟喜元画

机会全部化作齑粉,而且1962年还倒退一级,下放到马盖头公社当了党委秘书,1972年郝县长调任乌盟云母第三矿,才把他要去安排在工会上班,直到退休,几乎一辈子没能抬起头来。不过,他用书法来排泄自己的郁郁不得志,一笔颜体楷书写得以拙藏巧、功底深厚,套用康有为夸赞龙启瑞的原句来形容一下:"专法鲁公,笔笔清劲。"

二太太任莲英的婚姻之路充满了曲折。"大跃进"期间,兽医赵月红去世,她又嫁给忻州人、在集宁照相馆上班的李万春;大约1971年,李万春故去,她再次嫁给丧偶的集宁知名中医陈寿山。可以想象,岁月的风霜,迟迟没有消磨掉任莲英的风韵,几个男人前赴后继慕名而来,家境也都不错,可惜当她古稀之际,陈大夫也步了赵月红、李万春后尘,留下一处房产。为了争夺继承权,任莲英与陈寿山前妻所生的女儿陈孝英打了一次官司,她的堂弟任二专门从朔县过来助阵,替姐姐出头做主。官司最终获胜,任莲英却累了倦了。她受传统观念影响执迷不悟,感觉再嫁出去,就与老张家自觉地没了相干,连儿子家都不去,死活想回老家神武村。她把房产卖了300元,姐弟即行起身。眼看挽留不住，儿媳杨兰英叮咛婆婆说："别把那几个钱弄丢，好歹回去是个颐养。"任二拍着胸脯说："我还能做出那事？"

仅仅过了七八个月，张淦收到母亲的来信，大意说她到底被任二骗去了那笔钱，而且亲哥哥也不亲她，没法苟且偷生。当时孙子张丽忠已经二十六七岁，急忙和父亲张淦乘火车回去解救老太太，一路上张淦郁愤不已，只想和舅舅们讨个说法。到了朔县城，张丽忠生怕甥舅之间引发冲突，硬是将父亲劝去看望张遥，自己去了神武村，找到奶奶一看，住在破寒窑内，那个凄惶简直一言难尽。老太太面对孙子，失声痛哭，张丽忠也不多说，带着奶奶就走，跟前只有奶奶的亲哥哥任世喜露面。任世喜跟奶奶只有亲兄妹两个，也因为地主成分，一辈子没娶过老婆，之前每年都要出口一次，到妹妹家又吃又住又拿钱，此番离别，居然还向妹妹提出要求："把你那老花镜丢下吧。"张丽忠气得也不顾情面，拿起眼镜折断扔掉，对奶奶说："回去给您买新的！"又说舅爷："把我奶奶送城里吧，最后一程了。"三人出来村口，搭乘一辆拉满干树枝的马车，离开了神武村。

两年后的1982年，小堡村曾经的一代美人任莲英在儿子家辞世，其时，国家刚刚为地主富农摘帽，张淦也终于盼来没有出身和阶级成分差别的公民平等，他和妻子生有七个孩子，两男五女，长大后摆脱了阶级阴影的笼罩，各自成家立业，都是国家企事业单位工作人员。两个儿子除了张丽忠，老二张丽宏在银行供职；女儿中老四张丽伟最有出息，恢复高考时考入内蒙古财贸学校，后来担任过自治区供销社畜产部总经理；女婿中更出来一位杰出人士，就是大女婿孟喜元，享誉全国的人物画家，他为岳父画了一幅肖像，看着张淦确实相貌不凡，与陈毅元帅神形酷似。

与张淦相比，张烈的生存还要更费力气。需要再把时间退回解放初，跟随张忠明的叙述，寻找张烈的行踪。

刚到集宁，张烈同样以苦力谋生。三四年后，他遇到当年的战友郭富才，年长几岁有些见识，建议结伴去呼和浩特市碰碰运气，指望大城市赚钱更容易些。于是张烈再次启程，1950年下半年直奔省城，租住在小召二道巷安顿下来，

张忠明与父母合影

自己找了建筑工地当瓦工。1952年儿子张忠明出生，家庭负担加重了，日常生活开始入不敷出，因此写信向已经就任武东县委办公室副主任的弟弟张淦求助，张淦等得一个机会，将他介绍到察右中旗黄羊城乡供销社当售货员，1955年左右上班，招工成了国家人员，工资每月20多元；几个月后，他又被调往另一处南梁上供销社，老婆和儿子却留在黄杨城，两地相距五六里的样子。

当时察右中旗的基层供销社负责土畜产品收购，贸易量极大，可是人手不多，南梁上那边只有张烈和另一个同事。同事是个滑头，工作敷衍塞责，张烈却过于认真，心中郁闷也只能辛苦自己，左支右绌穷于应付，常常顾不得烧炕，以致睡觉凉了，久而久之患上风湿性心脏病。考虑不能适应那里的高寒气候，所以在张忠明刚入小学的1959年，张烈退掉公职，重返呼和浩特，到饴糖厂做临时工，媳妇景翠凤无暇再要孩子，也能上班了，在鞋厂当裁缝。本来发展向好，却赶上1961年精简城市人口，凡是1959、1960两年进城的人员，必须遣返回农村，张烈一家正在政策划定的范围。景翠凤对丈夫说："咱们有理由不走。一来你有毛病，二来没地方可去。"但是张烈老实，居委会上门动员时签字同意了，通过连襟的关系，落户到郊区黄合少公社朱亥大队。折腾十余年居无定所，到头来还是被撵出城市，打回农民原形。

1965年，张忠明因为学习不错，朱亥大队推荐他进入内蒙古师大附中上了

呼和浩特翰林一脉后人（前中为张丽忠、张烈、张忠明）

初中。原想通过读书改变命运，第二年偏又"文革"爆发，结果成为极具时代特色的老三届群体中小三届的一员，1968年与初中、高中一共六届学生同时拿到毕业证，给社会制造了巨大的就业危机。张忠明继续升学当然无望，只可以加入巴盟农垦兵团，或者回村。他选择了后者，投身广阔天地，不过劳动了两个月就失去信心，看不到大有作为的曙光。母亲说："文化没用了，你还是掌握一技之长吧。"让他学了木匠，出徒后从村里开出一纸证明，义无反顾再回呼和浩特做临时工，主要往来几家学校修理桌凳。少数民族地区嘛，显而易见对农村劳力外出的限制总比内地宽松。

到1974年，张忠明攒下一笔钱，回村盖起三间房子，随即娶过媳妇。媳妇比他大一岁，老家朔县北关，父母走西口出来在绥远生下她，所以取名赵绥生，69届初中毕业后，被遣返到太平庄公社辛庄村。她很小时母亲病故，父亲续娶的后妈，正是张忠明的姨姨。赵绥生从小跟着爷爷奶奶长大，二老去世后，父亲将她许配给张忠明：彼此沾亲带故，很有意思，岳父也是姨父，婆婆又叫姨姨。

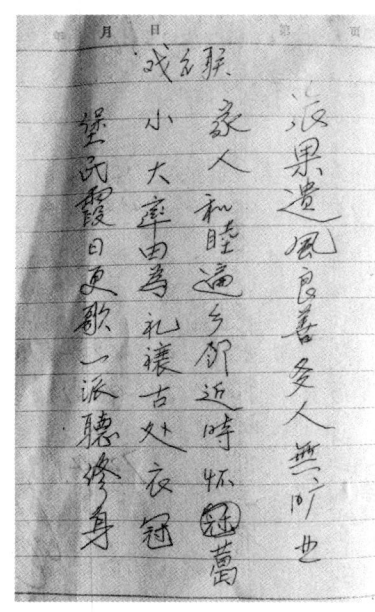

张烈回忆并写下的小堡戏台对联

小堡村龙王庙残垣

之后张忠明凭着过硬的手艺,渐渐在呼市站稳脚跟。1975年,他给郊区工业局局长朱广义定做了一套家具,朱局长十分满意,当即将他招入下属国营企业;跟着赵绥生也被内蒙古第一建筑公司招工,夫妻双双获得城市户籍,并在城里买了住房。20世纪80年代,再把父母从朱亥村接来一块儿生活,最终四世同堂其乐融融。张忠明两个儿子,老大从事装修行业,老二医学院毕业到包头就业。景翠凤2001年去世,张烈于2008年去世。二老生前已有交代:"朱亥村没了亲人,老家小堡又太远,就在呼市找块墓地葬了我们,将来你们有个迁居,把骨灰带走方便。"

张烈一生谨言慎行,言辞木讷,但就喜欢读书,并且擅长书法。临终之前,他还特别默诵出小时候记住的小堡村庙院戏台的两副楹联,写在儿子的一个小本上:

张果遗风良善多人无旷业,
家人和睦遍乡邻近时怀葛;

小大率由为礼让古处衣冠，
堡民霞日更歌一派听修身。

鹤顶格打头四字：张家小堡。

如今，张烈夫妻二人的归宿之处，在呼和浩特公墓，毗邻是张淦夫妇，其中张淦的去世时间也是2001年，杨兰英则是2013年去世。

游子之心，死而未宁；远眺故土，乡愁氤氲。

二、退求其次

俗话说，病笃思良医。张如亨的父亲张浩善走西口出去，罹患转筋霍乱不治身亡，临终他说了一句话："这病咱村的二先生张士俊能治好啊。"张士俊跟其兄长张士杰都是小堡村的医生，曾几何时，在小堡人的心目中对他们的医术十分迷信，似乎可以包治百病妙手回春。事实当然不可能那么玄乎。截至新中国成立之前，乡村的医疗资源极度稀缺，人们生病了求诊无门，往往全凭一些巫婆作怪。周围偶有医生，简直阿弥陀佛，好像生命有了可靠的保障，医生的医术高低是一方面，精神依赖法也不可低估。

张士杰、张士俊的父亲就是大书房院张耀祖的七儿子张鸣誉。这对兄弟的身世很有特色，他们还是小堡村最后的两个秀才。

如今，张士杰的次子张希贤夫妻居住在晋北名城大同市的岳秀园小区，位于火车站附近的繁华地带。到2014年，张希

中年时的张希贤

土地可以自由买卖。土地一般实行多子继承众子均分制，是中国传统土地制度的特点。

贤整整 80 岁了，老伴聂秀英 76 岁，平鲁党家沟村人。独子张宜宗是火车司机，孙子都 27 岁，下边已经有了曾孙。还有两个女儿，都在周边一带安居。张希贤对自家的生活很满足，幽默地形容说："我嗓门大却不好吹牛。目前的情况，不敢说达到小康，但基本脱贫了，假如大同市 70% 的人家饿得揭不开锅，也轮不到咱家。"

幼年时张希贤丧父，经历过太多的颠沛流离。他生于 1935 年，记得母亲 81 岁去世时间是 1981 年，由此推算，母亲为 1901 年出生；父母成亲时父亲 48 岁，而母亲才 24 岁，时间应该在 1924 年；那么父亲张士杰就生于 1877 年，清代光绪元年。张士俊比哥哥张士杰小不了几岁，出生在 1880 年左右。

对于爷爷的追忆，张希贤实在模糊，基本局囿于很少的一点传说。

翻看张氏宗谱，张耀祖曾把女儿嫁给崞县神山堡的贾策，而贾策正是他们家塾请来的名师，将闺女下嫁也算笼络文化之举吧。不过，在如此注重教育的家庭里，张鸣誉并没有读过多少书，可能不是那块材料，成年后却落了个"老大徒后悔"，有过一次痛彻的教训。据说他很要强，想当年家有 200 多亩耕地，究竟得自大书房院的祖传，还是自己又增置，具体不详，但都是平川良田，维持了殷实的小农经济。那时候隔畔种田，不拦地埂来分界，中间伙用一条墒沟，轮流占种。有一年春耕时节，邻家也是张姓后人，但彼此辈分远了，指责张鸣誉套种过人家的一边几垄，双方发生了争吵，并引发斗殴，结果张鸣誉落于下

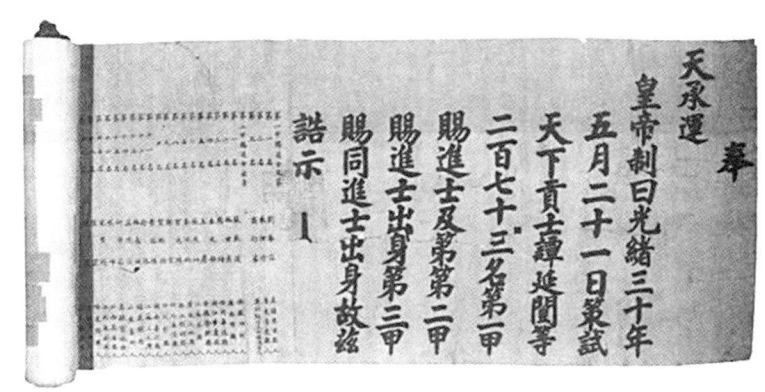

1904年最后一次科举，会元谭延闿，状元刘春霖

风，被对方挥动腰串子打得头破出血。所谓腰串子，就是农夫耩田时，后腰拴了绳子拽着的三个小地磙，为了将垄沟的种子碾压一次。大一些的地磙则要专人来拉，那就叫作"动轱辘"了。

很明显吃了大亏，又无法讨回公道，张鸣誉痛定思痛，归咎于自己没有文化。耳濡目染，前边几代秀才、贡生、监生辈出，即使最低级的秀才，随便能去跟县太爷见面，按规矩还不必下跪；好歹有个功名，不仅生命财产能得到最大限度的保障，而且在乡下享有极大的话语权，谁也不敢欺负。张鸣誉的观念转变，也影响到子孙，与他同辈的祜先生，至今仍是张希贤非常崇拜的偶像，说起祜先生行走乡间时的一桩轶事，张希贤仍然感觉扬眉吐气。

据传祜先生曾经出门路过西易村，看到苗家一位跳大神出身的土豪兴修门楼，高出一般人家，于是盯着门楼，假装摇摇晃晃，说："哎呀，头好昏呀，好昏呀。"人家问："这老头怎么偏偏在我家门口发昏？"祜先生说："因为你家门楼太高了。"对方不满意，说："看你穿一双破靴子，还想多事？我们建门楼，高低与你有什么相干？"祜先生正色说："看我靴帮子破，靴底子可硬！你们建门楼超过朝廷规定，要犯杀头之罪！"对方吓了一跳，得知祜先生是堂堂秀才，才意识到事态的严重性，赶紧好言央求千万不要上纲上线，祜先生说："想不拆也行，自个捐个功名。"那家只好照办。老秀才了得，仅靠一副嘴皮子，三言两语就把

全武营村边武举家门楼

一户仗势跋扈的老财收拾得服服帖帖，岂不是文化的软实力所在？

所以张鸣誉决心供养两个儿子读书，最低目标也要考回个秀才。投入可谓不小，家里买回的书汗牛充栋，张希贤记得，他小时候家里的藏书还有两大书柜，其中包括各种医书以及一套全本的《康熙字典》。那套字典共有二三十本的样子，可惜正是读书无用论时代，张希贤童年顽劣，看着内页的书纸软绒易燃，竟让他一张一张撕下来玩火，陆续使珍贵的典籍灰飞烟灭。

再说张士杰、张士俊经过寒窗苦读，终于双双考中秀才。据说当年的考场设在大同府，两人骑马去的，然后双双及第，功夫不负有心人，也没有辜负老父亲的殷切期望。都说他们是末科秀才，考试时间应该在废除科举的前一年也即光绪三十年、公元1905年。那时候张士杰的年纪已经三十岁出头，可见秀才之路多么艰难。至于稼穑之事，哥俩从不参与，一次抽不来人手，父亲叫张士杰帮着拉拉动辘轳，他居然骑着驴子去拉，还有秋收时下雨天庄稼摊场，人们喊他收拾，他说："那不关我的事。"

其时兄弟两个都已成家。老二张士俊娶了邻村全武营边武举的女儿，并且厮守终身，而老大张士杰的婚事，则一波三折。他一共娶了四个媳妇，原配是前村的闺女，被休掉了，接连再娶两个，全都早早病死，张希贤母亲贾鲜花是第四位续弦。其中第三任妻子是安太堡村李氏,还给丈夫留了一个女孩,小名盆吉,大概生在盆子里吧? 反正很古怪的名字,长大了嫁给冯庄村的吴佩富,父亲最后一次娶亲时她带着孩子过来贺喜,互相一比年纪,居然年长小妈一岁。

关于张士杰原配被休的根由,毛病不在女方,关键是婆婆太强势了,周边村子都有耳闻,人送外号"七龅牙老人",传说在村里骂人,四里外的龙王汇地里都听得见。她娘家在赵家口村,后辈只记着她姓赵,名字不知道。龅牙是土话,形容夹缠苛刻、刁钻伤人吧,主要针对媳妇而言,也算恶婆婆的代名词。旧社会本来礼教森严,媳妇必须俯首听命于婆婆,没有独立平等的人格,再遇到婆婆霸道,状况只能尤甚,怨命苦吧。比如张士俊的妻子边氏出身武举家庭,应该身手不差,却整天被七龅牙老人殴打,带个熊猫眼的妆容是家常便饭,如果安生一日,出来还和街坊作为炫资:"哎呀,今天可没打。"有时她也脱逃,在院内绕着马车转圈,七龅牙老人脚小追不上来,竟会跳到车上,脱下裤子使用尿枪喷射,说:"你奶奶打不上你,还不能拿尿冲你?!"亲家边武举倒是力能举鼎,但是对女儿的造化无可奈何,因为嫁出去的闺女,就等于是人家的人了,被家暴甚至被卖都不得干涉,除非被害死才有出面当人主的机会。若在今天,不可想象。

七龅牙老人将张士杰的原配扫地出门,原因很简单,就是不合她心意。及至后续再死两个,张士杰已经年逾不惑快知天命,这回才迎娶了贾鲜花,时年二十四岁,小丈夫二十四岁。贾父是县城东关的贾迎和,地方上挂号的人物。朔县老乡吵架,往往讥讽对方:"茶壶没底子,夜壶没嘴子,你算几壶呀?"壶的意思,褒义大概叫名流,贬义即指街霸,都算占了坡道的人物。贾迎和在县城位列"十三壶"之一,家境也不错,一出东城门往南一点共有 200 亩水田,那块地方

贾鲜花:非秀才不嫁

名为"蛤蟆池",夏秋之际蛤蟆云集,所以贾家外号"贾蛤蟆",住着三进院落。当时的贾鲜花 24 岁,绝对到了超级剩女阶段,据说看不上寻常的富二代,发誓非秀才不嫁,可是科举废除了,哪里还有秀才?宁缺毋滥之余最终等来一个三婚的老秀才,那也不嫌,赶紧上了花轿嫁入小堡村。贾鲜花虽为城里的小姐之身,却是贤淑知礼,没有听说七龅牙老人欺负她的传闻。

涉及门当户对话题,不能不承认那时候极其讲究,张希贤的说法叫攀高结贵。比如张鸣誉的两个女儿,一个嫁给石洼村王家,另一个嫁给赫家辛寨的赵家,都是大地主。尤其赵家老财,人称"赵百万",据说听得水头村唐家老财夸口说:"我能把胡麻一麻袋一麻袋摆到朔县城。"他立刻针锋相对:"你摆一袋胡麻,我就放一个元宝!"可见财大气粗。再如张士杰的大女儿盆吉的丈夫吴佩富家境贫寒,而张士俊的女儿嫁给张蔡庄陶家老财的儿子陶六毛,叔伯连襟两个正月里到岳丈门上吃请,胃口都不小,人们却另眼相待,说:"看人家陶姑爷到底有福气,多能吃呀!""吴姑爷长一个狗肚子,就是个能吃!"这还算客气了。张希贤回忆,他们小堡张家,历来严厉禁止和下九流人家结亲。哪些呢?朔县的说法是:"一割脚,二剃头,三耍把戏四骑猴,养儿马,养骚猪,王八戏子吹鼓手,神官耍得九筛头。"骑猴,不一定这两字,就是破烂回收;神官,则指跳大神的,道具叫"九筛头",一种简单的铁环子乐器。

虽然在地方上,秀才依旧算金字招牌,实际上消息闭塞,在外面的世界基本上已经一文不值。1906 年,科举废止,终结了实行 1300 年的精英再生机制,社会上甚至将科举妖魔化,好像八股考试成了遭致国家落后的根源之一,公平与否不说,旧式读书人却失去了人生的奋斗方向,梦想入仕的大门訇然关闭。梁启超曾说:"科举即停,使数百万老举人、老秀才,一旦尽失其登进之路。"张士杰兄弟种田不会,办私塾又与新学无法衔接,如果不能当官,可选择的出路极其有限,可以想象他们同样感到迷茫、苦闷、怨恨、孤独、无所适从。如果科举继续苟延残喘几年,那就把人报废了。好在哥俩改行的黄金年龄没有错过,他们最终振作起来,走上行医之路。

应验了一句名言:不为良相,则为良医。

清代画片:中医

据宋代吴曾的《能改斋漫录》记载:范仲淹小时候曾到算命先生那里去抽签占卜,问自己将来能否当宰相,回答是"不能"。他又问:"那我能不能当一个好医生?"算命先生奇怪地问:"刚才你还想要当宰相,怎么一下子又要当医生呢?"范仲淹说:"人生在世,唯有宰相和医生是最能造福百姓的。既然当不了宰相,那么当一名医生也好。"算命先生感叹道:"你有这份心肠,就能成为宰相!"这就是"不为良相,则为良医"的来由。实事求是说来,悬壶从医务实济世,也算儒家思想指给读书人退求其次的第二志愿,于是中国社会才产生了一个独特的儒医阶层,比如1866年出生的孙中山、1881年出生的鲁迅,与张士杰为同一时代人,最初都也学医,"夫舍良医则未之有也",具有时代特征,从医就算热门职业。而张士杰、张士俊固然身在乡村,凭借秀才的出身,称之儒医似乎并不过分。

医者仁心,杏林春暖,人生在世做个良医,听起来崇高,学成者却不多,所谓理想很丰满,现实很骨感。有人凭着一个祖传秘方,可以一辈子畅行医界,下来还要单传,并且传男不传女,属于行业痼疾,也是中医难以发扬光大的局限性所在。有人这样说过:"有句谚语:'秀才学医,入笼抓鸡。'只有精于中国的传统文化,才能真正领会中医的精髓,这样的'秀才'学起医来,就像到笼子里抓鸡一样,伸手可得。"俗话又说"儒改医,一早起",好像轻而易举,实则不然：入门肯定容易，背背汤头歌，记记穴位，翻翻药典，学学《本草纲目》之类，下辛苦可以做到，至于能不能把望闻问切转化为治病救人，那就另当别论，需要长久在实践中摸索，需要总结大量的病例，需要随机应变因病而异等等，非为一日之功，所以中医越老越吃香，胡子越白越受信赖。

具体到张士杰兄弟，固然家中不缺医学书籍可读，但毕竟是书本知识，没有师傅传授，自学成才遇到的困难可想而知。不过长话短说，他们超越了自我，渐渐双双闯出名头，是否良医不好说，起码成为小堡村及周边的名医。有人记得，张士俊到老年时，虽说眼睛不好，却仍旧保持长期养成的习惯，早上五点起床，潜心钻研医学，晚间十一点不睡，仍在等候病人，也是他们兄弟刻苦努力的缩影。

张家大夫除了医治一般的头痛脑热，各自的专攻不同，全都针对当年的现实需求。其中老大擅长女科，打胎药一绝，妇女怀孕不超三月，只要脱光衣服坐在药包上，保证彻底流产还不出血。那个时代没有避孕手段，穷人生下孩子又养活不了，只能寻求不断打胎，解决计划生育问题。药方嘛，张希贤记得传给哥哥张希圣，好像几味草药，包括千花粉、皂角、海狗肾等。而张士俊则研制了"捉虎丹"，具有催吐奇效，新中国成立前动不动有人吞服鸦片自杀，只要喝下捉虎丹，即刻就能全部吐出，保全性命。当然出于医人之弊，亲哥俩虽能携手并进，却没有取长补短，药方并不共用，彼此作为不传之秘。为了免于竞争，张士杰在本村坐诊，弟弟则到邻村峙峪开了诊所。有一点值得提及，就是过去绝无医患纠纷，乡下人家求医问药，只管请医生放心大胆治，治好了感恩戴德，治死了命该如此两不相干。

到贾鲜花嫁过来时，张家兄弟已经分家。本来他们还住同一个小院，方位在大书房院西端，老大占了四间半的正房，老二占了三间西窑。张士俊当时已有两个儿子一个女儿，感觉人多拥挤，就跟同村的大福喜兑换了一处院落，搬离出去了。耕地平均分配，哥俩差不多，张士杰这边一共118亩，自己根本不种，分作两部分经营：其中绝大多数租给别人，然后收取地租，好地给粮一斗，合旧秤30斤，次之打折到七八升的样子；唯有23亩上好水田，舍不得外租，就要自己雇人耕作，支付相应的工钱，比头一种方法合算。粮食种类，不外乎高粱、谷子和糜黍，也是日常的主要饭食。

其他收入，则依赖张士杰行医所得，而且针灸诊疗一律无偿，只是抓药才有收费，每月赚取两三个大洋，按照当时的消费水平，已很宽裕了；关键还受人尊重，春节中秋时候可以收到月饼、花馍之类。张士俊那边亦然，只不过相传他老婆边氏有些翻不清道理，又不大懂礼，丈夫上年纪后多受冷待，一次生病想让她倒口水喝，她居然唠叨说："你快死吧，以后再有别人送来好吃的，正好我全吃了。"一旦真等丈夫死去，却再也没人来登门送礼。这样的故事传出来，人们感觉边氏被婆婆七饱牙老人殴打，不排除她自找的因素。是后话了。

接着再说四婚后的张士杰，终于摆脱了无后为大的困窘，老牛吃嫩草的效率很高，十年间贾鲜花一鼓作气生下五个小孩，紧追慢追，还是比张士俊的儿女小了几乎一代人的年龄差距。其中第一个儿子夭折，保住下面的四个，前后排名是：大闺女张希英、长子张希圣、次女张禄英、次子张希贤。孩子多了，母亲顾不过来，父亲又太忙，张希英刚刚会走就得看哄弟弟张希圣，弟弟往前学爬时，她一屁股坐在弟弟脚踝上，结果压坏了，让张希圣成了"铁拐李"，一只脚扭曲打横，穿鞋都得定做。父亲看他残疾，一心想向他传授衣钵，很小就把他送进私塾读书识字，灌输医学知识。可惜时不我待，大约在1938年，张士杰身患肝病，当时的不治之症，唯有死则死耳，终年62岁。丧事现场，哭下一片孩童，其中长子张希圣12岁，次子张希贤最小才4岁。所以张希贤对父亲的记忆很少，隐约记得父亲曾用偏方给他医治中耳炎，他侧躺在父亲腿上，斜睨父亲撕掉一只活麻雀的脑袋，把雀血滴入他的耳朵；还有父亲在世时喜欢甜食，常在窗台放些黑糖，父亲一死，他不懂悲伤，只知道哭着惦记黑糖的下落。

正常情况下，老夫少妻不可能白头到老。不论贾鲜花有没有心理准备，反正38岁就守寡了。张希贤对母亲的评价是：她完全有资格立一块贤孝牌坊，因为丈夫死后她既没有嫁人，也没有闲言碎语，并能一力支撑大局坚守家业，对儿女劳苦功高。家里的经济来项只剩下单一的土地财政，仍旧维持着原有的租种模式，当然在村里的地位降低了，相随下降的是伙食标准，比如吃糜子再不脱皮，蒸熟的糙米窝窝坚硬硌牙。

张希贤记事之初，印象最深的就是母亲收取地租的费劲。正常年份，土地亩产也才百十斤到头，一旦遭遇天灾，收成可能刚够租子，佃户只好一个劲地托辞爽约。其中一次，贾鲜花因为催租还跟张焕妈打过一架，小规模的肢体推搡吧。那时候日本人侵略过来，鸦片再一次泛滥，张焕吸毒不能自拔，租了贾鲜花东坪的15亩耕地，哪有能力交租？张焕妈也够可怜，最终竟被儿子卖到张蔡庄村，继而听说媳妇也要待价而沽，她担心流落无踪，急忙介绍那边夫家的一个侄子买回去，附带她的拖油瓶孙子张全友，好歹为张焕存住一脉香火。

少年丧父，张家兄弟的读书是不容考虑了。本来轮到张希圣早挑家庭重担，但他一来腿瘸，二来性格懦弱，实在不能够尽快胜任角色，不过叔父从峙峪村撤回小堡坐堂行医，责无旁贷关照侄子，将他带在身边学徒。其时张士俊的白内障日渐加重，只能捉脉诊断，然后口授张希圣抓药、针灸。眼看哥哥指靠不上，张希贤就得力所能及地帮助母亲操持家事，他从六七岁起，已经开始挎着箩头到附近的煤窑捡炭，或者带些粮食进城卖钱，解决家里油盐酱醋土布之类的日用所需。进城单程20里，张希贤身体瘦弱，每次能背一合子15斤，一路如牛负重。高粱在城里没有市场，需求只有小米或糜黍，很不值钱，15斤卖价大约六七毛；有时顺便采购，一尺笨布一毛多，一斤圆白菜2分，也很便宜。那时候正值抗战期间，朔县使用的多是日本人手下蒙疆银行的大骆驼钱币，大洋只能转入民间及地下流通。

当时也有赚钱门道，那就是贩卖鸦片。史载日军侵占山西期间，实行鼓励鸦片产业的毒化政策，仅在1939年，蒙疆伪政权管辖下的晋北13县，罂粟种植面积就达15.5万亩，每亩交税50多元；不过规定鸦片专卖，必须全部由所谓的"晋北土业组合"收购，再往土膏店和烟馆配发销售。因为利润驱动，不乏有人想方设法往城里走私，但鬼子兵把守城门，搜查很严风险极高。民间流传着这样的顺口溜，也算真实写照：

日本鬼子城门上站，

蒙疆银行发行的纸币

老百姓出进多为难,

掏出良民证让他看,

磕头好比如捣蒜。

看完良民证来检查,

买了东西不许你拿,

遇着妇女生得好,

手伸裤裆瞎胡掏……

日军侵占时的朔县东大街牌楼

就是那么惊险，张希贤居然干过一次走私勾当。经熟人指点，他将拳头大的一块烟膏裹进一捆柴草，利用自己的小孩身份做掩护，混进城内，找到偏僻小巷的一个人顺利出手，生意侥幸得逞。以后再不敢了，却锻炼了胆量，自忖有些赌性。随着年龄的长大，他渐渐养成了胆大果敢的个性。

随后几年，贾鲜花心存危机意识，紧锣密鼓为四个孩子确定终身大事，也不说什么门当户对了，大女儿许配大有坪村周连，二女儿许配范家岭村赵成宝；两个儿子，全部定了娃娃亲，老大的对象姓李，也在范家岭村，定金不详，老二张希贤的小对象就是党家沟的聂秀英，交付30个大洋。聂家十分贫苦，聂秀英的奶奶竟是娶自小堡张家，父亲聂海成给利民一家老财赶骡子走口外从事长途贩运，母亲则在她3岁时候死于难产。

媳妇总得等到长大才能过门，儿子的培养丝毫不能放松，贾鲜花的决策是一切要从务实出发。大约1944年，她看看张希贤跟着二叔实习六年，仍旧不具备自立门户独当一面的条件，心中着急之下，决定让大儿子再跟自己的侄子贾珍改学钉鞋，只为见效快些，说好学期三个月，学费是一担粮食。贾珍当时住在峙峪村，是一位有名气的鞋匠，他把表弟张希圣收徒后，同样出于行当的狭隘心态，并不教授核心技术，只管安排表弟狂捻麻绳，甚至派他背了炭到马营堡村换萝卜，张希圣吃不消，曾跟弟弟抱头痛哭。不过这人也算有心，硬是通过"偷窥"，掌握了钉鞋的要领。学期结束，母亲就鼓动他出去挣钱，因他腿脚不便，弟弟张希贤担任

老照片：修鞋匠

专职随从，负责背扛工具箱，从此哥俩走村串户以钉鞋为业，从周边村子逐步扩大范围，辗转西山，甚至老远走过一趟口外，总之艰辛地走向成年。有时遇到病人应急，张希圣还会挽起袖子一试医术，毕竟他得到父亲和叔父的言传身教，熟悉无数病例，一经实践摸索，医术突飞猛进，慢慢地闯出了名号。

到了1946年朔县解放前后，两个媳妇都因娘家贫苦，已经提前送来童养，年龄一够，张希圣、张希贤分别结婚，但由于没有分家，结果土改之际被定为破落地主，田产被分给村民；接着又说他们大到犁耧耙耱，小到锄头镰刀，家中从未有过一件农具，两三年后又有幸被落实政策改成中农成分。至于叔父那边，两个儿子张如山、张如富早已成年，分家另过，以耕地衡量，反而是贫农，但他们弟兄对医生不感兴趣，未能子承父业。刚刚土改完毕时，张士俊大夫终老作古，小堡村最后的秀才离开人间，其时他的生活已在贫困线下。张希圣出于感恩授业，出钱为叔父买了棺材，同时宣告抛掉钉鞋工具，成为村里的下一代医生，合作化以后还坐诊集体的卫生室，直到2008年过世。如今他的次子张慧宗在村里开着诊所，不过以西医为主，虽有捉虎丹和打胎药的秘方在手，压根儿没什么用处了。

张希贤请人修好老宅，打算将来终老故里

而张希贤没学医术，就得在村里务农。自打早前从口外回来，他变得魁梧体壮，力大无穷，身高一米八，体重达到90公斤，如果剃了光头，现成的鲁智深一个，而且他见过世面，口舌凌厉，好为族人出头。他曾经因为买炭排队在全武营煤窑大打出手，险些闯了大祸，事后依旧不依不饶，竟把全武营村放在地里的一人多高的石碌子逐一竖起，给人家出了难题，推倒容易摔断，人抬没那力气，结果使得全队社员误工一个上午，哭笑不得。事情传开了，村里村外无不对他忌惮三分，大概他被视作类似其姥爷的"壶"式人物，颇有威信。不过由于从小跑得野了，大集体时他根本不甘心体力劳动，想方设法外出投机倒把，隔三差五从河北贩布私卖，队长张沛试图予以约束，警告他说："只管往外乱跑，不愁闹你个反革命。"被他反唇相讥骂出一句经典名言："你看那男人们背掉着撒尿，是给别人一个尊重，不是怕被咬了毬！有些人莫非真的想咬？"张沛招惹不得，束手无策，终于在1958年"大跃进"开始时找个机会，为张希贤争取了一个指标，送他去大同建筑公司务工。这也是那个时代农村的特殊现象，难以管教的年轻人在村里会有负面影响，反而可以获得来之不易的机会外出，摇身变成工人老大哥。

中间张希贤不大如意，又跑回来一段，照旧让村干部头疼，1968年支书张绍宗又拿到一个大同青瓷窑煤矿的招工名额，无奈把好处再次给他用了。已经人到中年的张希贤终于懂得了爱岗敬业，从此脚踏实地安心工作，直至在同煤集团的焦煤矿当过保卫科长和运销科长，61岁退休后在大同市安家。

岁月催人，不觉张希贤年逾八旬，依然语出惊人，他曾召集两个女婿上课，这样训话："如果我的女儿作风不好，务必先要告我，我去杀掉她，不影响你再娶！"话中有话，女婿们噤若寒蝉。老辈子的祜先生满腹经纶，言语精辟，张希贤虽然文盲一个，唇舌功夫却并不逊色，果真与祜先生一脉相承了。

第八章 自食其力

一、预定媳妇一岁半

再把目光转回小堡村大书房院。

之前介绍过，张书绅当年从白堂村为张四维过继了儿子，就是张耀祖，与张耀奎、张耀台等同辈。相传张耀祖搬来时候，已经娶妻生子拖家带口，但张书绅还嫌不足，又给他再娶了一房，结果两位媳妇一共繁衍七个儿子，从而使大书房院的人丁兴旺，香火延续。

事实与传说好像有点出入。根据张耀祖的曾孙张如亨讲述，他的曾祖父并未纳妾，而是原配蔚氏去世后才继配了陶氏；蔚氏娘家不详，陶氏是朔县西山张蔡庄人；前任蔚氏生有张鸣岐、张鸣丘和张鸣科，后任陶氏育有张鸣纲、张鸣金、张鸣誉和少亡未留下名字的一个，其中排序老五的张鸣金就是张如亨的爷爷。

张如亨生于1931年，到2014年时已84岁，谈起自己的家世，仍旧没齿难忘。他回忆说，爷爷张鸣金一直住在张书绅留下的大书房院西厢房，名下分了祖上的土地二三十亩，本来光景有些起色，不料遇到一场突如其来的疫病，夫妇两个不幸被同时送往鬼门关，抛下两个年幼的儿子，老大叫张继善，当时11岁，老二叫张浩善，也即张如亨父亲，仅仅8岁。推算有关时间，张浩善50岁去世之际，张如亨十二岁出头；那么张浩善该是1893年出生，到他8岁之年应该为1900年，那时候人们脑后还要拖辫子吧。

父母双亡，张浩善哥俩成了孤儿，没办法只能寄养在叔叔张鸣誉家里，过了三四年，老大张继善可以独自胡乱耕作自家那些土地，二十五六岁时才由叔叔张罗，为他娶了韩佐沟村姓韩的媳妇。张浩善则从12岁那年开始出去给铺上村当长工，因为年龄太小，和人家切草时被铡刀割去右手的中指和五指，留下一点残疾；不过慢慢地坚持下来，公认成了好长工，每月都能挣来一两个大洋，自己花项不多，基本能够攒住。再大一点，他从哥哥手里分来南沟湾的十几亩田地，就算有了家业，一边耕种，也不误继续扛长工。其时大书房院众多家庭瓜分房产，哥俩共同得到西厢房三间，按理每人一间半，不过始终没分彼此。

民谣说："那娃那娃好好受，想娶个媳妇到秋后，银钱不够大家凑。"张浩善的心里也是这样期盼，很有干劲。等他25岁左右，终于如愿凑够了所需的若干大洋，得以娶回照什八庄村王家的闺女，千辛万苦营造了自己的小家庭；哥哥张继善赶紧勉力而为，出去另建了土窑，将三间老宅留给弟弟。如果不出意外，张浩善可能像他哥哥那样，凑合着把穷日子一直正常过下去，然而不承想刚过两年祸从天降，年纪轻轻的媳妇竟然被一场突发的疾病夺去生命，连个孩子都没给留下。

只怨自己命苦，无奈的张浩善重新回归到鳏夫生涯。传宗接代最原始的梦想如不泯灭，他的一切还得从头再来。虽说元气大伤，却毕竟还算年轻力壮，他振作起来后勒紧裤带埋头苦干，这番耗时将近十年光景，直到1930年三十七八岁，硬是让手头的大洋数量摞上三位数，谈何容易啊！其时已到了中华民国十九年。

因为张浩善具备了一定的再婚条件，热心的媒妁也就闻风而动。本家的张善贵娶的是安庄的媳妇，他到岳父村里本来准备替张浩善物色一位丧偶的寡妇，谁知碰巧挑到合适的一位大姑娘，名叫

坚韧自救的张贤惠

张贤惠，这名字不错。张贤惠1913年出生，时年18岁了，尚未婚配，原因很简单，就是小时候顽皮，死活不让母亲缠脚，成了当时找婆家的一大硬伤，眼看步入剩女之列，待嫁比较迫切，经过张善贵一番忽悠，居然有了眉目。改天张父过来考察张浩善家境，一被带进大书房院，看着好生气派，十分吃惊地说："哎呀，以为把我引入庙上了！"当即同意婚事，也不再考虑男方与女儿的年龄悬殊，不过当作理由提出，相应要抬高要价，涉嫌买卖婚姻，想必还是家贫之故。媒人张善贵掌握着两边的分寸，几经商榷，说好彩礼一百大洋，正好是张浩善的倾囊底线。箭在弦上不得不发，于是乎张浩善几乎出了一个天价，迎娶了小他二十多岁的"姑射女"。

第二年，张如亨就出生了，父母稀罕得不得了了，特别请来本家的秀才张士杰、张士俊兄弟为孩子起名，从"元亨利贞"八字掐算，觉得亨字合适。《易经》乾卦说，元为大，亨为通，利为美，贞为正，合起来分别代表仁、礼、义、智，如亨的意思，就是亨通顺利地成长。对这个名字，张浩善似懂非懂，但秀才说出来的，定然吉祥，无条件采纳。可是张如亨长大后，许多人老问他怎么取了一个怪名，他总得解释一番，也发现自打村里的秀才离开人世，人们取名就随意多了，也土气多了，好像乡下人非得叫个"狗剩""石头"才符合身份，令人气愤。

还说张浩善。妻子儿子有了，银子却没了，而且房子也不行了，大书房院年久破损，特别是西厢房眼看不成样子，失去修缮的价值，只能蓬户瓮牖的凑合。大约过了三四年，翰林张炜的曾孙张荣曾眷顾了张浩善一把。张荣曾字华甫，已经与时俱进弃文从戎，担任了国民政府朔县军用电报局的局长，回村在翰林宅后边新投工一处住宅，设计为四合院规模。因为张浩善小时候就和张华甫走得亲近，而且厚道可靠，所以工程就委托他来全权负责，包括材料购进和监工把关等，先期建起了五间正窑和南房西房；最数西房阔气，外檐下还有穿廊；东房暂时未建，大概资金不太到位，以备过几年再说。

房院完工之后，张华甫上班较忙，顾不得经常回村，干脆就让张浩善举家搬来，住了挎边的一间正窑，方便帮他照料家小，并打理一应日常事务，好像

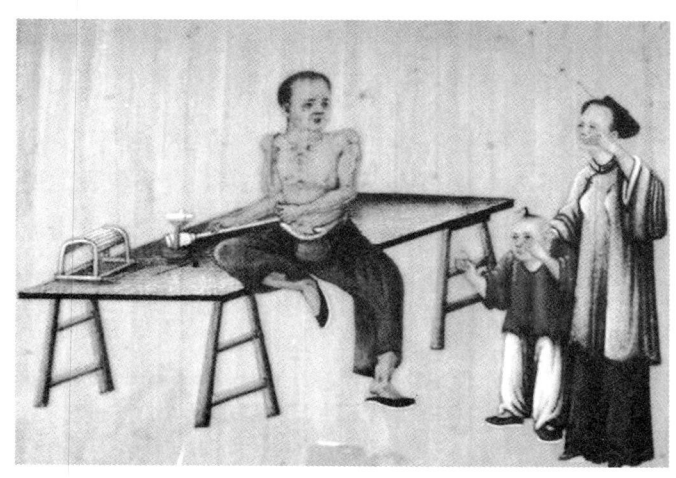
抽鸦片害死人

管家性质，从根本上改善了张浩善一家的居住环境。当然张浩善的日子依旧紧张，张贤惠还在抓紧生育，凡是女孩一律不留，接连溺死两个，直到再要了一个二儿子才罢。如果长此以往，张浩善依傍张华甫这棵大树，进一步走向富裕也未可知，但是万万无法想到，"山河破碎风飘絮，身世浮沉雨打萍"，另一场更大的灾难不期而至。

1937年，卢沟桥事变爆发，日军的铁骑长驱直入，很快就踏过外长城，9月28日，占领朔县，制造了骇人听闻的朔县大屠杀，随即，小堡村沦入敌占区。根据史料记载，日军实施"毒化"政策，"鼓励生产鸦片，助长毒品消费，致使鸦片在中国迅猛蔓延"。具体到朔县一带，张如亨回忆说，从1938年起全县大种两年罂粟，小堡村的水地都种满了，相随而至的就是村里吸食鸦片成风，赶时髦似的，包括他的父亲张浩善也学会了抽洋烟，并且很快上瘾，一天要吸两泡。他自己没有适合种罂粟的田地，只好向别人购买，那种高消费可想而知，短短两年，已经把所有土地全部卖给本家的张晓，一亩也就两三个大洋；随即，张如亨的弟弟也死于此祸。据说一岁半的小孩在院里玩耍，偶然咳嗽开了，父亲喂他鸦片止咳，谁知量大了，当下被活活毒死。

可能发现毒害太猛，朔县的敌伪政府坐不住了，以身事敌的汉奸们有时也有良知，鼓捣着开始禁种毒品。其时张华甫不幸病死，张浩善失了依靠，而且又怕鸦片断顿，听说内蒙古并不禁烟，心想反正穷途潦倒了，倒不如去走西口，或许是唯一的生路。那是1940年，堪称朔县百姓最黑暗的年份，当了亡国奴不说，毒品泛滥雪上加霜。古人说"树挪死人挪活"，又说"安土重迁，黎民之性"，背井离乡挪一下绝非人人能够做到，而且前途实在难以预测。类似张浩善一样具有赌性的少数冒险家们，村里形容叫作"没法子、有胆量"，他的主意既定，就再不犹豫，等到来年的开春三月天气稍微暖和，马上带着全家一起上路，临走卖掉家里唯有的几个陶制大瓮，买来少许鸦片以待路上救急。

其时张如亨10岁，可以跟在父母身后自己行走，没得可亨了。父亲挑着担子，一边是做饭的铁锅和一床棉被，一边是吹火的风箱，家当仅此而已；母亲幸亏是大脚，否则苦头更大了。头一天三口子还算有劲，往北走出十几里，日暮到了马蹄沟村，借宿在一孔破窑，然后张浩善就得沿门讨吃，需要张如亨一块儿出去，因为引个拖油瓶容易引发同情。他们只要熟食，豆面窝头之类，或多或少，用于当晚及第二天早午果腹；张浩善的烟瘾上来，手头没有烟枪，只好胡乱吞咽一点鸦片提神。往后日复一日，反正是步履日渐沉重，有时一天才能行进两三里。差不多跋涉半个多月，辗转走过四百多里，到了和林格尔境内的巧尔什营村，眼看走不动了，张浩善要饭时结识了一位年轻人名叫孟四召，彼此竟还投缘，不免多聊了几句。孟四召为人热心，建议说："你们走到哪儿还不一样？不如就在我们村住下吧，以后不愁找点活儿干，挣个一吃一喝。我家有一间菜园子房，先去住那儿吧。"张浩善原本漫无目的，得知巧尔什营的罂粟广种不受限制，觉得也合心意，当即留了下来。头一天就遇上一户人家盖房子，在孟四召指点下，张如亨过去乞讨来几个油糕，供全家打了一顿牙祭。

和林格尔，就是北魏的故都盛乐，蒙语意思为"20间房子"，据说清代在此设有驿站，安置了二十户人家，因为位于连接关内至阴山南北的要冲之地，清末以来走西口的山西人摩肩接踵，沿路有人定居形成不少村庄，包括巧尔什营村。又说曾有西藏的一位喇嘛名叫朝尔吉，前来村里建起一座喇嘛庙修行。朝尔吉医术高明，常给村民治病，后来为了纪念他，人们将村子命名为"朝尔吉"，进而汉化了谐音"巧尔什"，一直沿用下来。

顺便提一下"走西口"。有学者写道:"走西口是一部辛酸的移民史,是一部艰苦奋斗的创业史,一批又一批移民背井离乡北上口外,艰苦创业,开发了内蒙古地区,给处于落后游牧状态的内蒙古中西部带去了先进的农耕文化,使口外地区以传统单一的游牧社会演变为旗县双立、牧耕并举的多元化社会。在这一演变过程中,作为迁徙主体的山西移民做出了极大的贡献。"理论上这样定位,直白了说吧,就是口外给生存不下去的山西老乡提供了活命的机会。

当年的巧尔什营差不多一千多人口,也算大村子了,村里有几家地主,孟四召的父亲孟祥是其中之一。张浩善虽然吸毒,却也并不影响干活,主要为各家地主打短工;张如亨年少,只能去孟祥家做小长工。孟家在下种前都要准备一年的米面,套了毛驴拉碾子拉磨,三个儿媳负责箩簸,张如亨可以打打下手,递个工具什么的;春耕开始,他又负责往地里送饭,或者帮耧;接着农闲了,他又专管放牧牲口,把东家的一匹马、三头牛、两匹驴子拉去不远的草滩去吃草。小长工待遇相对不薄,每年两三个大洋,另外孟家种着一二十亩罂粟,其中大长工派发一亩的收割权,小长工还给半亩,就算额外的福利。

这样有了鸦片来源,张浩善别无他求,而且日常收入也够维持伙食,吃些糜子、莜面、高粱等,可以管饱;张贤惠做做家务,说不上甘来,总也苦尽了吧?谁知落脚三年头上的6月份,灾难再次来临。其时张继善的大儿子张如绅也在内蒙古打短工,不知怎么打探,偶然跑来巧尔什营,张浩善很高兴,留着侄子住下,但园子房的炕小,晚上他自己只能就地搭了门板睡觉,有个十几天时,也许中了夜间的邪风,突发了一种疾病,上吐下泻,腹痛抽挛,好像是俗称"转筋霍乱",病情来势凶猛,上午才有了症状,下午竟而咽气,临死还念叨了一句:"我想回小堡,小堡的张士俊会治这个病……"无奈远水不解近渴。张如亨母子节哀顺变,又没钱买副棺材,只能拿一床被子裹住张浩善,将他埋在村外东南的荒野,坟头搁一块破坛盖作为记号。

失去了主心骨,孤儿寡母不能继续留在巧尔什营了,因为光凭张如亨无法养活母亲。张如绅说:"咱们一块儿回小堡吧,守着家人总能想些办法。"于是由他引路,三人一起返回小堡村,就像歌子所唱:"走西口的人儿回来了。"回村后,张如亨母子两个暂时寄居张林老汉的旧窑容身。母亲手里还有当年从孟祥地里割回的鸦片，晒干了大约三四两，零星的卖钱换些米面，张如亨则到东易的煤窑捡炭，可以生火取暖，好歹和母亲度过一个凄恻的冬天，来年却无以为继了。那时张贤惠刚刚30岁出头，根本没有守寡的可行性，她被迫改嫁给邻村峙峪的雷天荣。雷天荣中年丧妻，留下两个儿子，还得养活老母和两个侄子，日子同样紧促，按理选择这种家庭不算上策，但是张贤惠自有盘算，因为唯有雷天荣肯出高价，喊出的聘礼是180个大洋，破了纪录。

关于大洋180元，张贤惠是这样分配的：50元交付大伯子张继善，就算向张家赎身吧；娘家50元，等于彩礼；剩余80元，全归儿子张如亨。不过雷天荣最终只能拿出130元大洋，岳父的一笔暂时赊欠挂账——最后不了了之。当时写了婚书，特别强调一条：女方可以带来儿子，但期限为3年，到期务必走人。当然80元大洋不能由张如亨经手，母亲为他做了两笔长线投资：第一，在峙峪村预定了一门娃娃亲，一次性支付50元，另加两元换帖费。女孩名叫张翠花，刚刚一岁半，比未来的丈夫小十一岁。第二，还有28元，向小堡村贾维藩买下10亩地，作为张如亨的生存基础。张贤惠的苦心，实在令人起敬，峙峪那边有人提起，说她卖了自己给儿子换了媳妇。

三年很快到期，张如亨16岁了，那年3月，母亲履约把他送回小堡，指望

张如亨栖身的"墓狐窝"

由伯父张继善照管，但张继善的大烟也抽得一塌糊涂，拒绝说："你自己还引上吧，我顾不下他。如果回来，狼吃虎抱我不管。"伯父管不管也不能赖着雷家，张如亨还是回来了，只能到大书房院南侧土崖下的一间小土窑内容身，那是村里张士俊他们掏开的，曾在冬天住进去图个暖和，充其量只能称之土洞，村里都叫"墓狐窝"。张如亨清扫清扫，把仅有的夹被铺开一躺，无异于回到穴居的原始社会。

  从那年起，张如亨开始自力更生，多方求助也把自己的田地种下去了，然后青黄不接，他就跑到安庄的姥爷门上，给别家地主放牲口，没有工钱只为混口饭吃。夏锄时节到了，姥爷安排二舅和他一起回来锄地，带了三升小米外加一斗谷糠，作为后勤保障。秋天终归收回一点土豆和谷子，过冬够了。他记得也不用交什么皇粮，没人来要。次年早做打算，村中的张仲和张凤岗两家合伙雇他当长工，每家干两天轮流，年薪一共是人民币17万元，相当于新币17元，两家各半。有了人民币流通，显然是朔县解放后的1948年了。实际前一年，已经进行了土改，张如亨补办回自己的户口手续，小堡村给他分了原本属于张华甫的两间西房，虽说破损得不宜居住，总是以前父亲在此当下人，自己一朝做主人；同时分来4亩耕地，加上原有的10亩，一共14亩，全由张仲他们帮着种下。

  分析一下，在新中国成立前后，种有少量土地，还要出卖劳力，张如亨就算雇农了。一个不容回避的事实是：长工现象并没有随土改而消失，而是仍旧如故，可能也是导致后来为了彻底杜绝新的两极分化出现而兴起合作化、大集体的重要因素。

  那年冬天消闲下，墓狐窝那儿就热闹了，一帮子年轻人聚集过来厮混，或者打平伙吃喝，或者小赌博玩耍。因为一个人吃饱全家不饿，张如亨没啥生活负担，难得娱乐娱乐。再到开春，他跳槽了，改去露明村给一个叔伯姐夫弟兄三人当长工，每月收入四五元。那年冬天也不闲，赶了牲口从东易煤窑往回驮炭，两地相距55里，两天一趟，伙食两斤莜面，只在晚上留宿，午间没有歇息的工夫，还是十分辛苦。干到1951年，张如亨21岁时又一次走了一趟口外，原因是露明村的吕成如有个外甥女在内蒙古的土默特右旗萨拉齐镇，他和张如亨结伴趁农闲去那里找活儿干，打短工收入一点现金。待了两个月快要麦收，吕成如自己打道回府，张如亨听说到后山武川一带拔麦子挣钱不少，干脆独自再往北去当了麦客，每天可有一元多的工钱，比较可观。

返程时已是寒气袭人的十月初一。路经和林格尔地界，张如亨一时触景思人，想想父亲客死异乡，一直是孤魂野鬼，这次无论如何都要完成他当年的遗愿，一定让他魂归故里。当即扯来三尺红布缝成袋子，直奔巧尔什营村，根据半个坛盖的记号，寻到父亲的坟头，挖开一看，原来裹尸的棉被并未腐朽，小心翼翼地展开了，父亲却剩下一具白骨，一节一节整整装满一袋子。张如亨一边捡骨头，一边跟父亲叨叨："爹呀，回家吧，回家吧。"眼前仿佛出现了父亲欣慰的笑容；耳畔还有清风吹过，也好像父亲伸手抚摸他的脑袋，让他感到无比的亲切和温暖。——补充交代一下：1950年2月24日，中共中央发布禁毒令，从此往后，罂粟种植得到彻底根除，张浩善如果多活七八年，就能赶上无毒的天下了。

收拾妥当后，张如亨背着父亲起身，一路上就有伴了。他走了四天半，每天徒步80多里，可谓健步如飞。晚上入住客栈，总得和店掌柜说明情况，求得

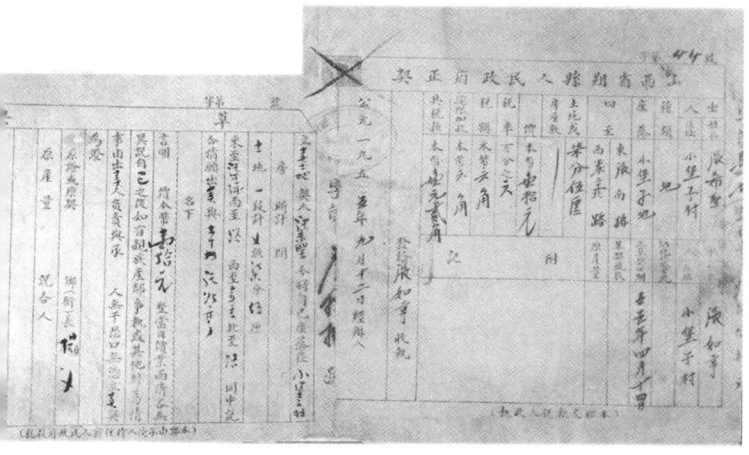

大集体前张如亨买了一块地

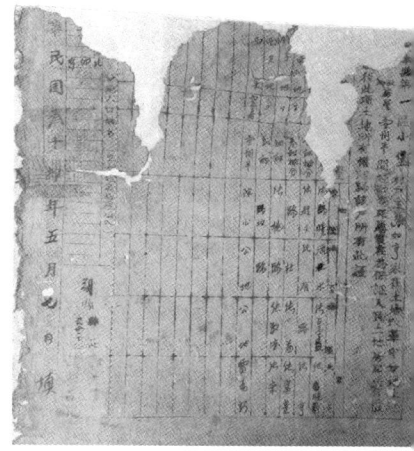

张如亨的土改土地证

张如亨（前中）参加工作后的留影

谅解。其他地方都能允许他把惹眼的红布袋带进房间，但在和林格尔的郭家窑村住店时，老板娘吓得不行，好说歹说死活拒绝尸骨进门，最后张如亨只好将父亲寄放在村外的一处土沟里，用柴草苫住，实际也不怕贼偷。

回了小堡村，本家一位哥哥张殿忠当木匠，张如亨请他帮忙免费制作了一具小棺材，将父亲装殓进去，然后到祖坟与其早逝的原配王氏同穴而葬，让他夫妻团圆，并且回到老祖张书绅、爷爷张鸣金等一应先人的身边。虽说没啥葬礼仪式，坟地也不见后辈披麻戴孝，但一个人死而有主，了无遗憾，做儿子的心中也终于踏实了。以后逢鬼节，张如亨就能和其他族人一道，前去坟前祭奠，给父亲烧一叠纸钱，只盼他在另一个世界别像生前一样寒碜……

再过两三年，小堡村和全国的农村一样，实行了合作化，土地一律集体所有，张如亨也就进入社会主义时代，再不当长工或打短工了。无地一身轻，他的心里没感觉有什么可惜。正好大同的建筑公司到露明村招用工人，他跟去走了五个月，每月工资30元，在平旺5404工区参加盖楼，建设一座学校。冬天停工，又回了小堡，集体按人头平均给他分了口粮，再不显得他低人一等。

第二年，用张如亨自己的话说：运气来了。给他带来好运的是一支山西地质勘探队，人称218钻山队，其时驻扎到小堡村地界，联系村里组织人们挑水，张如亨也去了。过一段时间，勘探队人手不足，需要招用一个临时工看管仓库，偏偏看中了他，可能因为他身强力大，而且没有家口的拖累。地质单位嘛，始终处于流动状态，下一年又到繁峙山区，张如亨跟过去，还干库管。就是在繁峙期间，一次遇上大雨天气，山洪暴发一片汪洋，张如亨参加抢救设备免遭了水淹,由于奋不顾身表现突出,受到领导的表扬,并在大会宣布将他转正为长期工,定级的月工资52元,跻身当时体制内的高薪一族。

以后接连辗转五台、岢岚等县,不觉间张如亨已经28岁,总得考虑娶媳妇成家,而当年那个小小的未婚妻张翠花,也已长成17岁的大姑娘。实际上婆母张贤惠一直盯着她,生怕节外生枝,早就开始催促成亲,恨不能揠苗助长。不过当儿子自己出息得有模有样,一说218的工人,含金量响当当的,亲家那边反而主动起来,

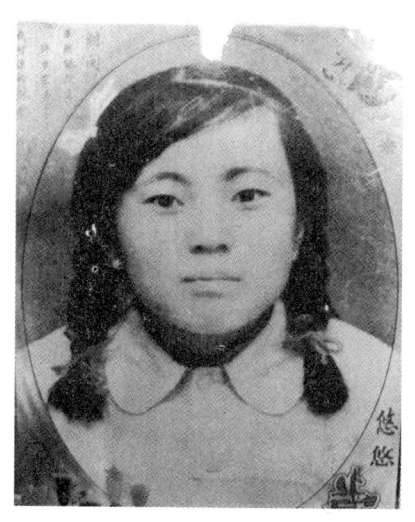

新婚时的张翠花

于是水到渠成,双方很快办了喜事,时间是"大跃进"的1958年。结婚没个住房不行,张如亨拿出50元,交由贾维藩和张如绅承包,将土改所分来张华甫大院的两间破房子拆倒,利用原有砖木在原址建起一间半的新房,居住面积相当于一室半厅。次年大女儿张月英就在新房出生,值此,小堡村增加了一个完整的小家庭。

但随后问题来了。地质队因为工作性质,严格禁止带家属,张如亨上班远走,留下张翠花和小女孩生活不便,特别到了晚上,总得找个村里的女孩做伴,长此以往不是法子。张如亨想想实在工作不到心事上,干脆炒了地质队的鱿鱼,重新回村当了农民。用现在的眼光看来,他的选择多少令人难以理解,好像小农意识目光短浅,但他从小流离失所漂泊无定,最能体会家庭的难得,好不容易有了心灵归宿,权衡孰轻孰重自己比谁都知道,什么体制内、什么高工资也就不足挂齿了。

从那以后,张如亨安安心心在农业社劳动,干过饲养员、粉坊师傅,也烧过砖窑当过场头,基本都算技术行当。陆陆续续地,夫妻又生育了二女儿和两个儿子。1973年,农业学大寨运动掀起高潮,下团堡公社书记黄吉祥对小堡的

老年张如亨，他背后是土改后建起的新房

工作不太满意，经过暗中了解，觉得张如亨老实肯干，就把他提拔为村主任，一直在任9年，其间他加入了中国共产党，然后接任了村支书，不过1985年因为没完成乡里下达的计划生育任务而引咎离职。那时候已经包产到户，全村人均承包土地2.5亩，他家分得15亩外加一匹骡子，小日子过得怡然自得。1993年老母亲张贤惠在峙峪村去世，安享高寿。如今，张如亨的大儿子张月成是一位手艺不错的瓦工，二儿子张月文给一家车队开车，生活都在小康水平。

回顾自己84年的人生阅历，张如亨由衷地感慨说："当今的生活确实太好了，好吃好喝衣食无忧，老有所医老有所养，真的没什么挑剔。社会进步这么快，假如退回三十年前，想象都想象不来啊。"

二、供着自个上小学

可以说，张俊举见证了白堂村在历史转折时期很特殊的一段黑白沧桑。

张俊举是张氏宗谱所载十九世后人，他的父亲叫张升，爷爷叫张映福。宗谱显示，张瀚勋长子张廷俊育有三子，分别取名张煜、张勋、张焯，其中的张煜为监生，例赠乡饮介宾，娶妻苏氏，生育二子，取名张九龄、张九奎；张勋为庠生，娶妻刘氏，迁往平鲁阻虎。下来九字辈一共七人，地方上说起来有名

张升的窑洞

的还数张九龄的儿子张映蟾，娶妻东驼梁村孙氏，生育三子张达、张立、张其；张映蟾还有两个女儿，其中大女儿嫁给安太堡村的知名士绅刘懋赏。

而张映福是张廷俊三子张焯的孙子，与十七世张映蟾同辈。这一支后裔取名，从映字辈往后，循例采取一辈三字一辈两字，两字的没法找到规律，三字的分别有映字辈、举字辈，但往后渐渐地随意性就大了。据张俊举介绍，进入公元 20 世纪中叶，传到他们一代，举字辈弟兄多达 50 余人。不言而喻，张瀚勋的子孙繁衍，一派兴旺。

据说，白堂张家由张廷俊弟兄九人下传，全村就分为九大门。慢慢地，张勋一支搬去阻虎村，张耀祖过继给张书绅搬回小堡村，还有传嗣中断的等等，最终剩余四门，各自为西院、东院、过厅院和大庙梁。过庭院依旧含有当年九进院落的一点元素，大庙梁则在村东龙王庙背后的一道土梁上。

张俊举这门属于西院，到日寇投降后晋绥土改前，他家已是一贫如洗，九兄弟的后人出现了明显的贫富两极分化。张俊举出生在 1943 年抗日战争期间，土改时还不能记事，所以村里的有关情形，从别人嘴里听来的居多。那时村里最大的老财就数张二老汉，是张升的叔伯弟兄，多少家财说不清，但有夸张的形容，说是村子方圆 5 里的土地都归他所有。权且就按边长 5 里的正方形来估算，总数 6.25 平方公里；每平方公里换算亩数，现成答案是 1500 亩，两数相乘

《放羊娃》。刘讯画

有9375亩。这个数可能不准,把白堂村的土地总和翻倍了。就此张俊举说,村里另有全武营迁来的地主边焕珠买占了一部分田地,再就是穷人也有一部分,客观分析张二老汉的土地大约可占全村土地的三分之一。4000多亩的三分之一也不是一个小数目,可见张二老汉完全有资格称得上大地主了。新中国成立后人们都把地主当作恶霸的代名词,其实公允而言,那是一帮子中国农业社会的乡村精英。据张氏宗谱的编撰者之一张敬考证,这位大地主张二老汉就是张映蟾次子张立。张立于三查运动前后举家避往口外,一走了之。

相比之下,张俊举的爷爷一辈已很差劲了。解读张映福的名字,跟张映蟾相比,草根气息明显地相对浓重。张映福育有五个儿子,手头算有一二十亩土地,可能来自张二老汉的赠予,不够儿子们瓜分。到了张升家道赤贫,新中国成立前一直给张二老汉当长工,在梁后地有八亩薄田,又是张二老汉送给的,居所嘛,就是大庙西侧的崖下掏出的三孔土窑。张升娶的是马鞍山村的媳妇苗氏,夫妻生育了两女三男一共五个孩子,头一个男孩8岁时早夭了,剩余四个最数张俊举年小,大姐比他大十七岁,二姐比他大十二岁,哥哥张文举比他大七岁,他本来在家排老四,但按家族里排行,人们都叫他张三。

张升不成器便不成器吧,寿数还太短,仅仅活了39岁,那时小儿子张俊举刚刚3岁。一摊子孤儿寡母生活更加艰难,首先是两个女儿各自在14岁就去给人家当童养媳,一个在大磨石沟,一个在潘家窑。张俊举回忆,他三四岁时吃糠就算家常便饭,拉屎拉不出来,母亲只好趴着给他用小木棍掏。他大哭母亲也大哭,他哭因为屁股疼,母亲则是心疼。

母亲矢志守寡,一力拉扯两个年幼的男孩,受尽了千般辛苦。土改后全家分得31亩土地,分别在驮炭道、张官坡、山枣湾等地,光听这类名字,就知道路途如何。一个缠了小脚的妇人,春种秋收在土里刨食,光是翻沟爬坡,其情形就可以展开想象,何况负重?据说春天的时候,她背着篓筐往地里送粪,为了容易出苗,粪团需要尽量保湿,结果一路的蜗牛式踟蹰中,粪水顺着她的脊沟往下流淌,于是村里传下一句老话:"要见张升老人,沿着粪水的印迹就能找到她。"

到了9岁,张俊举开始记事。那时哥哥在村里当牛倌,他也必须力所能及干些什么,结果经姥爷介绍去石崖湾村放羊,当小羊倌,俗称"打半",跟着的师傅名叫大头刘三。每年寒食节上工,阴历十月一回家,工期半年有余,工钱一共是旧币9万元,也即新币9元,寒碜却也聊以补贴家用。张俊举记得头天出去,主家就给准备了一顿豆子稀饭和糜子面窝头,他吃得肚子滚圆,觉得放羊不错。一年后,因为赚了听话腿快的口碑,另一位师傅小耿三挖他过去,又在白堂本村打半。打半嘛,随行就市,跳槽很频繁,张俊举最后还跟过一位徐小三老汉去了曹庄村。不想徐小三老汉属于半脑子人,典型的差劲羊倌,不懂得未雨绸缪观望天气,一次在空旷的野外遇到一场罕见的暴雨,师徒俩和一群羊无处可躲,险些小命不保。回来时路过石崖湾村,村民看见他们狼狈,正好

曾经作为学校的庙殿遗址

当时流行哼唱抗美援朝的"嗨啦啦"歌曲，就现编了唱词调侃：

> 嗨啦啦啦啦嗨啦啦啦，
> 羊倌淋成水小鸡啦……

张俊举的放羊生涯一共5年，时年已经14岁。其时村里有了公办学校，就设在村东的大庙里，四五个老师，30多个学龄儿童。整天听着书声琅琅，叽叽喳喳，张俊举羡慕得两眼放光，心里爱见不过念书，走着坐着睡着只想上学。回家和母亲央求，母亲只有叹气，说："咱和别人家不同，掏不起学费呀。"张俊举死活也不甘心，没事就去学校门口徘徊，有时还跟为学校老师做饭的郭如老人闲聊几句，得知郭如老人每月工钱9元。他忽然心念一动，急忙找到校长，毛遂自荐说："郭如老人做饭，我能不能来挑水？"校长孟清儒是花圪坨人，或许正为吃水问题犯愁，或许同情张俊举小小年纪的懂事，竟然答应了张俊举的请求，说好每天负责挑三担水，供食堂使用及老师洗漱、教室洒地，还有月薪3元。对张俊举来说，可不是天上掉下个馅饼？上班挣钱不说，整天守在学校里，难免和小学生套套近乎，翻翻人家的书本，煞是爱不释手。

水井在庙后的高坡上，蛇行盘绕约有百十米脚程，井口安装了辘轳吊着柳条斗子提水，再装满木桶，架起扁担挑下来。一担水足够80斤，半大小子的张俊举好歹应付得了，渐渐地人心不足了，于是瞅个机会再次鼓起勇气忽悠校长："我想和小娃们一起坐进教室学几个字……"校长犹豫说："那行吗？"张俊举说："我每天早起一会儿，迟睡一会儿，保证不误担水！书费学费该交多少交多少。"校长大概很少遇到这样的孩子，到底拍板了："你跟上学哇。"安排张俊举进了一年级，虽然年龄和年级很不协调，但张俊举兴高采烈地，人们说他自个供自个上学。

不到半年，老师觉得张俊举成绩突出，允许他直接跳级，到三年级就读。班主任老师名叫王丕列，王高登村人，很喜欢张俊举，有时星期日回家干脆带上他，一来把家长送给的一二斤米面或几个山药萝卜让他来背，二来40多里山路好歹做伴，师生两个絮絮叨叨说话，多是学习上的事情。"要想会，挨着师傅睡。"张俊举跟着王老师大有长进。

三年级一般开始使唤钢笔，但张俊举没有闲钱购买。平日3分钱买个本子，写满正面写背面，甚至纸面的小旮旯密密麻麻地都写满算式或词句，想买钢笔太奢侈也太不现实。恰好堂二哥张诚华在徐州从军，已经担任了营级干部，其时衣锦回乡省亲，张俊举母亲总得表示表示人情世故，勉力请人家吃了一顿擀豆面，张俊举不失时机和二哥张了一口："二哥，能不能给我买支钢笔？"张诚华慨然答应，果真买了一支钢笔相送，虽说便宜，也是"英雄"牌子，张俊举赶紧自己买一瓶墨水，写字就算鸟枪换炮。

可惜好景不长，不觉张俊举读完五年级，小学毕业了。他还考上了县城的井坪中学，算计书学费伙食费，每月平均需要5元，无论如何掏不出来，只好含恨辍学。他的同学、也是族侄张敬，同样3岁丧父母亲守寡，却仗姥爷舅舅供养，得以进城上学，最后考上朔县师范，一辈子吃了皇粮，但张俊举的姥爷舅舅自顾不暇，为外甥心有余力不足。张敬曾经和张俊举掏心置腹说："三叔，你的天资和成绩远超过我，如果一直念书，可能更有出息。"

事情没有可能。眼睁睁看着不少同学兴冲冲迈进中学，留在村里的张俊举就此告别校园，参加农业社的大集体劳动。一开始不算全劳力，干些背粪、出圈之类杂活，每天0.8个工分。那时候白堂村在全公社条件最好，每个工分5角，差的如陶卜洼村，每个工分才8分钱。张俊举母子三人劳动，比不了余粮户，却也是自觉户，收支平衡。赶上三年自然灾害期间吃食堂，各种代食品都吃过，但经历了幼年时猪狗不如的日子，张俊举基本感觉不到苦在哪里了。就在1960年，老大张文举结婚，娶了窝窝会村赵氏。接下来，张俊举也得考虑婚事了。

到了冬天，附近的煤矿人手紧缺，周围的穷村就有人前去卖工，可以赚到一笔现金。张俊举获知信息，赶紧去找村干部请假，说："现在队里不忙了，我也想去煤矿受几天苦。"干部说："受也可以，那危险哩，咱村工分值钱，谁去冒那风险？再说还得上交三项费。"三项费具体指什么，张俊举没搞清楚，但他主意定了，说："该交就交。"说好请假期间每天上交队里3角钱。随即他就去了离

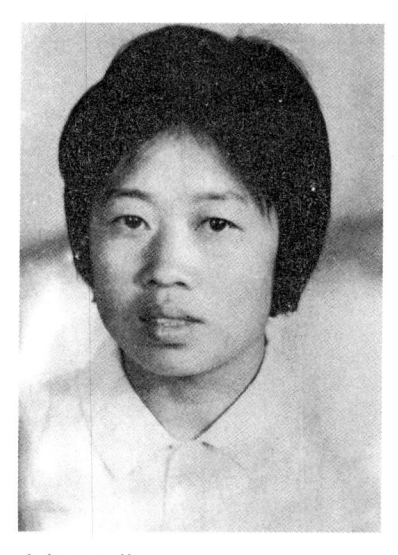

青年王玉英

村最近的双合成煤矿，在井下赶骡车拉炭。双合成的骡车足有四五十辆，分开三班倒，负责沿着大巷从掘进面把炭块运到车场，再装入矿斗用绞车拉出地面，巷内路程大约1公里，还是缓慢的斜坡。安全嘛，确实不太保障，特别是使用电弧灯照明，也就是电石灯，有时挂在车辕，有时挎在身侧，火苗忽长忽短，老叫人手心捏一把汗。

但那时张俊举只管埋头苦干，并不顾及安危，对他来说挣钱大计高于一切。自己装车卸车，一车拉半吨，一班跑十趟，合计5吨，每吨挣5角，每天就是2.5元，除去上交的3角，结余2.2元，一月下来就是60多元。那时口泉矿的长期工月薪80元，一位初师毕业的小学教师月薪仅仅29.5元。所以张俊举卖工收入很可观的，不过一到开春大忙，生产队就勒令他回来了。

从1960年到1962年，张俊举接连三冬在煤矿赶车，硬是攒下一笔600多元的积蓄。这样他就具备了完成终身大事的条件，一位少女也适时进入他的视线。每到冬天往返煤矿，他经常看见一位拣炭的姑娘，背着一个比肩的篓筐，基本上风雪无阻。"满面尘灰烟火色，两鬓苍苍十指黑。"除了不是两鬓苍苍，其他和卖炭翁一样又黑又脏，很不起眼。那位姑娘就是距离白堂8里、全公社自然条件最差的陶卜洼村的王玉英，时年17岁，比张俊举小四岁。

说起来，王玉英竟是干部家庭，父亲当兵出身，先转业到公社武装部，然后提拔担任了公社副书记。当时在村人眼里应该就算大官，但实际上光景乏善可陈。他的工资每月28元，上有老父母，下有男男女女7个孩子，全家11口人等于组成一个加强班。王副书记平日烟不离嘴，偶尔再喝一杯小酒，那时候绝无灰色收入，那么日子的拮据可想而知，当领导连辆自行车都没有，全靠两条腿上班下乡。王玉英排在老二，在本村读完小学四年级，上五年级得去外村跑校，父亲说："算了吧。"她就开始扮演家里的李铁梅，主要职责是上午煤矿拣炭，下午下沟背水，兼顾帮着母亲看娃娃。拣炭每天两趟，每趟30斤，供着全家两三道炉灶常年之需。另外王玉英还是生产队不错的小劳力，居然还会帮耧。一句话，里里外外一把手，打着灯笼找不着，却让张俊举找着了，得益于中间有媒妁。

王玉英的五舅是双合成煤矿长期工，他替外甥女相中了张俊举，为王家反馈信息说："我看见张俊举是个好娃娃，吃苦肯干。"很快双方就在五舅家见了一面，奇怪的是互相没说一句话。事实上张俊举没有挑三拣四的资格，而王玉英则没有发言权，只依大人说好就好。结果她母亲做主了，促成这门婚事。因为岳母大人同样面临娶儿媳的压力，所以提出物质条件：彩礼八百元，随俗；"搬糜搬谷"，就是交付300斤粮食，也随俗；三个银元，给女儿打手镯，也不过分。

三个条件，张俊举答应下来。彩礼有些缺口，向两个舅舅各借50元，又卖了三间老土窑得钱300元；粮食没问题；银元从马鞍山打问购买，每个7元，后来手镯倒打好了，只是戴在了王玉英嫂子的胳膊上。看着张俊举再没额外力量，王玉英连妆新衣服都没要。到1963年腊月廿七，两人举行婚礼。王玉英表姐嫁给的是高家沟村支书，无偿出借来一顶村里硕果仅存的骡驮轿。骡驮轿是山区传统的高规格迎亲轿子，顿时使张俊举迎娶场面非常排场，在一路摇摇晃晃间，王玉英结束了少女时代，进了另一个家庭再过一番穷光景。

当时确实够穷。新房是借用张俊举叔伯侄子的三孔石窑，生活用具只有锅碗而

骡驮轿

张俊举自建的土窑

已,烧炭是二铺煤矿大炼钢铁遗弃下来任人背去的焦炭,不影响白堂张家新增一处炊烟。俗话说媳妇有福带满家,村里人都认可王玉英是张俊举彻底摆脱贫困的主力军。她不仅精打细算持家有方,而且少有的吃苦耐劳,干起农活来更是利落,夫妻比肩割田,张俊举望尘莫及。收工回来,还要推碾子,小孩就束在后背。那些年夫妻二人一鼓作气生下四个千金一个男孩,窑里的窗棂上挽着几根红裤带,都为拴孩子用。

1969年,叔伯侄子也要娶亲用房,张俊举不能寄人篱下了,仓促间两口子好像劳燕衔泥似的,雷厉风行建起三间土窑。自己抹土坯,自己砌窑体,只雇了匠人碹顶,每间3元工钱,等于一共花了9元的现金支出。后续才买了窑顶的出水陶管,再用炉渣白灰铺设了防水层,好歹拥有了属于自己的栖身之所,乔迁以后顿感踏实。

实际上,自打结婚后张俊举农闲时就不去煤矿赶骡车了,有了老婆就有了牵绊,总得考虑自身的安危。王玉英说:"人家在农业社能活,咱又不少腿缺胳膊,照样也能活。"正好生产小队提拔他担任了副队长,心无旁骛地当了五六年小官,常年带着一小队社员劳动,春天来了就耕作农田,冬天也不闲,一般是和大伙一道炒了硝铵炸药,炸下土崖填沟垫地,生活波澜不惊。虽说孩子不少,但两口子出工,维持一个自觉户不愁。1975年,他的一个叔伯二姐夫在东易煤矿当矿长,为他争取了一个协议工指标,他琢磨,农业社吃不肥饿不瘦也不是长远之计,好歹人往高处走,到煤矿当工人起码多挣几个钱;再说了,凭着姐夫这层关系,不用下井去担惊受怕。谁知办手续时被公社书记杨生成卡住了,说:"你在村里干得不错,不能放你走。"张俊举连着跑了两次,好说歹说,杨书记到底没能留住他,只好放行。就在那年的5月1日,张俊举到了煤矿上班。协议工日工资1.5元,作为以工补农性质,上交生产队的所谓协议费每天6角,这笔交费一直持续到十一届三中全会后。

不管怎说,张俊举当工人的月收入还剩27元,远比农业社挣工分强,平时住在宿舍,抽空回一次家,来回20里地。初到煤矿,先是让他抹公棚,一星期后就得到一份相对轻松的差事,专管赶一辆骡车,每天下朔县酒厂购买酒糟,为那些井下拉炭的骡子提供后勤保障,跑来跑去,矿上安排他顺便买些碎小物资,比如平车胎、平车轮毂、电石、柳条帽等,相当于采购职能,以后竟然一直干了采购。管钱过物,他始终小心谨慎,不让出半点差错。他坦承,若非小学时代读了那些书,自己连头朝上下都不懂,根本不可能干下三十多年的煤矿采购。敦促孩子们学习,他嘴边老生常谈的总结是:"念书好,念书好,念成书能在社会上做些漂亮营生。"

1978年,张俊举的老母亲苗氏去世,终年78岁;再从1981年那会儿,大集体散伙,张俊举家承包了

张俊举当过煤矿保卫科长

张俊举夫妻及其四女一子

40多亩土地,多靠妻子操劳,大闺女、二闺女已经出嫁,两个女婿责无旁贷过来帮帮,土地亩产300多斤,不用额外买粮,仍属自觉户。看看手头稍显宽余,自忖有了底气,就于1986年在村西另择新址起建石窑,一共五间门面,陆续完善,并作价3000元卖掉旧日的土窑筹资,各种花销大约3万多元。当一处四合院全部完工,亮堂堂的很长门面,院内种菜种瓜种杏树种葡萄,果然今非昔比。1988年,论资排辈,张俊举好不容易等来指标,转为长期工,月薪提到500多元。这一回,他本人的户口实现了城镇化。四女儿和儿子赶上了念书的好时光,一个考上大同大学,一个考上山西财院,走出两个大学生,等于完成了父亲一生耿耿于怀的心愿。张家近年来一共走出八九个本科大学生,孩子们出息了,白堂也就留不住他们了。

到了2014年,屈指算来张俊举退休已经12年了,他跟老伴一直生活在白堂村里。朔州城里也购置了一套百十平方米的楼房,给儿子张顺结婚住着;儿子安排在平朔露天煤矿上班,媳妇是长治大学毕业,考上朔州市公安局公益岗位,孙子张鸣宇也两岁了。老张辛劳一生,应该无所奢求,不过,他平时消闲,在村里的戏台院坐坐,在各处走走,心中滋生的却是一番说不出来的怅惘。

张俊举如今的居所

　　白堂的状况不是张俊举所愿意看到的。

　　当年他读过书的大庙，基本上完全被拆毁，剩下的砖包门楼，也已摇摇欲坠。距离庙址往西，在20世纪90年代初容纳过两千多学生的白堂学校，一样人去窑空。这所曾经的地方名校，几年前被撤并关门，与之同时消失的，还有张俊举眼中学生们蹦蹦跳跳背着书包上学堂的那道最美的风景。他觉得，没有了学生的村庄死气沉沉的，好像是风水没了。

　　再就是煤矿的兴衰，带给村子令人悲观的冲击。自打改革开放，村里40%的劳力都去附近大大小小的煤矿打工，各家手里都有活钱，日子似乎滋润而满足，谁知2009年后，几乎所有小煤矿或私营煤矿进行资源整合，成为国字号旗下产业，本地农民工一概打发回家，结果白堂村一时满是闲人，许多年轻些的，纷纷进城陪伴子女上学，一边打工糊口。如此明显非长远之计。如果国家经济下行，就业困难，最后还不得回来？

　　可是回来怎么办？

　　没办法。因为土地不能种了。这些年来，沾了紧傍平朔煤炭公司的光，大规模采煤将白堂周边的地下都变成采空区，不允许再去耕种。有人还想发展养殖，动不动就有牛羊掉进无底洞里，谁也不敢打捞。只有村庄这一小块聊以脚踏实地，却也孤岛一样，水井都干涸了，村民家家户户吃水全靠购买，一油桶15元。虽说煤矿支付村民青苗补贴每亩每年1311元，但总是叫人心慌不安。

2011年，据传白堂村即将整体搬迁到县城安置，村民闻风而动，急忙利用不少空地大兴土木，随意搭建所谓的"抢修房"，指望多获几个补偿，其中在老祖宗张瀚勋留下的九进院落的绣楼一侧，也突兀地立起一处扎眼的天蓝色彩钢房。接着，有关部门前来丈量了土地房舍，不料又是3年过去，搬迁之事竟没啥下文，反让好端端的一个村子，变得不伦不类……

张俊举无法确定，祖辈生活的白堂村，生他养他的白堂村，曾经踩出过王帽的宝地白堂村，最终将会何去何从。

第九章 同而不同

一、"我不知道,我都忘了。"

2014年11月25日,在朔州市朔城区上庄头村,贾桂芳盘腿坐在二儿子家的暖炕上,又度过她暮年的寻常一天。她生于1928年,如今已经87岁了,除了腰疼折磨,身体还没啥大碍,说不上耳聪目明,与人交流还基本顺畅。想让她多少讲述一点年轻时的往事,她立刻提高了警惕,随即把头低垂在双膝间,坚定地三缄其口,最终略带一点黠灵地应答说:"我不知道,我都忘了。"

可以理解,一生经历过太多艰涩的她,即使步入耄耋,对过去依然心有余悸、不堪回首。

贾桂芳是小堡村的闺女,夫家就在上庄头,姓刘,

贾桂芳安详地坐在儿子家的炕上

丈夫刘增贵 2008 年奥运会期间去世，享年 89 岁，算来比她年长 8 岁。不过，刘家并非她的初婚，头一家她嫁在本村，前夫名叫张敬明。

按照张氏仪善堂宗谱的世系表，张敬明排在十九世，与前文提及的张淦的儿子张丽忠同辈；其父亲名叫张沂，祖父张凤仪、曾祖父张映，是十二世张钜的传人。只看张凤仪和张沂的名字，"有凤来仪""大篾谓沂"，丝毫不落俗套，而且父子同取一个谐音，普通的草野人等相对忌讳。事实确也表明，小堡自从张书绅之后直到抗日战争时期，张沂一家的光景排在全村第一，首屈一指，甚至超越了翰林张炜的曾孙张华甫。

但戛然的变故发生在 1947 年的土改运动中，贾桂芳作为历史的见证人，不可能以"不知道""我忘了"而删去刻骨的记忆。

仍旧往宗谱翻寻，张书绅从白堂村过继来的孙子张耀祖共有张鸣科等七个儿子，外加一个女儿。该女的名字没留下，却记录了女婿为崞县神山堡的贾策。崞县远隔雁门关之南，两人的姻缘怎么一线牵了呢？还与"以儒起家"有关。张耀祖继承了张书绅的家业后，矢志办好家塾，为此多方物色过硬的先生，最终慕名请来贾策坐馆。贾策当时虽然年轻，但是学问满腹，而且教授有方，深得东家器重，为了竭诚笼络人才，张耀祖就把女儿下嫁于他，也算成全了一桩才子佳人的爱情。不过贾策不属于入赘，婚后即带妻子回老家生活，并有了一个儿子，取名贾喜福。

谁知天有不测风云，贾喜福没能给父母带来多少喜福。当他尚未断奶时，崞县瘟疫流行，贾策夫妻年纪轻轻相继染病身亡。眼瞧着小外甥命悬一线，张鸣科弟兄赶紧过去，将贾喜福用肩膀扛回小堡。据说嗷嗷待哺的贾喜福最初只顾一个劲哭号，舅舅们就像麻雀育雏一样，乘他嘴巴翕张间填喂些吃的，好容易拉扯着长大成人，再帮他娶来媳妇分给田地，就此落户小堡，成为全村第一户外姓人家，夫妻育有两个儿子贾尚德、贾顺德和一个女儿。

在同姓聚居的村庄，外来小户总会多疑敏感，哪怕偶有一次微不足道的龃龉都感觉仰人鼻息受了欺负，往往借助表亲间的联姻为纽带，进一步有效拉近两姓关系，似乎令人想起一个历史名词"和亲"。贾喜福也不例外，他固然寄身舅舅们的门下，舅舅们也待他一视同仁，但他出于众寡悬殊的远虑，才把女儿许配了二舅张鸣丘的孙子张登洲，这位贾家姑娘即为移居内蒙古的医生兼画家张占真的母亲，名叫贾召弟，生于1887年，据张占真描写，"圆脸花眼，眉清目秀，肌肤白嫩，鬓发乌黑"，是"天下第一美人"。

到了贾顺德，娶妻李氏，家境保持殷实，差不多居全村中上水平。夫妻生了一男一女，女儿正是贾桂芳，儿子名叫贾维藩，全都选择了与张家娘舅攀亲。先因张鸣纲的孙子张殿忠嗜赌，不期借去贾顺德10个大洋，却又无力归还，只好拿女儿张伏娃相抵，送上门给贾维藩当了童养媳，婚后的表兄妹亲上加亲，仍然没出五代。贾顺德于1940年不幸去世，正赶上小堡村处在由日本侵略者操纵的鸦片泛滥中，人们吸毒成风，贾维藩也未能幸免。此人家学渊源，能写会画，还向父亲学来一点医道，穿着打扮喜欢阔气，又骑了村里的第一辆自行车，本算倜傥有才的青年，最终却没能经受住鸦片的诱惑，很快吸光了田产，继而还想卖掉妻子张伏娃，幸亏岳家环视防控，图谋无法得逞，但他依然屡屡将妻子和孩子推给岳父养活，自己破罐破摔、放任流落。1942年，贾桂芳刚满15岁，母亲李氏就让她与挑中的张沂次子张敬明

贾维藩青年时代的照片，摄于日寇侵华期间

张伏娃享寿95岁

完婚，据说她的稚气未脱，身为人妻还在院子里跳绳子玩。再过四年，她生了儿子张喆。

嫁入号称全村首富之家，贾桂芳似乎可以过上舒适的小日子了，实则更惨的后果等着她。

张沂的起家，也经历了两三代人的务本力穑，积累了300多亩田地，住着两进的瓦房大院，有两头牛和一匹毛驴；常年雇用一个长工，名叫郝仁，原是孙家嘴村的人，随母亲改嫁来了小堡。张沂属于典型的土老财，节衣缩食居不重茵，开春自己赶车进城拉大粪，入冬舍不得烧炭，蜷在伙房过夜，有人讥嘲说："张沂老汉睡伙房，铺的牛毛毡，盖的烂毛单。"他的妻子是娶自城里东街的杜氏，育有三个儿子张敬善、张敬明、张敬贤和三个女儿。贾桂芳过门时，老大张敬善已婚，娶了全武营边氏；老三还小，十四五岁的样子。整个家庭看似风光其外，实则已经危机四伏、资不抵债。

原因很简单：公认的说法是张家老大张敬善不肖。

据老者们回忆，张敬善身高帅气，却游手好闲，吃喝嫖赌样样俱全，最终又和贾维藩一样吸了鸦片，短短几年就把所有田地典给城里姓班的财主。合约写定三年为限，眼看到期了根本不能回赎，只等地契被人家改名过户。不料恰逢1946年朔县解放，比全国解放提早了三年，第二年就赶上了土改。如果真把田地赔付出去，那就万事大吉，可惜晚了那么一步。

历史资料显示，1946年5月4日，中共中央在延安通过了《中共中央关于土地问题的指示》，其核心就是要实行"耕者有其田"的政策；1947年11月，朔县和整个晋绥解放区一道拉开土改序幕。具体到小堡村，农会很快组建起来，担任主席的是张家三门的张云汉，一辈子打光棍放羊，和他的老母亲相依为命，得以一朝成为"带头大哥"，村里也叫"穷头儿"，不过宗谱竟找不到的这个人物，辈分也就不得而知，总是小堡村历史上脱颖而出过的，却好像被遗忘了；他的副手是张钜的后人张尚义，弟兄众多贫困不堪；民兵连长张善存，与张云汉一门，小名大巨海；另外张沂家的长工郝仁还去区里参加了革命工作，屁股后面挎上了盒子枪——不过后来动员干部南下四川时，他扔下枪偷跑回村了。

当时的土改,需要先清查划分阶级成分,所以村里习惯地也把那次运动兼称三查斗争,实际上"三查"是军队"查阶级、查思想、查斗志",到了地方上就由"查阶级"笼统了。阶级划分虽有条款依据,但刚开始的执行好像不尽严格,往往农会的几个人碰头一定,再上报区里批准,雷厉风行,无暇审核。反正筷子里拔旗杆,再穷的村子,总要按土地衡量来挑选几家地主富农,绝大多数就是贫下中农了。

小堡的地主富农没几家,可以逐一对比。

一、地主一家:张沂。张沂在村里没有得罪过谁,但他曾为伪政权在水头村一带承包过捐税,事先听说西山一带的地主富农被砸死不少,生怕那边的穷人过来清算,所以提前带着长子张敬善夫妇、次子张敬明远逃口外的包头,家里只丢下跑不动的小脚老婆、幼小的三儿子张敬贤和二媳妇贾桂芳。

二、破落地主好像三家:翰林的曾孙张华甫、钜爷后人张宪、老秀才张士杰两子。张华甫早死了,他妻子任莲英与儿子张淦夫妻一起闻风也走了口外。张士杰一辈子行医济世,家中没有一件农具,因此其子弟随后被改定为中农。张宪更潦倒,原来虽有土地一顷半,但始终很不景气,图便宜雇了次等长工、党家沟村的阎有文,一段顺口溜说:"张宪爬场,雇的长工像姑娘,吃饭就像母

张沂旧居

张敬尧老宅

狼。"接着独子张善祥吸了鸦片，连媳妇都卖到全武营村。

三、富农一家：张敬尧，张沂的堂侄。其父张冕，娶妻中钟牌村的李氏。张冕去世较早，守寡的李氏千辛万苦抚养三男三女长大成家。其中张敬尧是家中长子，与马营堡村的雷氏成亲，生了独子张泰。在李氏主持下，张敬尧弟兄没有分家，三个大后生齐心合力把光景过起来了，一共有地150亩，还养了一乘骡驮轿，配备一匹红骡和一匹粉骡。骡驮轿的收入不菲，一般半天时间租金七八个现洋，另加一合子粮食的牲口饲料。而穷人富人娶亲都也需要，否则新媳妇不来。不过，人们普遍认为张敬尧一家够不上富农，因为始终全凭自己苦干，从未雇过长工，但据说张云汉事前私下与张敬尧相商，提出给他30个大洋就可从中关照。张敬尧回绝了张云汉的索贿，结果戴上了富农的帽子。他去跟六爷张睿诉说，张睿说："反正土地是个瓜分，定了富农就富农吧。"为了尽量减少损失，张敬尧匆忙卖掉驮轿的骡子，再安排两个弟弟暂时去口外躲避，由他负责守家观望。

或许张敬尧没有认识事态的严重性，所以他一定会为30个大洋后悔莫及。

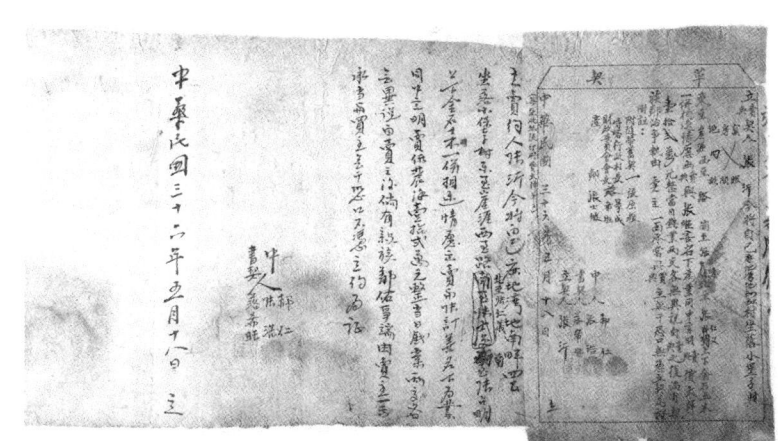

抢在土改前张沂卖出四亩地

阶级划定完毕,等于让假想敌暴露,紧跟着张云汉组织群众掀起土改高潮。政策明文规定:"乡村农会接收地主的牲畜、农具、房屋、粮食及其他财产,并征收富农上述财产的多余部分";"乡村中一切地主的土地及公地,由乡村农会接收,连同乡村中其他一切土地,按乡村全部人口,不分男女老幼,统一平均分配"。均贫富的春风深得人心,贫下中农完全拥护,而一干地富人家也不敢抗拒,只是命运还需要他们再行接受批斗。当时小堡村的农会谈不上阶级觉悟或阶级立场,也不足以把批斗上升到控诉剥削的理论高度,其动机好像只是单纯出于收缴财宝,不外乎大洋和鸦片。

实际上村里该跑的跑了,返贫的比穷人还穷了,可斗的对象似乎只有张敬尧。不过半路又多出一个陪衬,名叫张玉文,因为窝藏女婿受到牵连。冬天的一天,农会由区里的工作组指导,在天主堂召集全村群众开会,现场捆绑了张敬尧和张玉文,准备照搬西山的激进经验"磨刑",将他俩仰面倒拖磨后背、磨后脑,那样不死也得脱层皮。紧要关头,张书田的后人张富贵挺身制止,说:"咱们村多少年满嘴仁义道德,岂能做出这等事情?传出去让人家笑话哩!"他在村里素有威望,难能可贵的振臂一呼让大伙儿良知发现,包括张云汉在内无不暗暗羞愧,迫于人心所向,批斗会再也进行不下去了,只能匆匆走了过场。就这已让张敬尧吓得魂飞魄散,张玉文更是当场尿了裤子。

小堡村积淀的文化自律和日久形成的文明素质，驱散了大气候下弥漫的火药味，避免了同宗同族的兄弟阋墙，但是土改的步伐不可阻挡，相应的部署都要按部就班进行下去。批斗散会后，农会又找一间空房子把张敬尧、张玉文关押起来。摸不清究竟要死要活，张敬尧的母亲和妻子无奈地乖乖献出200多个大洋，大部分还是卖骡子所得，至于鸦片则毫厘没有。其间，村里所有地主、富农之家的粮仓粮瓮都被贴了封条，等候统一处置，致使张沂、张敬尧等几户落难人家无米下炊，现在老者们还记得张沂妻子杜氏带着三儿子张敬贤沿门讨饭，张敬尧的妻子雷氏却不敢到处张口，每天只去张如贵家里为儿子张泰求一口饭，因为张如贵老婆跟她一样娘家都是马堡营村。这种状况维持了差不多半个多月，直到分地、分房、分粮结束，土改也就告以尾声，村里基本恢复了平静，张敬尧、张玉文获释，并跟所有村民一样，人均分地3亩。

那段时间，贾桂芳陷入绝望的境地。

她的婚姻也不无心酸。据说成家后因为眼疾，大姑子帮她用针刮眼，结果伤及瞳仁致使左目失明，从此她受到公婆和丈夫的冷嫌，可能也算张敬明出逃丢下她的原因之一。按理她与本村的娘家近在咫尺，大可抱起孩子回去依附，然而娘家那边根本没她一口饭吃。

土改之前贾维藩因为鸦片瘾大，已经穷得精光，他根本顾不得老婆孩子的死活，跟妻子张伏娃撂下一句话说："我外出呀，你们吃土坷垃吧！"独自跑到大同的煤窑背炭，挣些钱刚够维持烟土消费。女儿贾银兰回忆说，她已经五六岁了，破衣还实在不能遮体，正好八路军从东边过来，看她可怜，有位战士送给她一件灰衬衫，她穿着长及脚面，表兄辈的张方顺编了顺口溜调侃："贾银兰，不简单，穿过东八路的衬衣衫。"一说贾银兰就哭。而土改后的贾维藩四平八稳成了响当当的贫农，全家又分了土地，同时鸦片被禁绝无处可买，本来可以尽早实现穷汉翻身，谁知他仍不争气，竟将10亩地换了张继宗私藏下来的一两五钱鸦片——再往后村里类似他一样的吸毒一族嚷嚷说没那东西活不下去，可是最终人人都活得挺好。

1948年，出逃的丈夫毫无音讯，贾桂芳的母亲竟也弃她而逝了。她和婆婆无米下炊，各顾不暇，只能分头乞食。侄女贾银兰说，那时贾桂芳拖挈张喆讨饭到了邻村上庄头，发现光棍汉刘增贵的灶台上放有剩饭，心想这户人家可能不会饿肚子，于是自己决意留下不走了，继而成为刘增贵的妻子。面临母子生死存亡关头，改嫁或是她唯一可选的自我救赎之路。不过，小堡张家认为是贾维藩替妹妹出头做主的，说他的脑筋好使，判断刘增贵的贫农成分能够保证妹妹及外甥将来的幸福平安。说法虽然不一，终归贾桂芳在上庄头村找到新的归宿，也不知是否跟张沂老婆打一声招呼或者履行一下什么手续。以后她又为刘家生了两个儿子，生活也趋于正常。张喆被母亲带入刘家，并未改姓，长大成人娶妻生子，一直都在上庄头生活。

　　张氏仪善堂宗谱在世系名录人物简介部分，张敬明的一则条文仍旧标明"妻贾桂芳"，张喆觉得写法欠妥颇多微词，他说："我是母亲带过人家这边的，对不对？我虽然算是张家后代，但母亲已与张家没关系了，对不对？"还讲解说日本战败前几年以战养战，无休止强行催逼"囤粮"，才使他家面临衰败，而与内因无关。他的说辞都还有一定的道理。不过都说此人擅长吹毛求疵，能言善辩，和舅舅贾维藩一般模样，如出一辙。

　　这里补充交代一下：大约大集体时期，张沂的长子张敬善留在内蒙古安家传后，次子张敬明和父亲返回村里，一看贾桂芳早已"孔雀东南飞，一飞四五里"，只能无奈接受了既成事实。张敬明再没成家，弟弟张敬贤再婚后前妻丢下的一个小女儿张二虎交由他来喂养，"奶伯"工作十分操劳不堪。村民张荣举回忆说，张敬明平日文绉绉的，一直谦谦恭让，"文革"爆发后，村里也搞阶级斗争，气氛还算很温和，并没有把矛头对准他，但在1970年初的"一打三反"运动中，他终于没能逃过一劫。其时形势强调着重在"打"，村里确定四类分子对象共有四人：张敬明，地主；张煦，当过日伪密探；张敬尧，富农；边发宽，本是全武营人氏，给小堡张家当女婿下户过来，不服大队管教被定性为坏分子。开会时候，四个人都被捆绑起来逐一批斗，其中张敬明被盘问土改那会儿他在口外干过些什么，他一时受不了惊吓，想不开了，隔天在大圪塄老坟一带锄田，脚上的鞋子很破，村民张晟关切地说："你把那鞋子补一补吧，烂得不能穿了。"

他叹口气说："我看连这双烂鞋子也穿不了啦。"话中有话，回家后居然投缳自尽，一了百了。

以后张敬善的儿子根喜也从内蒙古回来，干脆叶不归根，跟着张喆落户上庄头村，张敬贤则举家迁居大同。张二虎长大嫁给峙峪村曹家，丈夫颇有头脑，改革开放以来一直承包工程。可以说张沂一脉如今全都脱离了小堡村，只有当年的房院不曾倒塌，现在被人们存放了玉米秸秆。

关于张敬明的人生悲剧，总是小堡仪善堂张姓宗谱无法载入的一抹家族阴影。土改运动恍然过去将近70年了，时过境迁，站在历史唯物主义的角度重新审视一下，依旧可以引发诸多思考。

不言而喻，土地是农民生存的不二根本，特别在漫长的农业社会，中外的两句名言说绝了："民以食为天""土地乃财富之母"。譬如简单的一家一户，"一箪食，一豆羹，得之则生，弗得则死"，生死取决于土地，兴衰也与土地利害攸关：风调雨顺，可能其兴也勃、丰裕如意；天灾歉收，可能其衰也忽、一蹶不振。万一出来败家子舍弃了土地，甚而万劫不复；无论以儒起家或无商不富，如果离开土地资源的依托，都将化作空中楼阁，彼此关系可谓"纲举目张"。

大而广之，即使泱泱一国，每当改朝换代都以土地的重新分配作为标志，几乎走不出因为土地高度集中而导致的政息人亡怪圈，一个著名的论断叫作"黄炎培周期律"。比如在清代人口暴增，凸显土地需求的紧张，统治者却在一味守成中没来得及推动粮食及工商业革命，导致庞大的王朝分崩离析；进入民国后战乱频发再加上日寇入侵，存在了两千多年、陈腐已极的封建土地制度一直未被触及。

试想在共产党发动土改之前，农村百分之七十至八十的土地，由不到百分之十的人口拥有，其余百分之九十的人口才占有百分之二十至三十的土地，极端的贫富差距严重制约了生产力的发展。最终还得共产党人顺应浩浩荡荡的时代潮流，代表绝大多数贫苦大众的意志，一举完成了前无古人的最彻底的土改，让曾经引无数英雄豪杰竞折腰的"耕者有其田"终于变为现实。"轰轰烈烈的土地改革运动，猛烈冲击着几千年来的封建土地制度。特别是在一亿人口的老区和半老区，基本消灭了封建土地制度，打碎了几千年来套在农民身上的封建枷锁，改变了农村旧有的生产关系。这一翻天覆地的变化，使亿万农民在政治上、经济上获得了解放，并由此迸发出难以估量的革命热情。"所以说土改完全出于必然，出于大势所趋，而把所有农民划分为贫下中农和地主富农两个相互敌对的阶级，是保证土改取得成功的前提条件之一。当然了，后者被贴了阶级敌人标签，只能背上自己都糊里糊涂的原罪，注定要付出沉重的代价。

公允地评价，小堡村的土改仅算是和风细雨，但之前曾经提到过的下疃村土改，那才像作家周立波笔下的暴风骤雨。

遥想当年的下疃，老财三相的两个儿子张弼、张发在"三查"斗争时除了被没收耕地和粮食，还受到"磨刑"加身以及火箸烙铁的烧烫，比较残酷，也是晋绥土改中产生的"左倾"偏向，以后纠正了，这里不作探讨。那么下疃的两个阶级之间究竟真的存在深仇大怨吗？答案显然应予否定。三相是乡绅二相的弟弟，对待乡亲扶危济困，家道相传；妻子郭氏素来和善心慈，八面玲珑；包括另外杨家的地主杨应文，也没有听说得罪于人。总之，这样的人家不会和作威作福牵扯起来，绝不像文学作品加工了的黄世仁、刘文彩、周扒皮等可恶可憎。这些私有制下形成的乡村精英，都懂得和气生财的道理；如果非要找出与穷人的隙憾，只能归咎于"不患贫而患不均"的劣根性：大家都穷，心安理得，看着别人致富，莫名其妙产生潜意识的仇视。再看领头土改的主要人员，农会主席苏全单门小户，副手张耀先从外村迁来，不是张密修的后人，他俩都在村里的五大姓之外，原本一贫如洗，"失去的只能是枷锁"，激情起来该无情就无情了，而多数受益的村民顶多在私下嘀咕说："瓜分了人家的财产也罢，还要往死里斗，是不是过分了？"与小堡村相比，下疃一来存在文化差距，没有那么多谦谦君子的道学约束；二来杂姓村庄，传统的乡村认同感更容易彻底摧毁。

总之，土改运动使穷人时来运转，当家做主；富人时运不佳，自认倒霉。有两个成语说"财大气粗""人穷志短"，原先光景的贫富，难免决定在村里的地位高下，但一经阶级划分后，尊卑反置、贵贱颠倒，乡绅一词也从褒义变成贬义，孔夫子编撰的《诗经》预见性地形容为"绿兮衣兮，绿衣黄里"。往后的十几年，国家百废待兴，人们的阶级意识相对比较淡漠，地主富农还能相安无事，比如峙峪村的落仙梅入嫁小堡村张敬尧之子张泰，下疃村张弼的长孙张忠娶了楼子坝村的李俊儒，女方都坦承未留意夫家的成分。

不过进入20世纪五六十年代的"反右派"和"文革"运动时期，"阶级斗争"被一再地简单化和扩大化了。在贫下中农心目中，"越穷越光荣"甚嚣尘上，前辈无需向子孙交代自己为什么曾经落魄，不管曾因吸毒赌博致穷还是碌碌无能积贫，再也用不着总结教训，这样势必纵容惰性和不思进取，后果很可怕。至于地主富农，还要再受触及灵魂的二茬批斗，小堡村可能依旧感觉不太明显，下疃村的几家却徘徊在无后为大的危机边缘：张弼的次子张玺仁，1971年去世后三个儿子都已三十岁出头，还因成分拖累而娶不来媳妇，其妻王仙桃经娘家王东庄村的亲戚介绍，大老远改嫁口外的固阳县，儿子们被带去落户才陆续成亲；张发的三个孙子中，大有明用妹妹换亲，二有明40多岁才与一个甘肃籍的流浪妇女做了两年露水夫妻，三有明30多岁远走长治当了上门女婿……

1979年1月29日，中共中央颁布《关于地主、富农分子摘帽问题和地、富子女成分问题的决定》，允许给地、富分子摘掉帽子，给予人民公社社员待遇，从此"阶级"作为一个热词才日渐被冷却，但在特定历史背景下已给乡间留下了深刻烙印。

还是再把视线收回到贾桂芳跟前，不能不为她的那段起落浮沉的青春岁月唏嘘叹息。她的家庭出身贫农，既嫁却变成地主，改嫁又恢复为贫农，其中的体验别人无从想象。她自己嘛，知之为不知不知亦为不知，全不知道了。

二、"志德志德，光景至了。"

走进小堡村，有两座门楼特别引人注意。其中一座当然是翰林老宅的，不过自从被奉军骚扰，张浩推倒重建后微缩了档次，基本上不再显山露水；另一座在村子北端，却完全保留着百年前的原貌，上则脊兽翘檐，下则明柱厚扉，给人的印象是鹤立鸡群、内涵不凡。

院子的主人名叫张存儒，是朔城区二中的一位退休教师，排行仪善堂张姓第十九世，与曾经的富农张敬尧同辈，只不过不在翰林家族直系。他们这一门属于张伏受次子张让的传人，俗称"次门"或"后街"，从二世以下直到十二世为止无法衔接，缺少长门中类似张鸿翱一样的关键先生。用张存儒的话说，次门的中间断代了。

张存儒保护下来的上院门楼

凭借老辈口传，次门往上可以考证出十三世的名号，分别是同辈的五人：张望楼、张天密、张天升、张天如、张天祥。其中后边的四位为亲兄弟，张望楼看似疏离而出，彼此不知远近，也是后人把辈分倒推，列入世袭。张望楼的独特之处，首先在于传下朔州城内的裔支。据说乾隆初年，张望楼弃农经商，进城创办了商号名为"万隆店"，好像专门经营粮食，逐渐形成品牌，村人说起来无不肃然起敬，一来可能大家进城多受照应；二来进入民国之后，万隆店多有后辈子孙值得标榜。

从仪善堂宗谱可见，万隆店后人中十七世张铭新一脉最为显赫。张铭新字子箴，出生于1873年，卒于1938年，1891年中了秀才，一生从教，颇负盛名。他有六个儿子，取名十分气势：张麟、张凤、张彪、张麒、张虓、张鹭，日后各自出人头地。其中张凤曾于1919年勤工俭学赴法国留学，回国后先后在山西省银行绥远官钞局、国民政府中央造币厂任职，1949年随厂迁往台湾，终老未归；张麒1927年考入太原军官学校，1944年担任过阎锡山南粮北运指挥部的少将运务组长，1949年随傅作义参加了北平和平起义；张虢1944年考入山西大学医学专业，1948年去台湾进修，因为大陆解放而滞留未归，以后移居加拿大。再下一辈，又数张麟次子张述武出类拔萃，他生于1902年，1937年参加山西抗日青年决死队、山西牺盟会，最终成为解放军正师级将领，1965年担任青海省果洛军分区副司令员，1988年获得"二级红星勋章"。由此可见，台海两岸还牵连着小堡张家的一缕亲情。

万隆店一支虽然进城了，但祖坟仍在小堡村沟南地，和次门张天升之子张佩立祖的老坟毗邻。除了远走高飞的，万隆店其他后人去世都要入坟丧葬，一直以来总要报请次门的家人父子参加，礼尚往来，称谓未乱。事实上，他们可攀的近门就剩下张天升这一支，其余张天密、张天如、张天祥往下都失去了世袭线索，外迁的可能性较大，宗谱已经显示不来了。

客观说来，城里毕竟充满商品气息，人际的流动转换频繁，交情也往往以财富而论，比之乡下的宗族观念淡薄，因此万隆店和小堡终将渐行渐远。若论仪善堂张姓次门与故土的休戚相关，唯有寻找张天升及其后辈的生息履痕。

就以与张望楼同辈的张天升开始，应该也从乾隆年间算起。张天升往下三个儿子，分别为张儒、张佩、张倬，各自停坟，将次门辐射了三小门，未取名号。到了下一辈，排在十五世的堂兄弟们一共八人，分别香火传后，构筑了如今次门的人丁基石：第一小门有张守仁、张敬仁、张守德；第二小门有张守忠、张守义、张三平；第三小门有张守谦、张守让。除了张三平好像大号被遗忘，另外七个弟兄的名字包含的价值取向没有离开仁德谦让。不过老辈传说，其中出来一个绝对的另类，就是张儒的长子、口碑不仁的张守仁。

在张存儒堂弟张存海的收藏中，发现了张守仁的一张买地的地契，内容如下：

> 立卖地契人张耀斗，今有祖遗史家嘴地三十三亩，东西畛；东至沟，西至沟，南北至张，四至分明。因紧急使用，情愿出卖与张守仁南畔三分

中一之壹拾壹亩，永远管业承种，同中受到时价钱壹拾捌千文，当交无欠。粮银捌分陆厘七毫，过割入册缴纳，契明价足，示无葛藤，日后有户族人等争端，卖主一面承当，空口无凭，立约为照。

张量通说合。牛垧在内。

同治三年（　）月初七日

卖地人张耀斗，前边出现过的张书田之孙；土地交易 11 亩，价格 18 千文，1 千文折一吊，合 1 两白银，总价就是 18 两白银，每亩单价 1.6 两多；粮银为赋税，清代一直固定，一共白银 8 分 6 厘 7 毫，平均每年每亩约 7 厘 9 毫，还不到 80 文，对比物价差不多合 3 升米；村里的人们，有的没有牛犋，耕地要雇别人，俗称"牛垧"，牛垧钱即指曾经雇过牛犋耕地，钱还欠着，卖地时一并结清；同治三年，是 1864 年，翰林张炜去世的第五年。

分析张守仁一次性拿出 18 两银子买地，光景大概不错，但他给家族留下一段很恐怖的记忆。相传他跟母亲顶撞，母亲说："你也有儿子了，养儿才知父母恩啊。"张守仁大怒，抱起仅仅 8 岁的儿子扔入枯井摔死了："我不稀罕儿子！"当时儿子拼命挣扎时扣门都被撕裂，当父亲的最终没有良心发现。张妻立刻选择离婚，与弑子的丈夫一刀两断，

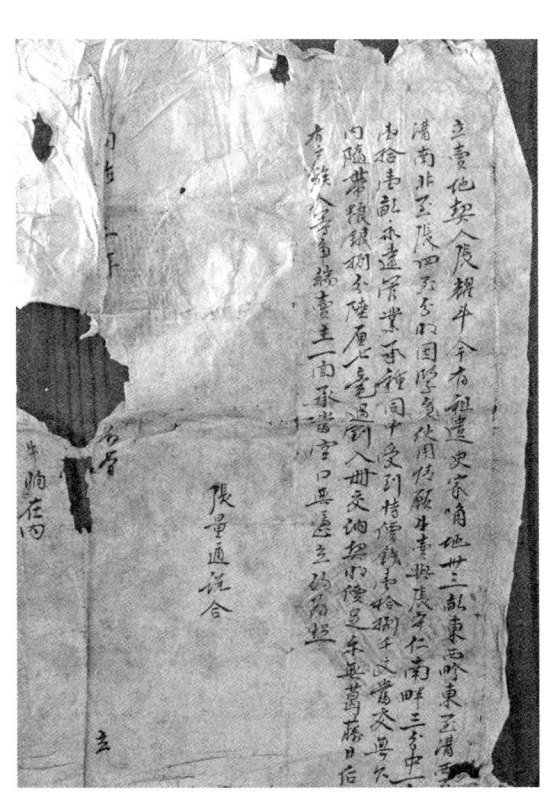

张守仁买地的契约

不过张守仁随即远去介休再娶回一个少妻，生育了四个儿子。这里说明一个事实是，即便留下万贯家财，可能很快会被乡族遗忘，但若留下有影响的民间故事（哪怕是负面的），那就会口口相传，怎么都不可能把版本删掉了。

再看与张守仁地契格式相同，另有一张同治十年也即1871年的地契，内容为张守义向全武营村边清士购买刘家坟地11亩，全价15500文，随带粮银4分。相比单价便宜些，粮银大约减半，一定属于薄地。但15余两白花花的银子也不算少，说明张守义的财力同样允许他去实施土地扩张的步骤，估算他家积累的土地将近千亩，占有全村三分之一多，光景达到一时之盛。

张守义是张佩的次子，张天升的八孙之一。

关于张守义的往事，没啥流传，只能知道他母亲是平鲁尹庄的尹氏，他妻子娶自蔡庄的田氏。张守义有三个儿子张彬、张梅和张槐，生活在距今百年左右的清末民初，张槐的曾孙张存儒、张存海对祖辈已能略有耳闻，正是由于他俩的叙述以及他们家极其难得地提供的一些地契之类老旧文本，使其祖上的轮

下院的门楼

下院的过厅及穿廊

廊从一片模糊变得大体清晰起来。他们这一分支的衰兴延续，或许可以作为次门在小堡村的家世缩影，去见证百年以来小农经济的前世今生。

张守义的老宅，紧紧位于碾子院之北，现在还可看出两进院落的规模，大门的门楼跟张存儒家的门楼几乎相同，门前即为"后街"。进去先是前院，正面瓦房三间，中间为过厅，穿过了直通后院，后院整体用卵石铺就，又有正窑五间及东房、西房。这种院落具有典型的乡村老财特色，最晚在张守义手里已经兴建。他去世后留给三个儿子继承，据说由老三张槐当家掌权，颐指气使的员外范儿十足，出门都得二哥为他牵马备鞍，每顿自己要吃小锅饭，曾让长孙张涌拿盘子端上端下伺候。

随着三家人口的增多，老宅也显得拥挤了，又在院西的场面另圈新院，因为地势略高，被称为"上院"，老宅就称"下院"。上院以西为正，先碹了五间正窑三间南窑，后续还未完工时三家达成共识，决定平分家业自立门户。老大张彬娶妻侯氏，不能生育，过继了老二张梅的次子张志兴；张梅先娶了下团堡村尹氏，生下两子张志怡、张志兴及两个女儿，由于尹氏早逝才续弦了太溪村高氏，又生了三个儿子张志明、张志立、张志存及两个女儿，这样连男带女9个，长子的乳名叫大狗，下来的男孩跟着排开，最小的老九张志存竟叫九狗；张槐娶了蔡庄娘舅门上的闺女田氏，有一子张志德和两个女儿。其时好像张彬已不在世，张志兴作为产权继承人，与生身父亲张梅和叔叔张槐签订了分家协议。张槐持有的那一份协议由张存海保存下来，内容如下：

> 立分单约人张梅、张槐，侄子志兴：今因家室不合外事难处，不能同居共业，无奈只得邀集亲戚家族议明，所有家资、房院、地土、粟色、衣物、牲畜、木器、车辆绳线、农具家具、大羊小羊一切等项，俱以三股均分，中一股张槐分去西土窑五间、南土窑三间，门窗不全，毛坯一眼、猪圈一个、杆草三垛在内。又有现买三间东瓦房在内，所有椽木檩柱担子栿扉、旧门窗、砖瓦一切在内，出路向东通行；在伙场面按三股，在伙木板三块。同人言明，至此分定，田地开列于后，恐口无凭，立分单约存照。

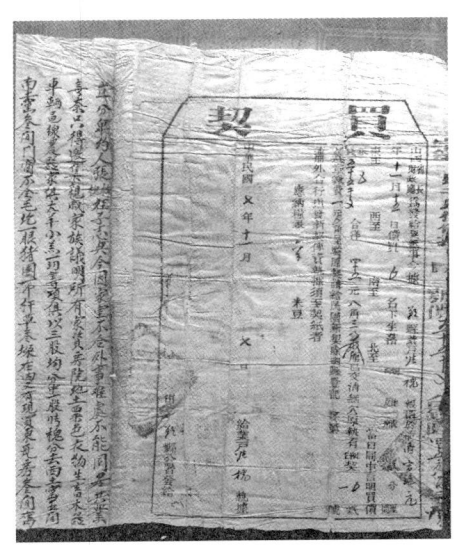

兄弟分家契约

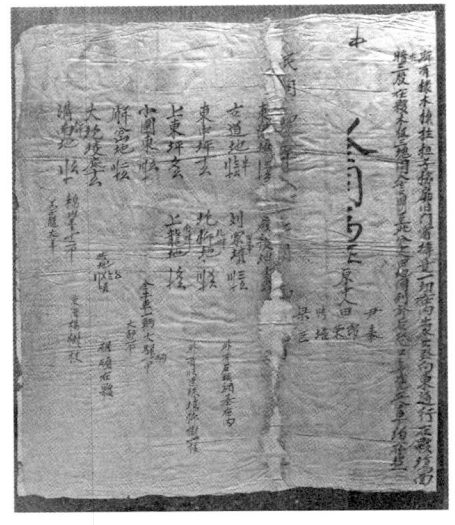

分家契约背面

原中人：尹泰、田霈、田荣、张培、梁巨。

民国四年七月初（　）

简单解读几处：粟色，指各种粮食；毛圪，指厕所；椽扉，是房檐外出排列的短木；张梅、张志兴叔侄相称，亲骨肉之间丁是丁卯是卯了；中间证人则包括尹、田的姻亲代表；时间是民国四年、也即1915年7月。分家后张梅和张志兴留居下院，上院及别处所买的三间旧瓦房归属张槐。再看张槐分来的土地，协议写清一共12块，合计273亩；另外绵羊山羊12只，全牛车1辆，大骡驹一头，大驴一头，杨树一支等。

协议提及的旧瓦房，于宣统元年即1909年买自西头的张实，民国七年即1918年国民政府统一更换了新契，也由张存海保存，弥足珍贵，表明房价原买价五十五千文，合大洋四十五元八角三分，换契缴费大洋一元。

分家后张槐拆倒旧瓦房，利用一干砖瓦木料将上院的西窑改作瓦房，并建起两间东房附带大门，外在气派上不亚于下院。张存儒家里还有旧日的礼账，显示张槐去世于民国二十年即1931年，生年不详，对照其子张志德生于1896年的时间估计，他的寿数可能只有60多岁。往下一辈张志德，能力不下乃父：他从朔县城内的国民高小毕业，接受了新式教育，曾在沙涧村教过私塾，后来自己也办起一所私塾，还有自家的粉坊，养了一大群羊、若干头猪，农业副业齐头并进，风头直逼全村的首富张沂，以至于张沂私下里告诫儿子们说："后街那一群狗子们得罪了也没啥，但唯独绝不敢小觑张志德啊。"

张志德妻子落氏

张志德娶妻峙峪村的落氏，生于1893年，比丈夫大三岁，"妻大三，抱金砖"。三个儿子的名字都也傍水，老大张湧生于1914年，老二张湖生于1922年，老三张衍生于1926年；女儿两个，老大苗翠生于1920年，次女二翠生于1930年。其中张湧最大，二翠最小，相差16岁，张湧成亲较早，娶了白辛窑村的白桂花，其大女儿白女仅比二姑小一岁。

上院的土窑

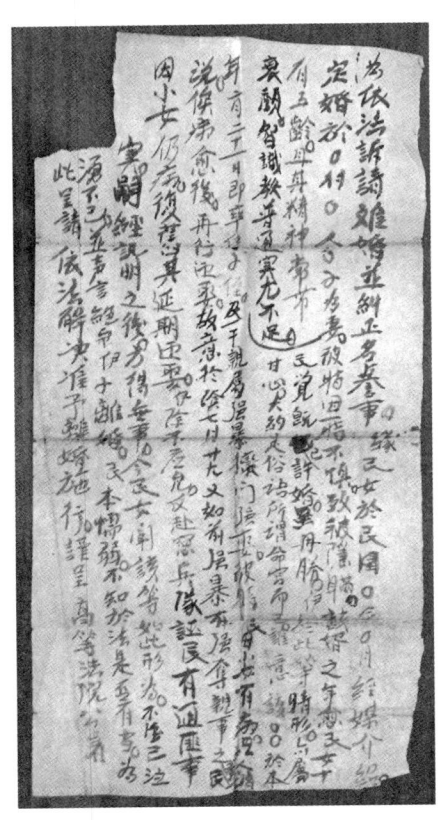

张志德打官司的诉状草稿

虽然家境富裕，但张志德一生多舛，最为轰动全村的事情就是大闺女苗翠的婚事，发生在民国年间，日军未入侵之前。推算苗翠当时的年龄最多十五六岁，先期许配了张蔡庄村的夫家，据说因为生病拖着不嫁，疑似悔婚了。夫家那边前来迎娶却空手而归，就放出狠话准备再来抢人，于是张志德集合族人不惜与对方大打出手，所幸对方没来，张志德就此打了一场官司，到公堂起诉解除女儿的婚约，诉状的草稿仍由张存海保存至今，粗略整理如下，很有意思：

为依法诉请离婚并纠正名誉事

缘民女于民国某年某月，经媒介绍订婚于某村某人某子为妻，彼时因一时不慎，致被隐瞒，该婿之年逾民女十有五龄，且其精神常带衰颓，智识较普通还尤不足。民觉既已许婚，至因胜伊，于此等情形，亦属甘心，大约是俗语所谓命宫而已。谁意该某某于本年二月二十一日即率集子侄及一干亲属强暴撑门强娶。彼时民因小女有病，经人调说，俟病愈后再行迎娶。故意于阴七月廿九又如前强暴有抢夺亲事之事。民因小女仍有病，复旧其延期迎娶。伊除不应允，反赴宪兵队诬民有通匪事实，嗣经讯明之后，方得无事。今民女闻该等如此形为，不得已泣涌不已，并声言绝与伊子离婚。民本懦弱，不知于法是否有当，为此呈请依法解决，准予离婚施行。谨呈高等法院公署。

诉状为白话文，通俗易懂，个别字体不太规范需要猜测，但事情说清楚了。可能出自张志德手笔，也可能找讼师起草，反正最后官司打赢了，好像得到姓谭的县长做主。后来苗翠又嫁给谭县长的侄子谭兴国，城内东街的老财家庭，是一位教书先生。两人成亲后有了一个儿子名叫喜成，据说苗翠坐月子时张涌9岁的女儿白女曾去伺候，那就是1939年。不过苗翠寿短，27岁就病故了，正赶上朔县解放，丈夫谭兴国带着喜成远走内蒙古四子王旗乌兰花，改行从医，又娶了那边的女子为妻。喜成也一直在内蒙古扎根，中年时还回小堡村看望过姥姥落氏一次。

大约在苗翠的官司前后，张志德聘请其朋友、山阴县羊村的吉怀先生来私塾任教。私塾设在东房，两间打通了盘起一副大炕，学生包括张湖、张衍和村里其他几个小孩，都坐在炕上听讲。张湖一看书就瞌睡，张衍则带些斜眼，哥俩朽木不可雕也，惹得吉怀先生头疼不已。一次张志德随意进来观探，吉怀一个劲摇头说："志德志德，光景至了。"张志德忙问为啥，吉怀指着张湖兄弟说："看你那两个儿子吧，一个打盹，一个眼斜……"言外之意太不成器。也不知张志德作何感想，但他比较看好长子张涌，不仅粗通文墨，能写会算，而且吃苦耐劳，农闲时还出去当卖货郎，让父母颇为宽心。

令人佩服吉怀先生的乌鸦嘴，好像一个超级预言家，可惜不祥首先应验到他自己。那年他患了一场急性霍乱，经二先生张士俊开了一副中药吃下，却无济于事，竟而一命呜呼，死在教书岗位上。第二个躺枪之人轮到张志德雇用的羊倌梁三白，是上团堡村的表亲，在小堡村南的榆树沟放羊时遇上雨后洪水暴发，仅被冲出十几步，竟然呛水死了。接连处理两场丧事，或许还得给予抚恤，致使张志德焦头烂额、心身交瘁，家境显然开始滑坡。再往后日寇入侵，鸡犬

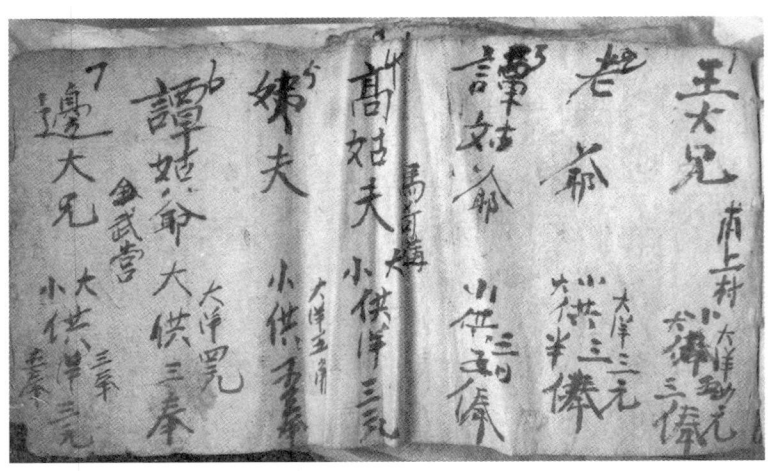

1942 年的丧礼账簿

不宁，张志德又成为直接受害者。1942 年秋天他被征去平鲁陶卜洼为日军修筑碉堡，因为劳累过度，回来就大病卧床，九月十五日老母亲田氏病卒，他都不能起身发丧。

老太太田氏之死，据说由于张湧妻子白氏住娘家带回了瘟疫病毒。那时张湧夫妻四个小孩，两女两男，竟把两个男孩同时传染夭折；到了十一月十三日，张志德没能撑住，到底病故了，年仅 47 岁。前后三个月的时间，全家祸不单行，老殇中殇小殇接踵，都需 30 岁不到的张湧独力面对。他仓促当家，左支右绌，而且父亲手里就背了不少外债，等着父债子还，因此光景进一步陷入泥淖。翻看张存儒手中保存的两份田氏和张志德的丧事礼账，族人及亲属尽力上礼，还不算轻："王大兄，大洋五元""谭姑爷，大洋四元""边大兄，大洋三元""姨夫，大洋五角""落二外甥，大洋二元五""四妹夫，大洋二元五"，等等，包括大供小供的蒸馍，其中还出现了张沂、张敬尧的名字，同等为"小供五份、米一升"……

即使存在原始的乡村互助体系，但对于涸辙之鲋的张湧一家远远不够。本来那时张湖已经订婚，女方是照什八庄村 16 岁的刘玉英，但亲事只能搁浅，直到六年后的 1948 年才迎娶完婚，育有三子一女，张存海最小，1964 年出生。刘玉英至今在世，年届 88 岁，她自嘲说："日本人手里订下了，毛主席时候才娶过。"也全亏张湧励精图治重新把光景恢复了一点元气，差不多同期他又拿出 100 个大洋，为三弟张衍娶过平鲁烂榆卜村的朱玉英为妻。不过新中国成立后朱玉英弃家改嫁，丢下儿子张存禄和女儿焕娥，由奶奶落氏抚养长大。落氏守寡达 37 年，于 1979 年去世，得享高寿。

张湧老年照

俗话说长兄如父，张湧确实为弟弟尽到了自己的责任。父亲死后的第三年时，他和妻子生下儿子张存儒，隔四年又生下张存福，这回真的如愿存住了，家庭也似乎摆脱了霉运。

1945 年日本投降前夕，八路军已有发动反攻的迹象，村里的伪甲长张加禄眼见形势不妙，一拍屁股出口跑了，却不忘寻找替代，他选中了较有威信的本家侄子张湧，趁夜将印信手续扔进张湧家里。张湧无从摆脱，只好临时接管了甲长一职，正好当年摊派下三石莜麦，他又拉不下情面向众乡亲索要，自己到全武营亲戚家借来莜麦上缴，来年赶紧多种莜麦如数归还，三弟张衍评价说："这种做法真没情由。"1946 年朔县解放，张湧过渡性担任了一段共产党发展的村代表，成为小堡最早的两位村干部之一，另一位是民兵队长张良。不过，张湧为人厚道而且一团和气，压根儿不适合负责征粮征兵之类事宜，所以村干部生涯很短暂就告终了。

或许张湧在接触党组织的过程中了解了相关的政策走向，或许出于他的精明预感到一场革命的前兆，反正未雨绸缪，赶在土改之前卖掉大部分土地，最后只剩下区区 13 亩了，等到划分成分时候，有惊无险地与地主富农擦肩而过，被定为上中农。堂叔张志兴虽然独自继承了张彬家业，但他手大好吃，也已卖光了土地，定为贫农；张梅的儿子众多，较早分家另过，都划成中农。说起张湧当初的卖地之举，张存儒、张存海弟兄无不赞叹其及时与明智。

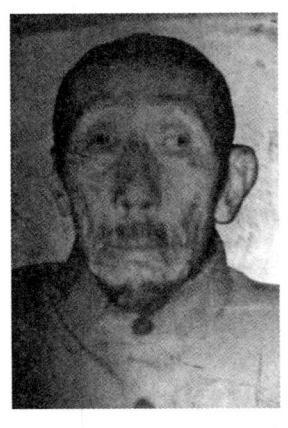

张湖夫妻老年照

现存张存海家一份张湧的晋绥边区土地证,见证了土改时小堡村分房分地情况。土地证为印刷体制表,填入了手写内容:

> 查本县第一区小堡村户主张湧,家在土地改革中分得土地三十亩,房屋五间,经勘查确属实在。为保证人民土地房屋所有权,特为证明,嗣后此项土地所有权即归该户所有,此证。
>
> 小园东地,平地,一十亩另七分;
>
> 房后地,平地,四亩五分;
>
> 刘吉坟地,平地,一十亩五分;
>
> 南沟地,沟地,四亩二分五厘。
>
> 后街,正土窑五间。
>
> 人口:男,大一,小二;女,大一,小一。姓名:张湧、张白氏、张三白、张四白、张大白女。
>
> 朔县县长 郭崇信 农会主任 孙兴昌
>
> 民国三十八年(章)

这种土地证是朔县土改完成后统一发放的,张三白、张四白是张存儒和张存福,按死掉过的两个男孩往下顺排了。土地四块,与总数四舍五入,包括大人小孩,人均约为6亩,看来当时的小堡村大约300多人口。

1949年新中国成立之际,张湧跟两个弟弟也分家了,他除了土地证显示的北窑,还分了南窑,张湖则分去西房,张衍分走大门及东房。他们跟大多数贫下中农一样,开始安贫乐道与世无争的新生活。也算张湧家教有方,他的两个儿子在"文革"前先后考上学校,应该有资格称之书香门第,其中老大张存儒1964年朔县师范毕业,分配当了公办教师,娶妻魏家窑村刘伏英,老二张存富中专学历从事汽修技工,娶妻平鲁井坪镇的王爱兰。——1992年,张湧年近八旬,正月十五打算套了驴车给外甥女送柴火,突发脑溢血去世了。

还是20世纪七八十年代,张衍之子张存禄搬出上院,往村后另碹新窑,因为娶不来媳妇,又准备卖掉属于他的旧有房产筹划亲事,本家爷爷张汉成找张存儒撮合说:"别人怎么买呢?你盘下吧,就当帮了堂弟一把。"于是张存儒买下上院的大门、东房,作价900元。张存禄由此才张罗着与四川汉中的女子郑德玉结婚,得以传递张衍的香火。到了1998年,张存

张存儒夫妇和孩子

儒往东北方向不远处申请了宅基地新建宅院，首先想到的是将原来的门楼拆来，原封重建为新院的大门，总是对祖辈的一点遗产，充满了说不出来的特殊感情。

年轻时的张存儒曾有两大理想，其一周游世界、其二成为作家，随着年逾古稀，他调侃自己说，很遗憾全都没能实现。不过，他始终心怀一种可嘉的文化自觉，家中的藏书不少，可能全村第一；而单以一座门楼而言，不仅完好地保护了老旧建筑，更为小堡村保留下一块近代历史的活化石，百年之遥仿佛一瞬，积淀着沧桑却清晰的年轮。

一、归去来兮

说起当今小堡村的文化人，65岁的张开顺算一个。他在务农闲暇喜欢舞文弄墨，一直坚持练习书法不辍。原先随意挥洒，并不讲究章法，后来他自忖根柢欠深，就重归九宫格临帖柳体，慢慢对研习间架颇有心得。2014年3月为纪念老祖先张声达诞辰280周年，张开顺恭恭敬敬写下四个字"守道存诚"，也还朴拙硬瘦，张弛有度。

张开顺是仪善堂张姓的二十世传人，属于大书房院张书绅的直系后辈。

前边提过，张书绅过继了张耀祖为嫡孙。张耀祖膝下一共鸣字辈七子，其中三个断后：老六少亡未名，老大鸣科、老三鸣岐据说因为读书过劳早逝；剩余四个兄弟各自传嗣，老二张鸣丘的后人为内蒙古的张占真等，老五张鸣金的后人为张如亨等，老七张鸣誉的后人有张希贤等，而老四张鸣纲的后人就包括张开顺。

老辈相传，张鸣纲虽然没有功名，但也是一位教书先生。每到年底学童放假，他便被东家的毛驴驮送回

第十章
乡关何处

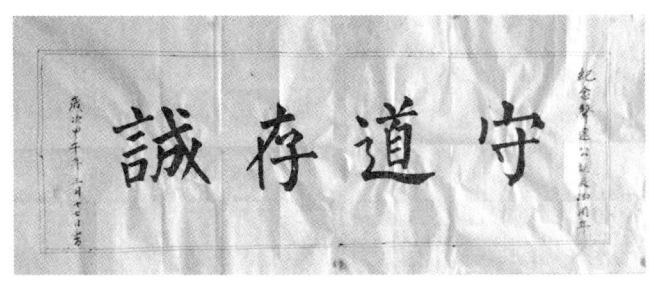

张开顺书法

家，驴蹄嗒嗒，驴铃叮当，留给大书房院悠远的回响。张鸣纲娶妻张蔡庄村的陶氏，生育了两个儿子为张德善、张乐善，分别娶过朔县北邢家河村的康氏和平鲁安太堡村的刘氏为妻。再下一辈，张德善两个儿子张殿忠、张殿臣；张乐善也有两个儿子张殿义、张殿士，四人按前后顺序取名，排作"忠臣义士"，但给人感觉好像名不副实，因为他们全都种田为生，与碌碌乡间的普通庄稼汉无异。只有老四张殿士识字，写得一手蝇头小楷，曾在二先生张士俊的诊所抄写处方兼管抓药，属打工性质，俗称"拉药柜"。而排名老大的张殿忠，即张开顺的爷爷，生于1881年，娶妻全武营村边白女，比丈夫年少五岁，夫妻离开大书房院，往西自己碹了几间小土窑栖身。

关于张殿忠的生平，可谓褒贬不一。

张殿忠老宅大门

小堡村的土地素来宜产香瓜，在周边一带颇有市场，每年各家都种几亩，驮去平鲁山区换取莜麦、豌豆，张殿忠也不例外，而且农闲时还挑了货郎担做些小买卖，一来一往间，在距离小堡70里的段家山寺村结识了小他五岁的木匠周应，两人情投意合，成为知交。1920年，张殿忠年届四十岁，感觉货郎生意差强人意，远不如当木匠吃香，所以突发奇想，决定半路出家，那一年到周家住了整整一冬，跟着周应学徒，直到过年才返回小堡。来年开春，他又去看望良师益友，谁知周应已经病故入土，年仅36岁。据说出门时撞上"红煞日"，说法叫"出门遇红煞，一去不归家"，回来后突发疾病，不治身亡。周父平日喜好喝酒，全凭周应孝敬从不断顿,周应一死,也打翻了老头的酒壶子。

现在看来,周应之死未免充满迷信色彩,或许碰巧而已,但是家庭残破的后果难以挽回。周应的妻子是本村的林氏,守寡那年27岁,一男一女两个小孩年幼,其中女儿周盘娃刚刚5岁。好在并未分家,周应弟弟周义承担了养活大嫂及侄子侄女的责任。以后周盘娃长大了,嫁给张殿忠的长子张显宗为妻,可能也是周应的遗愿。

而张殿忠的学徒虽只一冬,终归得到周应的真传,拿起工具能干木工活了。这人爱好广泛,没进过学堂却自学了写字绘画,没学过泥匠也敢承揽泥瓦施工,再加上木匠手艺的入门,虽无一精通却无所不能,俗称"七十二个半截手"。据说他在木匠行业图谋有所建树,知道定襄籍师傅薄铜铃在朔县加工风箱特别出名,就把自家南沟湾一棵大柳树伐倒,再将薄师傅请回来合伙制作风箱出售,结果所有产品卖掉都供薄师傅吸了鸦片,核心技术却并未"窃取"得手。如果说真有受益,那就是让他儿子张显宗从十几岁开始耳濡目染,培养起比较扎实的木匠基础,虽然也缺少名师指点,但自己专心致志很有悟性,初试身手已经有板有眼,大有青出于蓝的架势。

张殿忠与妻子边白女共有两子一女,张显宗是长子,1909年腊月初四生在祖宅大书房院,恰好与翰林张炜出生时间相隔100年;次子张绍宗生于1913年;女儿年纪最小,推算1918年出生,生日在六月初十的三伏热天,所以取名"伏娃"。张殿忠以农为本兼有副业收入,维持一家五口人的生计按理不至于多么紧张,但光景老是窘促,每年春天都要断粮,只得向人家外借,秋后归还时背负50%的利息,如此循环往复,始终倒腾不过来。其原因之一,是那些年庄稼频繁歉收,相比之下张殿忠的亲弟弟张殿臣越发贫困,竟没能熬过民国十八年那场全国性的大饥馑,相传因饿馁而死。

故而张伏娃出生的时代,有一种明显的生育现象,就是乡村人家一概重男轻女,儿子想方设法留存,女儿却往往一个,多生即被溺死,造成光棍汉越来越多。归纳原因,不外乎普遍受穷致使抚养能力所限,因此无形中控制了人口。就像张殿忠不甘现状多业并举,依然事倍功半。他鼓捣开木匠大概两三年后,北邢家河村的表弟过来走亲。表弟姓康,外号"二孔明",精通占卜星象,他给张殿忠一个忠告说:"表兄啊,按你的命宫八字及住宅风水,看样子你不宜当家了,赶紧让给娃们为好。"张殿忠本就迷信表弟的神通,当即叫来儿子张显宗交代:"以后你当家吧,我不管了。"甘心接受儿子指挥。那时候张显宗才14岁,不过长得已像大人,个头挺拔高大,一表人才,一旦成为一家之主,就和父亲转换了角色,经他的安排决策,父子往后以木匠为主,捎带着种田,爷俩常年在外耍手艺挣粮食,竟而慢慢扭转了一点家境的颓势,保障了全家人最基本的温饱。

不知从什么年代起,小堡村的两大不良风气沉渣泛起,一是洋烟,二是赌博。张殿忠不曾沾染鸦片,但是一生嗜赌,早先曾因赌输还债,向本家的表兄贾顺德借过10个大洋,到期却无力偿还,只好把女儿张伏娃订给长她一岁的贾顺德之子贾维藩当童养媳,双方才算作了结。有人褒贬说:"张殿忠没学会抽,只学会输。"他上了赌场,一贯输多赢少。而且此公的人格不错,赌品实在,赌友口碑"不用怕张殿忠输下给不了"。改由儿子当家,张殿忠也许感觉到肩头的负担有所减轻,进取之心就相应松懈,以至于有时候沉陷在赌局中乐不思蜀。

终于有一次,张殿忠玩大了。

一年过了春节,惯例是赌博的旺季。张殿忠出入赌场持久作战,直到谷雨节令快要下种还不见踪影。儿子张显宗着急,四出寻找,结果发现父亲在邻近的铺上村赌场押宝,一问才知道大输特输,估算卖掉所有田地都不够抵债。所谓"押宝",不同于麻将牌九之类的烦琐,一般随处划出十字,分开四角的一二三四,庄家装出一个数,由一帮子闲家去猜,然后开宝立见分

清代的街头赌局

晓。单押一数叫"红心",赢了翻三番;两数同押叫"杠",以一赢一;两数分开主次,叫"吃靠",吃则以一赢二,靠则以一赢一。与押宝对应,赌徒称作"白华",也不乏女性在内,另称"没蛋白华"。

　　那天张殿忠与人合伙坐庄,他只管斗智装宝,把标记了数字的小棍装进宝盒,交给同伙进屋坐场,然后他自己待在屋外静等结果。本来同伙不知底数,防止露出表情泄密,不想问题出在张殿忠这里。他有一杆标志性的水烟锅,抽起来呼噜呼噜响声不小,固然平添了不俗的赌侠气度,却也出卖了主人的天机。原因是每局开始,闲家们总要"合宝",也即吵嚷着猜议研究一番,其时张殿忠习惯把耳朵凑近窗边听候输赢动向,听得合宝猜偏了,往往从容地大口吸烟,如果听到被猜中,立马紧张起来,屏息凝神,停止吸烟,已让细心的对手摸清规律,从而屡遭一举通杀,不输才怪。当然这是日久以后白华们中间才解密传开的,张殿忠当局者迷,当时自己浑然不知猫腻出在哪里。

　　现场看到父亲狼狈不堪,张显宗反而十分冷静。他也并没往漏洞方面去想,只以为父亲输红眼后失去了理智,心想反正是个倾家荡产,倒不如豁出去孤注一掷。于是他替换下父亲,对白华们说:"我来装宝,你们尽管押!"事实上张显宗对押宝毫不陌生,他从小就对数字特别敏感,基本可以过目不忘,八九岁时二叔出去赌博,一定会背着他,给些零食不让睡觉,请他为坐宝"清场"。因为押宝多为零散小额制钱,需要数局下来攒够整额大钱或大洋才能结算,心算记账就叫清场。据说一连两天两夜多少赌局、输赢金额,他都能倒背如流,自然可以摸索一点潜在的输赢概率。不过,张显宗长大了从不沉溺赌场,最多在亲族之间玩玩,属于小赌怡情吧,类似替父上阵绝地一搏的情况平生罕遇。

　　可以想象那天张显宗面临的凶险。也不知连赌多久,总之从铺上村转战全武营村,再转移回小堡自己家里,可能为了防范引来警察的注意。结局居然无比乐观,张显宗翻盘成功,把父亲输出去的全部赢了回来,有惊无险逃过一劫,然后才罢战收手。本家的兄弟们调侃说:"张殿忠爷俩厉害,连白华们都赢回家里了。"事毕张显宗感慨地说:"多会儿也是有心眼的赢没心眼的。"同时规劝父亲:"能不能再不去耍?"张殿忠喏喏服输了,就此老实听候儿子调遣,果真与原来

张伏娃与二嫂刘玉花（左，张绍宗妻）合照

的赌友之间保持了疏远，就等于淡出赌界江湖。不过也没能彻底省心，女婿贾维藩吸毒败家，几次要卖掉老婆，张殿忠只好一力绥靖，又得负担女儿、外甥的生计，直到新中国成立后鸦片禁绝，好歹苟全了贾维藩的家庭。张伏娃47岁还生了二女儿，满月时大女婿上门看望，听得小姨子大哭，赶紧和岳母说："您上炕奶娃娃吧，我给您烧火熬稀饭。"贾维藩比妻子大4岁，卒于1979年，张伏娃95岁去世，守寡将近三十余年。是后话了。

1935年，已经27岁的张显宗与19岁的周盘娃成亲。听周盘娃自己说过，她考虑一来婆家太远，二来两人差距八岁，因此曾经有些犹豫，但因是母亲和叔叔为她相中的女婿，她只好从命。迎娶的时候，本该请全武营村的亲妗子担任婆客，张显宗嫌人家面丑，另行挑换了模样漂亮的叔伯妗子替代。70里的路程，骡驮轿走了一天才到，次日搬了新媳妇返程，路上又走一天，随行多了一乘陪轿，等着婚礼后接了新人回门。第二年，小堡村遭遇雨涝天气，村中的龙王庙被冲坍，二先生张士俊主持重修，一应泥工木工画工都由张显宗父子担任，施工期间周盘娃生下了大女儿，乳名就叫"庙娃",以后再生的两个闺女,跟随获名"二庙""三庙",十分有趣。

庙娃8岁的1943年,张显宗遇到了麻烦。随着抗日战争战略相持阶段进入末期,八路军的力量日渐强大,形成与日军的对峙,从平鲁山区到朔县县城,一边是八路军的根据地,一边却是敌占区,两头都禁止粮食往对方流通,沿路设卡没收。之前张显宗一直在平鲁北山岳父村的周边一带做活,挣来粮食再用骡垛驮回小堡村,一旦粮道被断,全家怎么糊口?假使自己回来,重新闯名号很难,那边的市场却丢了,势将丧失生存资源,所以一时左右为难。父亲张殿忠拍板说:"干脆你带了女人和小孩到岳父门上住下吧,兵荒马乱的,只能走一步说一步了。"张显宗觉得权宜也可,于是决定举家迁往段家山寺村暂居,所有家当都没带,只有周盘娃臂弯夹了10厘米见方的一个梳妆匣。走时她的堂兄周国润和丈夫张显宗牵着两匹毛驴,庙娃骑了一匹,她也骑了一匹,二庙刚刚一岁,则用皮绳紧绑在她背上。山路崎岖,摇摆颠簸,沿途她对着堂兄不好意思小便,险些被尿憋死,而二庙身上被勒出的淤青印痕三天没有消退。回了娘家,周盘娃好像贵客驾到,先在二妈家里住了几天,又回娘家住,然后与一家子借居一处小土窑安扎,再由兄弟姊妹周济了简单的生活用具、土豆粮食,即行起伙开灶。

周盘娃离家时带着的梳头匣

就在同一年,张显宗的弟弟张绍宗完婚。张绍宗开始也跟着父兄干木匠,不知何时经何人介绍暗中加入了共产党组织,跑来跑去的活动有些神秘,结果拖到30岁出头,父亲好容易才逮着他,赶紧卖掉8亩土地筹钱给他张罗亲事,新娘是刘家窑村的刘玉花,只有15岁。新中国成立后张绍宗就成为区里的国家干部,后来担任过雁北农校的农场主任,1966年退休,老骥伏枥又回村当了几年支书,促成小堡村在下团堡公社最早通电。1997年,张绍宗辞世。

再说张显宗安家段家山寺村，终于可以心无旁骛地满负荷揽活，不论棺材木柜、门窗房架、风箱犁耧，订单来者不拒，即使严冬的淡季没有大件业务，也得买一棵柳树，加工了若干笼屉面箩摆在大路口零销，不愁换来过年所需的肉面素油。吃苦艰辛简直无以形容，有一年严冬时节他回小堡看望父亲，走时寒风刺骨，他下身穿了一条笼布缝制的裤子，全无保暖功能，也不知怎样走完70里的冰封山路。而周盘娃和大庙都曾给他打过下手，拉大锯拉得累死累活。

固然本小利微却能铢积寸累，每年收入的粮食继起不绝，节余全部用于周济夫妻两边的亲人，周盘娃的哥哥周国瑞临终向孩子们说了一句话："千万别忘了你们的姑父！"张绍宗婚后无暇顾家，也曾交代妻子："没吃的我不管，你自己给大哥捎话！"除了以德报德惠及亲戚，张显宗的匠人口碑也无可挑剔。父亲张殿忠早年曾有过恃艺据倨之名，给人做活要看自己心情，流传说在村里唯独架不住张湧的言语奉承，才肯放下自己的活儿给人家先干，相反张显宗没有这类艺人式的劣根性，并且一辈子不吸烟不喝酒，恪守行业道德，凡在雇主家吃饭，上炕前从来都把鞋子脱在堂屋，还曾教育儿子说："干我们这行，一定记住敬重雇主，人家给吃好吃差或干净邋遢，对外都不能讲。"

接下去的四年，社会形势急遽变化。先是日本人投降，后是朔县解放，接着1947年轰轰烈烈的土改运动开始。距离段家山寺村5里有一个村子名叫斗嘴，全村人口不多，主要的孙、贾两户大老财闻风出逃，抛下大片土地，土改供过于求，政府动员邻村人口迁去填补空白、分房分地，段家山寺村的原住户们热土难离响应寥寥，张显宗说："你们没人走，我走吧。"以他的考虑，妻子在段家山寺村既是林家的外甥女，又是周家的闺女，一众亲上加亲的，久住下去不合适，眼下机会不错，就近搬迁过去可不利大于弊？

一到斗嘴村，张显宗顿时从家无恒产的手工业者，跻身于翻身贫农的先进阶级行列，名正言顺地安家落户了。政府的安排很周全，给他家分来孙家地主的一间半石料挂面的正窑、三十余亩土地，另有一个木柜及陶盔、豁口坛子之类。土地再想多占也行，但不养牲口，再多了一般种不过来。与他同住地主大院的一共三家，有一家姓高，从白羊洼村迁来，另一家姓赵，原是孙家的长工。

实际上，土改完成后斗嘴全村以外来人口居多。这个村素来吃水奇缺，都要去邻近的良关村肩挑驴驮，良关的土话谐音好像一种小口大肚坛子"廉罐"，因此附近人们刻薄地讥讽说："斗嘴斗嘴，廉罐喝水。"听来不大入耳，以后经过上级同意，斗嘴村改名"大有坪"。

从土改直到合作化之前，张显宗仍以手艺为主，捎带种地，按说该令人满意，但命运让他和妻子接连承受了丧子之痛。在二庙之下，周盘娃连生两个男孩，分别取名心正、成小，都是三四

中年张显宗

岁时生病夭折了，主要在于毫无医疗条件可言。1950年，周盘娃34岁，好不容易又生下男孩张开顺，因为担惊受怕、余悸不散，以至成了心病，自己一点奶水也没有，只好抱着小孩满村子求请哺乳妇女"贴奶"，完了送些粮食酬谢。曾有孙旺的母亲，外号"五鬼老人"，头天晚上还给张开顺吃奶，次日一早却跑了口外，周盘娃措手不及，幸亏另一位于家媳妇主动帮她救急。就这样张开顺慢慢会吃饭了，再过三年，弟弟张通顺降生，母亲的奶水却有了。随着社会主义农村合作医疗的普及，婴幼儿存活终于获得可靠保障，这下张开顺兄弟顺利保住了，按照时代口号所说，"在阳光雨露下茁壮成长"。又过去三年，他俩的小妹三庙出生。

随着进入大集体时代，张显宗又有了新的用武之地，他被抽到公社加工厂发挥所长，继而担任了厂长职务，虽不算什么官，总是强于普通社员。其间的大炼钢铁、放卫星之类的浮夸冒进在山区不算火爆，人们口粮够吃，仍以莜面和豆面的细粮为主，相比小堡村那边平川的高粱、玉米填不饱肚子而言，简直像提前进入共产主义似的。唯一遗憾就是缺水，张绍宗因此连连催促大哥回去。平心而论，小堡村始终让张显宗魂牵梦绕，虽然觉得实在不具备回归条件，但

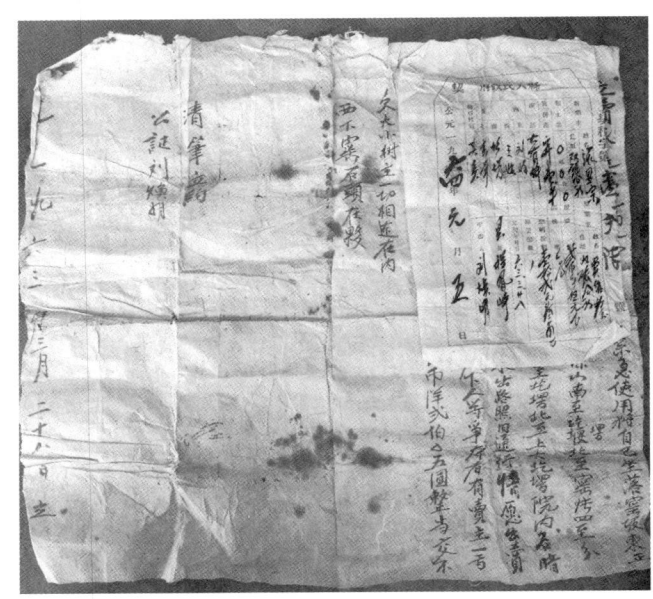

张显宗在大有坪的买房契约

也一直蠢蠢欲动,心中酝酿。那些年他连小赌也戒了,常把一句话挂在嘴边:"在这儿单门小户,赢了咱拿不走,输了又输不起,玩那干啥?"庙娃、二庙长得漂亮,周边各村的上好人家纷纷托了媒妁求亲,但张显宗一律直言拒绝,最终特地将两个女儿分别许配峙峪村和安太堡村,都与小堡村邻近,包含了他的一片苦心。

1959年,老木匠张殿忠在小堡村寿终正寝,完成了家族传承的使命。同年,孙子张开顺到东水洼村读了寄宿制完小,学习成绩不错,似乎预示全家朝着更顺心的方向发展。然而往往天不遂愿,到张开顺三年级的1962年,母亲周盘娃竟然身患肺疾,年仅46岁猝然去世,丢下三个未成年小孩。中年丧妻对张显宗的打击非常沉重,家庭再不完整了。他把妻子临时择坟安葬在大有坪,甚至迷信住宅不吉,继而出手卖掉,另行购买了同村贾维璧走口外后留下的一间半正窑,房契显示时间是1963年3月,价格为人民币205元,纳税12.3元。

没有法子,已过古稀之年的老母亲边白女于第二年过来,帮助儿子拉扯几个小孩,做饭洗衣老当益壮。1964年,张开顺以数学97分、语文76分的成绩考取平鲁县一中，刚上了两年"文革"爆发，滞后一年于1968年作为小三届的一员拿到毕业证书，但高中停止招生使他升学无望，只能回村参加劳动，已算高学历的回乡知青，当即被大队挑中，担任了集体会计。张显宗常去城里的工程队做活，不暇回村顾家，于是沿袭父辈的经验，交代儿子说："这个家你当吧。"1970年，学校老师捎话，说是张开顺获准可以返校升入复课的高中学习，张显宗拦住儿子，叹口气说："念书是好事，但是不能念了。你奶奶上了年纪，有今年没明年的……你得赶紧找对象成家呀。"

初中毕业的张开顺（右）

结果张开顺就此无奈地与读书告别，其后他于1972年迎娶了计家窑村19岁的计梅。两家原本有些渊源，计梅爷爷计关头一次所娶妻子为周盘娃母亲的亲姨姐，只是不幸早逝才续娶了计梅奶奶。当时计梅的父亲计成华年方36岁，已有女儿计梅及三个男孩，他忙于在外教书，家里诸事不管，只由老父亲计关操持，而计关生怕三个孙子长大打光棍，"家有万金不如薄技在身"，指望他们掌握一门手艺，于是才为孙女选择了张开顺，并让孙子们拜在张显宗门下学徒。彩礼500元，张显宗自己攒下100元，向弟弟张绍宗借来200元，庙娃女婿资助200元。

丈夫大计梅四岁，一个小叔子大她1岁，三小姑三庙小她两岁。原来兄妹三个年龄相近，缺少母亲约束，互相吵架也算家常便饭，人们难免议论说："一家子娃娃，娶回个外人又是娃娃，还不打架打得锅也破了？"但计梅牢记爷爷要她服顺包容的话："服性服性，有服才有福。"爷爷还告诫说："你们不能分家。

张开顺夫妻结婚证

计梅（前右）怀着张永来时与闺蜜留影

开顺的老二脾气不好，无论如何帮他娶个媳妇，如他打了光棍，日后绝对拖累你的孩子。"计梅确实做得到位，很快被小叔子、小姑子认可接纳，兄妹背后可能也吵，但一看见嫂子，马上嬉皮笑脸。次年秋天，奶奶边白女身体不适，怕有三长两短，赶紧回往小堡，在次子张绍宗家安心养老，1975年去世，高寿90岁，其时她的曾孙张永来出生5个月。之后的几年，张开顺夫妻又添了次子和女儿。

有了一位贤内助，张开顺积极上进，1976年入党并担任了村支书，其后大有坪村成了双碾公社人均千斤粮的先进队，口粮每人400多斤，每个工分4角。跟上头接触较多，张开顺不乏出去吃皇粮的机会，又被父亲喊NO："在大队掌权，挺好。"确实也能小小谋私，帮助侯港村姓侯的一家来大有坪村下户，侯家女儿则嫁给了老二张通顺，彩礼只有象征性的300元，婚后夫妻留在旧窑，张开顺则分到村里新农村工程建起一排新窑的其中三间。那会儿三庙也成家了，嫁给段家山寺的孙家，虽说没向小堡村靠拢，但女婿当兵出身，以后在呼和浩特市参加工作，将她带进了大城市。眼看子女全部成家立业，张显宗显然很宽慰，只是两个儿子都不去继承他的手艺，老大当了村干部，事务不少，老二特别喜欢养牲口，一直放羊。

转眼就是 1980 年包产到户，张开顺卸任了村支书，打算到公社计划新开的煤矿当会计，最终煤矿流产，他和弟弟共同承包了五十多亩山地耕种，还养了一匹骡子、一头牛。看迹象哥俩一门心思大干快上，还买下村里饲养处的房子，当年的一纸合同既可反映大集体散伙的财产处理情况，又留下了张开顺执笔的书法作品：

卖房约

现将大有坪队饲养处正房柒间，卖给本队社员张开顺名下。东至饲养处正窑、西窑壁，西至贾栓柱东窑壁，南至院心，北至房掌，滴水三尺，四至分明，出水出路照旧通行。木石料全在内。计人民币三百五十元正。

大有坪队　支书赵铎　主任黄金
一九八一年九月十六日（章）

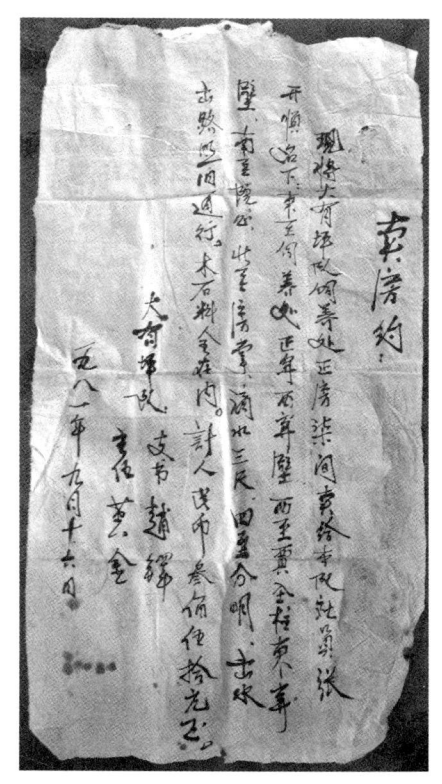

包产到户后张开顺买来集体房产的契约

其时小堡也已单干，各家纷纷恢复传统的香瓜种植，张如亨、张继宗一应族亲照旧到平鲁山区用香瓜换莜麦、豌豆，凡到大有坪村，张显宗父子见到亲人，就十分热心地招呼回家极尽款待，然后忙前忙后帮着卖瓜，张如亨等也关心地问长问短，劝导张显宗说："咱们小堡村的学校在全县鼎鼎有名，老师都十分过硬。眼下开顺的三个小孩陆续入学，必须好好培养读书才是正路。为了孩子前途着想，你们全家应该是时候搬迁回去了。再者这里没水，最多图一口细粮；咱那边承包开来自主种地，随便务作一两亩香瓜，照样不愁改变伙食。"张如亨仍在小堡村的支书任

张开顺全家福

上,表示说村集体剩有预留耕地,还不误按人承包。张开顺一听怦然心动,马上拿定主意不失时机迁户下山,就此完成父亲许多年的心愿。张显宗也考虑,叶落归根的时机成熟了。只是次子张通顺有些瞻前顾后,说:"我两个女孩,又也很小,不到念书时候……"但最终被父兄说服了。1983年,一家子卖掉房院牲畜、退掉承包田,挈妇将雏回到故里,张显宗从1943年出来,整整40年后终于归去来兮。

随后户口手续一经办妥,张显宗及子孙一共10人,每人分到承包田2.5亩,同时张开顺弟兄在大书房院旧址各自审批了五间房的宅基地,利用从平鲁那边置买的椽檩木料,盖起一排的两幢瓦房,在多数村民只有能力碹建土窑的年代,无疑显得阔气,衣锦还乡似的,人们议论说:"哎呀,张显宗就像老祖宗张书绅一样,发财回来了。"又有本家一位张陶大伯,询问张开顺兄弟还赌博不,得到否定回答后,打趣说:"那么红火的营生,怎么在你们一代手里传脱了?可惜呀,

张永来（前左）
小学毕业

失传喽！"

事实证明，张开顺的选择完全正确。他的两个儿子一个女儿进入小堡学校读书，以后全都踏入大学或中专校门，一个一个顺利安排了工作。2000年9月，张显宗去世，享寿92岁，同时妻子的遗骨由子孙迁坟回来与他合葬，魂归小堡村。周盘娃卒年46岁，刚合丈夫寿数的一半，不知是巧合，还是宿命。

举办丧礼的正日，居然发生了离奇的一幕，张显宗居然还魂附体在一个孙女身上，叫来两个儿子千叮咛万嘱咐，语调表情惟妙惟肖，最后特别拉住长孙张永来的手，深表遗憾说："人家三月叫我走，我拖着不走，听你说要引媳妇回来，可我活了92岁，也没能见上孙媳妇一面……这回真得走呀！"张永来本是彻底的无神论者，这番与爷爷离奇的阴阳际会，让他百思不得其解。尽管他从不相信物质世界之外真有非物质世界存在，但他还是抓紧时间结婚成了家，完成了爷爷未了的夙愿。

二、去留徊徨

2015年正月十七，翰林传人张忠明从呼和浩特赶回朔州，筹办清明节期间为祖父张显曾及其兄长张荣曾在小堡村祖坟的立碑崇祀。他找到与他血缘最近的堂侄张军，爷俩一起商量落实订碑、撰铭等相关事宜，说起他们这一支脉漂泊离开小堡村的思乡之情，难免感伤万千。

张忠明前边已有介绍，而张军是谁呢？

当然他属于不折不扣的小堡村仪善堂张氏后辈，其爷爷正是张荣曾的长子张森。追溯上去，他排在翰林张炜的直系七世孙辈。如今，张军在朔州市区张辽路南端的商贸孵化基地内专门经营土产日用百货，好歹也算跻身于商界小老板之列了。

查看户籍资料，张军生于1969年，为朔城区北旺庄办事处西什庄村人氏。西什庄位于朔州南环郊区，一共600多人口，往北距离小堡村大约15公里，全村以张姓居多，却与仪善堂张氏毫无瓜葛，外来张姓仅仅张军一家，典型的单门小户无疑。

提起来也就话长，好像传说一样。

由头源自张军的爷爷张森一代。

张森属羊，1919年11月5日出生，时间与前边的叙述有些出入，以此为准。他的生母是平鲁安太堡村李氏，在他大约3岁时不幸病逝，随即父亲张荣曾续娶了神武村的美女任莲英。任莲英知书识礼，村里没有留下普遍意义上的继母恶名，基本做到了善待张森，张荣曾也一视同仁地培养张森读书。张森的一个姑姑家嫁在宁武，丈夫姓蓝，出身全县数一数二的老财家庭，据说新中国成立后宁武县政府就占用着蓝家的宅院。张军听说，当年爷爷读完小学后就被送去姑姑家，一直读完宁武高小，成为村里学历最高的念书人之一，练得左右手都可以写一笔好字。其读书地点的说法看来有误，他在新中国成立后的历次运动中写下过政审材料，自己又留心把主要内容记入一个巴掌大的小笔记本上，斯

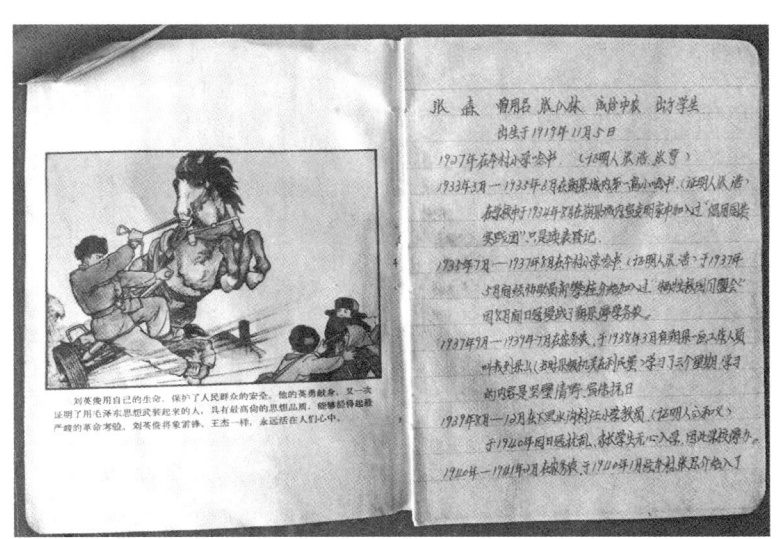

张森留下的身世材料

人已去，文字犹存。这里整理并引用其中的一段履历：

……1927年进入本村小学上学，1933年—1935年在朔县城内读完第一高小，随即再次返回村里的小学就读两年，其间还于1937年5月经协助员郝攀桂介绍加入过"牺牲救国同盟会"，直到当年8月日军入侵才停学在家务农。1937年9月—1939年7月在家务农，中间1938年3月有朔县一区工作人员叫我到县上（县级机关在利民堡）学习了三个星期，学习内容是坚壁清野、宣传抗日。1939年8月—12月在黑水沟村任小学教员，1940年因日寇扰乱，家长学生无心入学，因此学校停办，再次回家务农，1940年1月经本村张忍介绍，入了红帮，7月又加入了青帮，开堂时在场，以后并无其他活动。……

翻看张森的记述，他从日军入侵后两年间，除了当过4个月乡村教师，基本上在家务农，尽管加入过"牺盟会"和"青红帮"，间或接受抗日教育，相信

老年张森

老年的刘海娥怀抱孙子

不可能被灌输多少救国救民的思想意识，反之他遭遇了突如其来的家庭变故，原因是父亲张荣曾染病早逝。其时张森刚刚订婚，女方是前寨村刘家老财刘良民的闺女刘海娥，生于1922年，比丈夫小三岁。丧父一节张森的小本上没提，但刘海娥记得比较清楚，据她回忆，那年公公葬礼时，她曾去披麻戴孝以尽儿媳之礼，印象最深是人称"二太太"的后婆婆任莲英恰逢27岁逢九，孝服下露出一截红衣服，被村里人误解为妖艳本色，所以窃窃议论："硬是让她冲运，把男人冲死了！"前边张如亨提供的版本说张荣曾去世于1940年正月，按照刘海娥的说法应该在1934年，显然时间上再次有了出入，没准张如亨记错了。

刘海娥还说，公公死后两年左右，由后婆婆任莲英主持，她与张森完婚。时间肯定比1939年往前，因为她的长女张秀英属兔，生于1939年。坦率讲，任莲英穿扮讲究不假，却也是一位贤慈妇人，她跟张森夫妻一块儿生活，相处非常和睦。在村民眼里，这户人家还是响当当的老财，所住的豪宅名叫穿廊院，气派依然。不过，张森初为人父，虽还衣食无忧，但毕竟父亲的靠山倒塌了，他不能不面临生存或自立的压力。大概经过岳父那边的引荐，他找到一份类似公务员的职业，前往前寨村公所上班。这一事实在他自己的记录中得到了印证：

> 1941年3月—1942年4月，在朔县前寨日伪村公所任事务员，曾受贿日币10元；后因村长换人被开除；1942年5月—1945年8月，在照什八庄村日伪村公所任事务员，村民抓住一个贼人打了一顿，导致贼人吞洋烟自杀了。

在敌伪村公所任职就算以身事敌，但普通的一介书生出于谋生，也管不了气节什么的了。

关于受贿一节，张森简单说明了一下："于1941年4月间，和事务员李后生到一半村叫差，该李后生放了骡子一头，受了贿赂日币洋20元，给我分了10元。"另一件抓贼之事，则与张森无关，他只是人证而已。有关资料显示，敌伪华北治安维持会办事员的俸薪为每月日币50元，收入水平相对很低，究竟张森的工资有多少，已经不得而知，但他的经济状况绝对不错，当然受贿的灰色收入不足挂齿，张森主要依靠与妻舅赵国成合伙发展的酿酒产业。赵国成是照什八庄人，同时又娶了刘海娥的姑姑，而张森的奶奶也是刘海娥的一位堂姑，反正数重亲戚交集，盘根错节一样。张森和赵国成的缸房就设在照什八庄村，每年秋收后敞开收粮，敢夸海口说不许西山一带的粮食有一粒卖入县城，可见经营火爆。

可惜好景不长。1945年日寇投降了，预示着张森一家的分崩离析。正如张森曾跟孙子张军讲故事所说："如果不是斗争，咱家的钱在你手里也花不完。"事情哪有如果呢？张森记了这么一点：

> 日寇投降后，因全家害水病，把我传染了；当时在照什八庄村刘沛院内居住。1946年2月—5月，在前寨村任小学教员，在教育科领上委任状。1946年7月—1947年4月，朔县解放后在前寨行政村任书记、村长，后被

洗刷回家。

此间的张森，经历了朔县的国共易帜，大概准备安心为新政权效力，所以买下前寨三间砖挂面的好窑，以便带去家口一起生活。但他想错了，不仅"洗刷"不可避免，等着他的又是土改的暴风骤雨前奏。最先照什八庄村的酿酒缸房没了，刘海娥说过："黑夜里响枪，临明就贴了封皮。"张森在朔县解放后担任行政村干部九个月，肯定看出土改的斗争形势，所以深恐在劫难逃，一番审时度势后丢下老婆和女儿，于1947年7月独自溜之大吉。接着，其后母任莲英也要出逃，选择到尚未解放的大同集宁方向投奔张显曾之子张暹、张烈再图避难，却只能顾及她自己亲生的张淦及其新婚妻子杨兰英，秘密启程前她忽悠刘海娥说："世道动乱，你先去娘家躲一躲。"刘海娥有孕在身，吓得赶紧带女儿跑回前寨，过了两个月的九月十四日，儿子出世，取名张银林。

往后刘海娥苦等丈夫的消息，真是"望穿秋水，潸潸泪似麻"。据张森说，他同样跑到大同一带，曾经遇见一位熟人，就拿出100个大洋，委托那人潜回朔县将刘海娥母女接来团聚，不料人家骗了他，一走却再也没有回音。对此刘海娥积怨终身，对子女说："听他胡说，根本没有那回事！"到了1950年，丈夫依然渺无音讯，刘海娥日渐绝望，而且温饱得不到保障了。本来她的娘家也算田广地多的有名老财，但其父刘良民抽洋烟败家，土改前已经卖光了田产房院，成分划为破落地主，实在再无力养活女儿三口。刘海娥没办法，先把8岁的女孩张秀英童养到一半村，收取了象征性的两合子高粱；继而又由父亲做主，她带着4岁的儿子怅然改嫁了邻村西什庄的张宝才，彩礼多少不详，但是世代贫寒，成分不必顾虑了。幸亏继父一样姓张，免了张银

张森的名牌怀表

林改姓与否的纠结。张宝才也属二婚，前妻病逝留下一个男孩，他的心态阳光，能完全接纳张银林，而且始终视同己出，直到许多年后张军公允地承认："看着后爷爷比亲爷爷要亲些。"

那么张森究竟消失在哪里了？答案仍可以从他的材料里找到。

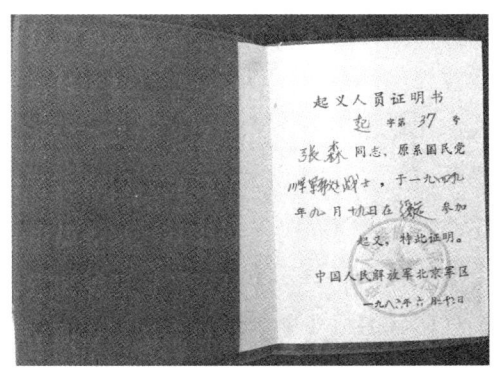
张森起义证明（首页）

大体经过是：1947年7月份，他去阎锡山顽固军占领区阳高县王官屯乡公所当了户籍员，曾经为虎作伥配合过抓壮丁勾当；到1948年4月因为拖欠工资而再寻出路，加入了顽军111军步一团一营机枪连一排二班当兵，1949年3月开小差逃跑，随即不知为何又投靠该军直属机动部队军需处做事，驻防在

张森的起义证明

绥远附近，9月随部队起义，拿到两元的遣返路费，军需官高广宗又给了他和电话员张合全17元，接着他跟着张合全到了其老家晏江县，1950年又参加了111军已经起义被改编为解放军36军的骑兵旅，10月因政审不合格被洗刷脱离部队，滞留在部队驻地晏江县邬家地东圪卜，做零碎小买卖，冬天在油坊记账……

说来张森真够曲折的。如今，他的起义证书仍被孙子张军保存着，证明他原系111军军需处战士，1949年9月19日在绥远参加起义。可能这一证书是他以后度过许多次审查的小小的护身符，否则历史问题怎么也说不清了。

内蒙古晏江县在包头地界，后来并入五原县，距朔州500多公里，张森被解放军除名后，继续在那里度过两年有余，于1953年2月终于辗转返回原籍。其时他的产业被没收，土地被瓜分，原来的豪宅穿廊院圈占为学校，他成了一贫如洗的流民，唯一随身携带的值钱之物，就是一块绝对的名牌欧米茄怀表。也许他痛感有家难归，也许通过姥爷家或其他亲戚的关照，因为由此往后他的文字记录语焉不详了，所以不知怎么没回小堡村，而是落脚在平鲁县白堂乡东易村，从事过繁重的背炭背石头劳动，也受尽了艰辛。一次严冬出行，晚间疲累不堪，竟在野外枕着右手睡了一觉，醒来时右手受压受冻，残掉一根手指。

不管如何，回到故乡了，妻子近在咫尺。张森当即满怀破镜重圆的希望，前往岳父的村子前寨寻找家室，但是现实非常残酷：刘海娥早已嫁作别人的妻子，儿子也被带往西什庄继父家。最为痛苦的是刘海娥，日夜期盼不就是张森平安归来吗？可又为什么他不能早回几年？那样皆大欢喜多好！依她舅舅赵国成的一力主张，两人复合天经地义。但没有可操作性。一来张宝才的家庭成分过硬，他还是响当当的土改积极分子"穷头儿"，新中国成立后担任村干部；张森勉强才是中农，政治条件上无力抗衡。二来刘海娥经过抉择，最终决定维持现状，说："人家当初等于救了我们娘儿们，如今木已成舟，我不能走了。"固然久别重逢，无奈还得劳燕分飞。不过她同意儿子张银林和父亲相认，给心神黯然的张森重新燃起一线闪亮的曙光。他认可了命运的安排，但对于造成自己妻离子散的多舛结局，始终认为岳父难辞其咎不可原谅，愤愤声讨："卖了女儿，又卖了外甥女，坟里还埋着一位你老婆，不如也卖掉吧！"日后他和刘海娥之间充满了十分复杂的尴尬之情，相互尽量避免相见，即使极少有机会碰面，也从不说话。再就是张宝才也对赵国成心存怨恨，与妻舅的疙瘩一辈子没有解开。

作为母亲，刘海娥仍把儿子留在自己身边，生怕跟了张森孤鳏飘零受苦。而张森在劳作之余不断撰写材料投送，请求落实起义人员的待遇，最终被量才使用，当了小学教员，一张山西省人民政府1985年发给他的从教二十五年以上纪念证书显示，他应该从1958年正式有了公办教师的工作手续，就在平鲁山区学校教书。可能觉得自己经济上的收入稳定了，他利用各种渠道与刘海娥一方不懈交涉，只想亲自带儿子，好好培养他读书。或许诚意打动了前妻，刘海娥同意了，于是大约1958年，张银林被送往张森任教的陶卜洼村小学，和生父到了一起。当时张银林十几岁，正当顽劣的时候，上学并不专心，掏鸟爬树很不省心。想来张森望子成龙心切,难免管束严厉,加之缺乏日久才能形成的舐犊亲情基础,所以没能有效地与张银林建立起更深厚的父子之情。另一方面,刘海娥思子过度,整天以泪洗面,哭得不行,结果还是张森妥协了,只一个学期后,郁闷而失望地将儿子归还刘海娥,再不招引了。好像张银林也就读了一二年级,只会写自己的名字,与文盲无异。

从此往后,张森和刘海娥各自的生活基本趋于正常。几年间刘海娥为张宝才又生了两个女儿;张森也不再娶,一门心思攒钱,预备为儿子成家立业之需。不觉间到了1966年,张银林已是20岁的大后生了,终身大事就提上议事日程。姥爷刘良民替他相中了邻村西关井李厚的女儿李翠英,亲自陪他过去求婚。李厚当年在日伪前寨村公所干过村警,曾与张森同事,号称"一文一武",相处甚笃,一听刘良民来意,说:"张森的儿子没问题,女儿给呀。"李翠英才15岁,什么也不懂,就由父亲做主与张银林缔结了婚约。张森闻讯后,心中自然欣喜,义不容辞悉数交付亲家一方彩礼650元,还给媳妇买了凡尔丁、毛哔叽之类一应衣料。分析他的收入状况,薪酬为10级教员档次,每月固定工资26.5元,即使再节俭不过,伙食费和抽烟等零花钱的最低水准也得15元吧,因此估计他每年节余大致100元左右,从1958年开始到1966年一共八年,全部积蓄最多800多元。可以说为儿子恪尽父责,已经倾其所有,足够无私了。

就是那年,李翠英母亲病重,眼看迹象有些欠吉,李厚敦促女婿赶紧迎娶,免得家有丧事还得循礼拖延,因此订婚未几的张银林匆匆将李翠英从岳父家引回西什庄,也没举办什么仪式,两人极其简单地草草成亲,先是与继父、母亲同住三间土窑的东西两厢,不久择址另外碹起三间简易土窑,小夫妻才搬了出来,独

青年时的李翠英(右)

张银林的证件照

立起伙。1969年，张银林有了儿子，正值"文革"期间，所谓的破旧立新如火如荼，于是赶时髦起乳名为"立新"，颇有时代特色；学名则按小堡张家的老规矩取了两字为"张军"。

俗话说"真孙子，命根子"，长孙张军的降生使张森的腰杆无形中硬了不少，也极大鼓起他对未来的信心。自忖半生奔劳，流离失所，谁知道终归香火未断后继有人，还有什么遗憾的？叶落归根才是正道，否则总疑似名不正言不顺。现在已经无从追忆张森如何排除了方方面面的阻力，反正是如愿以偿做通了儿子的思想工作，张银林答应挈妇将雏返回小堡村落户定居，让翰林家其中一脉植根于祖辈生活过的那片土壤。张银林已经成人，虽然在西什庄村并未受到明来明去的排斥，但他极有可能本能地自我敏感，意识中寄人篱下的不甘和别扭无法排解，所以才做出难度不可谓不大的决断，热土难离的牵扯服从了骨子里生来俱有的家族召唤。媳妇李翠英生性淳厚，嫁鸡随鸡，对丈夫的抉择没有反对意见；至于母亲刘海娥，"儿大不由母"，也只有尊重儿子。

1972年开春二月，张银林以不到300元的价格抛售掉自己的土窑，带着妻子、儿子以及刚刚出生5个月的女儿张秀芳，义无反顾回到小堡村，暂时寄居在张忍家的土窑里。由于提出申请户口迁移手续的理由比较充分，不费周折也就办毕。

但不能不承认一个事实，在当时"阶级斗争"的政治气候笼罩下，仪善堂张家的宗族观念已经支离破碎，族亲们并没有张开双臂对游子归来表现出想象中的热情欢迎，好像只有血缘最近的堂叔伯三大爷张浩张罗着出面接待。而且张浩深受张森的信赖倚重，仍被张森视作旧社会那种当家的掌门兄长一样，张森不知是为了更拉近与堂兄关系才按照死板的老规矩行事，还是对儿子儿媳不大放心而出于约束考虑，竟然将他刚攒下的、不会很大的一笔钱交由张浩掌管，包括有些洋布也放在张浩那里，嘱咐儿子说：凡有安家和日常生活该花则花、该用则用，可向三大爷申报支取。然后他就去上班了，却给张银林夫妻出了一道奥数一般的难题——张浩把关太严，几近有求不应，倒应了一句民间谚语："爹有不如自有，自有不如袖揣。"大意说攥着现金才最可靠，否则怎么都受制于人的。

首先张银林需要碹窑，也在翰林老宅之西审批了一块宅基地，三月份趁农忙没开始时请生产队的几辆马车拉回石头。用车倒不收费，也总得给车倌们买盒烟抽吧，可能张银林手中的一笔卖窑款零碎间已经花完，无奈之下去找张浩张口，张浩说："烟先赊上吧，回头我去还钱。"张银林只好从代销店赊了一条"海河"牌纸烟，仅仅两元钱而已，但张浩迟迟不予结账，代销店催促时，老实正气的张银林不敢再向三大爷吱声，逼着媳妇李翠英替他出面低三下四跟张浩交涉，三大爷长三大爷短地解释困境，反被张浩端起家长般的架子训斥一顿："看你这媳妇，说得我管呀我管呀，一个妇道人家直管唠叨个什么？"自然索要未果。

接着因为缺少衣被，李翠英想给襁褓中的女儿买一条20多元的毛毯，又跟张浩试探，但依旧碰了钉子，并且连赊都不允。到了那年秋天，家里腌菜急需购买两个菜坛子，李翠英还得再找张浩，张浩照旧是一味推诿，李翠英实在沉不住气了，据理抱怨："您怎能这样呢？钱是张森寄存您这儿，也是他安排向您要的，您倒好像把钱串在肋条上一样。我们就像拿着银碗讨饭吃呀。"这次硬是要出100元，买坛子还有富余，不过彻底得罪了张浩。等张森周末回来，张浩向他发泄不满说："被你那儿子儿媳闹得！年轻轻的不懂自己奋斗，就盯着要钱。看你那儿子的模样，头整楞楞的，这样下去没啥出息。"张森只能苦笑着嘀咕："你头倒虚楞楞的……"整楞楞、虚楞楞，都属土话，形容相貌圆脸方颐却神情木讷吧，很带贬义的。

说来说去，张森同样在外多年，回村里离开张浩基本两眼摸黑，所以一时没办法改变儿子遭冷遇的现状。看看人财无助，张银林碹窑的后续工程当年只得搁浅。他出地参加集体劳动，无论这个伯伯那个叔叔，却一律陌生面孔，自己始终好像外人，无法感受融入大家族的温暖。耳听人们说起张华甫当年何等风采，甚至使张银林有了另一种过敏反应，觉得自己父子身为张华甫后人落得碌碌无能而肯定受到鄙视，更不排除他对人心不古的体味。一句话，他在小堡村的世态人情方面水土不服，"梁园虽好，却非久恋之乡"。显然，回归之旅太仓促也欠周全，无论时机和条件都不成熟，结果处境被动，造成骑虎难下、进退维谷的局面。怎么办呢？张银林前去跟姐姐张秀英倾吐满腹烦恼，姐姐出主意说："与其不能适应，倒不如干脆再回西什庄吧。"张银林说："走时候急得走呀，不知道回来还要不要。"幸亏继父张宝才担任西什庄的村支书，经他从中斡旋，张银林一家子于1973年4月重新迁回西什庄，原来所在的第二生产队工分值较高，不愿意接纳，改而去了效益较差的一队，接着凑齐280元，买下别人的一处旧窑。

最终好马吃了回头草，张银林饱受了常人难以想象的难堪和被人评头品足。他不争气的开小差行为与父亲张森的意图相左，为此父子之间曾经因为去留问题有过一些龃龉，也加深了彼此的隔阂和裂痕。张森一度对儿子心怀陈见，虽然没有直接表达，但不久他通过同事的撮合，继娶了平鲁顾北岭一位没有生育能力的寡妇李桂梅为妻，侧面传递出他的失望情绪，或者说担心老年时节不能指望儿子孝顺。1974年后他调往平鲁二中担任会计，夫妻租房子定居平鲁县城所在的井坪镇。张银林回到西什庄的当年又有了次子张官，再往父亲身边跑动的次数不多，但是逢年过节都要打发妻子李翠英带孩子去井坪镇探望二老。"人非草木，孰能无情"，其实也能理解他因为辜负了父亲而郁结的满腔抱愧。

不觉已是改革开放包产到户，张银林一家在西什庄村承包了40多亩耕地。其时张军初中毕业，恰逢朔县七里河陶瓷厂大量招用临时工，奶奶的一位侄子介绍他前去打工学徒，日工资1.8元，好歹强于种田。在瓷厂他和同样打工的穆寨村女孩孙金凤自由恋爱，1985年两人喜结良缘，彩礼的行情是2200元，爷爷张森并不含糊，尽力拿来800元给孙子筹凑。他已于1979年退休，又在一家砖厂打工数砖，掂量一下，800元相当于他两年多的退休金总和，也相当于孙子张军一年半的打工所得。1987年，张森和续妻李桂梅回村养老，当年张银林丢在

张军夫妻及其四大千金

小堡村的烂尾窑由张浩的亲侄子张继成碹起入住，把其中一间收拾出来让给张森夫妻居住。老骥伏枥时候了，小堡依旧是张森心身的归宿。

到了1992年，县办的七里河瓷厂在市场经济的转型中竞争乏力，一步一步从不景气走向倒闭，张军和妻子已经有了长女张愉悦，只能回村谋生，他跑了几年开阔了眼界，利用临近前寨煤站的便利，在二级路旁办起一家小饭馆，弟弟张官也成家了，娶了狼儿村丁家的闺女，很快有了一个儿子张愉秉，他忙时种地，闲时骑摩托跑出租。这样两个儿子，张银林夫妻都算交代妥当。就是那年临近春节，李翠英照例回小堡村为公公操办过年，发现后婆婆年老体衰，被哮喘病折磨得生活不能自理，更做不了饭，家里衣被脏乱不堪，她赶紧帮着拆洗一番，回去和丈夫、儿子商量，一致决定即刻将二老接到身边，大家方便照管。张森已经年过古稀，眼看日薄西山却能老有所依，儿孙的一番孝心让他唏嘘感动，心满意足别无所憾。

于是，张森和续妻再次迁离小堡村，到西什庄村和儿子儿媳住在了一起，次年李桂梅病故，考虑小堡老坟已满，因此就在张银林的责任田择墓安葬，显然张森一脉注定在西什庄停坟立祖了。那时候刘海娥夫妻也健在，居住在张宝

抱儿子的张官

才长子那边。因为共同的孙辈绕膝，她和张森两位白发老人免不了经常见面，彼此之间话也多了，感觉年轻时的恩怨情仇，恍如过眼云烟。张军家里留下一张刘海娥晚年的照片，只见她怀抱曾孙，一脸安详，绰约犹存，端庄如故。张森呢，喜欢去孙子张军的小饭馆喝一盅烧酒，并给孙子讲些道理："咱们是翰林后人，要走正道，不能以钱为主。德才兼备，德在前头。"又说："这世道嘛，要凭本事。二分钱的生意也要自己当掌柜，不要给人家当长工。"絮絮叨叨，如数家珍。

相信那是他最开心的一段时光。

然而天有不测风云。1995年腊月，张官一天晚饭在二姨家喝酒高了，回家时被媳妇数落，迟迟不给开门，他听见村里几个路人约络去玩麻将，昏头昏脑跟随前往参与，谁知错爬了别人家院墙，结果被人家误会，莫名其妙引发冲突，其间的情节不作赘述了，总之结果是张官过失致人重伤并且没有抢救过来，酿成一桩要命的血案。杀人偿命，罪不可恕，次年张官被执行了死刑，不到24岁。这一惨痛的人祸，使全家老少心头蒙上的阴霾久久不散。过了5个月，张森在忧患中郁郁而终，享寿78岁，与李桂梅合葬；十年之后的2006年，刘海娥85岁时告别人世；张官媳妇守寡几年，带着儿子改嫁；张银林因为受不了丧子的打击，终日神思恍惚，2013年去世，殁年只有67岁。

弟弟的悲剧，引发张军关于家族及血缘的思考。当时西什庄村对案情的各种流言不少，诸如张官因为男女关系、因为想去偷肉等等，甚至还说归根结底"非我族类，其心必异"，需要提防，这些话也许说者无意，但张军听着脸上无光，回村抬不起头来。仔细再想父亲一生，在村里热心助人，帮工帮活家常便

张银林一家子

饭,似乎没有换来对等的以心交心,别人待他无足轻重,遇事时可帮可不帮的,锦上添花不多,雪中送炭更少。莫非真与他总是外人有关?原来张军并没有这方面的意识,但忽然间怀疑真的被见外了、真的被边缘化了,一种说不清道不明的孤单感如影随形,挥之不去,使他内心十分不安和难受。

2001年,前寨煤站无力维继,张军的小饭店失去客源,他拿着6000元的流动资金,进城租了房子经营土产日杂,就此离开生他养他的西什庄,当然也有逃避的因素在内。苦心积累到2012年,他投资50多万元购置了朔州市商贸孵化基地一间店铺,办起"立欣日用百货",聊以养家糊口。店铺只有门面一间,结构为上下二层,另加地下室共计117.6平方米,虽然空间有限,却也功能齐全:一层摆放货物及洽谈业务,地下室则充当库房,最上边的二层隔开卧室及厨房卫生间,供全家生活起居,把母亲也接来同住。张军夫妻一共生育了四个女儿,心有不甘继续超生盼儿,直到2002年才如愿有了儿子张愉和。如今大女儿已经出嫁,二女儿读了大学,三女儿即将高考,四女儿将升高中,而儿子才上小学六年级。

近些年来,随着进城的时间渐久,张军感觉跟西什庄那边慢慢有些疏远,相反与小堡张家一天比一天走得近了。他积极参与过编撰仪善堂宗谱，见了族亲总会一起坐坐，诉说爷爷和父亲的往昔，特别是2015年跟张忠明共商为曾祖立碑一事后，一种心灵回归的乡愁越发强烈。他想，根祖烙印确实是人世间任何砥砺都消磨不去的啊。

第十一章 天道无为

一、空没梨园有遗声

远在七十余年前的1946年正月,朔县地界东端的小村庄新进疃跟往年一样,按照乡俗惯例搭台唱戏,由本村业余大秧歌剧团登场献艺,其中的一折戏是《玉堂春》。观众注意到,出演苏三的旦角换了一位新演员,虽然演技略有生涩,但是扮相端丽,举止秀雅,舒指如兰,浅步轻盈,一亮相一顾盼间歌喉婉转而起,顿时博得全场认可,台下叫好如潮,正如经典的一句形容:"仪态万方,谁不惊艳?"

当时的梨园规矩,禁绝女子唱戏,女角须找男演员装扮,术语"乾旦"或"男旦"。因此《玉堂春》在新进疃剧场的上演引发议论纷纷:"这个男旦叫人看得

张元业青年时剧照

简直男女莫辨,他是谁家的孩子?"知情者介绍说:"那后生不是咱村的呀,是李磨疃村的元顺,才15岁。"大致从那时起,元顺的名字不胫而走,因为扮演旦角,人送艺名"元顺旦"。

元顺旦学名张元业,是小堡村仪善堂张氏的十九世传人。

按照宗谱记录,张元业所在的一脉,属于朔城区里磨疃村裔支,最上面的先祖为十四世的张功,于大清乾隆五十九年也即1794年从小堡村碾子院始迁出来,另谋生计。横向对应,张功竟与翰林张炜同辈。张炜生于嘉庆十四年,即1809年,以此分析,张功比张炜应该年长三四十岁,至于彼此的血缘远近,已经很难说清楚了。

听张元业讲述,他们这一裔支本来祖传了翔实的家谱和坟谱,极有可能将先人张功与老祖张伏受的世袭无缝对接,可惜于新中国成立前被烧掉了。那时候十七世的同辈掌门长子名叫张映云,他本人又有文化,负责保管两本谱册并且十分珍视;谁知他死以后,老婆拾掇遗物,看见谱册只当没用的废纸,竟而塞入灶膛,付之明火,令人遗憾不已。后世再想整理,已无原始依据,而且偏偏丢失了其中最关键的资料信息,结果只能宣告与小堡宗亲的脉络衔续就此脱节失联。

根据记忆口传,张功当年东出县城30多公里,在桑干河南岸的滋润乡官地村安家,毕其一世务农为生,娶妻姓氏不详,育有四个儿子张道明、张道林、张道银、张道光。其中老四的名字居然与年代交集的皇上清宣宗年号巧合,不过看情况朝廷已经不大讲究避讳,就在道光十五年,即1835年,张道光弟兄一起又从官地村移居东邻8里的铺上村。其时他们的光景正值蒸蒸日上阶段,不仅在官地村囤积了连片的耕地1000余亩,而且陆续向铺上村扩张的零星地块累加也有1000余亩。铺上村北距桑干河仅有2里,低洼处散布着大小不一的盐碱荒滩,得以与桑干河南岸的新进疃、罗疃、王圐圙等村子一样出产优质土盐,供应朔县及周边的平鲁、神池等县。张家正是因为买下铺上村的一座盐场,为了便利打理才做出搬家的决定,在官地村的生存历史维持了41年。

铺上村地处桑干渡口附近,稍北紧挨三家店村,老早有过店铺和水磨。村里原以谭姓居多，以后逐渐迁来周姓、张姓以及李姓，成为杂姓村。又说李姓人多财大，分开两户各自迁入官地村左右相邻的铺上和里沿疃，继而擅自将两村改名，里沿疃叫"李沿疃"，铺上叫"李磨疃"。好像人们感觉李姓有些欺人太甚，于是李沿疃和李磨疃形于书面文字时演变为"里沿疃"和"里磨疃"，反正"铺上"慢慢被遗忘了，由里磨疃取而代之，张功一脉也就称为里磨疃村裔支。

曾几何时，盐场的生意火爆。张元业记得，他小时候村中共有五座盐场，周家四座，他们家一座。产盐的原理比较简单，不外乎把盐土加水熬制，不过工序繁复，其核心技术不是随便可以掌握的。熬一锅盐俗称"一火"，出盐百十斤左右，每座盐场每日总要烧上七八火，可以熬制七八百斤。即使受到季节性因素制约，年产量仍然不容小觑，而且市场还供不应求。至于价格，贵贱时有波动，据说平均下来一元白洋差不多购买七八斤土盐，这个数字可能不够准确，但其他地方曾有"斗米升盐"的说法，见证了盐价居高。只因为资源有限，扩大再生产唯有通过兼并，但是几率极小，所以张家兄弟能够谋取一座盐场，大概也煞费了苦心和银洋。

往后进入咸丰年间，眼看人口渐增，老大张道明选择到同乡的王东庄村定居，弟兄四人分家势在必行。随即老四张道光举家前往应县北曹山村开了当铺，老二张道林、老三张道银留在里磨疃，盐场归了老二单独经营，老三这边则分地较多，务农为主。张道林两个儿子为张正、张喜，其中张喜一个孤子张映鳌，张正虽有三子，后继却无儿郎，等于断嗣了；张道银只有一子，名叫张琴，就是张元业的祖父。显然张琴这一代在里磨疃村的人丁不旺，两家各自形成单传。

不过再下一代，香火堪忧的状况得到了改观。

先说张喜一门。儿子张映鳌娶妻神西村蒯氏，生有五个儿子，受惠于盐场的正常运作，光景一直宽裕，生活井然平静，基本没啥变故。最具传奇色彩的是老四张仪，毕业于1902年创办的山西大学，相传谙知鸟语，一次回家时，长工赵文厚开玩笑说："你是大学生，啥也懂，能不能听懂门前树上的鸦鸟叽喳啥？"张仪侧耳听听，说："村南赵疙瘩地死了一条狗，鸦鸟开会通知要去吃狗。"

大家跑到村南一看，果然有条死狗被鸦鸟争食。不过天妒奇才，张仪24岁就早亡了。

　　再来反观张琴，竟也同样育有五子，但却运交华盖，祸起萧墙。在仪善堂宗谱留下名字的分别是老大张映禅、老三张映功、老五张映贵，老二和老四的名号却出现空缺。按理时代不算久远，有姓无名显得反常，实际上掩掩了极为惨痛的家庭悲剧。可能张琴过世较早，长子张映禅接任当家，起初也能领导运筹，不孚众望，光景过得与张映鳌一家旗鼓相当。谁知老二、老四终归缺少严父约束，不该沾染了赌博恶习。先是老二输得一塌糊涂，欠下巨额赌债，张映禅知道后，无奈卖掉不少耕地替弟弟还债，并把老二痛打痛骂，老二悔恨伤心之下，想不开吞下鸦片自尽了；接着老四还赌，赌债不绝，屡教不改，每次被大哥打骂都会痛哭流涕表示悔过，但根本不能自拔，最终绝望地上吊死了。两个弟弟相继殒命，年龄都才20多岁，令大哥张映禅心灰胆寒，觉得无法尽到责任不如引咎撒手，于是与老三、老五分家，每家一处房院、耕地若干，大家独立自主，听天由命去吧。

　　本来老三张映功安分守己，老实巴交，仍因家门不幸未能免祸。他的独子张旺生于1882年，娶妻本村周氏，1918年有了一个儿子名叫张继业，日军侵华时娶了山阴县东鄱河村的陈氏为妻。这位陈氏不守妇道，且与公婆龃龉积怨，仗着哥哥在山阴县当警察，居然雇请南路的土匪任成先来杀公婆。任匪念及无辜，表示拒绝，她说："干脆连我男人杀掉，我嫁给你！"任匪这才答应成交，1939年某夜闯入张家，悍然制造了灭门血案，张旺夫妻及张继业都被枪杀。事后任成先打听得知张旺的侄子张汉功夫高强绝非善茬，恐怕后患无穷，因而没敢再去勾搭陈氏，结果陈氏改嫁到滋润乡河淋禽村。

　　值此，张琴的五个儿子寥寥萧疏，好像《黄台瓜辞》吟叹的一样瓜瓞凋零。加之老大张映禅两女无子，传宗接代的重任就落在最小的老五张映贵肩头。张映贵生于1871年，总也因为家庭不错名声在外，娶了山阴县察罕铺村王姓大老财的女儿为妻，王氏的弟弟王应是有名的乡绅，传说告倒过代县的三任县长。张映贵夫妻育有三男三女，长子张会生于1898年，三子张让生于1921年，次子正是令土匪任成先甚为忌惮的张汉,也即张元业的父亲,生于辛亥革命爆发的1911年。

事实上张映贵也曾徘徊在悬崖边缘,几乎步二哥、四哥的后尘。他曾在城里读书,好像是国民高小毕业,成年后开始去私塾当先生,为人师表,循

张汉与周翠英夫妇

规蹈矩过日子。不料40多岁时忽然鬼迷心窍,扔掉教鞭成为赌场的常客,很快将家业败去大半。但他毕竟学了知识,而且很有恒心,眼看处境岌岌可危时,竟能幡然悔悟,下决心彻底戒赌。改邪归正后,他放下斯文,为堂兄弟的盐场担任会计,两年内还学会烧盐,成为技术大师傅,一个人挣着两份工钱,只要盐场生产,他的月收入就有60大洋,绝对属于高薪一族,要知道雇用一个长工的行情每月才3个大洋。经过励精图治,张映贵慢慢把光景恢复了元气,重新买地达到百十亩,直到日军侵华前夕,全家依旧三代同堂生活,那时候的张元业四五岁了,记得每到吃饭都要长幼排序,一次发生地震碗碟乱跳,听奶奶说,那是地底下有大鱼眨眼呢。

父辈兴业艰辛打好了基础,子弟就不用卧薪尝胆为生计发愁,可以择其所好;张汉也不例外。他自幼拜师习武,练得身手不凡,据说抗战时期,县城南关有个伪警察柳根林,素来白吃白占恶名远扬,不知怎么借去张汉48个大洋,朋友们都说肉包子打狗了,张汉却毫不在乎,独自一人去柳家讨要,正逢柳根林不在,他就坐在院内等候,须臾柳根林骑马挎枪回来,张汉故意将随身携带的七节鞭丢之于地,拾取时顺势露了一手高难度的收鞭动作,柳根林看得心头发怵,赶紧乖乖把钱奉还。事情传扬出去,免不了又把张汉不畏恶霸、胆识过人的侠义色彩渲染了一番。

除了尚武，张汉还特别喜欢读书，并且博闻强记，正史野史小说传奇包括阴阳八卦无不精熟，如果有人想听故事，找个由头假装虚心向他请教："那秦英征西怎么回事？""十二贤孝说了哪些情由？"诸如此类，一概难不住张汉，听他从头说来，口若悬河，引人入胜。不过，亲族眼里文武双全的张汉从来不下地劳动，父亲上了年纪后主持分家，一视同仁给了他30多亩耕地，他仍要雇了长工使唤，自己则惯于安逸、优游卒岁。平常他也赌博，或许因为心智过人，或许因为赌性理智，总能做到赢多输少，手头活钱不缺，令周围赌徒们深表叹服。

论及张汉这般人物，在乡下再怎么都算不谋正业，生活自然景气不到哪里，1947年土改时划分家庭成分，理直气壮成了贫农。相反叔伯兄弟几家势必为盐场买单，没啥悬念被确定为地主。那时候全村60多户，仪善堂张姓裔支不到十分之一，也要分化开两个对立的阶级阵营。村里原则上要求本家穷人瓜分本家地主的田地，张汉象征性地只留了堂三叔的10亩，再给一概拒绝，自己感觉不合情理。接着国家对食盐满足供销，里磨疃的所有盐场一朝荒废，朔州地区千百年的土盐产业也同样成为历史。与之相随，张汉的武侠江湖土崩瓦解，纵有一身功夫，再无施展之地，只能回归寻常的一介老农。而他的儿子张元业，却已在本土的大秧歌戏剧舞台初露头角，正式走上属于自己的戏剧性的人生舞台。

张元业的母亲名叫周翠英，里磨疃本村人氏，与丈夫同岁，17岁成亲，1932年22岁时生下长子张元业，随后十几年间又有了次子张富业和女儿张月英。张元业9岁开始进入父亲张汉与其他几户学董集资办起的私塾读书，三四年间学完了《百家姓》《三字经》《五言杂字》《六言杂字》《大学》等，爷爷张映贵抽空也教他算盘。老头喜好戏曲，每到正月里都要带他看戏，或者让他参加村里的混秧歌。所谓的混秧歌，是朔州传统的民间舞蹈"踢鼓子秧歌"，只在闹元宵时走街串巷表演，虽然画脸谱着戏装，但对场地没啥要求，因此也叫"踢土摊子"；混秧歌的升级版则以舞台演戏为主，那就排场正规上档次了，久而久之形成有名的地方剧种——朔州大秧歌，与前者有了雅俗不同的本质区别。

耳濡目染地，张元业对大秧歌戏剧特别感兴趣，戏台上奇幻的粉墨世界诱惑无穷，令他心驰神往。到了12岁，山阴庄的姨夫可能发现他音乐方面的天赋，说是愿意收他为徒传授阴阳道学，到冬天开始领他四处打醮，为各村一些头面人家操办"谢土"法事，意在感谢皇天后土赐予一年的收获，祈求来年风调雨顺、五谷丰登云云。说是学徒，实际上张元业充当了义务小道童，配合姨夫作法诵经时伴奏节拍，所持的打击乐器谐音"石拨弦"，大致相当于扇面大小的梆子组合。营生实在枯燥乏味不说，关键是好像游击队一样不断奔走，今天南山明天可能北山，鞋子都要跑飞。张元业跟了两冬，再也吃不消了，只能半途而废，愧对了姨夫的栽培，仍旧再去私塾读书识字。

来年又到了冬天，邻村新进疃的两个姑姑说，她们村的业余大秧歌剧团雇了名师教戏，机会难得，不妨让张元业试着学学。张元业满心欢喜，随即住到姑姑门上，被特许参加了剧团排戏，也不算正规的拜师，类似速成培训。请来的师傅名叫薛宏，是神头峪沟人，演技唱功首屈一指，他倒不说本村外村，只以天资课徒，因材施教，也能倾囊相

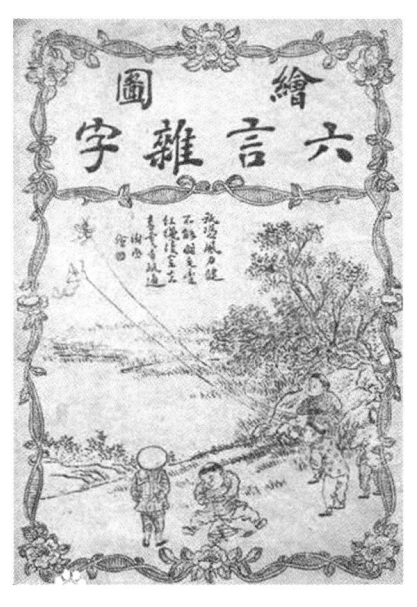

六言杂字及内容（局部）

名角风范

赵翠英新婚后留影

授。薛师傅相准张元业孺子可教，而且眉清目秀、嗓音清越，所以指定他专学坤角，担纲男旦。以后的电影《霸王别姬》曾经再现过男旦的性别颠倒，一句道白"我本是女娇娥，又不是男儿郎"，说尽了其中的心灵磨难。好在张元业一来启蒙之初从吾所好，二来生性本不叛逆，戏里戏外并没有那么多出于本能的纠结。

关于男旦的演技诀窍，薛师傅向张元业特别强调注重三点，务必突出女性的阴柔：第一，眼神：一颦一笑要在眼里做戏，使观众理解人物的内心从而引起共鸣。第二，手势：伸手反手各有要领，鹅掌手、兰花指等都得拿捏标准。第三，步伐：走场无论慢走、快走、疾走，一律保持膝盖不动，需用脚尖细碎挑步。同时唱腔也有相应的练法，因为太专业了不再详述。总之局外说起来似乎简单，一旦设身处地肯定就相当的繁复，有道是"冰冻三尺非一日之寒"。几个月下来，张元业"夙兴夜寐，靡有朝矣"，又吃了薛师傅不少偏饭，排练了几场戏比如《瞎子观灯》《王小赶脚》以及《玉堂春》等，他都主演小旦，春节过后为村里汇报演出，就出现了开篇提到的情景，连他自己也没想到获得了满堂彩。

同年的秋后，里磨疃本村也攒起一班大秧歌业余剧团，愿意学戏的交纳4

合子粮食，卖钱后用以请来另一位名师、大夫庄人常海担任指导。张元业自然入选其中，下苦功又学了一冬，进入下一年正月，已是公元1947年，他再去登台表演，演技越发有所长进，俨然成为行话所说的"角儿"。像这类业余剧团，一年只演三季戏，第一季从正月到下种前，第二季在暑天农闲演出两三个月，三季是秋后个把月；本村免费，外村意思意思少给一点酬劳，都图个活跃文化气氛。另有私人班主组建的专业剧团，要从正月初六一直演到十月初一，进入冬天还要集中排练，艺人们以戏谋生，收费往往较高，当然艺术性不可含糊，招牌的名角不可或缺，否则接不到演出订单，意味着没有市场。

基于那会儿的时代特点，演员排在不登大雅之堂的下九流之列，可能又因剧团作风相对开放容易引发偏见，被辱称"王八戏子"，社会地位极低。只是戏剧作为唯一的娱乐门类，大众普遍需求，演员这一职业自然就后继有人。想当年张家翰林张炜上疏禁戏，皇帝都点头下了圣旨，却并不见演艺界消停式微，证明文化的生命力顽强。纵然"存在即合理"，具体到张元业的父亲张汉，其价值取向不容扭转，他始终瞧不起儿子演戏，认为玩玩开心可以，但不能日久混迹耽搁正事，所以张元业1947年只参加了开春一季的演出，然后乖乖回到私塾。

其间，朔县的土改如火如荼开展起来。各家分田分地完毕，政策绝不允许再雇长工，张元业已经年及16岁，断断续续的私塾学习即将面临收尾，眼看就得躬耕务农，不承想无意间南辕北辙了。腊月的一天，设在三家店村的朔县九区指导员常明来到里磨瞳村，准备招用一位有文化的通讯员，径往私塾房从30多名学生中逐个挑选，一下子相中了年龄和体貌都比较令人满意的张元业，于是开始动员谈话，话来话去很有趣。常明说："跟我去区里工作吧？"张元业问："去了干啥？"答："当通讯员。"问："吃啥？"答："小米。"问："穿啥？"答："军装。但不打仗，营生不赖。"问："挣钱不？"答："现在不挣，将来能挣大钱。"张元业一听心动了，还在犹豫："我……没准备。"常明说："就这样定了，过完年来区里上班！"

消息提前传回家中，张汉急怒交加，等儿子放学进门，大声责问："你惹了啥祸了？"张元业说："没呀！"父亲再问："你应承了人家什么？"张元业说："哦，

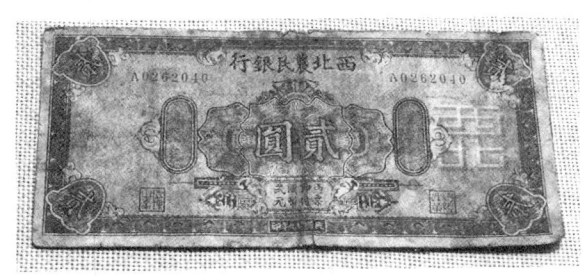

西北农民银行发行的币种

去当通讯员。"父亲更气,说:"人人怕当兵,你去当兵呀?"张元业解释说:"不是打仗的兵。"张汉团团乱转,不知如何是好,这时候他大哥张会参谋说:"叫孩子去吧,在区上工作有出息,看势头也是共产党的天下了。"张汉只好默许了,叹口气,一个劲地摇头摆手。

1948年正月初六,张元业到六区报到,就任通讯员。他穿上灰布军装,配发了一杆三八枪、一把刺刀及四颗手榴弹,武装起来还挺威风。区长、指导员日常下乡较忙,由副区长陈秉全留守办公。他是附近的西河底村人,最擅长鼓动演说,却又一字不识,收到来信让张元业阅读,并送给张元业一支钢笔,听他口授写信,然后再负责送达县里。县里区里相距五六十里,张元业开始徒步往来,不久跨上一辆日本产的自行车,牛头式车把,印象是井田牌子,跑得省劲不少;伙食补助是西北农民银行发行的纸币,每天折合3毛,一律交钱吃饭。有一次他跟随常明进城住下开会,正好一支野战部队驻扎休整,文工队每天在文庙排演戏剧,诸如《三打祝家庄》《铁弓缘》等,熟悉的弦乐入耳,让张元业心痒难耐,溜空总得跑过去观看,心想:"我怎么没有当这种兵呢?"才知道自己对演戏的爱好,确实有些痴迷。

到了当年11月份,张元业成亲了,媳妇赵翠英娘家在邻村南西河底村,她父亲跟公公张汉交好,早年订下了娃娃亲,彩礼为56个大洋。赵翠英才15岁,比丈夫小两岁,现在留着她那时的照片,看着是典型的民国美女。

婚后的张元业照常上班。如果长此以往,完全可能走入仕途,仅以1948年加入革命队伍的资历，前程可想而知，例如比他稍迟一年半才去六区当文书的马邑村青年卢功勋，后来就担任了山西省人大常委会主任。但当时谁能想得那么远？1949年6月，解放大西南炮声隆隆，晋绥干部大批南下入川，在上级号召下，朔县六区的几个年轻人全都报名准备出发，大家心中没底，私下里悄悄议论，有人危言耸听地说："哎呀，去不得。跑那么远开辟根据地，根本完不成任务，去了也是个死呀。"张元业觉得有理，也许还丢不下新婚妻子，结果和其中的个别同伴打了退堂鼓，连工作一并舍弃，扔下枪支弹药潜逃回家。听得组织上寻找，急忙在莜麦垛中掏出一个小窝，钻进去躲藏了几个月时间，直到没啥追究迹象才敢露面，想想简直狼狈之极。

原先少不更事，基本没有考虑过饭碗问题，但经历过一场走麦城的就业挫折后，张元业好像真正长大了，开始意识到为人子为人夫的家庭责任和负担。恪守本分种地吧，心中又实在割舍不下唱戏情结，"兼权之，孰计之，然后定其欲恶取舍"，他几经反复思量，为了免于自己将来后悔，最终还是认定从艺之路，决心从一而终，一走到底。父亲张汉虽然失望，但觉得儿子自有主见，禀性难移，也就不管了。

此后一年多，张元业辗转受聘于朔县、应县及内蒙古的大秧歌私人专业戏班，边演边学，刻苦不辍，从19岁起正式出演青衣，保留剧目包括《夜宿花亭》《明公断》《断桥》《三娘教子》《武家坡》等，挑起唱功相当繁重的主力正旦大梁，在朔县一带日渐走红，以至元顺旦之名家喻户晓。他寻常与另一位艺名"兰花红"的草根名角配戏，成为朔县大秧歌的黄金强档。当时剧团一般30多人，唱一台戏的行情60元，班主、器具和演职人员各取三分之一，其中演职人员部分按照打分制分配，张元业、兰花红最高档次20分，下来依次包括18分、16分、10分的，也有跑龙套之类更少。一应平均下来，再加上演唱精彩东家另有小费奖励，张元业每台戏总会拿到十几元，收入应该不薄；相应地，即使吃派饭的伙食标准也会更高一些。

如同普遍的追星现象一样，张元业不乏众多铁杆粉丝，甚至被女孩暗恋并当作梦中情人以心相许，据说还有"看看元顺旦，三天不吃饭"的夸张说法。

张元业须生剧照

剧照《打金枝》，张元业（前左）扮演金枝女

一次，剧团在平鲁的井坪镇演出，凡有张元业登台的场次，一位大辫子拖下腰际的美女都会到最前排观看，正好剧团的老演员赵三白借宿她家，受她所托给张元业捎话：能不能去她家串个门？张元业问："谁呀？"赵三白指点台下："就是那个那个，姓杜，父亲早死了，她和寡母开着一间小商铺。"张元业没当回事，一笑置之。谁知第二天开戏前，赵三白又跟张元业悄悄说："那女孩想叫咱俩调换住处，你去她家行不？"张元业觉得过为已甚，连忙正色说："这还像你老汉的话？你老汉是我师叔，不该来办这种事。"赵师叔气得骂他一声："你个呆瓜！"明知落花有意流水无情，小杜仍是痴傻，隔天竟把自己的辫子剪掉，再托人捎给张元业。两条长辫乌黑漂亮，最适合编织扮妆的假发头套和髯口，张元业以为对方卖钱，忙问价格多少，一旁有个演员抢先说："不管多少钱，我要了。"来人说："不卖！是小杜专门赠送张师傅的！"张元业一听，坚决拒绝说："这不胡闹吗？我不要！"硬将原物奉还。结果往后两天小杜没来看戏，第三天她才露面，仍旧挤在前排，但见短发齐耳，两眼红肿如桃……

剧团有位司职大衣箱的，也是里磨疃村人，回村后无意间向张元业妻子赵翠英透露一二，赵翠英试探丈夫："是不是谁家的女孩看上你了？"张元业起初不想承认，说："没有没有。"赵翠英又问："那小杜是怎回事？"张元业只好道出原委，说："就那事呀？你尽管放心，我不做分外之事。"至今回忆起来，赵翠英说："我相信他呢。"其实类似大辫子的故事还有发生，但张元业始终不越雷池，"学戏归学戏，做人归做人"是他始终遵循的职业操守和人生信条，别人评价他说："或许演员之间的男女暧昧不足为奇，但张元业从来没有传出过任何绯闻。"

1953 年，朔县组织全县 17 家大秧歌私人剧团交流汇演，完了从中择优选出两家，一家是团堡村的黑满有戏班，另一家就是张元业所在的里磨疃村兰花红戏班，召集去文化馆开会，县长王建国出席并讲话说："准备把你们两家合并，改造为社会主义全民所有制的朔县专业大秧歌剧团，谁愿意就留下来，不愿意也不勉强。"当时需要持有县里的介绍信才能外出接洽演戏，私人剧团显然面临政策限制即将钻进死胡同，所以除了个别人离开外，张元业等大部分演职人员选择留下，住在城内太虎石街水家老财的大院，随即搬往东大街的油脂公司旧址、也即后来人们熟知的影剧院。组建新团，实则等于白手起家，贷款购置了设备，以后将近一年大家没有工资，挣钱都用于还贷。1956 年 1 月，经山西省文化厅批准，剧团正式成立，名为"朔县新生剧团"，人员办理变更城镇户口，吃供应粮，进入体制内了，由原来的戏子变为人民文艺工作者。工资定级黑满有最高每月 35 元，二等是张元业、兰花红 33 元，其余 20 元、十几元不等；任命赫耀为团长，张元业为副团长分管业务。同年 6 月份的整风运动前，赫耀由于历史问题竟被免职，团长交由张元业接任，其时他才 25 岁。

往后的十余年，朔县大秧歌步入鼎盛时期。黑脸黑满有，红脸兰花红，青衣张元业，领军人物三足而立，各有千秋，可以说演技炉火纯青。当然，最数张元业繁忙辛苦，他当了团长，既得管理日常事务，又不误参加演出。刚上任之初，剧团的迫切任务就是真正获得新生，每场戏他都必须认真过滤旧时代遗留的不健康因素，主要把荤黄难听的粗俗俚语等剔除修改，继而推陈出新，陆续排演新剧。两三年间，张元业利用业余时间，根据《聊斋》和《三言两拍》故事编写了剧本《胭脂案》和《苏小妹三难新郎》，一经上演颇受欢迎。1958 年"大跃进"时期，张元业又创作出一部大型现代戏剧本《太平水库》，以朔县太平窑村兴修水库为素材，反映旧社会的水患在社会主义建设中变害为利。5 万多字的剧本，搬上舞台演出长达 4 个小时，唱腔仍然沿袭固定曲牌，对白则改用普通话，因为剧情贴近生活，因此深受观众好评，张元业也被评为全县的"好勤巧"标兵，受到表彰。这样的荣誉现在看来微不足道，但作为旧社会过来的艺人意义非凡，终于可以感受到地位的提高，可以和工人农民一样受到主流社会应有的认可。

在那段只争朝夕的岁月，朔县新生剧团新人代出。张元业收授过不少弟子，其中公认得他真传的是一位女演员白俊英，艺名"白灵雀"，年龄再小一点的学员比如杨补兰、金翠花等，都是极具潜力的好苗子。1962年，在雁北地区文化局召开的剧团团长会上，大同耍孩儿剧团艺名"小飞罗面"的薛国治对张元业说："现在剧团都招女演员了，大多男旦转行，就剩咱俩还在唱女角，咱也转吧。"张元业欣然同意，从那以后从头再练须生、老生等，将不同性别、反差极大的角色转换自如，从而实现了演技的华丽转身，不仅多方拓宽了戏路，而且对大秧歌剧种的极深研几也日臻全面，甚至他突破陈规窠臼，借鉴电影门类的先进视觉手段，发明了类似川剧变脸的几种独门绝技，比如"喷彩""嵌刀"等，特别渲染了戏剧表演的逼真效果。一次张元业扮演《翠屏山》的潘巧云，被石秀杀死时喷彩如血，他的长子张福还小，在台下看见，吓得大哭不止，说："爸爸被杀死了！"足够以假乱真的。

正当张元业风华正茂之际，万万想不到，一场突发的变故不期而至。

1966年，"文革"爆发，赖以"牛鬼蛇神、帝王将相、才子佳人"为表演对象的戏剧艺术首当其冲受到横扫。1967年3月，朔县新生剧团宣告解散，张元业等13名骨干演员涉嫌反动权威，下放回村改造，其余30多人分流到商业手工业企业。那时候张元业36岁，被迫告别了钟爱的舞台，好像从云端摔落谷底，巨大的落差使心灵饱受的打击难以形容。虽说名义上不入地富反坏右"黑五类"之流，但也低人一等，无法和普通贫下中农比肩齐声，好像介于两者之间，愧对父老，抬不起头。再者，铁饭碗打掉了，已有两子一女的五口之家怎么糊口？刚刚安顿下来，生产队就让他出工劳动，又看他根本干不了农活，只能安排放牛。张元业跟着牛群跑了两天，两腿粗肿如橡，村干部说："这人不能用，再用要命呀！"无奈随他自便，就算边缘化的社员。

晚上躺在炕上，张元业辗转难眠。他在《太平水库》中塑造过一个反派角色，暗中破坏水利工程，虽然据村里介绍真有其事，但他把戏剧冲突借助于阶级斗争，为朔县大秧歌历史上留下了时代烙印，不料在现实中自己竟变成反派，难怪人说"人生如戏"！再一想，运动中京剧大师马连良不就全副剧装服毒自尽了吗？其余丢掉性命的知名或不知名的演员岂在少数？所以自己能够平安回村绝对值得庆幸。于是，张元业想开了，换一个角度看待命运给予的荣辱浮沉，不就是"人生如戏"吗？权当前一场戏散场了而另一场戏拉开了帷幕。

随即他振作起来，买了一摞医书研读，准备自学当个乡村医生。父亲张汉反对，说："你还要看书？不嫌伤心？没问题的人当医生，出个事故没事；你带着问题回来，又没有师傅指点，出问题就事关人命，你能承担吗？"毕竟是老江湖，一席话切中要害，使张元业改变了主张，转而决定学当乡村裁缝，一来稳妥二来稀缺。当时他有一辆全新的"飞鸽"牌自行车，是走了大后门才以174元的平价买到手的，平鲁有人出价800元想买，他没舍得；结果为了添置缝纫机急于出手，不到100元卖给公社一位副主任郭日隆，这才买回缝纫机外加裁缝书籍。

很快张元业就在家里铺开摊子，一二年间掌握了技术，又因为口碑公道，以至在方圆二三十里闯出了名气。村里发现这一单干户与大集体相悖离，急忙又来干预，要求他必须正常出工。最终经公社规定，张元业可以特殊对待，但他必须每月按时上缴大队15元，顶如30个工分。里磨疃村一个工分最好时3角，最差时7分，明显张元业吃亏，但他只能照办。当时加工衣服，布料包括斜纹、咔叽之类，裤子每件6角，上衣8角，棉大衣1.5元，皮袄20多元，随着业务渐多，张元业几乎常年加班，特别是腊月旺季，每天晚上都得在油灯下忙到深夜。听着无休无止的缝纫机嚓嚓作响，曾经在他耳边余音缭绕的舞台笙歌日趋散淡，那些生旦净末丑们的形象也好像模糊远去……

恍惚就是十年。

1976年，张元业再一次峰回路转，落实政策恢复了公职，返回1968年就更名"朔县毛泽东思想文艺宣传队"的剧团上班，裁缝又变回演员。1979年，剧

张元业获评非物质文化遗产传承人之际与蒲剧名伶武俊英合影

团改回"朔县大秧歌剧团",恢复古装戏的排练演出,张元业重新站在久违的大秧歌舞台上,一切都是那么熟悉而又陌生。十年一代人,岁月已蹉跎,他没有想象中的欣喜,却忧心忡忡地发现,经过一场浩劫的剧团早已面目全非,特别是多数的新生代演员,完全丢弃了传统的风格:没大没小取代了师道尊严,行为随便取代了举止规矩,剧团虽然在改革开放之初焕发过一段生机,但已注定了昙花一现。再往后,时代的进步日新月异,人们的精神文化生活多元化发展,电影类、歌舞类百花齐放,直至电视机进入寻常百姓家,大秧歌和所有的地方剧种以及所有旧戏一样,不可避免受到冷落。

看着剧团滑坡,县里领导数次希望老戏骨张元业出任团长,但他再三推辞不就。或许戏里戏外阅尽世态,已经意气消沉;或许顺天应人看穿兴衰,再也有心无力。他可以做到的是独善其身,需要上场则兢兢业业唱戏,后辈愿意讨教则尽量悉心指点。大约20世纪80年代中后期,一些主要演员想方设法改行调离，年轻人也多不喜欢唱戏为业，朔县大秧歌青黄不接，后继乏人，最终，剧团除了文化下乡外，演出已经不多，也许再与市场无缘，真是"汾水悲歌仙不成，梨园空没有遗声"……

1990年，张元业无限怅然地退休了，他孤独的背影，是与朔县大秧歌挥别时最后的休止音符。与此同时，长子张福办了接班手续，进入剧团当会计，1996年又接任了团长，往后一直致力于大秧歌的非物质文化遗产保护。2008年，文化部公布了第二批国家级非物质文化遗产项目代表性传承人名录，在传统戏剧一项的第202条写着：朔州秧歌戏，代表性传承人张元业。一个传统的地方剧种，就此变成了古董。

2015年，张元业年届84岁，夫妻相携，平静地安度晚年。朔州女作家边云芳专访他时写下过一段很动情的文字，或可作为他一生的写照：

> 风雨乾坤一声叹，天上人间一回眸。老艺人张元业一生的黯淡和明亮都被秧歌深深地纠缠，他快乐、忘我、沉迷，他融化在戏里了。

二、少年子弟江湖老

2013年5月30日，小堡村张富嫁女，在自家院里举办了一场喜气盈门的回门庆典。当司仪将一对新人请上台前甫一亮相，顿时引发村民们七嘴八舌的议论，但见新郎长得高鼻深目，给人印象分明像个老外嘛，再听他说了几句汉语，果然舌头僵硬吐字夹生。大伙儿感觉张富的姑爷实在与众不同，甚至稀罕得出离。

事实上新郎并非异国洋人，却是一位哈萨克族小伙子，来自新疆维吾尔自治区伊犁哈萨克自治州，名叫居马别克·吐尔逊，听起来很拗口。他与张富的闺女张锦玲的跨民族婚姻，真可谓千里之缘一线牵。况且何止千里？查询准确距离，朔州到伊犁远达3398.5公里之遥！那么居马别克究竟怎么跟张锦玲走到一起的呢？张富家的大门楼上刻写了一行大字——"小堡文武学校"，玄机就在其中。

张锦玲大婚

这么说吧,张富练武出身,前些年办学授徒,最大的收获之一就是把女儿张锦玲送入西安体育学院就读,因此才有了一段江湖儿女比翼双飞的爱情佳话。谁都知道,小堡是典型的文化村,"脱介胄而习礼乐"及"以儒起家"的传统根深蒂固,可是在当今时代竟有张富这样一位武林人物,起码在小堡仪善堂家族前无古人。理论上虽有"文武同源"之说,但从新闻取向看来无疑夺人眼球,很有引发想象的空间。

刨根问底一番,首先还需交代张富及其家庭背景。

张富生于1958年,2015年碰巧58岁。按照宗谱记录,他是张氏仪善堂的十八世传人。排辈往上续接,十三世和十四世名字都也不详,出现了断代式空缺;只因为祖坟紧靠在长门大圪塄老坟下首,根据靠祖停坟的有关布局讲究,可以推定他们这一裔支是十二世"钜爷"张钜的后代。之前老辈张轶伦的墓碑显示,张钜膝下四个儿子,

张富祖母留照

分别名叫张大京、张玉森、张诚明、张诚志，清一色的庠生，无从知晓哪位是张富的直系祖上，全凭家族内部相互间的称呼一直沿习，才不至于乱了辈分，直到能够口传追忆的十五世张怀忠一代，可叹已经沦为全村最穷的人家，再无书香为继。相应地，前后几辈的结婚成家势必迟晚，被拉开明显的差距，比如张富就和早已作古的张森、张殿忠等人同辈，同龄的族人普遍还得叫他爷爷。

往后再到张怀忠之子张青，与梁山好汉"菜园子"同名，虽有土窑栖身，却无垄亩可耕，光景越发寒碜，简直一贫如洗。张青的妻子同样姓张，下磨石沟村人，夫妻育有三子张仁义、张尚义、张存义。其中的老三张存义即为张富的父亲，1925年1月出生；大哥大他差不多15岁，二哥大他12岁。相传有一年家中好歹揭不开锅了，张青不听妻子劝阻，决定只身去口外打工，希图赚些钱粮回来救急。那时候张存义还穿开裆裤，朦胧记得他正在院子里玩土，问了父亲一句："爹你干啥去？"张青说："爹走呀。"谁知一走杳如黄鹤，不知所终，猜想可能因为饥寒交迫而病死途中。其妻张氏71岁时孙子张富出生，推算她应该生于1888年，也没听说过比丈夫小几岁，夫妻年纪大概差不多；三子张存义穿开裆裤时不会超过5岁，所以张青离家之际也就40岁左

张存义（中）加入革命队伍

右，时间大致在 1930 年前。

　　丈夫生死未卜，让张氏望穿双眼却无计可施，她也未谋再嫁，勉力与子女们相依为命。好在老大张仁义长大了，靠着给地主扛长工挑起家庭重担，年轻时无力成亲，致使一辈子打了光棍；老二张尚义却跑出去当兵吃粮，据说不该混进国民党顽固军中，打仗时头上还留下三条醒目的穿皮枪伤，没捞着任何抚恤待遇，土改前脱离队伍回到村里，娶过平鲁卧场村杜氏，生有三个儿子张禹、张举、张学，其中张禹在"文革"中当过村里的民兵连长，"一打三反"时候大队让他在批斗会上捆人，被大伯张仁义斥责一顿，在村里传下"仁义人家"的口碑。

　　再说老三张存义，从少年起就去本家三门的富农张密家当了长工，为此曾经欣喜地说："早饭竟能吃粥了！"觉得生活一下子发生了质的飞跃。但长工的日子并不仅仅局限于吃饱那么简单，正如《长工歌》所唱："一年牛马做到头，风雨扶犁不停工。"内中的辛酸苦累只怕别人没法品尝。眼看干到 20 多岁，张存义不知道何时才算熬出尽头，朝思暮想只求换个活法。1945 年日寇投降前两个月，正值酷暑难当，张存义在地里挥汗锄田，忽听有一支部队招兵，他也不问哪路人马，当即不假思索扔掉锄头就去报名，根本不敢回家跟母亲打一声招呼，生怕被拦下使事情泡汤。据说当天前晌入伍，夜里衣服没换就打开仗了，然后开始没完没了地随队行军、辗转游击，慢慢才知道司令名叫姚喆，脸上有一道长疤，外号"姚一刀"。

　　查阅开国中将姚喆的经历，1945 年担任绥蒙军区司令员，率部转战晋蒙一带。因此张存义比他二哥幸运得天壤有别，等于误打误撞地加入了日后打下江山的共产党八路军。其间他和两位战友拍过一张极其难得的合照，只见他精神十足，显得严肃而充实，但也一定非常艰苦，看上去身体单薄得好像童子军。关于父亲的从军之路，张富编写过一段有头无尾的顺口溜《张存义后传》，也算一首叙事诗，改掉错别字后节选摘录，读来颇为生动：

　　　　火辣辣的太阳当头照，半月多不见一点雨来下，

> 赤脚的人们像火烫,挨饿的孩子没衣裳。
> 难受不过肚里来饥,想起革命服兵役。
> 扔下锄头离开娘,赤脚找到共产党。
> 八路军真光荣,一切行动为穷人,
> 不是夜里搞行军,就是给敌人大梦咚。
> 记得那年有一天,上级命令打绥远,
> 两路纵队出了发,连续行军好几天,
> 行军快到绥远城,正是半夜黑洞洞,马上战前大分工。
> 其中我带一个班,摸向前方把敌情探,
> 行至感觉好像一条路,两面有墙中间宽,至少也有八步半。
> 兵分左右靠着墙根趴,手握长枪脚发地,
> 肚皮用力头点地,一次能爬十厘米。
> 前进!前进!再前进!生怕行动有声音。
> 忽听前方呼啦吧,原来是机枪上膛拉开栓,
> 顿时机枪响成一圪蛋,这回闹下大麻烦,
> 头前机枪嘟嘟嘟!身边子弹哗哗哗!
> 死死活活由他去,我看还是没怎地,
> 三名战士我领上,再次摸向敌战场,
> 我们有意来探敌,谁知敌人已转移……

如此出生入死四年多,张存义入了党,担任了班长。不料于1949年1月在陕西榆林战斗中身负重伤,获得二等甲级革命伤残军人证书。证书中的受伤情况这样写着:

> 左肩关节外后至前内枪弹贯通伤,伤口愈合好,肩关节破坏肱骨头缺损,肱骨上端无骨质支持,上肢游离状,整个上肢功能完全丧失。

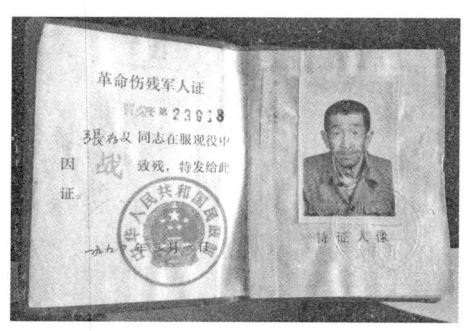

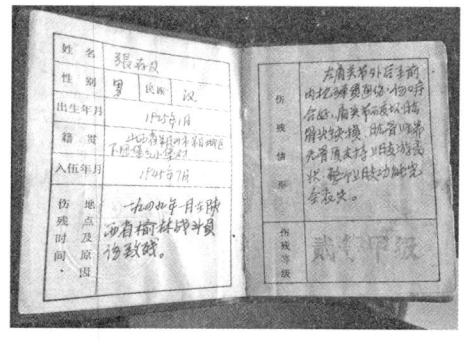

张存义的伤残证书

也就是说,一条左臂彻底残废了。结果张存义不能继续留在部队,只好告别金戈铁马退伍回村,年年能领取国家给予的一笔伤残抚恤,当时土改已经完成,家里分来田地,老母亲终于再不用为无米下炊发愁了。为了多有收入,张存义农闲还拖着一条残臂在乡办的全武营煤窑背炭,乡领导想照顾他,说:"你是革命功臣,不要背了,管记账吧,别人背炭挣多少给你挣多少。"他笑笑说:"我连一二三都不会写,怎么记账呢?还是背炭好了。"身残却不减军人的硬骨头本色。之后仍因为他是全村独一无二的二等甲级革命伤残军人,农业社时期受到公社的器重,被任命干过几年村党支部书记。是后话了。

1954年,张存义年满30岁,才和平鲁安家岭村的王玉莲结婚成家。王玉莲生于1929年,属于二婚,头一家嫁给小堡村张氏三门的张善宝,生了两个儿子张吕、张米。由于张善宝一病早逝,王玉莲才改嫁了长她四岁的张存义,并把7岁的张吕和4岁的张米都带过来。1956年,她和张存义又有了儿子张均,1958年再添了张富。张均出生时因为奶奶69岁,所以乳名叫"六十九",张富的乳名依旧比照奶奶的年纪,叫作"七十一"。有人就跟张富逗趣:"六十九大还是七十一大?"在张富记忆中,外人根本看不出他家的重组痕迹,父亲生怕张吕、张米多心,尤其疼爱有加,将张富弟兄四个按照老大老二老三老四排名,大家亲密无间,在父母跟前全无亲继之分。其中老大张吕一直读书,本已考入阳高水利技校,可能因为在阴寒时节蹚水实习,诱发了严重的关节骨病,于19岁早卒,未婚无嗣;老二张米40多岁也被神经根炎夺去性命,身后丢下两个儿子,由爷爷奶奶拉扯成人；老三张均学习不错，恢复高考后考上山西中药材学校，担任过朔城区药材公司经理。

与三哥的敏而好学相比，张富却不是读书的材料，小时候就无比顽劣，爬树上房如履平地。记得8岁刚上小学的一天早晨，他碰到一只溜达的大猪，马上饶有兴趣地一路狂撵追打，大猪走投无路之下回头拼命，将他仰面朝天撞倒在地，他虽然没有受伤，但母亲昨夜刚为他一针一线补好的裤子再次扯烂几处，类似的鬼马搞怪屡见不鲜。父亲的家教特别严厉，有些军阀作风，不止一次痛打张富，却始终没能把他修理老实。一年级半途，为了在家陪伴病中的大哥，他曾经逃学数月，结果误了拼音课程，没打好语文基础，以后的学习倍感吃力，越发令他乏味。不过他天生爱好体育，初中就进城参加过全县中学生运动会，特长是投掷项目，例如铅球12米、手榴弹52米，作为业余水准真也马马虎虎。

尽管张富的文化成绩不值一提，并不影响他于1975年春被推荐升入本村的高中。当时城里的北关中学专门成立了一个体育班28班，却不招农村的孩子，张富那个羡慕嫉妒恨就别说了，根本没啥心思上课。开学刚刚十几天，又听说县里在少体校组建了田径集训队，备战即将在大同举办的雁北地区中学生运动会，他急忙愣头愣脑找到少体校，毛遂自荐请求加盟，教练杜昌让他现场投掷，发现有潜力可挖，但又深表遗憾："得北关中学同意才能进来。"张富说："我不是人家的学生啊！"杜教练也不想轻言放弃，说："只有一个法子可以试试运气。"当下带他到北关中学拜见了兼任学校副校长的刘姓工宣队员，刘副校长酷爱篮球，提出要求陪他打一场试试，结果张富的表现使他大为赏识，二话不说拍板："马上去办转学手续吧。"不可思议地，张富进入北关中学体育班，随即还担任了学校篮球队的队长。之后参加集训一路绿灯，在雁运会上夺过手榴弹投掷第四名，显然算不上理想，山外有山啊。

既没后门又没关系，只凭自己折腾竟能进城读书，张富被小堡中学沸沸热议，似乎后生真的可畏。素来认为儿子不走正道的张存义也转变了态度，对张富说："不好好读书永远没有出息，但你自己朽木难雕。想练就练练吧，万一将来能吃半碗体育饭呢。"饭碗与否终归遥远，张富还处于不切实际的理想模糊阶段，只觉得如愿以偿成为正儿八经的体育生，就证明朝前走下去没错，因此自信心爆棚。

　　对体育班来说，平时以训练为主，数理化等于副课，比赛却又没那么频繁，于是张富决定再去自发习武，觉得主要是兴趣浓厚，技多不压身，再者与体育一脉相承，抑或有助于提高竞技能力。当然前提需要近水楼台的先天条件——他二舅王福德就是平鲁县很有名气的民间武师。虽然新中国成立后所谓的"江湖"已被新概念"体坛"笼统地取而代之，但是坚持传承武学者依然大有人在，其目的好像单纯地出于防身，还没有提升到强身健体的高度。不管怎说，王福德身为一介草民又身居偏僻乡村，却能交际宽泛，受到社会各界的另眼敬之，尤其全县教育界的弟子不少，因此张富从小就对二舅崇拜有加。他上门拜师，可不名正言顺？二舅没有拒绝的理由。不过时代不同了，不兴老一套的收徒仪式，也没有许多门规之类讲究了。

　　接下来，从1975年下半年起，张富每到周末，都要骑自行车十几公里到安家岭村找二舅授技。二舅师承曾于清代盛极一时的八卦门，公认的绝招犹在腿法。他指导张富的各种规程式套路，包括单人、多人、徒手、器械等等，层出不穷，每周教完再留作业让张富回去熟练，下周检查时动作务求到位，否则打骂惩罚，应该也很严厉的。两年下来，张富自我感觉学到的招数不少，或已得了武学真传，实则不然。以后他才切身悟出结论：二舅的练法不科学，只注重形式、架势，但脱离了精神、意念，也就是说花拳绣腿而已，练不出真功夫。或许在闭塞的小地方吃得开，或许独自对付两三个寻常壮汉不成问题，一旦走出去碰上练家高手，肯定吃亏无疑。

　　尽管"练拳不练功"，反正张富态度认真不懈地坚持了下来。1976年底，他高中毕业了，曾经接受过一次山西大学体育系的选拔，不过后续消息石沉大海。同学中的城镇户口可以招工，他已再没有任何余地，唯有返回小堡村，成为最底层的农业社普通社员。其间他抽空继续找二舅练武，却被现实和理想的巨大落差纠结，有时候心中的无名孽火排解不去，致使参加生产队劳动没有耐心。那年秋天，村里在大圪塄老坟一带人力钻井，晚上需要派人看护工地，别人因为怕鬼极力推脱，张富胆大，主动留下守夜。谁知他不好好歇息，反而跑到龙王汇那边的田里挖了土豆掰了玉米棒，胡乱煮熟后独坐一席享用，次日出工后困得不行，偷溜去不远的饲养处牛槽里睡觉。因为那天庆祝井口下涵，村集体给每人分发3斤白面，大队长张如亨不见张富影子，急忙四处寻找，找到时难免一顿臭骂。张富开始也不吭声，顾自返往工地，半路张如亨又骂了一句："这狗东西，不要脸！"张富被这话伤了自尊，加之与张如亨同辈没啥顾忌，因此怒冲冲地作势就打，张如亨躲开了，说："黑夜开会跟你再说！"事实上没有开会。张富把事情跟父亲说说，父亲责怪他："如亨是个公道干部，你不能乱来。"

张富的军营岁月

随后，大队可能觉得张富不好领导，抽他送去公社专业队，一干将近半年多。1978年开春时节，部队到公社征兵，张富赶紧报名，受到湖北籍的带兵排长喜爱，父亲的伤残资格同样起了一定作用，村里则巴不得刺儿头去部队接受教育，所以万事俱备成全了张富的军旅梦想。原想这下子终于可以人尽其才，不料所去部队在铁道兵序列，驻扎在东北吉林，常年施工修路，依旧没他的用武之地，甚至战友们鲜少有人和他练武，让他自己独孤求败似的。服役期不觉结束，1981年初再次复员回村，不过，三年的绿军装穿得改变了人生道路。当时政策规定，复转军人如是革命伤残军人子弟予以分配工作，他被安排到大同矿务局云冈矿成为煤矿工人，在一线井下作业，月薪也有百十多元，好歹走出去离开了农村。次年正月，他和小他四岁的店坪村刘爱莲结婚，双双到煤矿棚户区安家了。

本来矿工算不上令人羡慕的职业，张富的欣喜在于发现云冈矿竟有习武的小气候，顿时好像迷途的羔羊终于回群一样，摩拳擦掌急于一露身手。打听到

张富婚后夫妻合照

工会有一位大成拳高手周建国,并且业余办起武术班,张富马上有备而去,向周师傅叫阵:切磋切磋。周师傅40多岁,与张富相比年龄明显劣势,哪知道张富根本不是人家对手,被周师傅嬉笑间想让他跌往哪里就能跌往哪里,他自己全无抵抗之术,根本发不出力气,等于任凭摆布,才见识了周师傅原是内功厉害。他心服口服,改拜周师傅门下,从头再学大成拳。大成拳从形意拳演变而成,汲取了太极因素,重在将养生和实战融为一体。周师傅对张富惺惺相惜,倒也毫不保留,先从蓄力养生之道教他静功,主要在自然状态下的呼吸入定,由头到脚都有细致规范的心法。张富废寝忘食修习一二年时间,不知不觉内功上身,继而才转入对抗性动态训练,其技法却又抛却固定的套路,讲究随机应变后发制人。总是原来的根基扎实,张富逐渐在周师傅众多弟子间出类拔萃,周围一带与人较量,被动的时候少了。

1984年,云冈矿公安科需要一位功夫教官,内勤苏添是平鲁人,介绍张富应聘入选,这样张富就进入矿务局公安系统。同年5月,他有了儿子张金国,再过两年又有了女儿张锦玲。按理儿女双全、工作稳定,应该安于现状吧,但仍是爱好使然,张富没有一味固步不前,照样闻鸡练武,形成日常习惯,逐渐在大同市闯出名头,经常参加一些以武会友活动。1997年时,他父亲张存义去世,"老兵不死,只是凋零"。

张存义与孙女

——补充一下：在编撰仪善堂宗谱之时，张存义继子张吕、张米究竟该编入张存义一系的长门还是张米生父的三门，两门之间曾经发生了一点龃龉，但张米的两个儿子张晋文和张晋福兄弟感念继爷爷拖着一条残臂养育他们的恩德，书面写来说明，将他们的世系延续在张存义的脉络下，也算给了九泉之下的张存义一个说法。但尽其责，莫问回报，这一点是张存义践行了的人生准则，也是张富从父亲那里继承的精神财富。

到了 2000 年 7 月，山西省第十九届"晋祠杯"传统武术锦标赛暨散打擂台大赛在省城太原举办，这可是颇具阵势的全省武林大会，大同市武术协会组队参加，矿务局只选拔了张富一人，因为大赛只设形意拳术、长拳太极和散打擂台类三大项，前两项特定了拳种套路演练，所以他根据自身条件，只有报名硬碰硬的散打 80 公斤级擂台赛。经过一路循环预赛，竟然黑马一样杀入决赛，但却最终败在太原二体校一位教练手下。虽说功败垂成，但他并未心生遗憾，却清楚地认识到传统武术终究保守自闭墨守成规，普遍做不到博采众长，即使大成拳兼重实战，毕竟比不过现代理念上专门用于攻击格斗的散打竞技，一旦对阵绝少胜算。

以后张富在大成拳的基础上融会贯通，专练散打和相对柔化、注重技法内劲的推手，有机会就参加比赛，只不过由于训练条件有限，缺少团队配合，一直没能博取一个冠军头衔。但他一经走出外面，无形中极大开阔了眼界、增长了见识，对于练武怎样走出一片新的天地、传统武学怎样与时俱进弘扬光大，颇有了一定的心得。也就在2000年前后，他被照顾从公安科调到工伤康复队，基本算是赋闲，因此尝试办起一个业余武术班，指导十几名小孩训练。

其间女儿张锦玲给张富出了一道很头疼的难题。张锦玲偏又生来厌学，不像哥哥那么争气省心，她从小敏顽淘气，童年就敢踢天弄井攀高跳低。父亲对她严加管束，每天清早练功时候，让她也起来学习，还得给她把书页翻开；等父亲练完回来一看，她只管坐在那里打瞌睡；逼她起立看书，老半天却不翻下面一页；夏天午休时候，张富睡在外屋防范女儿外逃野跑，并将大门上锁，张锦玲竟能从父亲头底匍匐爬出，猴子一样逾墙而去，令人哭笑不得，束手无策。看看上了初中，她的文化成绩跟父亲儿时如出一辙。张富想想大概也属遗传，自忖凡事不能强求，因此郑重其事征求女儿意见："你这样上学不行。要不练武吧。怕不怕吃苦？"女儿回答干脆："吃苦不怕。"又问："你将来不后悔？长大了没文化吃亏，可别骂我。"又答："不后悔。不骂。"于是张富让女儿退学，为其选择了学武之路，练习以散打、推手为主，同时他根据积累的训练经验，因材施教制定了严格的教程，该下的辛苦都下到了，不论过年过节还是雨雪纷飞，一概坚持完成功课。在外人看来，张富好像一位电视报道中引起过争议的"狼爸"，但在2002年，张锦玲就夺得"灵石煤炭杯"山西第二十一届传统武术锦标赛推手女子组第一名。

2003年，社会上兴起民办教育之风，张富打算借势筹办一所武校。一来考虑煤矿的环境较乱，打起旗号容易招致隐患，二来他十分怀念故乡小堡村的那片清纯的蓝天，因而举家回村在自家院内盖起一排房舍，办理了相关手续，然后从大同及朔州两地招来30多名学生，"小堡文武学校"就此开张，他自己担任校长兼武术指导，另行聘用了两位文化教师。学校运作起来，凡有省内的赛事邀请，他都会带着一帮小孩或观摩或参赛。2004年，张锦玲再显实力，首先在山西第二十二届传统武术锦标赛上取得女子散打无差别级第四名，接着一举夺回全国形意拳精英洪洞邀请赛推手女子组70公斤级金牌，同时小堡文武学校

老年王玉莲信佛

竟也夺得推手项目团体第二名。其时张锦玲刚刚 19 岁，也算从小堡村走出的一位武术类的全国冠军。

审视女儿的竞技表现，张富感觉必须为她寻找更高层次的发展平台。2005 年他带着女儿赶赴北京，慕名前去拜访武警总队体工大队的散打主教练牛飞，希望得遇伯乐。牛飞号称中国散打十大名帅之一，是毕业于朔州师范的山西老乡，不过他一听来人是山西冠军，马上摇头，意思对山西的散打很不看好。被婉言送客后，张富急忙找个关系通融，好歹能考较一下，牛飞总算答应了，安排散打队一位女子散打高手与张锦玲现场对打，只比了一局未分胜负，他就颔首认可，推心置腹交代张富说："我们这里进人特别困难，但我可以介绍你女儿去西安体院，跟散打队主教练赵学军继续训练，更有前途。"张富父女大喜，转赴西安。因为有了牛飞推荐，全国著名的散打儒帅赵学军爽快地收下张锦玲，从此张锦玲一边训练一边补习文化课，最终勤学苦练修成正果，于 2007 年被西安体院民族传统体育专业录取。真是功夫不负有心人。

把女儿送到西安时，儿子也已考入山西大学哲学系，张富回村专心致志继续打理他的学校。大凡前来学武的小孩，原本无一例外属于不听话的差等生，平时嘿嘿哈哈打打斗斗不像上学的样子，有时还难免跑出来惹得鸡飞狗叫。村民们当然冷眼讨厌，视作来了一帮子城狐社鼠，村里只有一个小孩入学就是佐证；族中老者们越发看不惯，认为练武行当再怎么都算不入流的江湖外道。张富深深感知自己的武校与小堡村特有的文化环境几乎格格不入，所以他时刻不敢懈怠，对学生耐心地引导教诲，培养他们仁义内敛的武德，对族人无不以诚相待恭敬有加，以期理解万岁。有一次附近的企业因为工程溃水冲毁几家村民的青苗，允诺的补偿款迟迟无法兑现，还说再去索闹就会报警处罚，大家心怯，想请张富出面，张富毫不犹豫一口答应，带头去跟企业据理力争，面对派出所警察威慑也不改怒容，最终才知道钱已交付村干部，却被无端拖延了。当事情得以解决后，村民们都说多亏了张富侠义，张富听了唯有一声叹息。

虽然武校的存在慢慢消弭了父老乡亲的陈见，并且初见成效，其中一个小孩考入山西师大体育系，但是维持下去仍步履维艰。一来公立学校试行义务教育阶段全部免费，制约了民办学校即使微薄收费都难以保证生源，绝大多数面临从一哄而起到一哄而散的困局；二来一段时间内各地学校的安全事故频发，万一出事兜揽不起，张富为此如履薄冰，心身极其疲累。到2010年，他遗憾地将存在了6年多的小堡文武学校黯然关门。回首半生，无限感慨，自从18岁拜师二舅学武，武术陪伴他走过35个年头了，留给他刻骨铭心的一幕一幕，直至鬓边华发、往昔如烟。以后他也说不上所谓的退隐江湖，但武林赛场可能与他日渐遥远，曾经的雄心勃勃，化作以待后生……

接下来，儿子张金国读完哲学硕士，女儿张锦玲大学毕业，"生男不喜，生女不怒"，都令张富十分欣慰。同时张锦玲收获了志同道合的传奇式爱情，她用电话把对象的情况告知父亲：名叫居马别克·吐尔逊，哈萨克贫穷牧民家庭出身，也是赵学军教练的得意门生。张富很开明，对女儿交底说：不问民族，不问贫富，只要人品好、能吃苦，你看中的我就赞成。

可能未曾谋面前张富对女婿的了解不太详尽，但居马别克实在是一位笑傲当今武林的风云斗士。摘录一段资料对他的简介：

居马别克·吐尔逊（哈萨克语：Jumabek Tursun），生于1988年4月17日，是一名中国哈萨克族的综合格斗运动员，绰号"天山雪豹"。居马别克出生于新疆西部，早年练习摔跤，2005年至2008年间曾效力于陕西省体育中心摔跤队。后加入西安体育学院散打队进行散打与综合格斗的专业训练，师从中国综合格斗教父赵学军。2009年起，在不到四年的时间内就在综合格斗（MMA）的战场上获得14胜0负的不败战绩，并于2012年获得武林传奇雏量级金腰带，其他荣誉有"紫禁之巅"60公斤擂主、北京终极勇士冠军、广西中泰KO赛冠军……

比赛中的哈萨克勇士居马别克

简单解释一下MMA，也即综合格斗，是一种规则极为开放的竞技格斗运动，比赛使用分指拳套，赛事规则既允许站立打击，亦可进行地面缠斗，比赛允许选手使用拳击、巴西柔术、泰拳、摔跤、空手道等多种技术，比赛按体重划分不同级别。其开放式规则，创造性地对竞技格斗影响深远，或许是武术可以传扬下去的最佳方式之一。居马别克在中国 MMA 的出色表现引起了国际终极格斗锦标赛 UFC 的关注。2013 年他成为自张铁泉之后第二位加入 UFC 的中国选手。事前赵学军教练对他赠语："虽然你在国内所向披靡，但 UFC 这条路不好走。"居马别克表示：背水而战，绝不给老师丢脸。他与 UFC 的签约，一时之间引发轰动效应，各大媒体争相报道，同年他与张锦玲大婚，竟也成为传播甚广的热点新闻。

毋庸置疑，武林高手居马别克也是走出中国、走向世界的小堡村女婿。

2014 年的岁末，张富的小外孙降生，取名"别克咋提"。

把哈萨克族语翻译一下："居马别克"意为"英雄"，"居马咋提"则是"出类拔萃"。

一、博导，从赤脚医生起步

在小堡仪善堂张氏宗谱世袭总表中，排在最后的一支是内蒙古清水河县韭菜庄乡桦树梁村张氏。

以小堡村为起点，六百余年来仪善堂后人一直没有间断过外向繁衍，有据可查地形成十三条支脉，大多数分布于朔州市的朔城区和平鲁区，唯独桦树梁村张氏出离山西境内，落足内蒙古。遍览宗谱所载，各支均"人才辈出、佼佼者众"，其中从桦树梁村走出来的张铎身为博士生导师，无疑在内蒙古自治区称得上一位顶尖的医学专家。张铎辈分为仪善堂十九世，他的百科条文这样介绍："1953年2月2日出生于清水河县，1975年4月毕业于北京中医学院，现为内蒙古中医院肾病科主任，主任医师，内蒙古医科大学兼职教授，硕士博士生导师。"

第十二章
被褐怀珠

或许谁也无法猜想，当之无愧的张博导当年曾经是村里的赤脚医生。"出身寒微，半世恒毅，从我做起，久经磨练。"张铎的人生，确实凝缩着他们那一代知识分子独特的高爽器识。回眸他五十余年的心路历程，仍旧应该先从他的祖上说起。

就像众口一词似的，张铎的先人同样迁自小堡村碾子院，据说清朝中后期十二世张荣走了西口，来到距离朔州百十公里、往东以外长城为界与平鲁接壤的清水河县韭菜庄乡桦树梁村，主要以经营米面为生。如此张

张铎

荣就和家族的张锵、张钜同辈，至于衔接哪一门，缺少文字资料考证，口口相传也没有记忆。张铎幼时曾跟爷爷回了一次小堡，懵懂听得爷爷嘴里说过"上院""下院"，没准祖上属于次门的后街。

日后张荣之下就清楚了。他的两个儿子名叫张秉仁、张秉义，哥俩一起选定到同乡的北槽碾村安家，停坟以张荣立祖，子孙取名始终沿袭两字、三字交替的传统，得以与小堡老家保持了辈分关联。看样子张秉仁一门寒碜，四个儿子除了长子张存柱，另外三个取名流于随意，分别是张二旦、张三小和张四小，后代基本不详；相反张秉义还可以，三个儿子取名为张进宝、张进贤、张进才。张铎的祖父名叫张重，即张秉义三子张进才的曾孙。

张家在北槽碾村陆续扩张，形成家族聚居。张进才这一支不算贫困，相应的传辈较快，比如张铎都十六七岁了，遇见本家七八岁的小孩多叫爷爷。张重的父亲张世河娶妻平鲁阳虎堡村高二女，生有三个儿子张重、张生、张润及两个女儿。张世河的妻子1973年去世，享年82岁，该是1892年出生，丈夫年长她三岁，生于1889年。大致在张世河20岁左右，他看出北槽碾村耕地紧张，自家不易糊口，所以只身一人再到韭菜庄乡另一个土地较多的大双墩村发展。

大双墩祖坟

大双墩村界有一座大烽火台，一座小烽火台，故而得名；村子距离县城20公里，一共60多户，360多口人，属于杂姓村子，主要包括田家、黄家、牛家三大家族。张世河单门小户，明哲保身谁也不惹，辗转受雇为各家地主当了三年长工。

别看张世河起步之际筚路蓝缕，但他极具心智，可能受益于读过三年私塾。别看这么短短三年，在普通人都没有受教育机会的时代，三年私塾下来已可算作文化人。因为常年劳作，他首先对全村耕地的肥瘠沃薄了如指掌，接着发现地主及子弟们吸食鸦片一哄而起，于是窥得了千载难逢的致富门道。纵然成家了的负担不轻，他仍要勒紧裤带拼命攒钱，等有瘾君子手头拮据，就会有的放矢，豪爽相借，说好到期不还则用耕地抵偿，是否高利贷性质不得而知，反正滚雪球一样，经过三十多年的举无遗算，竟然效率惊人地兼并了两三千亩土地，差不多占全村的一半，而且都属良田，还购得一座院落，五间正窑，四间南窑，东西厢房各两间，有大门和照壁，在当时算得上是一座好院落了，标志着张世河已是大双墩村首屈一指的大地主。他另有一大长处，就是出了名的勤劳，从来是全村头一个起床之人；据说春秋两季赶牛耕地，牛累了卧倒休息，他自己却一刻不歇，又乘机坚持在地畔栽树，到了他儿子一代，全村50%的树木都为他家所有。实践证明，原来乡村精英竟是这样炼成的。

发迹致富的张世河顺理成章也要培养儿子读书，可惜不逢其时。只有长子张重在私塾喝了一肚子墨水，尤其写得一笔好字，无奈科举已经废止，使他无法更有作为，也就当过私塾先生，乡里乡亲习惯地尊称他"秀才"。他的妻子娶自小双墩村，名叫杨兰女，夫妻育有一男两女三个孩子：男孩张凤山1932年出生；姐姐大他两岁，1955年因病早逝；妹妹略小他一两岁。在张重之下，两个弟弟已赶上了始于20世纪30年代的天下动乱，都未能独善其身，特别是二弟张生的境遇很悲惨。抗战期间有一次鬼子进村，因为收不到粮食，恼羞成怒，没来由地把张生殴打一番，还把机枪架在他的裤裆扫射村民，结果他吓疯了，没能再活多久。继而三弟张润又让傅作义的嫡系35军抓了壮丁，1947年开小差逃跑回家，以后一直务农，到2014年85岁寿终。

就在1942年，饱受忧患的张世河去世，年仅54岁。长子张重乳名张来宽，生于 1905 年，其时已经 38 岁，就此执掌家业。按理坐拥两三千亩良田，即使不去再接再厉，墨守成规维持光景总该没啥问题，谁知刚到那年的初冬，张重就把父亲呕心沥血积累的财富付之东流。

原因是为了搭救表弟。

当时张重舅舅的儿子、平鲁阻虎堡人高三牛在大同煤矿当矿工，参加了地下党组织，常常躲进矿洞开会，不料由于叛徒出卖，被日本鬼子抓捕起来，不知怎么就押解到清水河县的韭菜庄土围子、也即日伪碉堡里囚禁待审。本来绝对没有活路，死定了的，可是驻守碉堡的鬼子和伪军居然很腐败，派翻译和高三牛说："附近有没有亲戚朋友？筹一笔钱送来就能放你。"高三牛说："离这儿 10 里地的大双墩村有我表弟张重。但他是否有钱我不知道。"于是伪军受命给张重捎话，说："你表弟的性命全看你了。若要救人，就得一骡垛银元，否则免谈。"一骡垛银元，至少 150 斤，每个银元折合七钱三分重量，起码两千多大洋，日本人的条件实在太苛刻。

无法猜测张重经过如何一番思想斗争，总之最终他没有对表弟的生死坐视不管。但是无法筹措那么多银元，仅够装满一边驮垛，另一边装了鸦片烟土，传话过去说："该变卖的都变卖了，勉强只能两样搭配。"日军头目也予以认可，与张重约好在韭菜庄围子西门外到大双墩村中途接头，当面验收了银元烟土，张重还双膝跪地给日军磕了三个响头，日军则把高三牛带出来，据说假装宣布要去枪毙，只让他穿一件裤衩。又冻又吓，高三牛浑身瑟瑟发抖，看见张重时候，上前抱头痛哭，说："表兄你真来了？"日军打开镣铐，朝天鸣放一枪，示意高三牛骑上张重的大红骡子赶紧走人。获救后高三牛没重归组织，他回到阻虎堡村成为普通农民。

那年张凤山 11 岁，已能记事，回忆父亲曾对他说："钱没了还可再挣，人死了就什么都没了。你奶奶门上的亲戚不错，我小时候去了对我很好。"好像轻描淡写交代他肯出手救人的理由。孙子张铎分析说，爷爷毕竟是读过书的人，深受儒家思想影响，像他那样重义轻利、安宅正路，常人可能根本做不到。大双墩的人们普遍也说："张重是个愣货，为了表弟倾家荡产不值。"值不值无可衡量，但 1983 年张重去世时，阻虎堡村高家亲戚都来奔丧，高三牛连哭三天三夜，几近崩溃。

无论如何，公认张重救出表弟之时，也即光景步入衰败之始。接下来他的首要任务是偿还巨额外债，首先卖掉了曾令全村人艳羡的大红骡子，又开始大量卖地卖树。张凤山 14 岁那年，日军无条件投降了，但他母亲不幸病逝。杨兰女患有"圈圈病"，大概类风湿之类，基本不能劳作，死时不到 40 岁。次年张重续娶了一个同样是二婚的后妻，人家看看没啥油水了，待了三四年就拜拜了。反正张重的日子日薄西山，每况愈下，到解放时，耕地仅仅剩下三五十亩，结果土改之际家庭成分被确定为中农，翻看当时的分田地契，张重和张润两家一共分得土地 175.2 亩。日后的张凤山拍案庆幸，深感父亲的伟大，不止一次向子女谈及说："你们爷爷虽把家业折腾完了，但那是他一辈子办的一件无比英明的大事！假如他当初不曾慷慨解囊，高三牛必死不说，我家肯定是地主成分，那么你们就被害苦了，绝对没什么前途可言。'塞翁失马，焉知非福'太有哲理了，你爷爷可不是活生生一位塞翁吗？"

令人想起子贡的故事。子贡钱多，以至诸侯待他"无不分庭与之抗礼"，但是他把钱大多奉献给老师孔子，成就了老师的至圣先师之名，司马迁评价："夫使孔子名布扬于天下者，子贡先后之也。"所以说子贡也许不是历史上最会挣钱的人，但一定是中国历史上最会花钱的人，花得其所。张重一介布衣，能有子贡的境界，可谓乡间贤士。他还总结了三句话告诫子孙："能读书，尽量读书；能帮别人则帮，不能帮也不能害人；不要把钱看得太重，那样后患无穷。"言传身教使张凤山及其子女受益无穷，将三句话珍而重之，视为家训。

最先体会读书有用的是张凤山。他从 8 岁开始进入类似社学的私塾就读，学了四年半时间，由于家境衰落，只好辍学。早先他订了娃娃亲，16 岁就成亲了，妻子为大黄榆树沟村的秦栓鱼。其年绥远省和平解放了，各旗各县文化人才奇缺，政府求贤若渴。当时韭菜庄乡属于清水河县的二区，一次县长石生荣由区长陪同路过大双墩村歇脚，听说张凤山识字，就把他招入县大队，也即后来的公安局，从而成为国家工作人员，两斗米的月薪，大体折合人民币 10 元。

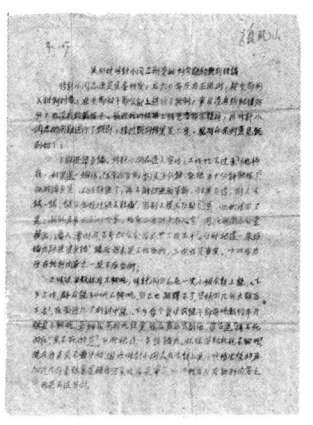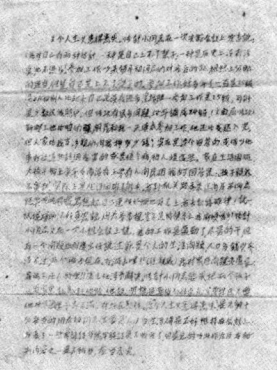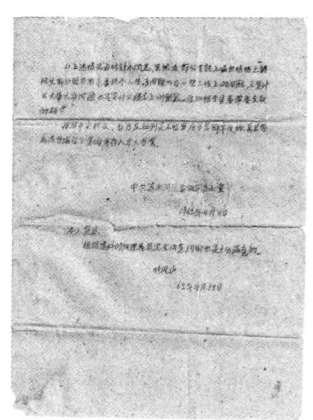

1962年张凤山恢复名誉的文书

1950年，张凤山夫妻有了女儿张华，1953年有了大儿子张铎，之后一口气又生下四男一女，一共七个孩子。1956年，鉴于张凤山老实可靠，组织上将他调任县委办公室担任收发机要员，随即妻小跟着进城，借居在城关镇的一间窑洞；他父亲张重留在村里，养活着老母亲高二女。那时候张凤山随身还佩带手枪，回家睡觉压在枕头下。

1961年，组织上准备提拔张凤山当科长，先派他到王桂窑公社一间房村下乡走了一段，回来后让他参加会议汇报工作。在那个浮夸弄虚的年代，他仍敢冒着风险凭良心说了两句真话，一句："给农民340斤口粮，农民不够吃，饿肚子。"另一句："大跃进不能再闹了，再闹出事呀！"说完他自己却闹出事了，不仅提拔泡汤，还背了一个党内严重警告处分，被下放到农业银行韭菜庄营业所成为普通职工，家属则剥夺城镇户口，"非转农"重回大双墩村。虽说1962年县委甄别办公室下发了为他平反的一纸文件，下结论说他"不是大是大非问题，不是根本错误"，"应当全部平反，恢复名誉"，但是木已成舟，回城再不可能了。那年头市民户已经彰显出巨大的等级优势，吃供应粮、子女招工等，忽然都飞了，秦双鱼难以接受，忧虑重重。当然这些情况张凤山始终没和子女提过，直到去世后子女整理他的遗物，才发现他精心留存的平反文件，不免相对唏嘘。张铎记得父亲只是教育他们："爸爸一辈子没本事，文化也不高，你们靠自己吧。"

对于在乡村的切身记忆，张铎感受最深的有两点：

其一，日子极为拮据。刚回去那几年，弟兄姊妹七个都在学龄，贪吃贪长，粮食不够，全凭大姥爷二姥爷大舅二舅年年赶着牲口送一垛子；父亲每月工资36元，根本入不敷出，他舍不得抽纸烟，嘴里只能叼一锅旱烟，许多年穿一身旧衣服，补丁摞补丁一直凑合，不像村里人羡慕的寻常上班一族。

其二，父亲对子女的学习十分重视。老大张铎上了公社的高级小学，学习成绩在全校排名第一，又担任全校少先队大队长，父亲就把一支"英雄"牌钢笔赠给他以资鼓励，那支笔还是父亲到察右中旗参加"四清"时的奖品，单价16元，相当于天价了。老二张权在县城上高中时，半途跑回家说想要弃学当木匠，被父亲操起一根手臂粗细的杨木棒劈头痛打，木棒都打折了，嘴里骂道："念书去！去也得去，不去也得去，除非你去死！"当时天色已晚，张权也得乖乖起身，四十里夜路不敢走，只好在邻村双台子村的姐姐家寄宿一晚，天明重返校园。如果没有那顿棍棒教训，大双墩村可能就会增加一位木匠了。

也许基因遗传，张铎从小脑袋就聪明，1964年考初中，他又获得第一名，顺利升学；读完初中时，"文革"已然轰轰烈烈，使他成为老三届的一员。1968年春季复课，他可以升入清水河一中高中班，有的同学自忖读书无用不再返校，父亲对张铎说："只要有机会，咱们还念书！"于是张铎接着读完了两年高中，却已没有了考大学一说，唯有回到大队劳动，不过干了没几天，又有机会眷顾了他。

张凤山中年照

当年的《赤脚医生手册》

那时候内蒙古医学院的老师响应党的号召，组成的一支"6·26"医疗队入驻韭菜庄公社，一来巡回医疗，二来负责培养赤脚医生。根据县里的文件，全公社10个大队，每队有一个赤脚医生名额，条件是高中文化程度，并且必须是贫下中农子弟。结果张铎完全符合要求，在村里还没有竞争，原因是贫下中农不太重视文化，孩子们读完高中的极少，有些地富人家虽说晓得读书的重要，小孩却连初中都不允许再上。张铎的一位小学同学高祥，学习比他略逊一筹排在第二，连初中升学的考试资格都没有，成年后一直娶不来老婆，直到改革开放才与一位四川姑娘结婚，差不多一辈子毁于成分。每当想到这些，张铎总要再次感谢爷爷：千金散尽造福儿孙啊！

旋即张铎就走上赤脚医生岗位，先去公社卫生院由"6·26"医疗队突击培训了一年，一半时间理论学习，一半时间临床实践，然后宣告结业开始独立行医，服务范围方圆五六十里，以大队为中心辐射周围的若干小队。张大夫的医术水平虽不敢恭维，但并不影响他倍受稀罕，只要背着药箱上门，把患者治死治活，家人没一点怨言。记得有一次，大老窑村有个半岁的小男孩上吐下泻脱水了，人事不省，家长请来张铎输液。小孩很胖，好歹找不到血管，张铎摸着头皮连扎60多针，直至两手发抖仍是不行，再加上女主人心疼得哭作一团，他越发烦乱，说："不扎了，我走呀！"男主人见状，赶紧喝止女人别哭："我来抱孩子！张大夫你尽管扎！"终于还是扎妥了，那户人家感激地专门杀了一只鸡，请张铎吃了一顿素糕。那次经历张铎的记忆特别深刻，不免感慨，换作如今，两次扎不准家长必定翻脸。细想当年的农业社集体化可能弊端不少，但不可否认，以赤脚医生为标志的医疗保障从无到有，堪称中国农村最明显的进步，使农民得到了最大红利。试想大家祖祖辈辈多少年来无医无药，有了赤脚医生救死扶伤，简直等于找到生命的保护神，活得顿时为之踏实。

除了医治一般的头痛脑热、外伤腹泻之类，妇科也算张铎的本职工作，前后两年间他一共接产300多例，刮宫上环2000多次，一个十七八岁的毛头小伙子，真有点难为他的，不过也练出了基本功。张铎小时候顽皮，像个猴子一样能从一棵树跳往另一棵树，令人捏一把汗，父亲说他道："你将来最好当个大夫，能把自己身体保护好，又不用吃那官饭。"因此担任赤脚医生，他的头脑里并没什么"不为良相则为良医"的理想主义概念，只感觉多少满足了父亲的心愿，还受人尊重，所以更应该加劲上进。1971年，他又被评为全县学毛著积极分子，到呼和浩特市出席内蒙古自治区经验交流大会，与同行参会的清水河县委第一书记李长才住在同一宾馆。李长才又担任县革委会第一主任、县武装部第一政委，叫作"三位一体"，真正的全县一把手。他是天津人，军人出身，开大会前习惯喊上一声："全体起立！"那时候宾馆房间没有卫生间，张铎认识了李书记，每天总要帮着端端洗脸水、洗脚水，留给李长才的印象不错，夸他说："手勤脚快的好娃娃！"

就是在那一年，大学恢复招生，却只能推荐工农兵学员。1972年的春季招生前，北京中医学院分配内蒙古自治区5个录取指标，清水河县因是学大寨先进典型，获得其中之一，简直珍贵万分。要求有三点：一、高中文化程度；二、贫下中农子女；三、两年以上赤脚医生经历。这次全县的竞争势必激烈，10个公社100多名赤脚医生，大多可以入围。但张铎具备最重要的先决优势：他的三舅秦俊担任县教育局长。当时校方老师拿了文件第一站到教育局跟秦俊接头，按照正常程序需要报送县领导开会挑选，秦俊绝不敢假公济私，但他毕竟怀了一点私心，直接将文件送交李长才请示，李长才并不了解秦俊与张铎亲戚，不假思索说："韭菜庄公社那个张铎，和我一起开过会的，是个赤脚医生的优秀代表嘛。"秦俊说："您说话才行。"李书记拍板说："定了，就那个后生。"秦俊心

老照片：工农兵大学生入学

中窃喜，出来就给韭菜庄那边打通手摇电话，告诉外甥张铎：明天一早赶紧进城来！

第二天三舅带着张铎见了招生老师，例行面试。老师姓李，看看张铎年龄显小，可能不大踏实，当下伸出手臂，说："试试给我号脉。"张铎班门弄斧切住老师的手腕，一边紧张地观察老师，心中稍微有底了，像模像样说："李老师，我年纪小，说的不一定对。看您身体表面强健，尺脉却较弱，而且您的眼圈发黑，脸色不好，按咱们中医说法，是肾虚证……"话没落地，老师忽然使劲拍了一下桌子，张铎吓得急忙鞠躬，却听到老师的一句赞叹："你这娃娃，这么厉害！我患肾炎三年，至今未愈，难得你这个小小赤脚医生，竟然能号脉如此准确！"当场填写录取通知书，又拿两份表格让张铎填好，说："回去盖章吧，明早我就先走了。"张铎捧了录取通知书和表格纸页，如获至宝，匆匆回村办理，却被大队长刁难一番，只得赶去公社，经父亲的一位担任公社领导的老亲打电话交涉，大队长总算同意了。张铎这才又一次回大队盖章、接着再去公社盖章，然后直奔县城交付老师，最后连夜返回村里。一整天徒步往返，总计160里山路起伏，张铎始终健步如飞，完全没有疲倦的感觉。毕竟处在改变命运的关键时刻，他为了那个目标早已心无旁骛。那天回到家中，他跟母亲说："妈，我办成了。"

第十二章 被褐怀珠

张凤山夫妻及其五子两女（摄于1997年）

是的，机遇永远留给有准备的人。

1972年2月，张铎告别了赤脚医生的青葱岁月，离开连他在内一家四代为之洒下汗水的大双墩村，前往首都的北京中医学院中医专业求学深造。回首塞外苍茫，耳畔总会响起曾经流行的一首电影插曲："赤脚医生向阳花，贫下中农人人夸，一根银针治百病，一颗红心暖千家……"在以后的人生旅途中，他从不讳言自己的赤脚医生出身，是那块社会底层卑微的基石，垫起他良医之路的跳板，也造化了他可以飞出多高、走出多远。

也许工农兵大学生含金量欠缺，但是北京中医学院的牌子过硬，随着教学逐渐地重新走上正轨，张铎学习了三年零四个月时间。其间他的寒假暑假从来没回过家，一来考虑路费支出，总能节约花钱；二来可以跟着老师出诊实践。平时学校一个老师带三四个学生，假期里却有四五个老师带一个张铎，等于使他额外追回九个月的光阴。进入实习阶段，师生们一起受命到河北遵化县，入驻著名的三条驴腿闹革命的穷棒子社西铺村，帮助开展全县的计划生育运动。当时结扎绝育之类手术繁忙，不论中医西医内科外科的医生，能上手术台的都得上去。开始张铎为老师当助手，两个星期后，老师实在忙不过来，张铎开始独当一面，完成了300多例结扎手术。学习中医专业却能主刀手术，在同学中

张铎新婚照

独一无二,全凭赤脚医生练就的功夫。

大学毕业时候,学院充实师资力量,希望张铎留校工作。张铎谈了一个对象,只有留下才有望花好月圆,然而,一帮子弟弟妹妹还在村里,为了方便照应,他最终舍弃了北京和初恋,1975年5月分配回到清水河县医院上班,月薪37元。医院给了他一间宿舍,他安放了四张床铺,成为弟弟妹妹进城读书生活的一座驿站。1978年,张铎与在呼市上班的王丽萍结婚。王丽萍曾是一位兵团战士,其父亲为高级知识分子,担任内蒙古建筑研究院的总工。受家风熏陶,大家闺秀王丽萍心胸同样开阔,始终容忍和协同丈夫拉扯一大堆小叔子小姑子,到1977年恢复高考,张家开始循序进入学有所成的收获季:

1978年,老二张权进入银行工作,后考入内蒙古财经学院,担任过清水河农行行长。

1979年,老三张耀考上鞍山钢铁学院,担任过包头铝厂的分厂书记。

1981年,老四张彪考入上海建材学院;1987年考入大连轻工学院读硕士,师承王承遇教授;1991年考入中国科学院上海硅酸盐研究所攻读博士,师承郭景坤院士;1994年获博士学位,此后在上海宝钢集团工作,任上海申井钢材加工有限公司总经理;2000年任上海德隆国际战略投资有限公司执行委员;2004年任中国万象控股公司副总裁;2009年任宇通集团副总裁。

老五张臻，毕业于包头钢铁学院。

另外，两个女孩，一个在父亲退休后接班，另一个则考上乌兰察布盟农业银行学校，后担任乌盟农行会计科科长，又获内蒙古财经学院学士学位。

从1981年起，基本尽到家族责任的张铎调入内蒙古中医院，经过在全国各大医院七年的专科进修，于20世纪90年代初选择专攻肾病，业精于勤，专心致志，现在已是内蒙古自治区中西医结合肾病专业的绝对权威，二十年来做过肾活检术3980多例，积累了丰富的临床经验。近年来他荣获自治区政府科技进步二等奖一项，三等奖三项；自治区自然科学二等奖一项及科技进步突出贡献一等奖等。2010年被自治区政府授予自治区名中医称号，2014年被国家中医药管理局授予全国名老中医称号。

时代不同了，人才出真知。也许张凤山自己蠖屈不伸，但最终可以说如愿以偿：而今的张家，算得上清水河县有口皆碑的文化门第。"能读书尽量读书"，张铎弟兄都像其祖父张重、父亲张凤山期望的那样，续写了小堡村仪善堂张氏一支走西口传人的命运章节。2014年，张凤山故去，不过他对文化及文化人极端尊重的理念，已被子孙们总结了八个字作为治家治学的格言，那就是："文化立家，教育为本。"

二、优高，曾经是民办教师

据《张氏仪善堂宗谱》的后记所述，编谱事宜的最初意向来自翰林家族张继宗的一番苦心。时间在2004年冬天，张继宗买来许多黄布颜料之类，嘱托族侄张开顺绘制一幅先茔图，用以作为本门慎终追远的载体。当时张开顺看看儿子张永来有些闲暇，就把任务转交儿子去完成。其实张永来也没见过先茔图是何式样，但从小对列祖列宗的故事很感兴趣，所以跃跃欲试，着手准备。从那年腊月开始，他拎着开水到祖茔辨坟拓碑，经过一个多月的搜集整理，终于将张氏长门的先茔图绘制出来。张继宗一看非常欣慰，继而鼓励永来说："难得你如此上心。我们的旧谱早年被烧毁了，如果你能重新编撰一本出来，对家族肯

耕读世家

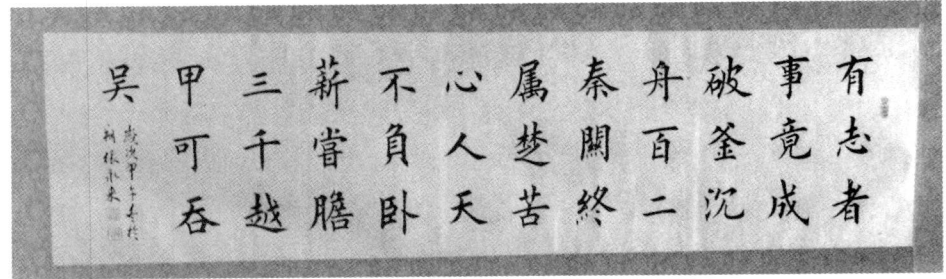

张永来书法

定功德无量。"张永来自言"不知深浅"而满口应允，这才有了其后的"穷波讨源、构会甄释"，主编头衔整整挂了八年。

可以说《张氏仪善堂宗谱》的问世，追根溯源该是张继宗一力促成。

说起张继宗其人，既非退休的国家工作人员，也没在村里担任过任何职务，作为毕生劳作的一位普通老农，能有一种由衷而朴素的根祖文化自觉，总叫人肃然起敬，似乎感受到古代的乡绅或乡贤遗风。也没错，张继宗正是当年的朔县著名乡绅张书绅之孙张耀祖的直系后人。

重头再去追捋张书绅一脉，发现后辈取名变成"长三字"，打乱了三字交替两字的规律。其中张耀祖之下"鸣"字辈七子的老四为张鸣纲，下来两个儿子分别叫张德善、张乐善；老大张德善是张永来父亲张开顺的曾祖父，老二张乐善则是张继宗的爷爷。张乐善享寿72岁，其妻为安太堡村刘大女，卒年75岁。张继宗生于1930年，爷爷去世时他7岁，时间为1936年，奶奶去世时他11岁，为1940年，推算张乐善比妻子大一岁。张乐善夫妻育有两

张继宗夫妇的时尚合照

子两女,长子叫张殿义,次子即为张继宗的父亲张殿士。张殿士1897年出生,结婚较迟,35岁才有了长子。妻子王凤英比他小12岁,娘家在上泉观村。据张继宗回忆,爷爷一辈已从大书房院搬出,往西另建了宅院,之后父亲与大伯另家,分来将近三十五六亩田地,此外还饲养着两匹育龄草驴,每年生了骡驹待价而沽,怎么也算中等光景。

但就在1940年左右,张殿士一家竟然陷入一场生存危机,原因是男主人张殿士出口外打工割洋烟,结果近墨者黑沾染了毒瘾,回来后再也离不开鸦片,每天不吸嚷嚷说骨头疼,偏还患上尿白病,很快沦为又黑又瘦的标准烟鬼。顺理成章,接下来开始挥霍,首先卖了毛驴,价格不详,然后又盘算田地,以每亩现洋七八元的价格,大多卖给本家的张丕成和张晓。最后仅剩四五亩时,张殿士竟想卖掉老婆,因为家中基本揭不开锅了。好在王凤英的父亲也是有名的地主,看看情形不对劲,赶紧将女儿及外甥接去上泉观村养活,每等腊月二十九再送回来,外带一些米面柴炭,好歹让一家子过年,开春了再接走,如此循环往复维持了三四年才告一段

张殿士妻子王凤英

落。看情况是张殿士不甘以滥为滥,他下辛苦把1.5亩河湾地种了罂粟,可以种养吸,抑或余些鸦片也能换取粮食,总之败家状况得到遏止。

其时张继宗十三四岁,二弟张绪宗小他三岁,老三张德宗还没生下。张殿士多少识字,也想培养张继宗读书,正好村里的天主堂神甫办起学校,由张鸣丘的曾孙张占明任教,招收穷人家的小孩学习,张继宗就入学了。不过他很顽皮,跟同龄的张义、张如贵经常打架捣蛋,一次被张占明拿板子打得手心肿起老高,于是偷偷将老师的板子扔到房顶上,与《钢铁是怎样炼成的》中保尔·柯察金在复活节时将烟丝揉进瓦西里神甫的面团的情景无比相似,不同之处是保尔被开除了,张继宗等则因同学告密,老师又要责打,他们三个落荒而逃,再也没有回去,满打满算,学历仅仅三个月而已。

老照片：娶亲

老照片：回婆家

再过两三年朔县解放，忽然间穷人的好运气来了。次年的1947年，共产党组织群众掀起土改运动，张殿士一家五口人分有土地15亩，还分了翰林曾孙张荣曾家的两间正窑。同时新政权严厉地禁绝洋烟，张殿士被彻底断了鸦片来路，虽也哼哼几声要死要活的，但最终跟全村的三四十个瘾君子一样，强行戒掉了毒瘾，就此渡过难关。唯独一个贾维藩另类，心痒难耐地不惜代价寻购烟土。之前张继宗曾经为了阻截父亲吸毒，不知怎么偷下1两5钱鸦片，一直东藏西掖生怕父亲找到，却又舍不得上缴或扔掉，经本家的张如绅暗中撮合，居然换来贾维藩分到手的十亩土地，加上原有的15亩，一共25亩，每年保守可以生产六七担粮食，全家的温饱问题基本解决。往后攒下十几个大洋，买了一匹毛驴，张继宗农闲时节学着贩羊毛，有时候也倒卖小牲口，几年下来克勤克俭建起一处新院落，这才搬离了张荣曾的旧窑。

1953年，24岁的张继宗解决了终身大事。本家一个姑姑名叫改生子，嫁在西山深处的范家岭村，她替本村的女孩张玉梅保媒，介绍侄子张继宗说："男方家庭不错。后生又勤快吃苦，尤其会做小买卖，将来有奔头。"张玉梅当时才17岁，初次约来张继宗上门见面，她竟没能看上，觉得长相太一般，但父母做主说："相貌不能当饭吃，关键在于有头脑。"等于拍板予以包办，彩礼是人民币三四十元。典礼时候，本来时兴大红马迎亲，但西山的道路险峻崎岖，大红马上不去，只好换了不起眼的毛驴代替，新娘子骑驴，新郎和村里几个人徒步跟随,也还别有特色。

那时候大同煤矿用工紧缺,曾经敞开招人,婚后的张继宗又跟族叔张敬前去矿务局工程二处当了建筑工人,签合同为二级工,月薪60多元。本来挣钱不算少了,但是每年冬天盖楼停工期间,单位往往安排他们下井作业,可按三级工待遇,工资100多元。大家担心安全,谁都无心久留,张继宗好歹坚持了五年才炒了煤矿鱿鱼,打道回村重拾务农老本行,由二弟张绪宗换替干了一年,照样半途而罢。其时村里已经实行了农业合作化,张继宗担任生产队的饲养员,根据喂养牲口的数目,确定每天工分1.6个,超过普通的壮劳力。妻子张玉梅从1957年生下长子张兴顺起,一共生育了两男两女四个孩子,均由小脚的婆婆王凤英看管并且做饭,不误她出工劳动,家庭收入年年可以达到余粮户水平。至今提起集体化时代,张玉梅甚至有点怀念,说:"男男女女一起劳动,嘻嘻哈哈很热闹的。"

小幸福,小满足,不抱怨,不强求,顺其自然,心安身安。可能这就是张继宗夫妇的人生之道,看似没什么波澜起伏磨砺坎坷,也没什么奇闻轶事恩怨

曾经辉煌过的小堡学校

紫怀，如同犁地翻起的土块，默默无闻，再普通再平凡不过，但是或许正因为始终保持达人知命的平常心，反而特别受到造化的眷顾，其长子张兴顺恢复高考后第一批考入大学，如今担任山西省公路局的副局长。说不上多么位高权重，但在小堡村已算数一数二。父以子贵嘛，人们也好像重新认识张继宗似的，纷纷夸赞他教子有方。他却觉得没啥经验值得总结，最多说一句："咱们翰林家族，只要孩子能念书，就要一念到底，念成念不成那是另外一回事。"

话说回来，张兴顺之所以成为当年金榜题名的"时代宠儿"，如他自己所说，确实离不开小堡村曾经有天独厚的念书氛围。

张兴顺生于 1957 年 2 月，循规蹈矩跟着本家同辈"顺"字取了学名。他属于典型的"生在新社会，长在红旗下"的一代人，父亲童年的颠沛穷困他已经无从想象。他小时候虽粗粮旧衣，全家基本的温饱却得到保障，而且农业社成立之初，人人憧憬共产主义，村里确实呈现出一番欣欣向荣，人们感觉到最明显的标志就是学校带来的无限希望和勃勃生机。到张兴顺 1963 年小学入学的时候，小堡村不仅设有一所完全小学，而且另设一所挂着"农中"牌子的初级中学。相反周边邻村如全武营、沙涧等远远落伍，连完全小学都没有配套。因为就近的便利，小堡全村的学龄小孩儿几乎全部走进校园。

单说完全小学，可不能小觑，那是当年相当稀缺的教育资源。

从解放之初，国家推行小学阶段的初等义务教育，包括 4 年制的初级小学和两年制的高级小学；如果初级和高级合并，则叫"完全小学"，简称"完小"。据悉，截至 1949 年新中国成立，朔县在辖内稍大一点的村庄普及了初级小学，但全县的完小仅有区区三所，也即城内的一完小南街小学，二完小北街小学，三完小是东南乡安子小学。至于中学，直到 1956 年才成立了唯一的一所北关中学，首届招收 10 个班放不下，只好将 9、10 两班寄放到神头小学。而小堡村小学也算较早办起的完小，其诞生的过程费了周折，值得称道。在现在的小堡学校校园里，2009 年 8 月立起一通石碑，由张氏十九代后人张鸣举倾情撰写碑文——《小堡村高级小学小纪略》，摘录一段：

公元1953年秋季前,小堡村只有一所初小。由于无高小,学生初小毕业后除少数进城就学外,多数辍学在家。先父张公杲目睹此状,心急如焚,决意兴办义学。在村支书张睿支持下,会同张占堂,以百折不挠之精神,多方交涉,费时数月,终获批准成立小堡村高级小学校。建校之时,族人纷纷响应,有钱出钱,有力出力。自力更生,因陋就简,在原教堂教舍基础上,自建土凳、土桌、土黑板。于是年秋终于隆重开学。一时盛况空前,传为美谈。乡人感先公们办学之心诚情切意坚,多以"新武训"嘉喻之……

一句话,张杲为了学校奔走呼号功不可没,果真与武训精神类似。他是仪善堂张氏三门的传人,宗谱记载生于1910年,于1992年去世,下一辈三个儿子,老三就是张鸣举,1961年考上太原机械学院中专部,以后担任过七机部第三研究院副司局级干部。他写及小堡高小,文绉绉感慨地说:"余亦毕业于斯,至今五十多年过去,当时情景仍历历在目,村中人仍念念不忘先君之功德。"据说当年只要各村自行解决校舍问题,政府就能尽量安排教师到岗开设学校,但大多村子畏首畏尾响应寥寥,小堡人觉悟超前,这才抓住良机捷足先登,得以十年树人,惠及子弟,当然包括张杲之子张鸣举,也包括张兴顺等。

张兴顺记得,小学占用的是地主张沂的房院,全校1—6年级各一个班,他们一年级50多个小学生,本村的约占70%,剩下是辐射周边沙涧、全武营、刘

建校元老张杲及其妻子

家口、上庄头等村子走读式的跑校生,其余年级的人数及生源构成大致相仿。当时校长名叫郭泰和,基本沿袭师道尊严那一套管理。老师被分派来时,都知道小堡是文化村,总要慎重掂量一下自己的水平,例如长头村的康士贞,当初就不敢到小堡任教,生怕褚小怀大,其实难副,以至在全县教育系统传为热点话题。

  小学阶段的张兴顺成绩并不突出,大致中等偏上。一则男孩贪玩,他曾跟伙伴们学着大人玩儿赌博押宝游戏,把唾沫抿满大拇指的指甲盖,出现几个泡泡就去猜几,据说数他专心投入,拇指往往被口水浸得起皱;再者还没有起跑线论输赢一说,放学后拔草喂羊喂兔子、暑假给生产队放牛习以为常,学习相对轻松自在。其间的 1966 年"文革"爆发,小堡村由于崇教重学之风根深蒂固,运动来了能应付就应付,最多搬掉翰林老宅屋顶的兽头而已。在张兴顺印象中,学校从他们下届起将小学六年学制缩短为五年,原来的少先队员也一律更名红小兵,但未曾停课闹革命,教学秩序也好像没受太大影响。

  1970 年,张兴顺读完小学后升入小堡中学。原则上实行推荐,但对地富家庭还能网开一面,全班好像只卡下一个四明小,据说其父在抗战时期当过日伪的密探,却要儿子为此埋单,止步于初中门槛。小堡中学由张继宗曾经读过的教堂学校改造而来,前身是 1958 年运作的村办初中,故而叫过农中,已于 1962 年脱胎换骨获准公立,与北关、安子、神头、利民同属全县四所公办中学之一。说是中学,实则单设初中,三年学制相应改为两年后,全校只有初一和初二两个年级,每个年级一个班,每班 60 多名学生,比之小学时外村的跑校生人数又有增加。

  当时响应"贫下中农管理学校"的号召,村里派驻张杲担任"贫管会"负责人。回头反思,这一发明近乎荒唐,让大老粗凌驾于校长之上,怎么也有辱斯文,不过在小堡村没起什么反作用。张杲爱校如命,并不指手画脚,只管与大队协调,想方设法解决老师们的实际困难。校长名叫李毓山,邻村下窑人氏,毕业于朔县师范,又是烈士子弟,同样最大限度地避免学校受到外界"知识越多越反动"式的大气候干扰,营造了教学氛围比较浓郁的一方小气候。

因为还在"文革"期间，大多学校或许无法走出"殃及池鱼"的阴霾，而小堡中学居然奇迹般地"焉知非福"。根由是坐落在朔县吉庄村的晋北师专下马后，就地降格为省属重点中学，更名朔县神头中学，仍由原来的一帮大学老师代课。"文革"一开始，那里的运动轰轰烈烈，其中教师杨凤珍被打成反动学术权威，与妻子罗凤玲一起带着幼年的小孩发配小堡中学。杨凤珍是北师大物理系毕业的高才生，罗凤玲也毕业于山西大学数学系，夫妻合璧堪称一流名师，落难来了小堡村，顿时足音跫然，变废为宝似的，受到极尽的礼遇。尤其张兴顺所在的班级特殊沾光，罗凤玲担任数学老师兼班主任，杨凤珍担任物理老师，十分难得。留下的口碑说，夫妻二人绝对不枉"白专"典型，无论处境如何，师道恪尽无悔，始终一丝不苟、兢兢业业严抓教学。相传偶然两口子吵嘴了，罗老师两眼哭得红肿，但一登讲台马上进入状态，从来不把个人不良情绪带入课堂。

正是得益于杨罗两位老师的潜移默化，张兴顺开始对理科学习情有独钟。随着年龄渐长，他又知道老辈里出过翰林，族人津津乐道，崇拜不已，那座翰林老宅虽被搬掉了屋脊的兽头，但依旧门庭森严，不可仰视，似乎赋予他一种无形却真切的榜样动力。很快他的成绩在全班拔尖了，受到老师的器重。初一的冬天，学校安排学生们放学之后必须拾粪，每人每天计量上交一筐，有些同学犯愁，干脆潜入饲养处偷粪交差。张兴顺老实，即使父亲在饲养处，也不愿投机取巧，觉得自己是老师眼里的好学生，就得埋头多干。那时实行一日两餐，下午四点半放学后，他匆匆挎起箩头，往村里村外到处找粪，总会按要求完成任务，还不误晚自习到校学习。

不知不觉到了1971年12月，张兴顺初中毕业。全县统一组织中考，却实行与推荐相结合，推荐把关比升初中时的阶级斗争火药味浓了，家庭成分差些的必须乖乖出局。由于推荐人数限制在全班同学的大约70%，"黑五类"后代比例不够，据说还连累了无辜的中农子弟。公平与否没得可说，反正张兴顺在全班第一个通过了应考资格审查。文化考试科目为语文、数学、物理、化学、历史、地理和政治共7门，考完后分数并没向社会公布，只给考中的学生寄发录取通知书相告。小堡村包括张兴顺在内，一共考中5名，其中唯有张怡君名落北关中学，其余 4 人都被录入神头中学。神头中学正是前边提及的原晋北师专，也就在 1972 年初的高中新生入学之际，将杨凤珍夫妻从小堡中学重新调回，或可成为林彪事件之后教育回潮的一个微妙的风向标。

神头中学虽在小村子吉庄，但毕竟是大学校园，楼上楼下，电灯电话，软件硬件无可挑剔。随便挑出一位老师，都与杨凤珍罗凤玲不分伯仲，又各领风骚。张兴顺那一届六个班，他分在高中 22 班，全班同学 63 名。班主任名叫谢雁云，山西大学数学系毕业的，上课从来只拿两根粉笔，更有一派学问满腹、驾轻就熟的洒脱风度。学校确实开始不失时机地对前几年动乱无序造成的创伤自我救疗，老校长谢凤喜身体力行，每天有空就在校园的各处严加督察，教师学生都很怕他。置身这样的学习环境，张兴顺不能说宵衣旰食，却也孜孜不倦，功课基本不算吃力，成绩能排全班的前十名，而东南乡的一位孙培仁同学每次考试无不遥遥领先，令张兴顺不由得感叹自愧不如，所谓天外有天、人外有人啊。

学校的饭菜也不错，每月伙食费 6 元，虽以玉米窝头为主，但每周供应一顿白面馒头，对农村学生来说形同过年。张兴顺一个馒头都舍不得吃，全部攒起等到每月一次回家时带给奶奶，因为奶奶的身体已经有病。从吉庄回小堡，沿着桑干河走向，距离 40 华里，中间经过神头、耿庄、秋寺院、长头 4 个村子，结伴的每村各有同学，张兴顺等几个小堡学生相对最远，徒步足得大半天功夫。当年他还是大裆裤子，脚穿家做牛鼻梁踢倒山布鞋，一路上风尘仆仆，几乎干透的馒头在肩挎的布书包里咔啦作响，心里的那份充实，以后再也不能复制了。

无奈时光短暂，两年时间似乎转瞬即逝，1974 年 1 月份，张兴顺拿到高中毕业证书。由于那年"反潮流"的沉渣泛起以及对"修正主义教育路线回潮"的批判，正要开启的考试升学之门再次被封堵了，大学中专统统实行推荐似乎成为"金科玉律"。眼下的张兴顺别无选择，唯有社来社去，政策使然嘛，也能心理平衡。他似乎考虑不到前程之类，只是内心深处隐隐地憧憬念书，所以刚回村就去向"文革"前的老高中生张柱借来人家用过的数理化旧版课本，自己闲暇时翻阅学习，发现内容的系统性、逻辑性以及典型例题难题都比新版细密详尽，觉得思路更宽，更有助提高答题能力。可是又有什么用呢？

舆论宣传听起来很美：农村是一个广阔天地，在那里可以大有作为。但对于任何一名回乡青年来说，纯属理想主义色彩的安慰式口号。新中国成立以来逐步拉大的城乡差距不言而喻，怎么样离开农村才是由衷的期盼。张兴顺母亲张玉梅为儿子祈愿："咱的要求不高，成个公家人就行，即使倒夜壶，也是公家人好。"见过一份资料粗略统计：

编席图

"当时的社会中间有5%左右的人口例如地富反坏右被剥夺向上流动的机会，还有5%左右的人口例如党团员、劳模、积极分子处在向上流动的优先位置，但是，即便是党团员这种处在'优先位置'的候补人群中间，最终可能也只有五分之一或者更少的人口最后实现了向上流动。"具体到小堡村，所谓"向上流动"的几率越发微乎其微，因此张兴顺的机会如同泡影，完全渺茫。

理论上倒也存在三块实现华丽转身的跳板：推荐上学、参军分配、招工借干，客观上的可操作性接近于零。张兴顺参加过一次报名验兵，身体没有毛病，眼睛也不近视，学历更符合条件，最终仍然不了了之，而且那年小堡村入伍人数剃了光头，有个张均不仅身高标致，父亲又是残废军人，照样没能轮上。至于招工，大概个别名额年年下发公社，几乎无条件照顾了城里来的上山下乡知识青年，而借干，需要特殊门道的村干部才行，对普通社员更是天方夜谭。再就是推荐工农兵学员，小堡村子较小，公社一般不予考虑，谁也想不到，1975年小堡空前绝后获得了指标，张姓三门的张理兴是张兴顺初中同学，本来连高中都没上过，反被推荐送入雁北地区会计学校，谣传他的叔伯姑父担任朔县卫生局局长，从中施加影响力，争取了特事特办。长门的张海顺觊觎未果，满腔

张兴顺与母亲合照

愤懑痛斥他担任村支书的堂叔张绍宗吃里扒外，张绍宗给侄子画饼充饥，留下流传至今的一句经典名言："叔叔明年推荐你！"明年意味着猴年马月，其实哪里还有那种好事？

俗话说"没希望也就没妄想"，张兴顺准备死心塌地扎根农村，刚一回村，还跟着母亲学会编茭席，又因为手快，每天竟能编出四张宽4.5尺、长7尺的砖厂用席，然后父亲背着去卖，每张1.5元。张兴顺身体比较单薄，父母难免为他远虑，感觉编席子好歹总算手艺，日后兴许也能少干些重活。当年即1975年的开春伊始，大队正式派工，让张兴顺赶了一辆小驴车，整天风里土里以驴为伴，眼看日渐远去的校园生活恍如隔世，谁知9月份时小学校长捎话过来，说是下团堡联区急需一名代课教师，下乡干部看好他自学不辍，问他愿不愿意。张兴顺求之不得，扔下小驴车就去距离小堡村十几里的小山村孙家嘴小学任教。那所小学加上张兴顺只有两位老师，另一位为本村的民办教师，两人采取复式教学，分别为同一间教室里的30多名1—4年级学生轮流授课，放学后同事回家，张兴顺住校并且自带米面生火做饭。

所谓代课教师，教师中地位最为低下，专门替一些请假的公办和民办教师临时顶工，随时可能被辞退或挪窝，月薪也只十七八元。就这张兴顺也想一心一意干好，接手了二、四年级，晚上万籁俱寂时，照旧趴在油灯下看书。同事见了不屑一顾，说："教那帮鼻涕虫，有些知识即可，你自己学那干啥？"张兴顺也说不清干啥，或许真的漫无目的。过了半学期，联区看他胜任，当即留下应急，数月间他辗转去过大白坡小学、筷子坪小学、上团堡小学，走马灯似的连续补缺。

　　进入1976年，农村办学规模正在跃进式扩张，大村子上马初中，小村子都办小学，因此底层师资严重不足，只好"两条腿走路"，使得民办教师队伍急遽膨胀，同时清理打发代课教师。在特定的背景下，小堡村凡是高中毕业生，用不着走后门，基本都被吸收成为民办教师，张兴顺自然入选，"失之东隅，收之桑榆"，名分上虽比公办教师低人一等，岗位却有了相对安稳的保障，待遇是月薪12元外加生产队全勤工分。父母也很高兴，计划辛苦攒钱，"儿子娶个媳妇不愁了"。其时小堡中学一样乘势而上，增加了高中班级，共有9个年级将近500名学生，进入有史以来最辉煌时期。本村教师张春学就任校长，他听从村里的呼声，点名把张兴顺召回，为初中一个班代数学和高中一个班代物理。张兴顺回忆说：高中毕业教高中，难免被人吐槽小马拉大车，使他挺有压力，担心落得误人子弟之名，因而把高中数理化课程系统地继续自学，正所谓"君子深造之以道，欲其自得之也"。

　　确实，主观为学生，客观也为自己。

　　也就在1976年，毛主席逝世，"四人帮"被打倒，时代风云突变。1977年8月，正式复出的邓小平提议召开了科学与教育座谈会，迅速拍板恢复高考，并决定时间提前改在冬季进行；10月12日，国务院批转了教育部《关于1977年高等学校招生工作的意见》，规定"凡是工人、农民、上山下乡和回城知识青年、复员军人和应届毕业生，符合条件均可报考。考生要具备高中毕业或与之相当的文化水平。招生办法是自愿报名，统一考试"。"文革"期间执行的"自愿报名，基层推荐，领导批准，学校复审"十六字高校招生方针宣告成为历史。消息很快传到远离北京的小堡中学，张兴顺似乎在辨不清方向的沉沉暗夜，乍然看见东方露出耀眼的曙光，他和学校的其余5名民办教师兴奋不已，纷纷议论："邓小平上来了，高考就是时间问题。""只要叫考，考不上也没怨了！"其中小名黄牛的张明存年纪稍大，已经拖家带口了，他看大家跃跃欲试，只能遗憾地说："我考上也走不起，只想熬个公办教师就算了。你们好好考吧！"

　　那一年张兴顺刚过20岁，正值人生的春天，同时也步入一个"尊重知识、

当年恢复高考后，山西最高学府——山西大学首批学子就是经过这座雕像下步入教室

尊重人才"的时代的春天。日后回想，他不能不感叹自己的幸运：晚生了几年，错过了老三届，否则就会贻误青春；早生了几年，摆脱了"白卷英雄"盛行，免于被误入歧途；求学的黄金阶段，搭上教育回潮的顺车；人生的十字路口，却迎来高考恢复……

还犹豫什么？考场上见分晓吧。

接下来十几天间，以公社为单位组织考生报名填表，又区分大专和中专、文科和理科。几位同事谨慎，都不敢窥望大专，张兴顺却估计学习扎实的老三届学生大多类似张明存结婚成家，可能应考人数不会太多，而77届的那些应届学生们综合能力有限，因此他权衡对手，选择填报了大专的理科，然后开始埋头恶补语文、政治。到12月11日—13日，进城与全国570万考生一道，参加了史上竞争最激烈的十年一届的高考，科目包括语文、数学、政治、物理、化学，其中语文的作文题目是"心里的话儿献给华主席"，心里的话儿太多了，简直百感交集。大概考题不难，反正他对错不说，各门试卷都做完了，那时不兴对照标准答案估分，散场后怀揣"一颗红心，两套准备"回家等候便是。

数字显示，1977年的高考录取比例为29∶1，总计录取考生27.297万人，而张兴顺名列其中。年后2月份，他收到山西大学数学系的入学通知书，至今都没有打探考了多少分。说实话，如果不是恢复高考，他的人生命运不难想象，"修地球"，面朝黄土背朝天，一生一世做农民，最多比父辈稍好之处，他不是睁眼瞎，编席子可能编出几道数学题罢？

除张兴顺之外，小堡村另有张仁举考入山西大学物理系，张怡君考入山西农学院。张怡君的通知书邮递迟了几天，父亲以为他落选了，气得臭骂他狗肉上不了台秤，为此让他险些崩溃，也是一个搞笑的花絮。小堡中学的民办教师中，本村的两位和外村的一位考上了中专，另一位报名后临场弃权。总体说来，小堡张氏那年一共出来三名大学生、六名中专生，震惊了全县，文化村的名号再次叫响。横向对比，全县绝大多数村子颗粒无收，比如人口远超小堡的下疃村，直到1980年才考中第一个大学生张沛银，1981年又是仅有的一个中专张士权。许多年后，有人这样感叹："那时考上学校的人基本上不

2013年，张兴顺（右）代表公路局党组慰问老干部

要家里花钱，良好的社会风气，良好的学风弥漫整个社会，陈景润、张海迪成为青少年学习的楷模。那时候的人们相信，只要学习，只要有能力，前途一定辉煌。"媒体形容那一代大学生的热词是"天之骄子"。

张兴顺在山西大学就读四年，1982年毕业分配到山西省公路局工作，1984年与山大一位教工的女儿连华萍结婚，育有一女张瑶。仪善堂宗谱在人物简介部分介绍了张兴顺之后的履历：1984年—1986年到湖南大学路桥专业学习，1989年—1992年在津巴布韦参加援外公路建设，1992年—1998年任山西省公路局养路处处长，2012年任山西省公路局副局长，职称为教授级高级工程师，业内简称"优高"。从当年的民办教师，一步一步走到优高行列，张兴顺自己总结了两个字：多干。

2015年2月19日，山西全省普降瑞雪，一扫入冬以来的郁闷。这天是农历羊年的春节，也恰是二十四节气的雨水，媒体异口同声发出惊喜的赞叹"百年难逢'水浇春'"。昨夜轮到张兴顺值班，他在办公室度过了除夕。一大早虽见雪花曼舞，他仍然毫不犹豫地带着妻子冒雪从太原驱车启程，抢在高速公路关闭前直奔200公里以外的朔州和父母团圆。虽说太原并不算远，但他每次回老家，总有游子般的欣喜充盈心怀……

第十三章 往哉生生

一、乃祖乃孙

2015年2月1日,春节很临近了,小堡村张喜迎一大早就和老伴张罗着切肉,为子女们回来团圆准备伙食。自从去年7月小孙子出世,儿子一家三口还没有回来过,也不知过年探亲能不能成行,张喜迎的期盼却日甚一日。

他家位于村内的南端,院落还是两进:前院一排四间半的大瓦房,宽敞亮堂,20世纪90年代由张喜迎自己建起;穿过靠边的半间窄廊进入后院,正面有五间低矮破败的土窑,是他爷爷留下的祖产,屈指算来已有88年的历史。时光流逝,物是人非,或许已经很少有人探询张喜迎的爷爷是谁,但只要一提张学曾这个名字,在小堡村肯定无人不晓。

张喜迎夫妇

唯一留存的翰林遗产小条案

原因很简单，张学曾正是翰林张炜的嫡传曾孙。其祖父为翰林公子张耀奎，其父亲为教书有名的礽先生张礽。前文交代过了，礽先生育有两子张学曾、张效曾，和另一位祐先生的两子张显曾、张荣曾是堂兄弟。这时候再去打量张喜迎，果然是名门之后，体貌不俗。他生于1953年，如今63岁，虽说满头白发、后背微偻，但是身形魁岸，面相疏朗，村里的老者们说，想象中的翰林张炜依稀应该这般形象。

提及祖上的荣耀，张喜迎未免感到心存抱愧，因为爷爷和父亲两辈都变成了文盲。堂堂"太史第"的家境衰败，据说起始于当年的二少爷张耀奎。相传二少爷好赌，执掌门户后越发不羁，赌徒也乐得去招徕他，不论他有无现钱都不必担心赖账。有一次他进了赌场押宝，庄家立刻笑脸恭维："大伙赶紧让开，先请二少爷押吧。"二少爷当仁不让，无暇琢磨对手却去盲目下注，结果打了水漂，仅此一笔就输掉全武营村边的西园子40亩耕地。人们戏谑说："二少爷一只脚踏在地下，一只脚蹬在炕沿，一转眼40亩的西园子易主。"此等豪赌，一没底线二没理智，多少家业够他挥洒？难怪最后刊印父亲1800字的《增补三字经》时还显得力不从心。

到了祐先生、礽先生一辈，好歹还有一点家底，哥俩都以教书为生，温饱看来不成问题。很明显祐先生胜之一筹，起码让两个儿子读书，继而又送入军界，张显曾兄弟一度使家业再续兴旺；相比之下，礽先生望尘莫及，两个儿子居然上学无门了。1960年左右，小堡村七八十岁的老者仍旧记着小时候见过礽先生晚年的模样，说他也和一帮子上年纪的同龄人蹲在街边晒太阳，大家有时候闲聊抬杠，面红耳赤，只他从不插嘴，典型的讷口少言、善懦本分。按理乡村文化人也往往不屑于跟寻常农夫履足差肩，但礽先生显然全无清高，可见基本沦入普通的草根一族。他活了72岁，出生年月不详，不过据此估计，卒年差不多在1900年以后。他的两个儿子中，只能确定老二张学曾生于光绪甲申年即1884年，也算老生子吧。

原来的南场宅院

祜先生、礽先生在世期间，两家都住在翰林老宅，后来传嗣到曾字辈的4户人家，又把房舍一分为四。最先搬出去的就是张学曾，时间为1921年，那时其次子张宗3岁。据说出于人多拥挤考虑，有没有其他因素也未可知。当时分归他的房产包括一间半正房和三间西房，折价留给老大张效曾。张效曾娶妻平鲁下井村的唐氏，育有三子

大西场老宅

为张席、张廉、张浩，其中张浩得到大老财舅舅唐朝士的关顾，读了四年私塾，又因精明强势，所以提前取代父亲当家，向叔叔张学曾买房就是经他出面商定为价格30个大洋，仍找舅舅提供了资助。

那时候张学曾也已一大家子人口，妻子是白辛窑村的白大女，夫妻生了三女两男，其中长子张晓，1910年出生，曾经喊破过堂叔张荣曾的免灾大法；次子张宗，生于1919年，就是张喜迎的父亲。张学曾的第一处房院选在自家的南场，建起五间正窑、三间西土房。为了极尽节省，没有花钱雇人，所有施工均由夫妻自己独力完成。泥工、木工张学曾凑合着勉强胜任，白大女帮着打打小工。她的娘家同样是大老财，在麻黄头还有山庄，这样的富家小姐屈身来干粗

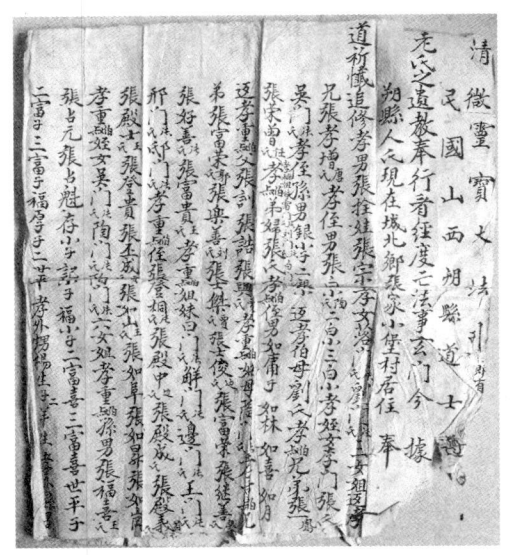 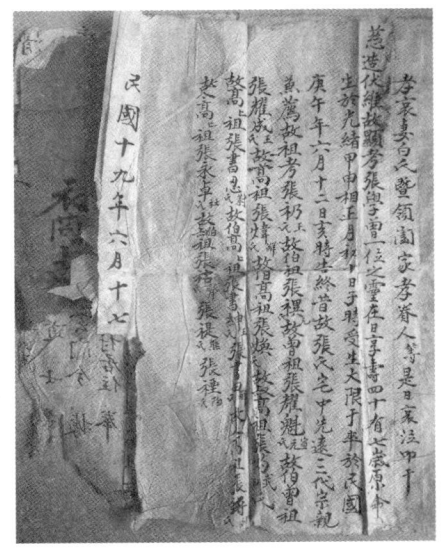

《裔支簿》

活,想来吃的苦头不小。因为小脚走动不便,听说抹土坯时她只能跪着浇水搅泥,不知怎么坚持下来的。

乔迁新居,也搬来原有的少量家具器皿,最多还是以前分得的翰林留下的书籍。歇后语说:"孔夫子搬家,除了书还是书。"有点类似。那么多书籍可惜没有保存下来,"文革"时被烧火了,做熟五六顿饭。唯有家具类的传下一件小型条案,至今扔在张喜迎后院的破窑里,看着做工单陋,木质一般,谈不上什么文物价值。

谁也不会想到,刚刚过了七八年,张学曾突发奇想又要迁居,令人难以理解。据说南场的谐音"难场",入住后才意识到原先疏忽了,或许他实在太讲究太要强,或许也真的感觉事事不顺,于是选在西北200米外自家的另一处大西场再起房院,取其大西场的喜气。这回决心一劳永逸,劳动量相应更大,张学曾夫妻仍旧扑倒身子苦干,长子张晓也能勉力相帮,最终一次性建成完整的四合院,包括五间正窑、五间西土房以及东南两套躺窑,就是张喜迎现在的住处。南场的房院则卖给本家的侄子张登桐,售价不详。说实话,大西场终究没能给张学曾如愿添喜，相反他因为劳累过度，肚里鼓起一个肿块，力疾从事，几近油尽灯枯，结果断送了他的"革命本钱"。1930年6月，又搬了新家4个月之际，张学曾竟然撒手人寰，年仅47岁。

在张学曾葬礼上，道士做法事时诵读了传统的《裔支簿》，2014年张喜迎从破墙缝里找到，成为翰林家族极其珍贵的世系资料。《裔支簿》共有两页，一页为张学曾哥哥张效曾及其家人父子孝男孝女名单，显示张效曾为张孝曾，也出现了张荣曾、张登桐、张乐善、张浩善、张士杰、张士俊等的名字。另一页则以孝子张晓、张宗兄弟的名义遥祭列祖列宗，应该是依据张氏旧谱排列：十一世老祖张永倬，娶妻杜氏，之下一辈张锵，妻刘氏；下来高高祖张书忍，伯高高祖张书绅、张书田；高祖张炜，伯高祖张焕、张灼；再下来曾祖张耀奎，伯曾祖张耀成，这位张耀成显然是前边的张耀辰无疑；而祖父是张礽，妻王氏，伯祖张禩，妻元氏；叔伯祖张祜，妻齐氏，张禔，妻熊氏，张禋，妻陶氏。这就说明，张耀奎两子张礽与张禩，而张祜和张禔、张禋则是张耀辰的儿子。那么前边提到张祜、张礽亲兄弟，似乎错了。以此说来，张显曾、张荣曾的父亲就是张禩，而非张祜。虽说这份《裔支簿》与口传有所出入，但都由道士匆忙写就，涉及人名也有不少错别字，算不上严谨，只算一个版本吧，也不做考证了。

张宗果然其貌不凡

张宗妻子刘水仙

总而言之，张学曾一死，家里的顶梁柱断了，白大女孤儿寡母，措手不及。

她于 1955 年去世，享寿 70 多岁，那么 1930 年 45 岁左右，没办法，她唯有依靠娘家周济。父亲亡故时张宗 12 岁，他回忆说往后每到冬天，母亲惯例拖儿带女去姥爷门上托嘴，快过年时舅舅白向阳再赶两匹健骡把娘儿几个送回小堡村，一匹骡子驮妇孺，一匹骡子驮米面。年复一年的含辛茹苦，白大女硬是维系了全家的安康，也被全村公认为少见的最有素养的贤良节妇，在亲族间她始终没有过纷争脸红，对谁都没有任何的口舌是非，而且一辈子不曾说过一句粗话，即使捣蛋的孙辈惹她非常生气，她也只不过嗔责一声："这髻厮的！""髻厮"是土话，类似垂发小顽童的意思。

因为谋生所迫，张晓和张宗兄弟早早就懂得自立。除了耕种三四十亩田地，农闲时候他俩结伴鼓捣小本生意，一般从邻村峙峪挑些粗瓷器皿，远到晋蒙交界的边墙一带换取胡油、莜面之类回来售卖，一厘一毫从牙缝里省钱。有些家底了，先是买了一匹毛驴，继而积攒着添置田产，印象中张晓就曾盘下过张如亨父亲张浩善的耕地。到新中国成立前夕，张晓、张宗已经先后成家，老大娶妻峙峪村的乔氏，育有两女三子，三子分别为张继成、张继明、张继银，以后一直都在村里务农；老二娶了黑水沟村比他小一岁的刘水仙，育有两女一子，其中儿子张喜迎最小，1953 年出生，小名叫金小。从张喜迎堂兄弟们通俗直白的取名来看，翰林的文化余晖荡然无存，与寻常农家子弟再无区别。

其间经历了土改，张宗兄弟也有三二十亩好地，划分成分为中农。名词解释说："中农，介于贫农和富农之间的农民。农村的小资产阶级。一般占有土地，拥有一部分牲畜和劳动工具，生活来源靠自己劳动。一般不剥削他人，也不出卖劳动力受人剥削。"具体到个体，"独善其身"，不瓜分别人的财产，也不被别人瓜分财产。在曾几何时的阶级斗争形势下，张喜迎本能地把中农的概念范畴反反复复琢磨过，首先记住属于团结的对象，再想这个团结也实在虚无，归根结底自己到底无依无靠，希图将粗饭吃稠一点、吃饱一点，全得自己努力了。自他记事之初，父亲也教诲说："咱们要以老为实，干啥都是给自己干。和人交往定要交心，交代了自己就交代了人家。"诸如守道存诚之类的高深哲言对张喜迎而言可能已经大惑不解，但父亲的朴素真言，却影响了他的一生。

再往后就是农业合作化，张晓、张宗的毛驴、土地都入社了，小商贩不再继续。不知是谁把土改分来张华甫的两间窑卖与张晓，张晓搬过去，祖宅则留给弟弟，就此哥俩分家了。1957年，本家的张如亨在山西218地质队上班，介绍张宗也去当了合同工。张如亨当年流落无着，曾经受到张宗母亲白大女的竭力关顾，他出于报恩之心，硬是争取了一个指标，拉引张宗挣些活钱，月工资竟有50多元。张宗没啥文化，只能掌管牲口，驮粮驮水驮运设备等，三年自然灾害时张喜迎随母亲还去地质队住过三个月，因为饥饿偷吃豆饼之类的饲料，吃下去肚子里好像小猪乱拱，好歹 hold 不住。

1960年，8岁的张喜迎上了村里的小学。当时小堡村还有初中，是跟安子、北关、神头、利民一样同属五所县办初中之一，占了教堂的学校，而小学则成立在地主张沂的住处。张喜迎很喜欢读书，刚刚拿到课本才几天，自己就把语文书全部看完了，不过只一个学期后就暂停上学，原因是大队的饲养处没建起来，需将集体的大牲畜分散下户责成饲养。可能考虑张宗在外上班工分不足，也给分来一头牛，每天记工12分。这样张喜迎只好弃学再当牧童，每天骑牛到沟湾里放牧，总归小孩儿贪玩，没觉得失学令人伤怀。好在半年后饲养处落成，集体重新收回牲畜，张喜迎才又返回学校，仍从一年级读起。次年父亲张宗却因国家政策压缩城镇人口，丢掉了工作回到村里劳动，再也没机会走出去了。

到1966年，张喜迎总算顺利读完小学。或许跟天资有关，那些课本知识对他来说不在话下，基本好像捎带一样毫不费力，全班40多学生中，他始终独占鳌头，一直担任大班长，节假课余还不误帮家里干活，不像一般的独子受到父母娇惯。开春以来他主要出地拔草，喂养四五十只兔子，每只够了3斤以上可去公社供销社出售，一斤5角钱，用以一家人的油盐酱醋和供应布票棉花的开销；到了冬天，又要闻鸡起炕，赶在上学之前拾粪。1966年6月，张喜迎参加全县统一组织的毕业考试，数学获得100分，语文98分，被朔县北关中学通知录取。听说所有学生的语文成绩因为作文普遍都扣4分，唯有他的作文打破惯例只扣了2分。当时的作文题目是"记四·一造林日"，他在叙述造林的重要性和劳动场面前，以一个问句开篇："我们为什么要植树？"据老师说，精彩就出自这个问号上，一下子引人入胜。老师的反馈让张喜迎难免有些孩童气地踌躇满志，一心一意准备进城里去读初中。

然而不到一个月时，"文革"风暴吹卷而至。好像已是暑假了，但小学又把张喜迎他们喊回去敲锣打鼓为运动宣传造势，什么"十六条""破四旧"等等，老师学生似懂非懂，多也感觉滥竽充数，热闹而已。但接下来张喜迎的激情再也高涨不起来了，一个消息说：上初中的录取无效，改为重新推荐选拔，他因中农家庭出身而名落孙山，从而永远失去继续升学的机会。读书与否可能并不要紧，成分的差别却让张喜迎心灵的阴影久久不散。那个时期张宗与同代人一样，对子女读书并不十分重视，大女儿1963年初中毕业后考上大同柴油机学校，完了还能分配工作，但他反对女孩外出读书，拦住不许前去；二女儿干脆在小学阶段半途辍学；至于儿子，初中升不上去也算，听天由命吧。

一旦离开校园，张喜迎就意味着被编入农业社的社员行列，除了下地劳动别无选择。第二年也即1967年，他已是小堡村二小队五辆毛驴小平车的车倌之一，常年车轮滚滚地拉田送粪拉炭，开始每天半个工分，慢慢增加到0.8个。赶小车本属照顾未成年劳力，苦力相对较轻，却也起早贪黑餐风露宿，受罪依然不小。恍惚两年过去，张喜迎17岁了，父亲开始给他物色对象。张宗的一个姐姐嫁在峙峪村，他经常过去走动看望，发现姐夫的侄子玉栓有个女儿落三女出落得干净整齐，就和姐姐商量："玉栓家的那闺女不错，给咱金小问下吧。"姐姐马上从中撮合，双方家长一拍即合。落三女比张喜迎大一岁，相亲时看见张喜迎瘦瘦高高，印象不很起眼，但她说自己也没什么立场，反正认可了。

当即两人订婚，彩礼590元，另加为女方做衣服的一块黑条绒布、一块蓝斜纹布以及一双翻毛皮鞋、一件秋裤等，一共700多元。这一数字对张家来说还能承受，主要得益于一项家庭副业，就是编菱席。每年冬季农闲，小堡村不少人家都把分来的高粱秸秆破皮编席，然后想办法卖掉，多少是个活钱来项，并且好像形成了传统的小生产模式，村里也往往只安排半天积肥劳动，给人们尽量多留编席时间。张宗组织全家动手，起早贪黑习以为常，起初将编好的菱席卖到附近的砖瓦厂遮苫土坯，等张喜迎订婚了，又通过其岳丈的门路为峙峪村的车马大店送货，每张席子 1.5 元，纳税大约 1 角，总计一冬下来不愁收入七八十元，数年来集腋成裘，直至告罄于张喜迎的亲事上，手头再度陷入拮据。落三女还想买一双一根带布鞋，张喜迎已经掏不出鞋价的 3 元钱。1971 年，两人完婚，次年大女儿张彩萍出生，又两年添了二女儿张翠萍。

婚后的张喜迎一如既往积极劳动，和崞峪村的落德寿并称全公社最能受苦的两大壮劳力。不过村里偶然有个事关年轻人前程的招工指标，并不取决于葆力耐劳，所以统统与他无缘；他也并不奢望改变命运离开农村，从来不把自己跟人家相比。1975 年，朔县国营杨涧煤矿铺设铁路，公社成立了一支工程队参加筑路，从小堡村抽选 4 人，其中包括张喜迎在内。根据协议煤矿每天支付每位劳力 2 元，村里再按 1.5 元折合一个工分给大家记工。实际上，小堡村的一个工分波动在 3 角左右，以 1.5 元相抵看似不大公平，但是大锅饭讲究平均主义，叫作以副补农，没得可说。张喜迎每天可挣将近 1.3 个工分，至于公社和大队收入多少，与他没啥关系。

由于铁路工地的活计苦重，有些社员半路跑回去了，张喜迎却能任劳其守，还担任了跟班小队长，就此干到 1978 年，施工进入收尾。一旦火车开通后，杨涧煤矿的扩产势在必行，迫切需要过硬的井下工人，矿长陈奎一眼相中张喜迎，单独将他留下招用为协议工。

其时的时代背景，说法一直很确切："实行工农业产品价格的'剪刀差'，城乡居民经济状况差异非常明显，所以农村人都羡慕城里人，普通农民的最大梦想是当工人吃商品粮，哪怕做临时工也行。"虽说下井事关人身安全，社会上也蔑称"窑黑子"，但是基本工资、入坑补助等加起来每月收入 80 多元，比两位正式教师的收入总和还多，张喜迎自忖十分幸运，简直不相信凭着苦力果真还能得到机会。当时井下产煤，都靠人装骡拉，每班 8 小时，每人定额装满 18 个半吨的矿斗，张喜迎无偿多装 12 个，每班装煤 15 吨。也不是说傻帽或者活雷锋，而是再想更进一步转为长期工，退休了也有工资。煤矿的书记李书十分善于鼓劲，平素对年轻人都以小名称呼，显得特别亲切，张喜迎的拼命精神令他由衷感动，很快先给评上劳模，又说："金小啊，三叔从我们元子河村给你问个媳妇吧。"张喜迎赶紧解释说:"我已成家了。"

协议工转正,难度绝非一般,熬个十年八年不足为奇,甚至可能毕生无望;不过说简单竟也简单,关键在于因人而异。张喜迎凭借他最笨也唯一切合实际的办法得到书记的赏识,转正问题当然可以迎刃而解。1979年,他成为国家固定工,1982年,又被提拔为采煤大队副队长,月薪提高到200元。没有后台,没有后门,刚刚30岁的他在工友眼里似乎年轻有为,实际上还是那两句话:"干啥都是给自己干。""交代了自己也就交代了别人。"张喜迎身体力行做到了,命运也就没有亏待他。

1982年的小堡村已实行了包产到户,张喜迎家里也承包了12.8亩土地。一直以来他和妻子矢志追个男孩,那年12月终于如愿,儿子张平出生了。其时计划生育政策依然很紧,落三女甘心做了绝育手术,被免于超生的高额罚款。张宗终于盼来了孙子,喜悦之情可以想象。1986年,他去世了,终年68岁。临终的前两年,他不止一次和儿子说起很有感触的一件事。原来他的姨哥落克明早年毕业于宁武五中,曾经担任阎锡山手下的朔县特务队的大队长,新中国成立后潜逃内蒙古,1958年才被捕,判刑20年,于1976年提前获释后,跟姨弟张宗讲道理说:"你一直锄田,抬头低头认识的光是玉米,终归井蛙醯鸡没啥出息;要想眼界开阔,要想出去认识更多的各类人物,只有读书。"张喜迎听明白了父亲的意思,也已认识到时代不同了,孩子们再不论家庭出身、高低贵贱,都能通过统一的高考中考接受国家选拔,读书成才就是他们脚下的唯一出路,否则永远跳不出玉米地。

伴随着改革开放,一个现象不容忽视,那就是农村教育从20世纪80年代中后期宿命般地步入衰落。张喜迎的大女儿在本村

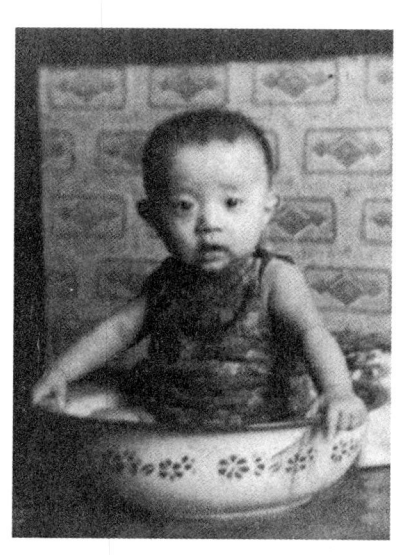

张平刚会坐时

的学校上学，平日的成绩总能排名第一，中考时候却空手而返未能升学，毛病显然不在孩子身上，而是曾经名声在外的小堡学校整体上落入末流。张喜迎急忙吸取教训，1988年将刚上初一的二女儿慕名转学到另一所照什八庄学校。第二年儿子张平也上了本村的小学，无奈年龄太小不可能送他出去择校。其时朔州建市，朔县变为朔城区。

生恐耽误儿子，1990年冬天张喜迎决定留下大女儿照顾年迈的奶奶，自己干脆携带妻子及二女儿和儿子到杨涧煤矿居住，两个学生同时进入杨涧煤矿子弟学校上学。杨涧煤矿子弟学校毕竟依托煤矿，老师的收入高于社会同行，在当时办学质量也算全县一流。这一抉择立竿见影见了效果，半年后二女儿读完初三，顺利考入朔县师范公费就读。儿子张平插班二年级后，学习成绩很快排名全校同年级前十位，甚至夺过一次第一名，他总是敏而好学，基本没啥学习压力，又天生腼腆懂事，省得大人过多操心。"或许与翰林的遗传分不开吧？"张喜迎有时候想起遥远的祖辈，恭敬和感谢之情总要油然而生。

也是世事无常，1997年煤炭市场快速滑坡，国营杨涧煤矿居然关门停产，职工被迫下岗，每月只发放150元生活费。张喜迎年过不惑，正好处在十分被动的"40、50"中间，一时惶惶失措，有些积蓄都回村盖了瓦房，以后一大家子怎么生活？歌星刘欢大唱特唱"大不了从头再来"，叫他"从头再来"试试？谈何容易！但是市场无情，愁也徒劳。好歹还算副科以上干部，张喜迎受到照顾，办理了内部退休手续，每月可以领取260元，与在岗时的700多元相比缩减将近三分之二。这样过了一年，1998年儿子张平中考，成绩554分，比头名只差2分，在朔城区所有6000多考生中排名并列第二，被朔城区一中录取。他的一鸣惊人给了父亲张喜迎莫大的安慰，他想

落三女和儿子张平

不管困难多大，一定供养儿子读到没得可读才罢休。

那年暑假期间，张喜迎从城里的菜市场驮了香瓜，到小堡村周边游动贩卖，张平兴致勃勃也要一试身手，爷俩各骑一辆自行车相跟着出发，父亲驮两大篓120斤，儿子驮两小篓80斤，一路先去沙涧村摆开小摊。张喜迎对儿子说："先卖你的，后卖我的。"然后大声吆喝招徕买主，张平却难为情张不开口，偏巧出来一位村民，泼冷水说："在这村卖不掉。"张平一听脸色骤变，张喜迎急忙安抚他："你先回家，我来卖吧。"张平郁郁地回去了。张喜迎独自守到下午才卖完香瓜，并把换来的部分玉米想办法兑作现钱，回家鼓励儿子说："以后你只管帮我驮瓜，我来负责卖瓜。不论赔赚，我每天付你五元钱。"张平这才开心些，拿到一张五元后，一下一下仔细地抚展……那时他才17岁，还是个孩子。"老实说那天一出北邢家河村爬坡时，我就犯愁了。"事后他说那次特别的磨砺，使他第一次懂得了生存艰难，感受到理想与现实的距离，以后遇有挫折，只要想想卖瓜之事，都能处之泰然。

开学后张平就去朔城区一中上高中，每年学杂费3000多元。为了方便照顾他，父母也一起进城，租住学校对面的城墙土窑，月租包括水电费在内为60元。张喜迎在一家化肥厂打工，每天背化肥的收入15元。生活自然很艰苦，落三女想给儿子改善伙食，不过是猪肠油炒土豆丝，或者顶多买个油饼、买一袋方便面。三年后的2001年，张平蓄势而发步入考场，第一志愿填报了同济大学，第二志愿为北方工大。有些遗憾是，同济在山西的录取分数609，张平差了2分，被拒之门外，接到的是北方工大的录取通知书，专业为机械设计及其自动化。他与父亲商量："一所是全国名牌，一所是普通一本，该选择退求其次呢，还是破釜沉舟补习一年？"张喜迎倾向中庸求稳，说："咱的最终目的，不外乎找一份工作。"张平素来尊重父亲的意见，于是如期前往北京报到。

张喜迎把儿子送到学校后，他自己也犹豫该不该随高就低。咨询得知北方工大的口碑很好，只因北京的教育资源太多才显得不显山露水，特别是最好的机械设计及其自动化专业，在全国名列前茅，培养出的机械设计工程师多有建树。而且校方通情达理，主动提出折中方案说："若想回去补习也行，我们为张平保留学籍。假如他明年考试仍不理想，可以回来重新入学，但有一个条件，现在必须把报名所需的各种费用8600元先行交付。"张平体谅父亲的经济状况，跟父亲说："我决定留下。您挣钱不容易，多交八九千元，多受三四年呢！"接下来，他在北方工大安心学习，于2005年毕业，同时已报名考研。根据专业可以选择清华或者北京交大，他吸取高考时的教训，生怕万一与清华失之交臂可能两头落空，因此为有把握报考了北京交大，笔试分数394，毫无悬念达线了，谁知一看清华才需360分，看来胆子小了。

那年北京交大从北方工大机械设计系招收15名研究生，达线的考生统一面试。轮到张平时，导师们用英文向他提问，他听得不很清楚，开口想请重复一次，但人家根本不再理睬，马上又叫下一个。张平纠结不已，似乎感觉没戏了，却偏偏被在座的查建中教授认准，当场表态说："这个小孩我收下了。"查教授是美国纽约州立大学博士、全国政协委员，在国际国内的机械设计领域声名素著，治学严谨最重真诚，他看好的恰是张平老实，抑或阅人无数，洞察出张平血脉里沿袭未泯的"守道存诚"吧。

随后张平成为查导师门下的研究生，攻读人工智能专业，"时不可以苟遇，道不可以虚行"，他实在够幸运的。

幸运的还有他父亲张喜迎。儿子上大学后，张喜迎夫妻回居小堡村。杨涧煤矿虽已复产，但也不再返聘他。除了退休金收入，他继续贩瓜贩菜，竭力承担儿子的上学所需。就在2004年，老母亲寿终，他的老上级、原杨涧煤矿生产副矿长郭寿昌应聘担任由乡办转民营的葫芦堂煤矿矿长，他首先想到把张喜迎召来，委任为调度室副主任，月薪5000多元。这一提携之德，让张喜迎从旱泥窝拔出脚来，柳暗花明迎来人生的第二春天。

2006年的国庆节期间，张平回来探亲，说他已经提前半年完成硕士论文答辩，经过学校和导师择优推荐，可以前往比利时鲁汶大学攻读第二硕士学位，究竟该不该前去，要和父母商量一下。其时张喜迎的经济状况还没缓过气，知道商量的含义，他问："要多少钱？"儿子说："每年30万，公费一半自费一半。"张喜迎又问："和国内的硕士有啥区别？"儿子解释说：一来英语长进；二来欧

欧洲顶尖学府——鲁汶大学留学生张平

盟许多公司在中国发展,鲁汶大学硕士是一张金字招牌。张喜迎底气不足,迟疑说:"要么就在中国攻读博士?"张平应允了,但脸上不易察觉地有所失落。儿子走后,张喜迎越想越觉得惭愧,后悔不该考虑客观原因而拖孩子后腿。

过了十几天,学校又往比利时输送下一批留学生,查教授要求张平务必报名,并问:"上次为啥不走?"张平嗫嚅说:"我怕父母想我。"查教授说:"别瞒我了。是经济原因吧?这次不能再错过,一定要出去开阔眼界夯实知识!钱不够我来包底!"张平打电话和父亲说了,张喜迎一听居然覆水可收,还能说什么?"再不走就辜负了查教授的一片苦心!"他赶紧到处借钱,凑齐20万元,还差10万元,查教授慨然垫付,等于推着张平走出国门。2007年,张平完成鲁汶大学机械电子专业的硕士修读,单说从小堡村走出去的学子,双硕士的学历已算最高。

张平的出息,给家族带来引以为豪的谈资,人们都称誉翰林后继有人、张平后生可畏,甚至还议论到迷信和风水的话题。村里流传一个版本说,张喜迎曾为父亲另择新坟,高人指点了两处:其一上上大吉,后人或可出将入相,却也有再实之木必伤其根之忧;其二比上不足,倒也会吉人天相。结果张喜迎选择了第二处,高处着眼低处着手云云……对此张喜迎忍俊不禁,他说父亲那年腊月廿六去世,要匆匆赶在春节前打发,但老坟满员了只好在自家承包田下葬,哪有余地择坟一说?看来是姑妄言之了。

最后做一补充——

回国后的张平又面临两个选择:读博或就业。他感觉时不我待,说:"那么多外债,不能不分轻重缓急。就业吧。"2008年3月,他被中国航天一院十五所录用,步入探索航天科技的人生之旅;2011年,与同单位医院的宁武籍山西老乡毕凤喜结伉俪,安家北京。他和167年前的老祖宗张翰林一样,从小堡村走出去又落足在皇城根下,山河依旧,世道轮回,大约也是一种巧合吧?

2012年,因为山西的资源整合煤矿易主,张喜迎从此正式告老休息。他还清了包括查教授的10万元在内的所有债务,终于可以安享无债一身轻

张喜迎的孙子

的清闲。喜迎,喜迎,2014年7月,张喜迎迎来一辈子最隆重的喜事,那就是小孙子张睿喆在北京降生。张睿喆作为小堡村翰林张炜的八世后人,接续了从爷爷开始的三代单传。虽说他还在襁褓之中,但身上已然寄托了祖祖辈辈赋予的沉甸甸的期望……

二、享帚自珍

在如今的小堡村,最阔气的宅院可能是张月明的住处。只见瓦房高大,窗牖敞亮,门外还有一座简易车库,专门停放主人的"威志"牌小轿车;家里也够现代化的,土暖气的供热系统、无线局域网的电脑、宽屏的液晶平板电视等,跟城市人的生活条件已经没什么区别。

张月明生于1962年,进入2015年就54岁了。改革开放30多年以来,他由一个普通农民脱颖致富,逐渐积累了足够数十万元的殷实家业。不过在他看来,诸如房车不外乎身外之物,而家中弥足珍贵的东西竟是家传的一小箧陈旧

张月明的大院及车库

的文书,一共 13 张以契约为主的纸页,当年他的爷爷留给他的母亲,他的母亲上年纪后才又交给了他,再由他精心保藏,生怕闪失遗损。可谓"家有弊帚,享之千金"。

或许那些泛黄的纸页远谈不上什么文物价值,但却见证了张月明的祖辈父辈与小堡这片土地息息相关的沧桑往昔,无言地讲述了一代接一代平凡而坎坷的命运浮沉。

说起张月明的身世,实际与前文可以续接,他的直系祖上正是想当年的著名乡绅张书绅。已知张书绅的独子张四维少夭后,过继了白堂直系张耀祖为孙,张耀祖前后娶过两任妻子,与原配蔚氏育有鸣科、鸣丘、鸣岐,与续妻陶氏育有鸣纲、鸣金、鸣( )及鸣誉,其中老大鸣科与不留下名字的老六早卒,七子中留存了五子。老二张鸣丘的曾孙张占真曾经写过一段家史,痛诉张耀祖续妻陶氏虐待原配蔚氏所生的孩子,并且日后分家也严重不公。甚至张占真用四句顺口溜表述如下:

人家房多地多质量高,

生活富裕气势粗,

咱们是人人见了看不起，
露开空子要欺侮。

张占真可能耳听为虚，并没有原始依据。想想纵使续妻陶氏有失贤良，总被"三从四德"的紧箍咒约束，而张耀祖身为监生，一生道德文章，怎能对五个儿子厚此薄彼、面对一众族人自毁清誉呢？好在留在张月明手中的一张五子分家的契约，说明张占真完全误会了老祖。这一契约属于张月明父亲的祖父张鸣金，同时首先发现张鸣金原是张鸣鸾，大概有人错读过"张鸣銮"，以至于又传讹为"张鸣金"了，就此更正过来。分家契约内容如下：

立分单遗书人张耀祖，今有自己承受祖父基业并自己续买房屋、田产、农器、家具、粟色、牲粟，情愿与五子均分，禀告天地、祖宗，公仝亲族，以五股搭配均分所有；安家岭煤窑、房屋，仍自己经理。欠外账目成丁四股均分，地内钱粮照地过拨。至公无私，永杜争端，各执分单为据。

如有本身及子孙搜求争执，据此禀官究治。

张鸣鸾：西厢房三间；磨房二间；茅坑一眼；南沟中弯地十三亩，沟南地二十亩，南畔地二分；沟南地二十亩，北畔第三分娶妻之费；大门在伙；碾房在伙；场在伙。

公仝：张耀斗　田承恩　元时懋　阎麟园　张耀奎

咸丰九年正月二十四日

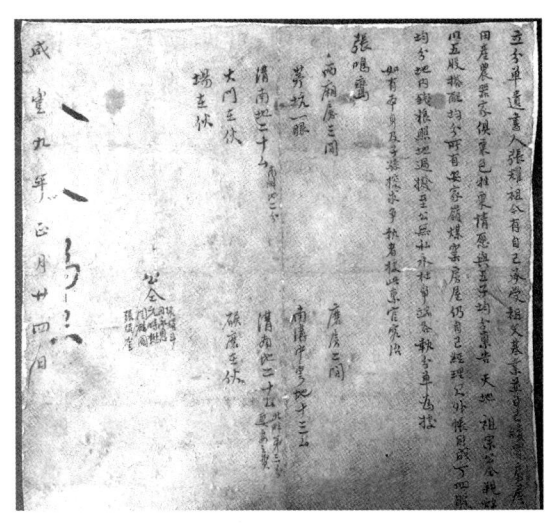

咸丰九年分家契约

解读几处：

1. 咸丰九年，即公元 1859 年，恰是翰林张炜的逝世之年，距今 156 年，十五世张耀祖到十九世张月明传了五代；

2. 张鸣鸾分地约 53 亩，他尚未成亲，另有一份额外补贴；

3. 五股均分，考虑肥瘠因素，说明张耀祖的田产大致在 300 亩左右；

4. 还有安家岭煤窑及房产，老掌柜自己经营，显然他不到垂暮时候，应该 50 岁不到；

5. 公证人张耀奎等，无疑是亲族中大有身份的代表人物，他们签名做证，肯定了张耀祖的"至公无私、永杜争端"的良苦用心。

一旦分家，意味着张鸣鸾弟兄各自独立，八仙过海去吧。开始时五家的光景肯定差不多，随后张鸣鸾成家，妻子的生卒姓名不详，夫妻育有两子，就是张月明的爷爷张继善和张如亨的父亲张浩善。清楚的事实是，张鸣鸾夫妻遭遇不幸，竟然双双死于一场疫病。那时张继善 9 岁，张浩善 7 岁——这里与张如亨口述略有出入，存在一点误差，无法考证得那么精确了。依据张月明所说，爷爷张继善属蛇，应该生于 1893 年，他 9 岁是 1901 年，也即其父母的卒年，距离咸丰九年过去了 42 年，分析张耀祖续弦时间较晚，陶氏所生的四个男孩很小时就分家了。张月明与张占真同辈，张占真生于 1922 年，比张月明足足年长 40 年，大致参照，张鸣鸾与同父异母的张鸣丘等可能年纪悬殊不小。

张继善兄弟童年失去父母，生存面临考验，据说全凭叔叔张鸣誉管顾。其时他们的爷爷奶奶早已作古，安家岭的煤窑如何分配不得而知。张继善也回忆说，张鸣誉妻子七龅牙老人对他们骂归骂过，总也给些吃的；不过他俩仍旧极其艰难，大冬天家里太冷，只好在炕上用笸箩、簸箕等搭建小窝棚保暖，总而言之，终于顽强地存活下来。张浩善从 12 岁开始到铺上村当长工，张继善大概留在家里种地，据说二十五六岁时，叔叔张罗为他娶过韩佐沟村的媳妇，名叫韩袍小，推算出生于 1897 年，比丈夫小四岁，其结婚时间大致在 1920 年之前。

翻看张月明所存文书，其中一份是张继善持有的兄弟分家契约，摘抄如下：

立分单约人张继善、张好善，今因不能同居，家长叔父议明：祖遗房屋、器物、地土按两股均分，毫无瓜葛，各执一纸。日后如有子孙争夺，恐口无凭，立分单为证。

张继善应分：龙王会中路西地十一亩；南沟湾霸墙东地一块十四亩，随带北疙瘩，北至崖根，南至流水，西至霸墙，东至路；西房一间半，南间，随代南面一角茅厕一眼。

亲长：士俊　殿忠　贾俊德

民国（　）年五月十二日

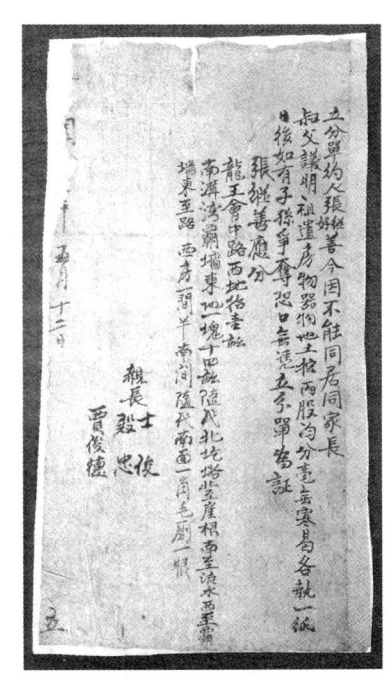

兄弟分家文书

契约显示，张继善分地25亩外加北疙瘩；见证人张士俊、张殿忠都是堂兄弟辈，贾俊德是表兄弟；标记年代一处折损，无法看清楚了。不过，又有一份张继善于民国十一年也即1922年买了一块场地的契约，其时他30岁，能够佐证兄弟分家在此之前。契约内容为：

立卖永远场地契人张得善、张乐善，今有自己祖遗大门外场面空地一段，东至路，西至张士杰，南至路，北至院内南房后滴水，四至分明，因紧急使用，情愿出卖与堂弟张计善名下，永远管业承受，仝中授到时价钱四千文，当交无欠，永无反悔，日后如有户下人等争端，有卖主一面承当，恐无凭，立卖永远地契存照。

公仝人：贾俊德

民国十一年十二月

一块场面，不知面积大小，价格是 4000 文。有资料显示，每个大洋折 1200 文，合计大洋 3.33 元。民国初期，据说小米每公斤 0.09 元，猪肉每公斤 0.32 元，可以比较地价的贵贱。兄弟分家后，张继善花钱买下堂兄张德善弟兄的场面，用途是自己磑窑居住，原来的房子无偿留给弟弟张浩善。张浩善差不多就在 1920 年前结婚，后来为张华甫当管家，传下儿子张如亨，前文已有交代，这里略过不提。

单说张继善，夫妻生育了两个儿子，老大张如绅，生于 1922 年，老二张如贵，就是张月明之父，生于 1930 年。村里的故老相传，张继善出名的勤劳。他没有读过书，但是记性过人，不仅可把老版的仪善堂宗谱全部背诵下来，而且还懂一点阴阳八卦，关键对家族事务十分热心，主持公道、调解矛盾等。有一年，堂兄张殿忠赌博输给马营堡一个赌友一笔钱，对方上门索讨，张殿忠拿不出来，只好托辞耍赖："颗颗粒粒是动轱辘，瓷器物件是尿盔子，长毛牲口就是个狗，想要就拿去吧。"张继善听得吵嚷，过来二话不说抽了债主两耳光，打得债主昏头转向，往南逃回马营堡时竟然反方向往北跑到沙涧村，跟人诉说不知是谁打了他，沙涧的人们都说："肯定是那个九十三！"张继善小名九十三，来由不详，但名头挺大的。

本来光景过得稍有起色，无奈张继善在日寇入侵前后沾染了鸦片，直如跳进无底洞一样，费钱好像流水，卖地养吸不可避免。民国二十五年也就是 1936 年的一份民国官契表明，他将一块田地卖给城内一家商铺老板：

> 立卖契人张计善，今因正用，将自己坐落小堡村房后地八亩，东至张盛，西至张自成，南至张卖主，北至张占明，上下金石土木一并相连，同中说合情愿出卖与城内玉庆常名下永远为业，言明时值价洋一十元整，当日钱业两交各无异说，自卖之后倘有亲族邻佑争执或先典未赎情事，由卖主一面承当，与买主无干，恐口无凭，立卖契为证。附带旧契一张，原粮六分四厘。
>
> 公证人：村长张自怡

说合人：张士杰

中华民国二十五年

阴历十二月初十日

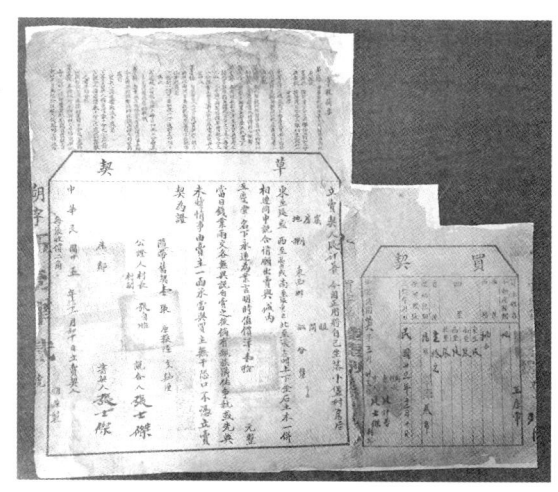

张继善卖地契约

8亩耕地，大洋10元，等于白菜价，平均每亩不到一个半大洋，可见张继善的急用程度；玉庆常，可能是城内老板的商号名字；原粮，指需要每年上缴官府的税银。该地契还证实，当时的村长为张自怡，正是二门张梅的长子，乳名大狗。

由于吸毒，张继善左支右绌，焦头烂额。亲侄子张如亨父死母嫁，想托张继善收容，张继善交底说："我连自己也顾不了啦。"此话不假。眼看长子张如绅到了成家时候，有人上门做媒，张继善只能一再

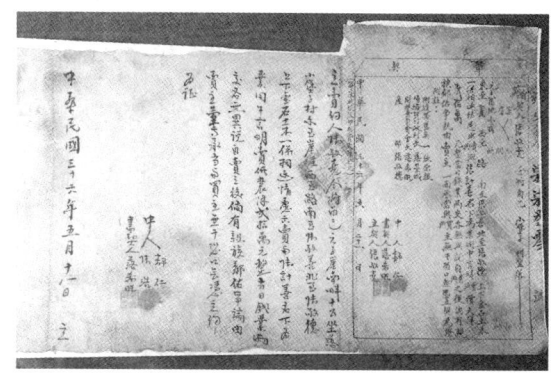

张继善置买张敬尧的地契

推辞："我儿子长得胎面子好，不愁娶亲，不着急。"结果张如绅错过了结婚年龄，导致一辈子打了光棍。终归张继善始终不甘心破罐破摔，抽罢洋烟照旧埋头苦干，虽然徘徊到穷途败家的边缘，却熬盼到1946年朔县解放，泛滥的鸦片终于被人民政府强力禁绝，跟他一样的烟鬼群体得救了。

1947年5月，晋绥土改开始之前，小堡村的地主张沂、富农张敬尧可能察觉风声不妙，忙着大出血甩卖田地。戒掉鸦片的张继善一心大显身手，看不清形势如何，只想着便宜可图，居然凑钱一下子出手买下两块土地，时间都是5

月18日，中间人包括张浩在内。地契内容格式大同小异，不再抄录。其中4亩向张沂买来，位于麻地湾，总价为农洋12万元；另外元子湾南畔10亩买自张敬尧，农洋20万元。这里所提到的农洋，是晋绥边区发行的西北农民银行纸币，参照相关资料算计，人民币1元相当于西北币2000元，那么两块地的买价分别等于后来的人民币60元和100元，也就是说14亩土地价格只有160元的样子，平均每亩不到12元。

又过半年就是土改了，张继善一家总计分到田地24亩，并宣告他之前的投资多此一举。幸亏买得不多，否则连贫农成分都会不保。如今，他家的一张《晋绥边区土地证》保存相当完好，内容一目了然：

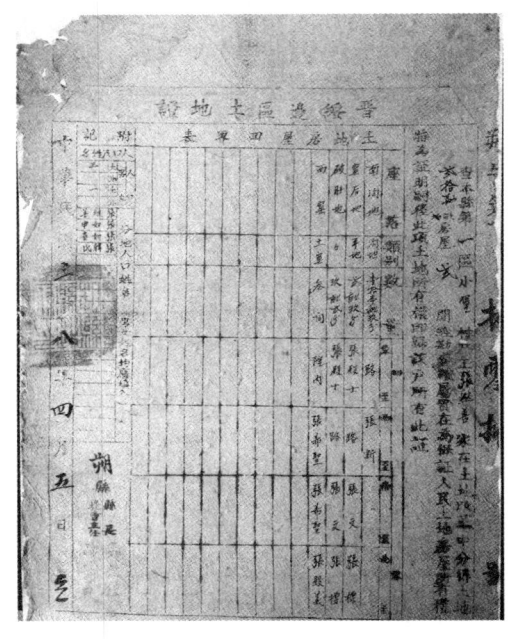

土改后的土地证

查本县第一区小堡村户主张继善家在土地改革中分得土地24亩，房屋二间，经勘查确属实在。为保证人民土地房屋所有权，特为证明嗣后此项土地所有权即归该户所有，此证。

明细：南沟底，沟地，一十一亩九分；窑后地，平地，二亩九分；破肚地，平地，九亩二分；西窑，土窑，三间。

人口及姓名：张继善　张如申　张如贵　张韩氏

朔县县长：郭崇信，农会主任：孙兴昌

朔县人民政府

民国三十八年四月五日

民国三十八年为1949年，是统一颁发土地证的时间。小堡村人均土地6亩，沟地平地搭配，这样张继善一家和全村所有人家基本上分不出贫富差距了。耕者有其田，能不能走向共同富裕，全看自己的本事。张继善这番更有信心，点滴积累几年，于1953年又有机会就近兼并了张殿忠一点土地。地契如下：

> 立卖田地文约人张殿忠，今将本人产业地下场东一半一亩三尺，东至路，西至贾维藩，南至张茂银等户滴水，北至车路东南角，向南车路一条，东至张加有，西至任禄，情愿出卖自张继善名下，南有贾维藩，向东车路一条，宽六尺，同中议定人民币十三万元，当交不欠，日后如有户下人等争执，有卖主负责。恐口无凭，立约为证。
>
> 立卖田地人：张殿忠
> 中见人：张快
> 代笔人：张怡光
>
> 公元一九五三年五月廿一日

这块土地是一亩三尺，价格第一套人民币13万元，后附的官契写明打税1800元，分别相当于第二套人民币的13元和1.8元。当时一个小学教员的月薪也还20多元，所以地价不贵。张继善原来的土窑快塌毁了，而且院子太过窄小，他干脆处理掉，买来张殿忠这块场地，重新碹起三间新窑，新院也相对宽敞，不仅改善了居住环境，还能种杏树、种菜，增加一点副业收入。

很明显，新中国成立之初允许土地交易，无疑会导致第二次两极分化滋生，可能也是国家考虑土地集体所有的初衷之一吧。果然，之后的一两年，小堡村实行了农业合作化，所有土地归集体。就在那一段时期，全国粮食极其紧缺，因而出台了统购统销政策，甚至有征购"过头粮"现象，小堡村人们的日子也不好过，青黄不接之际需要批条子到乡里买救济粮，张继善就留下这么一张便条：

下团堡粮局负责同志鉴：

兹介绍我社张继善原因早年中没闹下，又当时不能购买口粮，现在押调下又因他这户开不了锅，就不能等。具体一事购买给此人，烦劳出卖，希字后为荷。

此致

敬礼

社主任　张存义

4月14号

条子的确切年份没写，根据地方背景资料推断应该在1954年到1955年间，当时张存义确是小堡村合作社的首任社主任。张存义并不识字，可能由他口授别人代笔，好歹把意思表达清了。不管渲染与否，写出揭不开锅的状况总令人不安。那些年外出务工轻而易举，张如贵也跑到大同矿务局七矿当了煤矿工人，一定程度上减轻了家里的伙食压力。

进入1956年，朔县的粮食征购任务下降，各村才保证了社员的口粮。其年张继善已经年过花甲，想想次子张如贵也已27岁了，当务之急必须赶紧成家，毕竟新社会今非昔比，万不可像老大那样被耽搁。经过一番张罗，张如贵与马营堡村年仅18岁的陈秀兰结为连理，媒人是陈秀兰的姨夫，彩礼140元。陈秀兰生育较迟，直到1962年长子张月明才出生。不过又赶上三年自然灾害，饿肚子的近忧使得张如贵对铁饭碗毫不留恋，听说乡下可以挖种小块地，于是舍掉工作回村务农，夫妻往后十九年间一鼓作

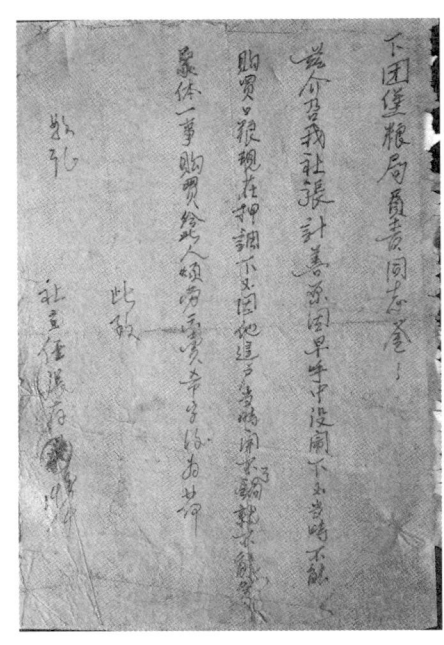

合作化时的买粮介绍信

张如贵

陈秀兰

气再生了两儿两女。仿佛宿命似的，1965年在二孙子张月柱的月子地里，张继善撒手人寰，享年73岁，而其妻韩袍小竟然也是1971年三孙女张月玲没过满月时去世，终寿75岁。

自从张月明记事，他家就饱受贫穷拮据之困。五个小孩虽然分粮占些优势，但母亲缠过小脚，基本不能下地干活，只靠父亲一个劳力支撑，年年都是缺粮户。穷则思变，张如贵常常跟本村族人张继宗、张希贤等，结伴前往河北邢台等地偷偷摸摸贩布，所谓投机倒把，挣几个小钱。祖传三间土窑还由张如绅住了间半，张如贵这边太拥挤了，只好续建了两间土窑。张如绅独自过活，工分可有盈余，免不了贴补弟弟，就这在农业社散伙时张如贵总计拖欠集体2600多元，当时堪称天文数字了。

不觉到了1978年，张月明就在本村的中学一直读完了高中，但学习成绩不行，没有尝试参加刚恢复的高考，正好本家堂叔张希贤在大同氮肥厂供职，把他带去当了三年临时工，月

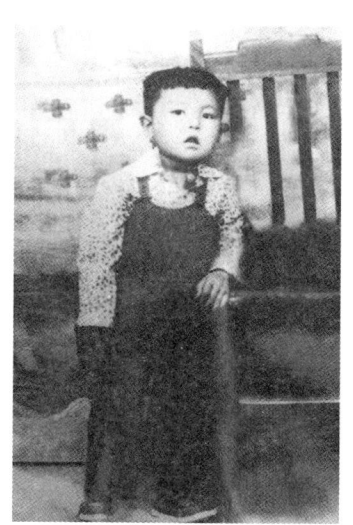
幼年张月明

张如贵旧宅

薪五十几元。当时改革开放了,社会上各种致富信息令人眼花缭乱,涌现出的万元户好像时代英雄。张月明再也无法安于现状,决心自己闯出一条脱贫之路。他于 1981 年回村,跟族弟张元宗商量合股购买一辆小型机动车跑运输,但二人财力有限,张元宗又游说大有坪村他的表兄加入进来,每人拿出 700 元,买回一辆时价 2100 元的河南新乡产小四轮拖拉机,就此成为第一批养车户,跑开后每年一共收入 3000 多元。1983 年时,村里包产到户,张月明一家承包了 19.5 亩耕地,包括龙王汇 15.5 亩、沙嘴地 3 亩及斜子地 1 亩菜地,本来预示着经济状况的进一步改观,谁知父亲张如贵竟然身患淋巴癌,于次年的 3 月不治病逝,只有 55 岁。张月明只能挑起家庭担子,也多亏大伯张如绅指点相帮着种地,他自己主要忙着开车赚钱。

1986 年,距离小堡村不远的平朔露天煤矿生活区已经开工,需用大量社会车辆拉运石头沙子之类。张月明他们的小四轮总因三股分红,各家的收入太显微薄,已然跟不上形势,所以决定分开发展,把旧车作价折并给张元宗。张月明手中略有积蓄,当即从信用社贷款 1700 元,总共投入 5000 多元买了包头产的新小四轮外带加工的车斗,带着三弟张月亮为平朔工地拉料。那年张月明年已 25 岁,被穷名在外所累,本地婆亲委实不易,当时村里的后生们兴起到更穷的河北省怀安县引媳妇，一哄娶来七八个，峙峪村的一个媒人也给张月明介绍了一位女孩，名叫刘玉青。刘玉青1969年出生，那会儿刚满18岁，她回忆说，媒人吹嘘张月明是运输专业户，家境富裕不必种地，所以她糊里糊涂就答应了婚事，还是被张月明开小四轮从火车站接回村里来的。说好彩礼1600元，媳妇还要求添置缝纫机、自行车和黑白电视

张月明夫妻后补的婚照

机，加起来大约2500元。张月明手头没有分文，张口借了二舅1300元、张浩300元，再把出聘大妹收回的1000元彩礼算上，才足额凑齐了。成亲后，刘玉青慢慢才知道，所谓的富裕专业户实则背着一屁股外债。

但外债并不可怕，只要不甘雌伏，发奋蹈厉就有奔头。张月明和老三苦干到1989年，朔州宣布建市，一时之间基础设施一涌上马。小堡村老支书张如亨、现任支书张善珍及会计张开顺看准市场需求，邀请张月明加盟，他们四股各自投入2000元，在村东麻地湾傍崖投产了一座砖窑，信息相对灵活，也算小官商性质，烧砖满负荷运作，年产青砖90多万块，最贵时每块价格9分钱，销售额数以万计。直到1993年，砖窑无土可取，才熄火停歇。以后张月明开过小有规模的猪场、包过刘家口集运站的简单工程等，差不多步入全村先富起来的第一梯队，等于实现了自从老祖张书绅之后世世代代可望不可求的小康生活。他和妻子育有一儿两女，儿子张永顺农校毕业后在铁路上班，大女儿天津劳动经济学院毕业，二女儿2015年才上初中。他的三弟张月亮开小四轮独自运营了几年，娶了平鲁黑水沟村的刘小白为妻，生有一子；二弟张月柱则娶了陕西籍的曹繁荣，也生有一子。可以说，张月明弟兄三个各自完成了张继善一脉的香火传承。

致富路上的小四轮

还是在开砖窑时的 1990 年底，村支书张善珍因上了年纪退职为副支书，村里事务由村委会主任张贵存负责。说起村干部角色，那几年真不好干，尤其像小堡这类家族聚居的村子，在单干前提下也需要收取提留国税、完成计生指标等，阻力极大且两头受气，张善珍告退、包括张开顺随即辞去会计，恐怕都与难以作为有关。不过，张月明还是经张善珍推荐，担任了村委会副主任。

小堡村有一句出名的歇后语："小堡的支书进城了——没人尿。"据说最初从村民张涛嘴里传开，褒贬早前的老支书张存义。故事说当年张存义在城里排队买包子，随行有人喊一句："这是小堡村支书，赶紧让开！"谁知无人理睬。固然村支书进城一钱不值，但侧面说明在村里就是首屈一指的大人物。再者，官本位思想好像仍是渗透到田间地头，比如农业社时的一句顺口溜很有意思："县里干部中吉普，公社干部五十五（拖拉机），大队干部双轱辘（自行车），小队干部背操手，社员干成灰囤囤。"大小干部总有相应的特权。张月明任职副主任时，出于所谓的围城心态，总也感觉当上村干部起码受人抬举，换言之潜意识希望上进吧；虽然年薪仅仅 700 元，待遇菲薄，但聊胜于无。

1992 年，村支书岗位空缺两年时，张贵存顺递继任，主任一职交给民兵连长张伟旺，张月明留任副主任。谁知只过了一年，张贵存主动撂了挑子，无官一身轻专心去养铲车,张伟旺接任支书,而张月明提了一格,变成村委会主任,年薪增加到 1000 元。他跟张伟旺搭档 12 年之久,直到 2005 年村组织换届选举后才完成新老交替,支书主任由张耀祖之子张鸣誉的曾孙张慧宗一肩挑了,张月明则降职就任副支书,十年后的 2015 年依然在任。

回想一共 25 年来不算短暂的村干部生涯,张月明的最大感受是村民们得益于政策赐予,光景无不过得衣食无忧,医保社保全覆盖,特别是从 2006 年 1 月起,国家全面免除了农业税,小堡村跟全国农村一起,进入一个史无前例的全新时代。不过他也看到,近些年种地竟变得可有可无,本末颠倒受到忽视,由于劳动力成本上涨,人们进城打工省心见效,几乎成为卖粮之外家庭收入的单一来源;集体化时候呕心沥血发展的水利设施原本引以为豪,可以浇灌全村百分之八十的耕地,现今全被报废毁弃;曾经书声鼎沸、全县有名的学校虽然修缮一新,学生却基本外出求学,流失殆尽,只剩三个上岁数的教师和一个幼儿班的十几名小孩维系着所谓文化村的一缕文脉未散;再者就是随着商品经济的发展,整个仪善堂家族间的血脉相连似乎淡化疏离了,人们不再像以前那么彼此亲密……凡此种种,张月明常跟诸多父老议论起来,大伙儿都有一种莫名其

小堡印象,边塞之春。或许将来只能从画家赵静江先生的作品中遥想小堡村曾经的模样

妙、无法形容的忧心忡忡,本耶末耶,实在说不清楚,也实在无所适从。

就在2012年前后,中煤集团组建了"马营堡煤矿项目部",计划在距离小堡村西南4公里的马营堡村上马一座煤矿,前期已征占了小堡村40多亩土地,又有谣传说小堡村也被圈入煤矿的规划范围,极有可能全村搬迁。是不是空穴来风,很难确定,不过吵嚷到2014年,由于煤炭市场低迷不振,据说煤矿项目撤消或缓建了。不管别人是否因为占地补偿的希望泡汤而失落,张月明却松了一口气,有时候独自遐想,不免几多怅然。他倒不太担心失去土地就不能生存,只是心想离开小堡村,就像树木失去了根,如果全体村民真要另择一处移民社区安居,假以若干时日,后辈儿孙肯定不会知道曾经的小堡村是什么样的一个地方,或许只能从自己保存的老文书中寻找一点历史的遗痕……

那么,将来的小堡作为一个传统村落真会消失吗?

尾 声

2015年清明时节，塞外朔州刮来一场强劲的西北风，顿时春意踟蹰，再度如冬，奇寒料峭，路人瑟缩。

朔州的大风素来有名。尤其初秋或者暮春，动辄风过山野，率性张扬，呼啸朝夕，小则杨柳折腰，大则飞沙走石，而且将天气的凉热变脸挥洒得倏忽无常。辞书之祖《尔雅》解释说："朔，北方也。"顾名思义，朔州就是中国版图上独有其名的北方之州，而人所共知朔风就是典型的朔州之风。

可以说，如果朔州无风，那么也将不成其为朔州；朔州特色鲜明的地域标志，确实也非朔风莫属。"塞外悲风切，交河冰已结。都尉反龙堆，将军旋马邑。"这是李世民《饮马长城窟行》中的诗句，所描绘的场景恰在朔州，交河是桑干河源头的恢河，马邑又是朔州的别称。能令一代唐宗肃然动容的朔州和朔风，在历朝历代骚人墨客的笔下，同样地不吝文辞，叹为观止："朔风厉严寒，阴气下微霜。""壁立山头风吼至，雨花飞过是冰花。""六月雨过山头雪，狂风遍地起黄沙。""四月草不生，北风劲如割。"……

伴随着奇幻莫测的朔风，朔州从古至今走过悠久的历史，造化了迥然不同的风骨、风韵、风情、风姿；更因为朔风洗礼，朔州算不上富饶的水土也养育了一方香火传续的芸芸苍生，当然包括聚居在小堡村繁衍生息的仪善堂张氏族众。

由于山川挟制，朔风的路径几乎不变。从西伯利亚方向的外长城杀虎口长驱入晋，再往东南方向内长城的雁门关席卷行进，沿途掠近朔州城北时，又被刘家口左右夹峙的山梁横加束缚，风头便格外桀骜迅疾。那

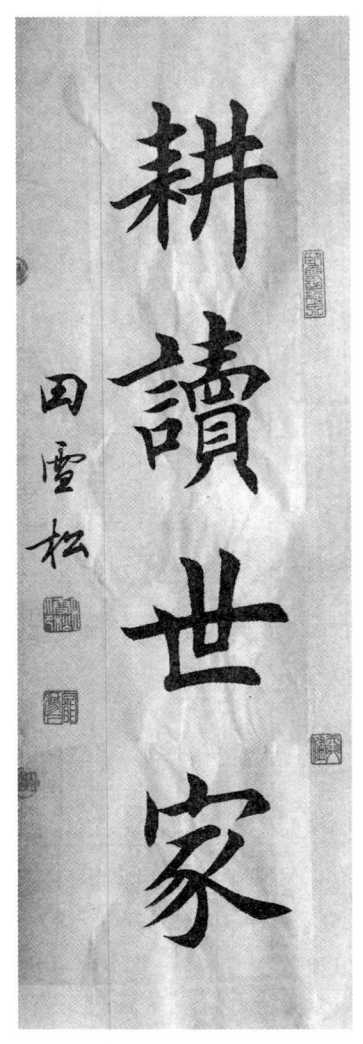

书法家田雪松为仪善堂张家题字

处瓶颈部位刚好紧贴小堡村的东侧,一段狭长的农田里次第散布着张家围子、大圪塄老坟以及翰林墓园等一座一座张家祖茔,于是在2015年的这个清明,纷沓祭祖的后人在凛凛春寒中平添了几多对祖先的虔诚。

伫立在肃穆笼罩的墓地,目力所及依旧一派苍凉。农家播种还得等到再一轮的天气回暖,那时候的田园才会万物复苏,郁郁葱葱。然而就在一低头的不经意间,竟能发现被荒火燎烧过的坟丘四周,针尖一般的草芽悄然钻出土面,星星点点十分细纤,却又新绿欲滴。那是朔州最常见最普通的一种野草,好听的学名叫作"完美草",俗名就叫青草,顶凌生发,侵陵雪色,岁岁枯荣,深固不徙,其生命力比其他野草更顽强更蓬勃,也最早装点了朔州的春色。

回想入土为安的张氏先人们,除了六百余年一遇的翰林张炜金榜题名史册留名外,他的祖辈孙辈基本都算平凡乡间,默默无闻,终归是草根一族,就像随处可见的完美草,所谓人生一世,草木一秋,红尘滚滚,过客匆匆,生得轻如鸿毛,往矣卑微渺小。但是,他们毕竟在鼻祖张伏受选定的土地上洒下过汗滴,也付出过辛劳,雨雪风霜无悔无怨,生儿育女传宗接代,"子子孙孙无穷匮也"。他们或君子或小人,或长寿或早卒,或富足或赤贫,或发奋有为或庸庸碌碌，却无不前赴后继地憧憬过全新的梦想，迎候过不同的明天，留下了属于自己的或清晰或模糊的生存履痕，谱写出小堡村六百余年的沧桑之歌，勾画出仪善堂家族二十多代的命运长卷。

孔子说："万物本乎天，人本乎祖。"在《朔州张氏仪善堂宗谱》的谱序中，张氏传人张福生和张天茂文笔动情地倾诉了对列祖列宗的缅怀："当我们面对祖先那渐渐远去的背影，心中产生的质朴而又执着的情感，就如同一缕缕难以解释的情丝一样，不断萦绕在胸怀……"环视每一处张氏墓地参差隆起的坟丘，不论是不是张氏传人，相信都会有感而发，蹙眉叩问：我从何处来？我向何处去？或许这是一道内涵复杂的哲学难题，但一个浅显的诘问是：没有祖宗，哪有我辈？没有过去，哪有未来？由此也就不难理解，古往今来每一个即将告别人世的人，多会对于自己的归宿耿耿于怀，如能埋骨祖坟，定当心安如愿含笑九泉，如若异乡为鬼，终究会含忧抱憾，死不瞑目。

一个人自出娘胎，祖先已在他的血脉里遗传了不可更改的故土基因，就像鼠打洞鸟筑巢的原始本能，就像我们黄皮肤黑眼睛的炎黄标记，就像朔风之于朔州的地老天荒。那份深镌心灵的故土情结，是绿叶对根的眷恋，是诗歌永恒的主题；那份情结不会随着斯人长逝而消散，相反却愈加厚积，绵延不绝……

那，就是叫人魂牵梦绕的乡愁。

墓地默默，坟丘默默；小草默默，逝者默默。

默默地，却将所有对故土的深情寄予了犹自长吟的朔风，于是浩浩朔风中似乎回荡着一个殷切的声音："记住乡愁，记住乡愁。"

2015年4月16日写于朔州经济开发区

善待乡村，永记乡愁

后 记

2015年，山西大旱。

据报道，全省11市69县（市、区）604.25万人口受灾，农作物受灾面积1267.93千公顷，绝收223.61千公顷。冷冰冰的数字足够让人心惊肉跳，但最初看了相关新闻，我并没太多留意，直到七八月份如常回村看望父母时，才发现我家小院的自来水竟已断流。听到耄耋的老者们说，如此罕见的天年，只有民国十八年出现过一回。再看从朔州市区到我们安子村20公里，沿途两侧大面积种植的玉米几乎全部枯死，不多的高粱虽然顽强苟活，但只有半米多高竟已出穗，哪像小时候见过的壮观的青纱帐？

我是1985年终于离开我的安子村的。陆陆续续间，我们高中的部分同学，通过同一跳板——高考获得了一份城里的职业，大家躬身前行、奋力立足，也算得遂所愿。恍然三十余年过去，我们好像已经坦然适应了城市的舒适，一个个衣冠楚楚、人模人样，居住是楼上楼下，出入是车来车往，生活中诸如互联网、有线电视、超市、公园等等元素，感觉一时不可或缺，寻常回村一次也像敷衍一样待不住，若有对村里残余的一点儿念想，怕就是吃腻大鱼大肉时怎么调剂一盘苦菜或几个嫩玉米吧？当然，这样的定论可能偏激了些，因为公允来说，我周边的同学中，确实有人始终心怀乡村情结，能够牢记自己的生命之本——张士权就是其中典型的一位。

张士权的村子名叫下疃，与安子村相距十几里地，都在朔州市朔城区最贫瘠的东南乡范围，我俩就读的高中就是当年专为东南乡设立的县办安子中学。1981年毕业时，张士权考入山西省林校，同届150多名同学只考中4个，他是其中之一，即便说不上凤毛麟角，也属脱颖而出。参加工作后他一直没有改行，兢兢业业学以致用，最终成为朔州市林业系统唯一的教授级高工。士权为人厚道宽容，跟我交往素来吃亏，我出门向他借车，有饭局由他买单，早年有拙著面世，他每每买上几包，以示支持。我由衷欣赏他对自己村庄的眷挂如一：每逢周末假日，他回村次数最多，待的时间也最长，农忙还要帮着父母、弟弟出地劳作，跟村里的乡亲们走得很近，甚至，他的心始终不曾离开乡村。

前几年，仪善堂张家编撰宗谱，主编张永来得到士权的鼎力协助，出钱出人随叫随到，从未含糊。其间士权不止一次跟我表达他对家族辉煌历史的自豪之情，鼓动我动笔完成一本有关家族史乃至乡村史的纪实文学，并愿意为我提供素材。当时我已着手创作另一本长篇纪实作品《吉庄纪事》，自忖二者可能大同小异，所以兴趣不是很大。直到前年初夏，他专门请我吃饭，再一次郑重地跟我商谈，说："张家的素材绝对丰富，再过几年，一旦那些高龄的长辈们辞世，许多故事都将埋没，你还是答应写这本书吧，不然你也许会后悔。"话说到这个份上，我再没有拒绝的理由，我知道，士权并非仅仅为了张氏族人，也并非仅仅为了张氏的一部家族史。准备一番后，遂按照他的策划投入采访和创作。

刚开始我跟他回了一次下疃村，在前去张家祖坟的路上，不注意车子陷入泥淖，我俩只得徒步往返十几里。所幸有他自述家史，路的泥泞才似乎减了不少。他在坟地里为祖先立碑勒铭，不惜高价从网上竞买了祖上张炜张翰林的三张信札，他特意请画家用爷爷奶奶难得留下的老照片重新画像等等，平静的叙述里，路程也短了很多。我市侩地随口问他："花不少钱呢，别人会问你，究竟图个什么？"他说："咳，眼看年龄增长，总想为祖先做些什么，为后代留些什么。"我想了想，明白了他的意思，也就是慎终追远的一种情结吧。

自从写这本书，我果然不止一次地收获欣喜——感谢士权，他给了我得以走近张氏远祖朴素与坚忍并存的历史；以张氏家族史为窗，我接着有了"窥探"六百年乡村史的契机，这无疑是对我写作生涯的一次无价的馈赠。

这就是《耕读世家》问世的由来。

说实话，创作《耕读世家》也引发了我对时下乡村的许多担忧。随着国家城镇化的推进，虽说新农村建设喊得响亮，但已经很少有人，尤其是年轻人，把种地作为主业，而是越来越多的人远离了熟悉的故土，奔向了陌生的城市打工挣钱，这事实上已颠倒了本末。年轻父母远赴城市的繁华，不仅带走了乡村学校的生源，也拉长了老人们牵挂的目光。一些乡村学校被撤并了，农家子弟求学不再那么便捷，"留守儿童"也成为一个时代的热词；老人们孤独地守在祖屋里，用浑浊的眼睛看向远方，那儿有他们的儿孙，更有浓重的思念，于是，"空巢老人"这个词便灼烫着人们的视线。总感觉城市的门槛降低了，城市的胃口也越来越大了，它吸纳着越来越多满怀渴望的脚底沾满新鲜泥土的行者，使得乡村似乎正在渐渐被边缘化。其实，城镇化与新农村建设并不矛盾，城镇化并不意味着农村人必须离开乡村，新农村建设也并不意味着抹去传统——让乡村望得见山、看得见水、记得住乡愁的崭新生态理念便是明证。事实上，每一个眷恋乡村、钟爱传统的人，如张士权，不仅希望中国的农村能长期甚至永远存在下去，而且会尽自己的最大力量，保留乡村、传统、家族的生机，使之能够生生不息。通过对张氏家族史的触摸，我能够近距离地了解乡村史，实为幸运。我唯有认真地记录，以此对包括张士权在内的用心之人的一片苦心作一交代，对我的故里朔州作一交代。

乡村毕竟是我们祖祖辈辈生存繁衍的地方，是茁壮地生长家族史和乡村史的沃土，是我们的心飞翔的起点，也是我们回望过去、追思先祖的落脚点，我们应该善待乡村，善待乡村也就等于善待我们自己。

我写下这篇后记的时候，朔州终于下了一场淅淅沥沥的秋雨，浸润了久渴的广袤旱田。迟是迟了，对今年的庄稼已经无济于事，但终归还有明年，还有下一个、再下一个春天。我似乎看到了正拔节的生命，听到了稼苗的欢呼，感到了乡村涌动着的生机。

郭万新

2015年9月6日